ハヤカワ・ミステリ

YOU-JEONG JEONG

種の起源

THE GOOD SON

チョン・ユジョン

カン・バンファ訳

TOKYO HAYAKAWA BOOKS

A HAYAKAWA
POCKET MYSTERY BOOK

THE GOOD SON
(종의 기원)
by
YOU-JEONG JEONG（丁柚井）

Translated by
BANG-HWA KANG（姜芳華）
First published in Korea by
EUNHAENG NAMU PUBLISHING CO. LTD.
First published 2019 in Japan by
HAYAKAWA PUBLISHING, INC.
This book is published in Japan by
arrangement with
KL MANAGEMENT
SEOUL, KOREA.

The WORK is published under the support of Literature Translation Institute of Korea（LTI Korea）

装幀／水戸部 功

目次

種の起源

おもな登場人物

ハン・ユジン………25歳。ロースクールを目指す法学生
ハン・ユミン………ユジンの1歳年上の兄。10歳で死去
キム・ジウォン……ユジンの母。元出版社の編集者
キム・ヘウォン……ユジンのおば。未来児童青少年病院院長
キム・ヘジン………ユジンの義兄。元同級生
ユジンの父…………輸入家具商を営む。40歳で死去

プロローグ

太陽が銀色に燃えている。瀬を思わせる五月の空の下、筋雲が絶え間なく流れていく。聖堂の中庭を取り囲むユキヤナギの花の奥でウグイスが鳴いた。ぼくと兄は自分の洗礼名が刻まれたろうそくを手に、バラの木のアーチをくぐった。聖歌隊の歌声に歩調を合わせ、磔《はりつけ》にされたキリスト像の足もとに設けられた野外祭壇へと並んで進む。

愛の主よ
私の生を真に美しいものにしてくださる

愛の導きで
私の生を真に美しいものにしてくださる

白い侍者服に赤い帽子をかぶった少年たちと、白いドレスにユキヤナギの花冠をつけた少女たちが、二人ずつペアになってぼくと兄のあとに続く。祭壇の前では、主任神父と補佐神父が一行の到着を待っている。祝福の日。聖母聖月の最後の主日だった。聖堂の中庭で野外ミサが開かれた朝であり、初聖体拝領式が始まった瞬間だ。九歳の兄と八歳のぼく、二十二名の子どもたちが儀式の主役だった。

参加者たちはみな後ろを振り返って、主人公たちの入場を見守った。ぼくと兄の代父である母方の祖父は、前の席でにっこり微笑んでいる。家族席に座っている母と父のまなざしは、主役たちの代表である兄の一歩一歩を目で追っていた。時折り母がこちらを見たが、ろうそくの火が揺らめくほどぼくが震えていることには気づかなかった。何気なく向けられた視線は、すぐにまた兄のもとへ戻った。

前日から体調が優れなかった。やけに寒く、頭痛がし、夜どおし悪い夢を見た。朝には喉がひどく腫れ上がり、水をひと口飲み下すのもつらかった。聖堂に向かう車の中で、とうとう熱が出始めた。いつもの扁桃炎のようだったが、母には黙っていた。本当のところ、必死で平気なふりをしていた。不調がばれて良いことなどない。ばれたら最後、母は車をUターンさせて病院の救急室に駆け込むはずだから。その後の事態については、これまでの経験から容易に推測できる。血を採ったり、胸部の写真を撮ったり、注射をしたり。最悪の場合、解熱剤入りの点滴を何時間も打つことになるだろう。そして初聖体拝領式は、ぼくがいようがいまいが予定どおりに行われる。それは、ぼくひとりが脱落し、一年先まで待たねばならないことを意味していた。教理の勉強に聖書の筆写、早朝ミサに試験まで、半年間のつらい行程をもう一度くり返すという意味でもあった。それればかりじゃない。ようやく手にした兄のパートナー役をほかの人に譲ることになるのだ。目標は目と鼻の先にあり、険しい関門を兄と肩を並べて通過したというのに、たかが扁桃炎なんかで。

不穏な兆《きざ》しが現れたのは、入場を始めた直後のことだ。五歩も歩かないうちににわかに寒気に襲われ、半分も進まないうちに全身がわなわな震え出した。あと三、四歩を残して、脚の力がすっかり抜けた。よろけて侍者服のすそを踏んでしまい、前につんのめった。兄がとっさに肘をつかんでくれなかったら、ぼくは地面に額《ひたい》をぶつけて倒れていたかもしれない。

「どうした?」

兄が口の形だけで訊いた。答える代わりに、姿勢を正してまた歩き始めた。その最中も、ぼくの視線は家族席に向かっていた。大きく見開かれた母の目がぼくを凝視している。その目は兄と同じ問いを投げていた。

どうしたの。

ぼくは目配せをしながら首を振った。「必ずしも聖体拝領を受けることはないのだと母さんが約束してくれるのなら、今すぐ倒れてしまいたい」と言える状況ではなかったから。言えたとしても、もう遅い。ぼくたちはすでに祭壇の前まで来ていた。主任神父が手を差し伸べた。まず兄がろうそくを渡した。

「ハン・ユミン・ミカエル」

主任神父は兄のろうそくを受け取り、祭壇の下に置いた。ぼくもろうそくを差し出した。

「ハン・ユジン・ノエル」

主任神父は震えるぼくの手を一度包み込むように握ってから、ろうそくを受け取った。視線はぼくの目をのぞき込んでいる。怯えた子犬をあやすような目。いい子だ、緊張しなくていい。

頬がひりひりし、皮膚がぴんと引っ張られるような感覚。ぼくはくるりと向き直り、あらかじめ決められた、兄のとなりに行って立った。続いてふた組目が主任神父にろうそくを渡した。その後十組の入場を待つあいだ、ぼくは気が遠くなりそうだった。ミサは限りなくゆっくりと進んだ。真夏のかんかん照りの太陽のもと、八車線の高速道路を横断するカエルの子になった気分。少しは進んだかと思って振り返ってもまだここ、といった具合に。ウグイスの声ははるか彼方に遠ざかっていっては、また耳もとに戻ってくるのだった。

「モーセは民に言った。あなたたちは今日わたしが命じるこれらのことばを心に留め、さらに、これをしるしとして自分の手に結び、覚えとして額につけなさい……」

ふと目を開けると、主役たちの「家族代表」である父が壇上に立って「第一朗読」を行っていた。いつもは低く太い声が、しきりに震えたりかすれたりしている。幅広の肩はロボットのようにカチコチに固まっている。頬には髭剃りの跡があざのように青みがかって見える。ぼくは頭をめぐらせて、向かい側の家族席を見た。ずっとぼくだけを見ていたかのように、母の目がすぐさまぼくを捉えた。何かひと言言えば、ただちに通路をまたいできそうな表情。誤って転びそうになったのではなく、体調が悪いことに気づいた様子だ。ぼくの頬は帽子と同じぐらい真っ赤に染まっているらしい。あるいは、だぼだぼの侍者服の中で人知れず震えているこの体を見られたか。

「見よ、わたしは今日、あなたたちの前に祝福と呪いを置く。あなたたちは……わたしが命じる……」

父の声がぷつぷつ途切れて聞こえる。思考が点々と切り取られていく。時間がちらほらかき消えていく。ウグイスの鳴き声が背後へひゅっひゅっと遠ざかっていく。

「おい、寝てんのか?」

兄の声に呼び戻された。目を開けると、聖体とぶどう酒を持った主任神父と補佐神父が祭壇の前に進み出ていた。立ち上がって前に出なければ。そう思ったのも束の間、ぼくの体はすでに進み出ていた。主任神父の手は枯れ枝のように黒く、ほっそりとなっている。その先に、ぶどう酒に浸した丸い聖体が満月のようにぶら下がっていた。

「キリストの体」

アーメン。兄が舌を出して聖体をいただいた。ぼくも顔を上げたが、口が開かない。喉がかっかと燃えていた。皮膚が焦げ、目玉が焼けるかのようだ。視界の中で白いほこりが渦巻き、人々は奇妙な形にゆがんだ。キリストの磔像がさかさまになり、祭壇が頭上に浮き、中庭を囲むユキヤナギの花が骨だけ残った人間の指に見える。ぼくは、つま先がゆっくりと持ち上がるのを感じた。やがて世界が急反転した。ぼくの体はどっと崩れ落ちた。

「ユジン」

ぼんやりした頭の中へ、母の鋭い悲鳴が食い入る。

いた。

「目を開けなさい。ユジン、目を開けるの」

閉じたまぶたをなんとか持ち上げた。薄く開いた視界に、血の気の引いた母の顔が現れる。

「ユジン、一体どうしたの？」

ぼくは母の腕に抱かれたまま、祭壇の前に横たわっていた。真っ黒に開いた母の瞳が、ぼくの顔の上で激しく揺れている。寒い、と言おうとしたが、もう口を動かせなかった。

「暑さにやられたのかもしれない。救急車を呼ぼうか？」

岩のように大きく黒い影がぼくの額に近づきながら、差し迫った声で訊いた。逆光で顔は見えないが、父だろうと思った。母が「早く」と叫んでいるから、そうに違いない。その傍《かたわ》らに立っている細い影はおそらく兄だ。兄の肩越しに、墨色の雲が野火のように広がっていく。彼方でウグイスがホーホケキョ、と鳴いた。薄闇に包まれていく空の真ん中で、太陽が赤く燃えて

第一部　闇からの声

血の匂いで目覚めた。鼻からではなく、体中で吸い込むかのような匂い。共鳴管を通る音のように、ぼくの体内で反響し増幅する匂いだった。視界には奇妙な挿絵が漂っている。霧の中に立ち並ぶ街灯の黄色くぼやけた明かり、足もとで渦を巻きながら流れる川、雨に濡れそぼった路面を転がる真っ赤な傘、風にたなびく工事現場のビニールシート。頭上のどこかで、ろれつの回らない男の歌声が響いている。

忘れられない雨の中の女《ひと》
彼女のことが忘れられない……　（キム・ゴンモが歌う「雨の中の女」にある歌詞）

何事か理解するのにさほど時間はかからなかった。何が起こるのか予測するのに天才的な想像力を要することもなかった。これは現実じゃない。むろん夢の残像でもない。頭が体に送る信号だった。動かずじっとしていろ。代償を払う番だ。抗発作薬の服用を勝手にやめた代償。

「薬の中断」は、砂漠のようなぼくの人生に慈雨を降らせた。毎度というわけではないが、それは発作という報いとなって返ってくる。今自覚される現象は、嵐の接近を知らせる伝令使だ。通称「発作前駆症状」と呼ばれる、とりとめのない幻覚。

嵐を避ける港などなく、到着を待つこと以外にできることもない。嵐の時間は暗黒の時間であり、ぼくは無防備状態でそこに投げ込まれる。これまでの経験からすると、その過程を記憶することもできない。意識がおのずと回復するまで、長く深い眠りにつくのだ。一連の過程は肉体労働にも似ている。単純かつ激しいという点で。エネルギーの消耗が大きく、疲れるという点でも。結果を予想した上でのしわざという点では自業自得だろうし、結果を承知の上での反復行為という点では中毒とも言える。

薬物依存者のほとんどは、幻を追い払うために薬を服《の》む。ぼくの場合は反対だ。幻を見るためには薬を断たねばならない。やめてしばらくすると、魔法の時間が始まる。薬の副作用である頭痛と耳鳴りが消え、五感が尖ったナイフのように研ぎ澄まされる。嗅覚は犬のように鋭くなる。頭はかつてないほど冴えわたり、考える代わりに直感で世界を読み解く。人生が自分の支配下にあると感じる。人が与《くみ》しやすく思える。

もちろんささいな不満はある。母とおばは依然「与しやすい」の範疇に入らないこと。ぼくの人生は二人の女の尻に敷かれた座布団も同然だ。息の詰まるその尻をどけてくれという頼みなど通らない。ぼくが発作を起こす姿を母に見られたら、おそらく次のような展開が待っていることだろう。

ぼくが目覚めるなり、母はぼくをおばのもとへ連れていく。ぼくの主治医にして著名な精神医学者、未来児童青少年病院の院長であるおばはぼくと目を合わせ、納得のいくことばを聞き出すまで、やさしい口調で根気よく尋ねる。どうして薬をやめたの？　正直に言ってくれれば力になってあげられるわ。正直なところ、「正直」はぼくの取り柄ではない。突き詰める価値でもない。ぼくの好みは実用性であって、当然それを踏まえた返事をするつもりだ。薬を服むのをうっかり忘れ、忘れていたことを翌日もまた忘れ、忘れついでに忘れ続けていたのだと。不動の体勢ですべてを見通すおばは「依存性の投薬中断」という判決を下す。執行官である母は毎日毎食後、自分の目の前で薬を服めと命令する。「夢のような数日」の代償とはどんなものか、過去の歴史をくり返し復習させる。こんなことをしている限り、おまえは永遠に自分の尻の下から抜け出せないだろうと刻印する。

（ユジン）

ふっと、目覚める前に聞いた母の声が蘇った。夢うつつにそよぐ風のように低い声、だが手首をひっつかむようにはっきりとぼくを呼ぶ声。目覚めた今となっては、母の気配さえ感じられない。辺りはあまりに静かで、耳が詰まったかのようだ。室内は暗く、まだ夜明け前かとも思われた。もし、まだ五時半になっていないのなら、母は眠っているかもしれない。そうであってくれれば、予告された発作を母の知らぬ間に終えられる可能性もある。そう、昨夜のように。

午前零時ごろのことと記憶している。防潮堤の横断歩道の辺りで荒い息を弾ませていたのは。群島《クンド》海上公園内の天の川展望台まで全速力で走った帰り道だった。よく言う「イライラ病」、ぼくに言わせれば、力を持て余して筋肉がブルルンとエンジンをかけるたびに家を飛び出していく「暴走癖」。しばしば真夜中にも発症するという点では「マッドな」という修飾語をつけても無理はないだろう。

夜更けの防潮堤はいつものようにがらんとしていた。横断歩道わきの露店、「ヨンイのホットク（小麦粉などの生地で甘い餡を包み油で焼いた、おやきのような菓子）屋」も閉まっている。防潮堤の下にある渡し場は闇の中に沈み、滑走路に近い六車線の車道は濃い霧に覆われている。海辺町の冬の夜らしく、身を切るような風が吹きつけた。真夏でもないのに、嵐のような雨が降り注いでいる。あえて言うなら「悪天候」と呼べる天気だったが、ぼくの体は日差しにまたがった空気のように軽かった。家まで飛んでいけそうなほどいい気分だった。風に運ばれてきた血の匂いさえなければパーフェクトだったのに。

生臭く、鉄を感じさせる甘やかな匂いだった。向かい風のように正面から伸びてくる匂い。今のそれのように強烈ではなかったが、発作を警告するアラームとしては充分なレベルだった。前方から、安山《アンサン》行きの最終バスを降りた女がこちらに近づいてくる。傘を差し背中に風を受けながら、ペンギン歩きでちょこちょこと。本当に家まで飛んで帰らねば。見も知らぬ女に、火にあぶられたイカのようなザマを見せるわけにはいかない。

記憶はそこで途絶えた。ぼくにわかるのは、部屋へ戻るなり服も脱がずにベッドに横たわったのだろうということだけ。おそらく、生涯で三度目の発作を起こしたのち、いびきをかいて寝ていたのだろう。以前の発作と違いがあるとしたら、目覚めるなり次なる発作が予告されたという点だ。匂いの密度や様相からしても、これまでとは次元が違った。砲煙の中に横たわっているかのように、肌がちくちくし、鼻がひりひりし、頭が朦朧《もうろう》としている。それは、再びやってくる発作がいつにも増して強烈なものであることを予測させた。

「強烈」であることへの不安などなかった。小降りだろうとどしゃ降りだろうと、体が濡れるという点では同じだろうから。ただ、どうせそうなるのなら少しでも早く訪れてほしい。母が起き出す前にとっとと終わってくれ。

ぼくは身構えるように目を閉じた。発作中に起こるかもしれない呼吸障害に備えて頭を横向きにする。体の力を抜き、大きく息を吸い込む。縮み上がりひん曲がるはずの自分の体に同情しながら、口の中で数を数える。一、二……五まで数えたとき、ベッドわきのサイドテーブルの上でコードレスホンが鳴り始めた。突拍子もないけたたましさに、耳たぶがくるんと裏返りそうだった。階下のリビングでも同時に鳴り響いただろうことを思うと、身震いがした。ぼく同様、ぎょっとして目を覚ます母を思い浮かべると、苛立ちがこみあげてきた。一体どこのボケナスがこんな暗いうちから……。

電話のベルがやんだ。バトンタッチするように、リビングの柱時計が鳴った。一度。まさか深夜一時ではないだろう。一度きりの柱時計の音は、特別な場合を除けば、目覚めた直後に耳にするこの世の最初の音だった。選手として水泳を始めた小学校時代に身につけた習慣。何時に寝ようと、早朝訓練の一時間前に目覚められるように。つまり今は夜ではなく、明け方の五時半ということだ。母は寝室のライティングビューローに座っていることだろう。母が、母の母である聖母マリアに祈りを三度捧げる時間だ。

アヴェ・マリア、恵みに満ちた方
主はあなたとともにおられます
ご胎内の御子イエスも祝福されています……

祈りが終われば、母は浴室に入ってシャワーを浴びるはずだ。ぼくは階下に耳を澄ませた。椅子を引く音や水の音が聞こえないかと。耳に届いたのは、けたたましく鳴り響く電話のベル音だった。ぼくの携帯電話の音だ。ベルの鳴る順番からすると、家の電話もぼくあてのものだったのではないか。

頭上に手を伸ばして、枕の周辺を探る。記憶では電話はそこになければならなかったが、手に触れるものはない。机の上に置いたのだろうか、それとも浴室に……。頭の中で電話を捜し回るうちに、ベル音が途絶えた。しばらくして、またも家の電話が鳴り始めた。飛び起きるようにして頭を起こし、すばやく受話機を取った。「もしもし」と言うと、よく知る声が訊いた。

「まだ寝てるのか？」

ヘジンだった。呆れて力が抜ける。それもそうだ。こんな突拍子もない時間にぼくに電話をかけてくる人間なんて、二階の居候《いそうろう》部屋の住人以外にいるはずもない。

「起きた」

ぼくが答える。

「お母さんは？」

電話をかけてくる時間ぐらい突拍子もない質問だった。映画会社の人に会うと聞いていたが、そのまま外泊したのだろうか。確かめてみた。

「家じゃないのか？」

「寝ぼけてんのか？　家にいるならなんで家に電話するんだよ。上岩洞《サンアムドン》だ」

外泊の理由はこうだった。この夏ヘジンが演出部スタッフとして参加した『課外』という映画の監督が新しい仕事をくれ、その契約書にサインした記念にと飲み屋でマッコリを一杯やり、昼間撮った還暦祝いの動画を編集するため先輩の作業室に行ったのだが、部屋があんまり暖かくてつい眠ってしまった。

「さっき見たら、お母さんから夜中に着信があってさ。それで電話したんだ。寝てるはずの時間なのにちょっと変だなと思って」

今ごろはみんな起きているだろうに、誰も電話に出ないからますます変に思ったと言う。

「家で何かあったわけじゃないよな？」

ぼくはつと、片手を目の前に持ってきた。今さらながら気づいたのだが、手の平全体に何かごわごわした、それでいてかさつくようなものがへばりついている。と、目、鼻、口の五つの穴が集まる場所にも「何か」がひっついている。触らずともわかる、身内の中でもっとも博識なおばの口振りを真似て言うなら、触覚小体の刺激なしでも自覚できる、はっきりとした異物感。

「そんなわけないだろ」

空《から》返事をしながら髪の毛に手を伸ばす。同じような「何か」が髪と絡み合ってカチカチに固まっている。

「そっか。でも、ならどうして電話に出ないのかな？　携帯と家の電話の両方を鳴らしたのに」

ヘジンが訊いた。

「きっとお祈りの最中だろ。じゃなきゃ浴室かベランダか、その辺で何か用事をしててベルが聞こえなかったとか」

胸と腹と脚を順になぞる。昨夜の服装のままのようだが、感触はまったく違った。やわらかく滑らかであるはずのセーターが、百日ほど天日《てんぴ》に干された雑巾のようにごわごわしている。ズボンはなめす前の牛皮のように硬い。横たわったまま両足を上げ、片方の靴下を触ってみた。セーターの感触と似ていた。

「そうかな」

ヘジンがひとり言のように言った。首を傾げている姿が目に見えるようだ。

「本当に何もないんだな？」

ヘジンがもう一度念を押す。ぼくは煩《わずら》わしげに頷《うなず》いた。何かあるはずもない。今しがた確かめたところ、自分がぬかるみにすっぽりはまったらしいということ以外。

「そんなに心配なら、あとからもう一度母さんにかけ直せば？」

「いや。どうせもうすぐ戻るしな」

「これから戻るのか？」

訊いてから、考えてみた。夜のあいだに泥まみれになる理由はなんだろう。家まで飛んで帰る途中で、転んだり倒れたりしただろうか。思い出せない。仮にそうだとして、どこで泥をひっかぶるというのか。町の奥にある、マンションの工事現場付近にでも立ち寄ったのならいざ知らず。あるいは、マンションの花壇を飛び越えようとして足が滑ったとか。

「シャワーを浴びてから出るよ。遅くても九時までには戻れると思う」

ヘジンが電話を切った。ぼくは体を起こして座った。サイドテーブルに受話機を置き、枕もとの壁についているホルダーから室内灯のリモコンを抜き取る。電源を入れると、頭上でLED照明の白色光がはじけた。

耳の奥では母の悲鳴がはじけた。

（ユジン）

室内を見渡した瞬間、喉もとで息がつっかえた。どんぶり一杯分の唾液がどっと気管支に流れ込む。むせて咳が出た。ぼくは胸を叩き涙をにじませながらベッドに倒れ込んだ。

水泳選手だったころ、ある大会に出たときのことだ。千五百メートルで金メダルを獲った直後、ある日刊紙の記者に「君の強みは何か」と訊かれたことがある。ぼくは母に教えられたとおり、謙虚に答えた。比較的安定した呼吸だと。同じ質問を受けたコーチはもう少し謙虚さを欠いた態度で「これまでの教え子の中でもっとも並外れた肺の持ち主だ」と答えた。この世でその並外れた肺を封じられるのは、ぼくを尻の下に敷いて座る二人の女だけ。呼吸が乱れることなど、喉で魚雷が爆発しない限り起こりえない。まさにそんなことが、母とおばが手を取り合ってぼくの喉に魚雷を打ち込まねば起こりえないことが、室内を見渡した瞬間に起きた。

シルバーカラーの大理石でできた床に、血痕と赤い足跡が点々と続いている。足跡の向きからすると、ドアの前で始まり、部屋を長々と横切ってから、ベッドの足もとで終止符を打ったようだ。足の主が後ずさりしたのでなければ、「スタート以前」はドアの外にあるはずだ。ベッドにも流血の跡はおびただしく、ベッドカバー、掛け布団、枕に至るまで、ぼくの体が触れたところはすべて真っ赤に染まっている。ようやく自分の体を見下ろす。黒のセーターとジャージのズボン、靴下まで、凝結した血がべたべたはりついている。ぼくを目覚めさせた匂いは発作の合図ではなく、本物の血の匂いだったのだ。

仰天し、頭が混乱した。あの足跡はぼくのものなのか。ドアの外で一体何があって血まみれになったのか。発作でも起きたのだろうか。発作が激しすぎて舌でも嚙んだのだろうか。全身血まみれになるほど？　だとすれば、ここはぼくの部屋ではなくあの世であるべきだ。いっそのこと、ぼくをよろしく思っていない人間が、発作中のぼくに豚の血をバケツごとぶちまけたというほうがまだ頷ける。あるいは発作中の無防備状態で刺されたか。ぼくをよろしく思っていない先刻のあいつに。体のどこも痛くないという点で、それはまったくありえなさそうだが。

　ドアの外で「何か」が起こったとき、母はどこにいたのだろう。ぼくと出くわした可能性はさほど高くない。いや、ほとんどない。母は規則主義者だ。食事、排便、運動、その他ほとんどの物事にルールがあり、ルールに従って行動する。睡眠についてもその「ほとんど」に含まれる。特別な場合を除けば、夜九時にはおばから処方された睡眠剤を服んでベッドに入る。ぼくはそれまでに帰宅していなければならない。母がルールを破る「特別な場合」とは、ぼくの帰宅が九時を回るときだけ。

　やりきれないが、黙って受け入れるしかなかった。人前であぶられたイカのような姿をさらしたり、地下鉄を待っているときに線路に落ちたり、路上で転げ回るうちに車に轢《ひ》かれて死ぬよりはましだから。暗闇に飢えた人のようにしばしば夜中に町を走り回るのはそのためだった。外出のたびに、こそ泥のように屋上の鉄扉から出入りするのも。

　昨夜もまた、このパターンを外れることはなかった。謝恩会を途中で抜け出し、家に着いたのが八時五十五分。普段なら口にもしない酒、それも「焼酎のビール割り」を飲み、ほてった顔を冷やそうとバス乗り場から家まで雨に打たれながら帰った。おかげでほてりは冷めたものの、心地よい酒気はまだ残っていた。いや、ひょっとしたら、「心地よい」を上回っていたかもしれない。玄関のオートロックキーのカバーが上がっているときは、一度下ろしてから再び上げなければ作動しないことをど忘れしていたのだから。そのせいで実に二十分ものあいだ、玄関と無意味な対峙を続けていた。ズボンのポケットに両手を突っ込んで、うんともすんとも言わないオートロックキーをにらみながら。その間、コートのポケットでは携帯電話が四、五件ほど着信を知らせていた。母からのメールであることは見なくてもわかる。内容についても、具体的な文章まで予想できた。

（出発したの？）

（今どの辺り？）

（いつ到着するの？）

（雨だから、バス停まで迎えに行くわ）

案の定、最後の着信音から五秒後、玄関のドアが開いた。キャップ帽、白色のセーター、茶色のカーディガン、スキニージーンズ、白いスニーカー。ちょっと買い物に出るにも優雅な着こなしにこだわる母が、車のキーを手に現れた。ぼくは唇をすぼめてつま先を見下ろした。正解を当てておいてがっくりするパターン。苛立ちをぶつけたくなった。母さん、頼むから……。

「いつ着いたの？」

母は玄関ドアを半分ほど開いてストッパーで固定し、その隙間に立った。すんなり通すつもりはないということだ。ぼくはポケットに突っ込んでいた手をそっと横目で見やり、腕時計を確認した。九時十五分。

「さっきから着くには着いてたんだけど……」

言いかけて、はっとした。足もとの地面が丸くくぼんでいく。玄関ドアは臨月の妊婦の腹のように丸く膨れ上がっているところだ。顔を上げると、背筋がぐらりとゆがんだ。頭が酒樽のように重く、顔は火がついたように熱い。きっと、完熟のトマトぐらい赤くなっていることだろう。それがばれないように、顔は正面に向けたまま、目玉だけを母のほうへ動かした。世界でもっとも危険なものを扱うかのようにそろそろ、ゆっくりと。母と視線がぶつかるなり、慌てて続けた。

「鍵が開かなくて入れなかったんだ」

母はオートロックキーにさっと視線を移すと、音を立ててカバーを下ろし、また上げた。まばゆいばかりのスピードで七桁の暗証番号を押す。オートロックキーがピッという音とともに開錠した。母の目がぼくのもとへ戻る。何か問題でも？

「ああ……」

問題ないことを理解したというしるしに頷いて見せた。濡れた頭からぽたぽたとしずくが落ちる。そのうちの一つが眉間《みけん》を滑って鼻先にぶら下がった。フウッ、と吹き落としてからふと見ると、母の視線がぼくの額に刺さっていた。正確に言うと、額の真ん中にある小指の爪ほどの傷を見つめていた。口を開けばするする出てくる嘘はみんなそこで作られると信じているかのように。

「お酒を飲んだの？」

母が訊いた。困った質問だ。おばによれば、酒は強力な発作誘導物質だ。「母のルール」においては一つ目の禁止事項。

「少しだけ。ほんのすこおし」

ぼくは人差し指の、先から一センチのところに親指を当てて言った。母の視線は少しもやわらがない。額の傷は依然、鳥の嘴《くちばし》でつつかれているかのようにひりついた。状況を好転させられないかと、もうひと言つけ加えてみた。

「ビールをきっかり一杯だけ」

母は一度だけ瞬《まばた》きした。そう、なるほどねえ？　というように。

「断ろうとしたんだけど、教授に勧められて……」

言い訳をするうち、空しくなってやめた。二十五にもなって、少し酒を飲んだぐらいで母に叱られるとは。すべては玄関ドアのせいだった。本来の計画どおりなら、玄関をそっと開けて入り、二階に駆け上がりながら「ただいま」と叫ぶはずだった。それなら門限にも引っかからなかっただろうし、母がぼくを捕まえに出てくることもなかったはずで、酒を飲んだこともばれなかったはずなのだ。脚の力が抜け、左脚の膝がかくんと折れた。それにつられ、体全体が左にぐらりと傾く。

「ユジン」

母がとっさに声を上げて、ぼくの肘をつかんだ。ぼくはこくこく頷いた。平気だよ。酔っ払ってない。本当に一杯飲んだだけだ。

「中に入って話しましょう」

中に入りたかったが、話はしたくなかった。ぼくは母の手を自分の肘から引きはがした。今度は右脚がぐらつき、体が母のほうへ傾いた。ついでにひと息ついていこうと、母の肩をひしと抱いた。母ははっと息を吞んだ。小さく華奢な体が一瞬にして硬直した。いつにない行動に少し驚いたようだ。感激してか、変に思ってか、それ以外の理由で。ぼくは母の肩を抱く腕に力をこめた。「話」なんてしなくていい。疲れるだけだよ。もうお酒を飲んじゃったんだ。

「どうしたの」

母がぼくの腕から抜け出しながら訊いた。と同時に気持ちを鎮めているようだった。そうしてすぐにいつもの落ち着きを取り戻した。一気に白けた。ぼくは宙に取り残された腕を下ろして玄関に入った。靴を脱ぐあいだ、母が背後から訊いた。

「外で何かあったの？」

振り返りもせず首を振った。リビングに入ってやっと、少しだけ顎を引いて言った。

「おやすみなさい」

何かおかしいと感じたのだろうか。母はぼくを呼び止めなかった。ただ「二階まで一緒に行く？」と訊いた。ぼくはもう一度首を振って見せた。速すぎることも、かといってのろすぎることもないよう二階への階段を上がった。部屋に入るなり服をすっかり脱ぎ捨てたのを憶えている。シャワーも浴びずにベッドに倒れ込んだことも。母が自分の部屋に入ってドアを閉める音が聞こえたことも。その音を聞いたとたん、酔いがさっと醒めたことも。そのあとはどうしたっけ。何をするでもなく天井を見上げて過ごしたはずだ。四十分後、「暴走癖」を発症して屋上の鉄扉から抜け出すまで。

（さっき見たら、お母さんから夜中に着信があってさ。それで電話したんだ。寝てるはずの時間なのにちょっと変だなと思って）

ふと、少し前のヘジンのことばを思い出した。さっきは気にも留めなかったが、今になって妙な気がした。母はどうして電話をかけたのだろう。ぼくのいつにない行動を変に思って？　ひょっとして、ぼくが屋上から出て行ったことに気づいたのだろうか。何時にかかってきた電話を、ヘジンは変に思ったのだろう。十一時？　十二時？　もしヘジンに電話したあとも起きていたなら、ぼくが戻るのにも気づいたのではないか。

いや。気づいていたなら、母が黙っているわけがない。ひっつかまえて問いただしたはずだ。子どものころ告白を強要したときのように、すべてを白状するまで寝かせてくれなかっただろう。こんな時間にどこへ行っていたのか、いつ出ていったのか、いつからこっそり抜け出していたのか……。あわや、遠い昔に卒業したはずの罰をまたも受けていたかもしれない。夜通し聖母マリアへの祈りをくり返すという罰。もしも血まみれのぼくを見ていたら、お祈りだけでは済まなかっただろう。ぼくが自分の部屋で目覚めたこと自体が、母と出くわさなかった証拠だ。

ぼくはベッドから下りた。ともあれ外に出てみよう。でなければわかるものもわからない。足跡を踏まないよう注意しながら、ドアのほうへ一歩ずつ進む。机の前まで来ると、体がおのずと歩を止めた。机の向こう、テラスのガラス戸に見知らぬ男が立っていた。ヤギの角のように逆立った髪の毛、皮を剝ぎ取られたかのように真っ赤な顔、白目だけが不安げにギラついている目。視覚的な衝撃で気が遠くなる。あの真っ赤な獣がぼくだって……？

ガラス戸の外は見通しが利かなかった。海から押し寄せる霧が壁のように視界を遮《さえぎ》っている。黄色い明かりだけが壁の向こうにぼんやりと浮かんでいた。母が、わが家専用の屋上に庭園をつくる際に設けたパーゴラの明かりだ。昨夜、鉄扉から出る際に点けておいたものだろう。いつもなら戻ったときに消してあるはずだが。

手の平の半分ほど開いているガラス戸も、同じ脈絡から不審に思われた。ガラス戸は閉めれば自動で鍵がかかるようになっている。そのため、テラスから出入りするときはドアを少し開けておかなければならない。わざわざ二階の廊下につながる「正規の出入り口」を使わないのであれば。ガラス戸の隙間は、普段開けておくちょうどそれくらいの幅だった。それならこれも、戻った際に閉められていなければならない。寝ぼけていようとしらふだろうと、一度閉めたなら二度と開けないはずだ。今は真夏じゃない、十二月も半ばの九日だ。おまけにぼくの部屋は海辺の新都市、さらには二十五階建てメゾネットマンションの最上階にある。戸を開けてわざわざ寒気を呼び込む理由などない。更年期を迎えて日に何度ものぼせる母ならいざ知らず。

納得のいく答えはただ一つ。昨夜ぼくは、出て行った戸から戻らなかった。玄関から入ったのだ。部屋についている足跡の向きからしても、テラスのガラス戸やパーゴラの明かりからしても。玄関から戻った理由はなんなのか、ぼくはどうしてこんなありさまなのか、室内の風景は何を意味しているのかについてはまだ説明がつかないが。

置き時計を確かめた。黒い文字盤に赤い数字が四つ並んでいる。05：45。水音は聞こえないが、母が浴室にいるだろうことは予想できた。十分後には、寝室を出てキッチンに向かうだろう。その前に外の様子を調べなければ。

内開きのドアを開けて廊下に出た。壁のスイッチを押して明かりを点ける。血痕と足跡がドアの前から廊下を経て、階段まで続いていた。金魚が雲の中を泳いだり、黄金色の波がたゆたう海を見ればこんな気分になるだろうか。ぼくはドアに背中をもたせかけて、普段「青組」と呼んでいる頭の中のオプティミストのささやきを聞いた。夢さ。まだ目覚めてないんだよ。こんなことが現実に起こるわけないだろ。

気乗りしないまま、ドアから背中を離した。胸倉をつかまれたかのように、足跡をたどってずかずか前進した。真っ暗い階段に下り立つと、頭上からセンサーライトの明かりが降り注いだ。足もとの風景が一つの画面として視界に捉えられた。階段の壁に取りつけられた安全バーをよじ登るようにして上へと続く真っ赤な手形、階段の一段ごとに残る足跡と血痕。ぼくは、踊り場の壁に飛び散った血しぶきと、壁をつたって流れ落ちた血の跡と、床に溜まった血だまりを、夢遊病者のようにおぼろげな意識の中で見下ろした。手形や足跡とは次元の違うものだった。もしもこれが現実なら、踊り場は何かが起きた「現場」であるはずだった。

ぼくは改めて自分の姿を確かめた。血の海に浸けたかのような手、血が干からびてごわごわになったセーターとズボンと足。ぼくが血を浴びた「現場」がここなのか。一体誰に？　疑問が膨らむとともに戸惑いも大きくなった。頭が混乱しすぎて何も考えられず、何も聞こえず、何も感じないことを戸惑いと呼ぶのなら。

よたよたと、人の皮をかぶった熊のように階段を下りていった。踊り場の血だまりを過ぎ、階下へと向きを変える。間髪入れず、足もとの風景が視界に飛び込んできた。わずか数分のあいだに、またも呼吸が乱れた。額を石で殴られたかのように、頭をのけ反らせて一歩後ずさる。思わずぎゅっと目を閉じていた。すかさず青組が耳寄りな代案を出してきた。ノープロブレム。これは現実じゃない。だから、母さんが出てくる前に部屋に戻るこった。ベッドに横たわってひと眠りするといい。目覚めたときには普段どおりの朝が待ってるさ。

だめだ。「白組」と呼んでいる頭の中のリアリストが口を開いた。状況をそうやって楽観的にはぐらかしちゃいけない。確かめるんだ。これが本当に夢なのか、違うのか。違うなら下で何があったのか、どうしてこんな格好で目覚めることになったのか突き止めるべきだ。夢なら、それから戻って寝ても遅くないだろう？

ぼくは目を開けた。階下には明るく電灯が点り、キッチンと階段を隔てる壁の下に血だまりが見え、血だまりの中にひと組の裸足があった。かかとはシルバー色の大理石の床を、つま先は天井を向いて並んでいる。足首から上は壁に隠れて見えない。まるで足だけを切り落としてつくられた置物のようだった。

人の足だろうか。人形の足だろうか。幻の足だろうか。白組の言うとおりだった。階段の踊り場から見下ろすだけでは答えは得られない。行って確かめるしかなかった。ぼくは乾き切った喉に無理やりごくりと唾を流し込んで、残る階段を下りていった。ここまで同様、血痕や足跡が一段ごとについている。加えて、踊り場から流れ落ちた血が、階段をつたってリビングの床まで続いていた。最後の一段まで来ると、血のついた裸足がものものしいリアルさをもってすぐそこに迫ってきた。

節々が出っ張った指と、高く幅狭な甲、血だまりに半ば沈んでいるかかと、左の足首に巻かれたアンクレット、アンクレットにぶら下がる手の平型の飾り。しゃっくりが飛び出した。内臓がひっくり返るような感覚。今からでも回れ右をして自分の部屋に戻りたかった。後悔することになる何かを見る前に、見たことを後悔する前に。

ぼくはえいっと最後の一段を下りた。玄関のある右方向にじりじりと首をひねった。階段下からキッチンの入り口まで、血が縦長の沼をつくっていた。その真ん中に女がいる。血のついた裸足は階段のほうを、頭は玄関のほうを向いてまっすぐに横たわる女。寝間着のように白くゆったりとしたワンピースを着た女。ふくらはぎを箸のようにそろえて伸ばし、胸の上に両手を置いて、長い髪で顔を覆っている女。精神病者の妄想にでも登場しそうな女。

一歩、女のふくらはぎのそばに近寄った。ワンピースのすそに覆われた太腿のそばへ、もう一歩。肘のそばまで来て立ち止まった。反り返った女の首が、顎の線に沿って鮮やかに切り裂かれている。左耳の下から右耳の下まで、とある屈強な手が鋭いナイフでひと息に切り裂いたように見える。半月の形にぱっくり割けた切れ目からのぞく肉は、魚のえらのように真っ赤だ。パクパク動かして息をしているかのような錯覚まで覚えた。そして乱れた髪の下から、真っ黒い瞳が視線を投げてきた。ぼくの目を瞬時に射抜く鉤爪《かぎ》のような目。こちらへ来なさい、と命令するような目だった。ぼくの体は、ほとんど反射的に命令に従った。クレーンのようにこわばった脚を曲げて女のそばに屈み込み、その顔に手を伸ばした。ぶるぶる震える手で、半ばやけくそに髪の毛を払いのけた。

(ユジン)

再び母の声が聞こえた。夢の中で聞いた声。うめくように、喉の奥へとしぼんでいく声。三度目に呼吸が乱れた。頭の中で汽車が衝突するかのような爆音が響いた。視界は波打つように揺れている。背中から力が抜け、足が血だまりの中へすっとはまっていく感じがした。ぼくは床に手をついて、のけ反るような格好でしゃがみ込んだ。

驚いた猫のように見開かれた目、黒く長いまつげに涙のように溜まった血、ほっそりした頬ととがった顎、丸く開いた唇。女は手の平型の飾りがついたアンクレットの持ち主だった。十六年前、あの島で夫と長男を失くした女だった。十六年間、ぼくだけにしがみついて生きてきた女。自分の遺伝子の半分をぼくに授けた女。母だった。

目の前が暗くなってくる。吐き気がした。体を動かすことができない。呼吸ができない。肺に熱い砂を詰め込まれたような気分だった。できるのは、母のそばにしゃがみ込んだまま待つことだけ。暗転した頭の中に明かりが点るのを。そうして何がしか手を尽くせることを。いや、本当は、すべて夢だと言い張る青組の主張さえ夢であることを願った。ぼくの中の時計がアラームを鳴らして、この悪夢から救い出してくれることを期待した。

時間はだらだらと流れた。家の中はぞっとするほど静まり返っている。静けさの中で柱時計が鳴り始めた。目覚めてから三十分経ったことを告げる音だった。母がキッチンで動き出す時間、牛乳とバナナと松の実とクルミをミキサーにかけてぼくの部屋に運んでくる六時。

時打ちの音はやんだが、母はぼくの膝もとに横たわったままだ。ぼくは真っ暗で恐ろしい絶望に捕らわれた。夢じゃなかったのか。母は実際にぼくを呼んでいたのか。助けてくれと。

気が気でなかった。下腹部がにわかに重くなってくる。へその下を針で刺されたような痛みが走る。急でいて、強烈な尿意。子どものころ、「線路の夢」を見るたびに迫ってきた貨物列車のような圧迫感だった。起きなければと思いながらも身動きできない、金縛りのような締めつけ。ぼくは膝を引き寄せた。太腿をくっつけ合わせ、両手でぎゅっと押さえつける。冷や汗が流れた。

#

冷や汗が流れた。今しがたの出来事があまりに情けなくて。ぐっしょり濡れた掛け布団とシーツ、尻と背中にぴったりくっついた寝間着、漂うおねしょの臭い。これで連続三日だ。母が知れば鬼のように怒るだろう。赤ちゃんでもあるまいし。突然どうしたの？　兄とぼくを並べて座らせ、問いただすだろう。あなたたち、正直に答えなさい。おととい、学校帰りにどこへ行ってたの？　何があったの？

兄とぼくは新村《シンチョン》付近にある私立小学校の一年生だった。出版社で編集者をしていた母は、ぼくたちを毎日車で学校まで送った。会社がY大学の裏にあったから可能な動線だった。放課後にぼくたちが向かうのは、母の出版社からほど近い美術教室だった。よく言えば美術教室、実際はぼくたちの放課後を引き受ける保育施設に近かった。学校から近く、スクールバスのルートも合わなかったので、ぼくと兄はそこまで歩いて通っていた。町を見物したり、あれこれ買い食いしたり、時には寄り道したりしながら。母にとってはその「寄り道」がいつも心配の種だった。

「線路に入っちゃだめよ。必ず大通りを通るのよ」

「そうするよ」と答えておいて、そうはしなかった。時々、実際はしばしば、足首まで雑草が伸びた京義線《キョンイ》の鉄道レールに沿って歩いた。当然、おとなしく歩いてはいられない。ぼくたちはその場でさまざまなゲームを考案し、考案したゲームで勝負した。腕を広げて空を見上げ、つま先で路面レールをたどって歩くかかし競争、よりたくさんの枕木を飛び越えた者が勝つ幅跳び競争……。中でも一番好きだったのは、線路と近くの荒れ地を行き来しながらくり広げるサバイバルゲームだ。ぼくたちは同じ武器を持っていて、結果は常に引き分けだった。母の基準で選んだ「音だけは派手な機関銃」のおかげで。

三日前の朝、登校するぼくたちのかばんには本物のゴーグルとBB弾が入っていた。父がアメリカ出張のおみやげに買ってきてくれたのだ。母は危険なおもちゃを買ってきたと渋い顔をしたが、ぼくたちは大喜びだった。ゴーグルも、銃弾を手にしたのも、六連発で撃てる銃も初めてだった。一刻も早く撃ってみたくてそわそわし、四時間目の授業は退屈この上なかった。兄もぼくも、頭の中には京義線新村駅のことしかなかった。

学校が終わると、ぼくたちは一目散にそこへ向かった。かばんを背負ったまま、線路と荒れ地を縦横無尽にめぐりながら銃を撃ちまくった。母の心配や美術教室のことなどすっかり忘れて。時が経つのも忘れて遊んだ。銃弾をすべて使い果たしたとき、ぼくたちはその向こうに新村駅舎が見える、荒れ地の片隅に向き合って立っていた。引き分けだったが、両者とも結果を受け入れるつもりはなかった。そして駆けっこで勝負をつけることで合意した。ゴールは新村駅舎。

一、二、三、を数えるが早いか、ぼくははじかれたように飛び出した。初めのうちは兄より一歩先を走っていた。半ばでは並び、後半では二、三歩遅れた。最後の障害物である線路にたどり着いたころ、兄はすでに線路向こうの斜面を駆け下りていた。遠い地平線から汽車が走ってくる。すでに勝負は巻き返せない状況だったが、ぼくはあきらめなかった。がむしゃらに身を躍らせて線路を飛び越えると、背中で激しく揺れていたかばんが肘を殴りつけた。その拍子に、汗まみれの手から銃が抜け落ちた。そのことに気づいたとき、ぼくの体はすでに反対側の斜面に転げ落ちるように着地していた。

ぼくは無我夢中で身を起こし、後ろを振り返った。銃は荒れ地側のレールへと飛んでいった。前方から、揺らめくかげろうとともに汽車が走ってくる。このままでは銃が粉々に砕かれてしまう。だから、ぼくはそれ以上考えなかった。地面を蹴って、まっすぐ線路まで駆け上った。貨物列車だとわかるほどの近距離だったが、銃をあきらめるわけにはいかない。

「ユジン」

兄が何か叫んだが、ぼくは最後まで聞かなかった。

ポッポー。汽笛が鳴ったが、振り返りもしなかった。

銃目がけて線路に身を投げた。銃を握りしめて斜面を転がり落ちたときには、ガタゴトいう汽車の轟音と猛烈な風が頭上に吹きつけていた。そして、背後から兄の叫び声が聞こえてきた。

「走れ」

ぼくはそうした。もしや機関士が汽車を停めてぼくを捕まえに来はしまいかと。どこかで状況を見守っていた駅員が警察を呼びはしまいかと。走っているあいだ中、誰かに襟足をひっつかまれそうな気がして体中がぴりぴりしていた。股が裂けたズボンに泥だらけの顔、髪の毛が総立ちになった姿で兄と再会したのは美術教室の前だった。制服のズボンと汚れた顔を解決してくれたのは美術教室の先生。もちろんぼくたちは「何があったのか」について正直に話さなかった。最後まで一点張りを通した。

「運動場で駆けっこをしていて転んだんだ」

問題が起こったのはその日の夜から。眠りにつくなり、ぼくは線路わきの荒れ地に連れ出された。事件を再現するかのように、昼間と同じ状況がくり返された。銃を拾い、汽車が迫ってくると、違わず下腹部に圧迫感を感じた。汽車が通り過ぎ、目を覚ますと、寝ていた場所もぼくの身も悲惨な状態になっているのだった。それも連続三日目。どうしたらいいだろう。

途方に暮れる一方で、眠気は一向に収まらない。しばらくすると、あらゆる問題がくだらなく思えるほど強い眠気が押し寄せてきた。ぼくは小便がしたたる寝間着を脱いでベッドに投げた。小便臭い裸で枕一つを抱え、兄の部屋へ向かった。そっと掛け布団をはぐり、こちらに背中を向けて寝ている兄のとなりに滑り込む。体をくっつけて横たわると、兄から荒れ地に漂っていた青くさい草の匂いがした。自分の体の小便臭さが嘘のように消えていく。目を閉じ、再び眠りに落ちた。同じ夢がくり返された。とはいえ同じ失態はくり返さなかった。線路に飛び込む直前、兄が大声でぼくを止めてくれたからだ。

「汽車だ、汽車が来る」

兄の部屋で寝始めたのはそれからだ。その年も年が明けてからも、ぼくが九歳の春に、兄が死ぬまでずっと。兄のそばにいれば、その夢を見ることはほとんどなかった。ひょっと線路に連れ出されることがあっても、兄の声が失態を防いでくれた。あのころのように、兄のベッドに潜り込みたい衝動に駆られた。兄のとなりに横たわれば、この悪夢を切り抜けられるよう助けてくれそうな気がした。

兄さんはずいぶん前に死んだろ。頭の中で白組が言った。自分で解決するんだ。

風がベランダの窓をドン、と叩いていった。音の波動が寒気のように耳もとから忍び込む。目の奥で血がドクドク響く。ぼくは歯の隙間に溜まった唾を飲み下した。そう。兄はいない。尿意をこらえるため、もう一度膝を寄せて姿勢を正した。母の顔へ手を伸ばす。次の瞬間、今にも嘔吐しそうに横隔膜がひきつった。肩に力が入り、肘も伸ばせない。指先は宙でわなわな震えている。体全体にブレーキがかかったような気分。顔までの、手の平二つ分ほどの距離があまりに遠く、手が届くのに百万年はかかりそうだ。

母さんを取って食ってやろうってわけじゃあるまいし。頭の中の白組が気色ばんだ。確かめてみようってだけだろ。本当に息をしてないのか、本当に心臓が止まってるのか、本当に体温が下がってるのか。だからとっとと手を伸ばして母さんに触ってみろと。

フーッ、フーッと息を吐いた。母の鼻の下に中指をあてて待ってみる。呼吸の気配は微塵もない。暗紫色の血で覆われた頬は冷たく、乾いていて、硬い。肌ではなく、固まりかけの粘土を触っている気分だった。手を動かし、胸の中央、左右と順に触ってみる。十二対の肋骨のどの隙間からも心臓の鼓動は感知できない。体温も感じられない。母は本当に死んだようだ。

肩から力が抜けた。脱力感がもやのように立ち込めた。ぼくは何を望んでいたのだろう。まだ生きているかもしれないと期待していたのか。夢かもしれないという希望を最後まで捨てていなかったのか。だとしたら、これで最終結論が出たことになる。これは夢じゃない。ぼくは殺人現場に座っている。

（家で何かあったわけじゃないよな？）

記憶の中でヘジンの声が訊いた。何か、それもこんな類《たぐい》の何かだとわかっていたら、ヘジンが戻るまでベッドから出なかったはずだ。むろん、あいつが戻ったからといって「何か」が「なかったこと」にはならないだろう。それでも今みたいに、母の死体の前で呆然としゃがんでいることはなかったはずだ。腑抜けたように、何をすべきかわからず途方に暮れることもなかっただろうに。

ぼくは顔を上げた。ぴったり閉まった玄関の内ドアが正面に見える。ドアの前からリビングまで続く短い廊下、廊下の左手にヘジンの居候部屋、その向かいにヘジン用の浴室、リビングと向かい合わせにカウンターテーブルとロの字形のキッチン、キッチン入り口と壁を挟んで二階へ続く階段、階段横の書斎と母の部屋で挟まれた短い廊下、廊下のつきあたりにある飾り棚、その上に置かれた小ぶりの柱時計、小刻みに電子運動する時計の針……。見慣れたいつもの空間と事物が、突然、見知らぬよそよそしいものに感じられた。頭の中ではいくつかの問いがリフレインのように響いている。誰がやったのか。いつやったのか。なぜやったのか。

まず最初に、家の中にこっそり忍び込んだ「誰か」について考えた。ほぼ同時に、「このところ群島新市で泥棒や強盗が横行している」という噂を思い出した。まったく信憑性のない噂ではなかった。今しがた自分がつくったというささいな弱点はあるが。

群島新市は入居が始まって間もない地域だ。物件はまだ半分も埋まっていない。商圏や交通、公共施設などの生活インフラもまともに整っていない。治安機関といっても、新市1地区と2地区をひっくるめて管轄する交番が一つあるきり。当然、ありとあらゆる窃盗犯がのさばっているだろう。中にはそこの住人と一緒に出入り口を通り抜け、屋上の鉄扉を開けて入ってくる侵入者もいるに違いない。マンションに専用の屋上を持つ上流階級層が彼らのメインターゲットだろうから。昨夜、わが家にそいつが、あるいはそいつらがやってきたと仮定して、想像の羽をさらに広げてみた。

そいつ、またはそいつらは、屋上の鉄扉から侵入する。鉄扉の錠を開けなければならないが、さほど難しくはないはずだ。数時間前にぼくがその鉄扉から出る際、防犯用の二重のかんぬきを外しておいたから。その後、家の中を好き放題に漁《あさ》ったことだろう。主のいない二階の部屋と一階の居候部屋、リビング、書斎。睡眠薬を服んでも眠りの浅い母は、何者かの気配に目を覚ます。万人が知る鋭い直感で、ぼくやヘジンでないことに気づくだろう。もしもそのときベッドから起き上がったなら……。

勇ましくドアを開けてリビングを見渡しただろうか？　誰だと叫びながらリビングへ出ただろうか？　もしかすると、携帯電話を取ってまずぼくに連絡したかもしれない。携帯を置いて出たせいで、ぼくは救助要請に応じられなかった。母は次に、ヘジンに電話しただろう。とすれば、ヘジンが出られなかったという昨夜の電話の説明がつく。

まさにそのとき、他の部屋を漁り終えた「誰か」が寝室に入ってくる。母はどんな行動に出ただろうか。寝たふりをしただろうか。ドレスルームか浴室に隠れただろうか。それとも、ガラス戸を開けてベランダに逃げただろうか。それも違うなら、助けてくれと悲鳴を上げただろうか。包丁で抵抗を試みようとキッチンに飛び込んだだろうか。そうしてテーブルの前で捕まり、もみ合いになったのだろうか。とにかく明らかなのは、キッチンと階段を隔てる壁の前で事が始まったという点だ。状況は数分で終息しただろう。いくら母が勇ましいといっても、「誰か」が老いたヤギのように弱っていたとしても、女と男は物理的な力において勝負にならない。

ぼくが発作直前のゾンビのような状態で家の前に着いたのはそのときだったのかもしれない。母がうめくようにぼくの名を呼びながら倒れたそのとき、ぼくが夢だと記憶しているまさにそのときに。名前を呼ばれたぼくは、屋上の鉄扉でなく玄関から駆け込んだのだろう。見ると、母はすでに倒れており、「誰か」はナイフを手にぼくに飛びかかった。はて、「誰か」と格闘をくり広げる自分を想像してみた。相手が「そいつら」ならいざ知らず、「そいつ」だとしたら、ぼくを押さえ込むのは難しかったのではないか。そいつは屋上へ逃げようとして、踊り場でぼくにとっつかまる。その後何が起きたのだろう。

想像を裏づける記憶はゼロだ。昨夜零時以降の時間は闇の中も同然だった。それでも、つじつまの合わない想像ではない。「そいつ」を制圧したあと発作が起こったのなら、どうにかベッドにたどり着いて深い眠りについてしまったのなら、前後の数時間の記憶を失っていてもおかしくないのではないか。とすれば、ぼくは今何をすべきか。通報……。そうだ、通報しなければ。

リビングのテーブルまで膝で歩いた。ドックから威勢よく受話機を抜き取る。どこに通報するのだ。119番？　警察署？　指が何度となくボタンの上を滑る。数字が視界の焦点から好き勝手に飛び出していく。そのせいで、番号案内のオペレーターの声が「お電話ありがとうございます」と言った。喉の奥からグウ、なのかキュウ、なのかわからない音が漏れた。

　手の平を太腿にこすりつけて、もう一度、ボタンを一つずつ、ゆっくり押す。1、1、0。内容を整理して伝えられるよう、話の順を決めながら顔を上げた。その瞬間、百万ボルトの電流が走ったように背筋が凍った。ベランダのガラス戸に、目覚めたあと初めて対面した男がひざまずいていた。真っ赤な顔の中で白目だけをぎらつかせている男。トゥルルル、という呼出音にぎくりとして、母のほうを振り返った。警察が目にすることになる家の中の風景が一気に描かれた。首を引き裂かれ、血だまりの中で息絶えている女、そのそばで受話機を手に呆然としゃがみ込んでいる血まみれの息子。

「仁川《インチョン》地方警察庁です。何がありまし……」

　ぼくは受話器の終了ボタンを押した。何があったと言うつもりなのかもう一度考えてみた。目を覚ましてみると母が死んでおり、状況からすると正体の知れない「誰か」のしわざと思われ、なぜか自分の体が血まみれで、自分の部屋にはおびただしい流血の跡があるが、ぼくは絶対に「そいつ」ではないから信じてくれ、とでも言うのか。果たして警察が信じてくれるだろうか？　頭の中の白組が警察の代わりに答えた。いっそ母さんが自分で首を切ったとでも言うんだな。

　泥棒説を証明するには、どちらか一つが必要だ。「そいつ」かそいつの「死体」。階段と踊り場にあるのは「そいつ」の痕跡だけ。ぼくとの格闘で重傷を負ったのなら、「そいつ」は家の中にいるはずだ。重傷を負って隠れ、夜のうちに死んでしまったのなら「死体」があるはず。もしそうであってくれたら、ほとんどの説明がつく。ぼくが血まみれで目覚めた理由、踊り場とリビングの二カ所に血だまりができている理由、母がヘジンに電話をかけた理由、ぼくに昨夜零時以降の記憶がない理由、その他あらゆる疑問の。

受話器をドックに戻した。心臓で血が躍っている。推進力を得た思考がひとり歩きを始める。手足が勝手に動き、暗転していた神経回路にエンジンがかかる感覚。頭の中には「誰か」が隠れられそうな場所が次々に浮かぶ。体を横たえることができる暖かい空間、外部の目から守られ簡単には見つからない隠れ場所。この家にはそんな場所が十カ所ほどあった。

ぼくは体を起こした。足音を忍ばせ、息を殺して、母の部屋の前に立つ。ひょっとすればひょっとするかもしれない「そいつ」の奇襲に備えて、ドアノブを回すと同時に扉を蹴破って中に飛び込んだ。次の瞬間、ぼくは目を丸くしてベッドのわきに立ち尽くした。

部屋は整然としていた。あるべきものが一つもない。血痕や足跡、もみ合った形跡など。ベランダのガラス戸にかかったカーテンはきちんと閉まっている。ガラス戸から腕一本分の間隔を空けて置かれたベッドには、人が寝ていた形跡さえない。まっすぐに立て置かれた枕、ぴんと伸ばされてしわ一つない羊毛布団。ガラス戸とベッドのあいだのサイドテーブルにはスタンドと置き時計があり、ベッドの足もとの長椅子には大きな四角いクッションが並べ置かれている。目覚めた母が整頓した直後のように、清潔で秩序ある風景だった。

乱れていたのはベッドの向かいだけ。壁際に置かれたライティングビューローの隅にボールペンが一本転がっており、背もたれの高いレザーチェアは後ろに引かれた状態だった。その下に茶色い膝掛けが落ちている。きちんと畳まれた状態から推測するに、膝に掛けていたのではなく、肘掛けに掛け置かれていたものが落ちたようだ。

ぼくはベッドを飛び越えて、ベランダのカーテンを開けた。何もない。カーテンの背後にも、ガラス戸越しのベランダにも。クローゼットを一つひとつ開けてみる。一つ目のスペースには枕やクッション、カーテンなど、真ん中には修学旅行生が十組は泊まっていけそうな寝具と毛布、三つ目には雑多なものを詰めた箱が積まれていた。ドレスルームのドアを開けてスイッチを上げる。書斎と母の部屋をつなぐ通路に明かりが点ると、母の部屋と変わらない風景が現れた。アイスリンクのように白くつるつるした強迫的な大理石の床、サンプルの化粧品までもが列をなして並ぶ強迫的な化粧台、服の幅をぴしっと揃えて畳んだ強迫的な引き出し、季節ごとの服に一枚一枚カバーをかけた強迫的な衣装だんす。「そいつ」の痕跡はどこにもなかった。浴室も同じだった。乾式の床には水滴一つ残っておらず、ほわほわした空気中にはかすかなシャンプーの匂いが漂っている。

書斎のドアを開けて中に入る。父の遺品と母の本が保管されている部屋で、ここも変わった点はない。ぼくは書斎からリビングに通じるドアを開けて出ると、階段の前を通ってキッチンに入った。ここもきれいだった。足跡や血しぶきはおろか、一滴の血も落ちていない。奇妙なことに、血だまりは母が横たわるキッチンの前にだけできているのだ。ここで事件が起こったのなら、その影響圏にあるもの、リビングの床、キッチンの床、アイルランド風のカウンターテーブル、メインテーブル、シンク、食器棚に至るまですべて血まみれになっているべきではないか。階段の踊り場のように「何かが起きた現場」であることがひと目でわかるぐらいに。

残りのスペースを順に回る。キッチン後方のベランダと玄関側の浴室、居候部屋まで。どこもきれいだった。ぼくは部屋を出ようとして、敷居の上で立ち止まった。振り返り、改めて空っぽの部屋を見渡した。ヘジンのベッドと大型ホームシアター、衣装だんす、机、ジャージのズボンと半袖Tシャツが掛け置かれた椅子。

待て。そうではないのかもしれない。ヘジンが仕事や旅行以外で外泊することはめったになかった。映画会社の人に会ったり、学校の先輩と飲み会や映像の作業をする日でも、寝るときだけは家に戻ってきた。母が外泊を禁止したわけでもないのに。そんな奴がよりによって昨夜、外泊したのだ。加えて、ぼくが目覚める時間に電話をかけてきて「何かあったのか」と尋ねた。何かあったことを知っているかのように。あるいは、ぼくを階下に誘導するかのように。

頭の中で、一瞬にして一つのシナリオができあがった。

ぼくが発作を起こして眠っているあいだに、ヘジンが家に戻ってくる。「なんらかの理由」で母に襲いかかる。母は逃げようとして捕まり、殺害される。ヘジンはぼくに濡れ衣を着せようと二階へ上がり、床に足跡と血痕を残して、ぼくの体に血を浴びせる。そして悠々と家を出ていく。

後ずさりするように、あたふたとその想像から抜け出した。居候部屋のドアを閉めながら、そちらのドアもぴたりと閉めた。それはシナリオなどではない、狂った考えだった。ぼくはヘジンをよく知っている。十年間ともに生きてきたのだから、その月日の分だけは知っているものと信じている。ぼくの知るとおりに判断するなら、ヘジンが母を殺す確率は、母がヘジンを殺す確率よりも低い。二人の関係がどうのというより、「キム・ヘジン」という人間はそういう人間なのだ。ヘジンの人生においてもっとも大きな逸脱は、中学卒業間近にR指定の映画を見に行ったことだ。それも、母を保護者として付き添わせ、ぼくをお伴にして。

玄関の内ドアを開けて前室を見下ろす。上がりかまちの下に靴が四足並んでいる。母のサンダル、ヘジンのサンダル、母の白いスニーカー、泥のついた黒いランニングシューズ。ランニングシューズはぼくのもので、もともと玄関に置いてあったものではない。自室の浴室の天井に隠しておいて、屋上から出るときだけ取り出して履いていたものだ。屋上から戻ったのなら、玄関にあるはずのないもの。昨夜ぼくが玄関から戻ったことを裏づける第一の証拠が出てきたわけだ。

一つ不思議なのは、母のスニーカーも濡れていると いう点だ。水が浸みたなどというレベルではなく、一度水の中に浸したかのようにぐっしょり濡れていた。ぼくは昨夜、謝恩会から戻ったときのことを思い浮かべた。玄関ドアと対峙していたそのとき、母が履いて出てきたのがこの白いスニーカーだ。あのときも濡れていただろうか？　そこまでは思い出せない。ただ、常識的に考えて、また、母の性格からしても、濡れたスニーカーを履いて出る可能性はほとんどない。その後また外出したのならいざ知らず。それも車で出かけるのではなく、ぼくのように雨の中を走り回ってから戻ったのでなければ話が合わない。これほどぐっしょり濡れるとなれば。

身を翻《ひるがえ》し、玄関の内ドアを閉めた。そのとき、ドアの傍らに置かれていたゴアテックスの黒い防水ジャンパーと、中に着るキルトベストが視界に入った。昨夜ぼくが、セーターの上に羽織って出た服だ。びしょ濡れのスニーカーと同じぐらい理解できない代物だった。どうしてこれがここにあるのか。理解しようと懸命にパズルを組み合わせてみる。

母の悲鳴を聞いたぼくが玄関に飛び込んでくる。キッチンの前で血を流して倒れている母を見つける。その渦中、雨に濡れたパーカーとベストを脱いで内ドアのわきに置き、家の中に入る……。そんなばかな。目覚めて以来、何一つ理屈に適うものはないが、その中でももっとも理屈に合わない。

ぼくは前屈みになってパーカーとベストを拾い上げた。どこからか音楽が聞こえてきたのはそのときだ。『ライオンキング』のテーマ曲、「ハクナ・マタタ」だった。ぼくの知るところによれば、それは母が最近変えた携帯電話の着信音で、リビングのソファの辺りで鳴っているようだった。

あたふたと、パーカーをつかんだままリビングに戻る。携帯電話は捜すまでもなく、すぐに目についた。警察に電話をかけているときも気づかなかった場所、リビングのテーブルの隅に置かれていた。母が通りがかりによく置く場所だった。暗転した画面には予想外の名前が浮かんでいた。

ヘウォン

おばがなんの用だろう。それもよりによって、こんなことが起こった朝に。電話はさらに五、六度鳴ってから切れた。切れたと思った瞬間、コードレスホンが鳴り始めた。今度もおばだった。受話器の画面に表示されている時刻は六時五十四分。一時間半差で、ヘジンとおばが同じことをしているわけだ。おのずと一つの疑問が浮かんだ。昨夜、ヘジン同様、おばのもとにも母から電話があったのだろうか。

答えを求めて、母の携帯電話を手に取った。画面を開くのはさほど難しくなかった。母がぼくを知っているのと同じぐらい、ぼくも母を知っていたから。確認すると、母がヘジンに電話したのは一時半、「キャンセルした通話」と表示されている。おばには一時三十一分にかけ、約三分通話していた。少なくとも、一時三十四分までは母は生きていたことになる。

記憶を昨夜零時まで遡った。もっともはっきり憶えている時点、記憶の最後の部分、安山行きの最終バスから降りた女を見かけた、防潮堤の横断歩道の前へと。そこから家までは二キロ余り。遠くも近くもない距離だ。歩いて二十数分、途中で走れば十五分、走り続ければ十分ほどだろうか。記憶どおり家まで飛んできたなら、零時十分ごろにこの棟の出入り口を通過したはず。階段を駆け上がる時間まで合わせても、零時十五分には玄関前に着いていただろう。記憶とは異なり歩いたとしても、零時半を過ぎてはいなかったはずだ。

零時半ごろにリビングに入ってくるぼく、一時三十四分以降にリビングとキッチンのあいだで死んだ母。

何がどうなっている。おかしなゲームに巻き込まれた気分だ。行き違うタイミング、矛盾する状況的手がかりによって、取るに足らない推論さえも行き詰まってしまった。ここまで追跡してきた「そいつ」も可視距離から消えてしまった。もしかすると、初めから何か見逃しているのかもしれない。重要だが目に見えないもの。すべてのつじつまを合わせ、一つに結びつける何か。

パーカーと携帯電話を手に、母のほうを振り向いた。血だまりにまっすぐ横たわる母がぼくを迎えた。まるで眠っているようだ……。ここにきて、見逃していたある事実にぶつかった。母の姿勢は、殺害されたにしては不自然だった。誰かに首を裂かれ、血を流しながら倒れた人間が、自ら髪を振りほどいて顔を覆い、手を胸にあて、まっすぐ横になって息絶える可能性はいかほどだろう。

母のかかとのほうへ寄ると、これまで見過ごしていたものが目に入った。階段からしたたり落ちた血の上に、重く大きな物体を引きずりおろした跡があった。具体的に想像するなら、母の死体だとか。続いて、同じ脈絡とおぼしき痕跡が目に留まる。「引きずりおろされた跡」のそばにある、たくさんの足跡。一旦下りてきて再び上がっていった足跡が、手形のようにくっきりと形を残して干からびている。ここに、母の姿勢と玄関に向けて置かれた頭の位置を照らし合わせると、おのずと一つの仮説が成り立った。

誰かが階段の踊り場で母を殺害したあと、引きずりおろして、あの場所にあの姿勢で寝かせた。

実《じつ》のない仮説だった。未だに「なぜ」と「そいつ」の正体は説明がつかない。外部からの侵入者でもヘジンでもないとすれば、残るは……。にわかに浮かんだ答えにぎょっとして、母を振り返った。考えるまでもなく、反射的に首を振った。首を振ったとたん、頭の中に白組のことばが蘇った。いっそ母さんが自分で首を切ったとでも言うんだな。

そうだ。そうかもしれない。「なんらかの理由」により階段の踊り場で自ら首を切り裂いたのかもしれない。ぼくも「なんらかの理由」で母の自害を防げなかった。発作を目前にして身動きが取れなかったとか、そのため、冬の日に歩きながら冬眠している熊のように朦朧としていたとか。母は床に崩れたあと、階下へと滑り落ちていく。ぼくは階段を下りて、母を今の位置に移す。「発作が治まったら問題を解決する」つもりで取った、最低限の応急処置だろう。母をまるで眠っているかのような姿勢にしたのは、「まともではない状態」という前提から理解すればよいだろうか。だとしたら、習慣のようにこうあいさつしたかもしれない。

(おやすみなさい)

頭の中で何かがひらめく感覚。希望が見えたような気がした。二つの「なんらかの理由」を解明すれば、「疑われる」不安を持たずに警察を呼べそうだ。その気になれば、理由ぐらい解明できないことはない。解明できなくても、つじつまを合わせることはできる。結果に合わせてつじつまを合わせるのは、元来ぼくの得意とするところだ。母はそれを「嘘」と切り捨てたが。

ぼくは階段を上った。床についた痕跡に触れないよう気をつけながら、すばやく駆け上がった。踊り場の床には階下よりはるかに大きな血だまりがあり、凝固しつつあった。そこについた足跡は、これまで見たものとはまったく違う配列を成していた。どこかへ向かっているのではなく、全方位に向けて乱雑に跡を残している。うろうろと右往左往した痕跡。

(ユジン)

闇に包まれた記憶の中から、母が呼んだ。感情を抑えたような低い声だった。はい、と答えさせる高圧的な声。ぼくは思わず足を止め、暗紫色の血をかぶったように、天然木の壁を振り向いた。何かに追い込まれたかのように、そこに背をもたせかけて立つ自分の姿がちらついた。ぼくは息を止めた。

（どこに行ってたの）

どの時点から聞こえてくる声だろう。昨夜なのか。防潮堤から戻ってきたあのとき？　ぬかるみのような意識の底でかすかな光が明滅したが、それだけだった。一度瞬《まばた》きすると、自分の姿も光も消えてしまった。声ももう聞こえない。ぼくは残りの階段を上り切り、二階の廊下に立った。大理石の床についた足跡に沿って歩く。かかとに力を入れて踏ん張るようにして歩いているのに、体が床の上をつるつる滑っていくようだ。血まみれのドアノブを回して部屋に入り、ベッドの足もとに立つと、再び母が飛び出してきた。

（止まりなさい）

ぼくは、そこで終止符を打っている最後の足跡と並んで立った。足の大きさは完全に一致している。じりじりと顎をもたげて室内を見回す。手の平の半分ぐらい開いたガラス戸、片側に寄せられたブラインド、霧の中でゆらめくパーゴラの明かり、整理整頓された机、家で着る普段着を掛け置いた椅子、サイドテーブルに立て置かれたコードレスホン、血だらけの枕と掛け布団。手の中から母の携帯電話が抜け落ちた。ようやく気づいたこと。これまで見つけた手がかりや状況証拠は一様にある人物を指し示していた。「そいつ」は「ぼく」だと。

ベッドの端に腰かけた。背筋をぴんと伸ばし、たった今気づいた事実に必死で反論しようとした。「そいつ」がぼくだとしたら、「なぜ？」はどう説明するのか。昨夜、ぼくは十二時半前後に帰宅した。そのとき母に出くわしたなら、ずいぶん長いあいだ捕まっていた公算が大きい。どこに行っていたのか問い詰めるうちに、ぼくが発作直前にあることに気づいたかもしれない。だとすれば、薬を服んでいないことも見抜いたはずだ。母のもっとも得意とする「ねちねちしたお咎《とが》め」が始まったことだろう。だとしても、それが「なぜ?」を満たすほどの動機にはならない。叱られたからとかっとなって殺人を犯すのなら、息子の手で殺されない母親は世間にいくらもいないだろう。

背筋がふにゃふにゃとゆるんだ。これは反論ではなく主張だ。今のところ、誰も信じないであろう主張。今ぼくに必要なのは、この主張を信じてくれる人だ。誰がなんと言おうと、どんな証拠が出てこようと、もっぱらぼくのことばだけを信じてくれる人。一つの顔が目の前をかすめる。ぼくは無意識のうちにぎゅっと握りしめていたパーカーを見下ろした。大ぶりのフードがついた、背中に「課外」という青い文字の入ったゴアテックスの黒いパーカー。どうだろう。あいつならぼくを信じてくれるだろうか。この事態を解決するために、ぼくを守り、手を貸してくれるだろうか。

この八月の、ある日の記憶が呼び起こされた。LEET（Legal Education Eligibility Test：法学適性試験）が終わった翌日のことだ。ぼくは晴れ晴れとした気持ちで木浦《モッポ》行きの汽車に乗り込んだ。ヘジンに招待されて出かけたのだった。

当時、ヘジンは『課外』という映画の演出部スタッフとして働いていた。ロケ地は新安《シナン》の荏子島《イムジャド》（全羅南道新安郡にある島）で、そこに滞在して三ヵ月目だった。島という孤立した空間で寂しさがつのっていたのか、ヘジンは毎日のように電話をかけてきて「何してる」と訊いた。酒でもひっかけた日には一時間ごとに電話をかけてきて、「今何してる?」と訊くのだった。そのたびに、試験が終わったらすぐに来いということばを追伸のようにつけ加えた。

「ぜひ見せたいものがあるんだ」

「なんだよ?」と訊くと、「来てみりゃわかる」と言う。ぼくはわかったと答えながらも、その提案をまともに受け止めていなかった。ひどい頭痛に苛《さいな》まれていた時期で、すべてが面倒だった。試験の準備で忙しく、荏子島のことなど考える余裕もなかった。何より母の顔色を窺《うかが》うのがいやだった。

二十五歳になるまで、ぼくはひとり旅をしたことがなかった。誰もが経験するというバッグパック旅行や語学研修は言うまでもなく、母は軍隊に逃げ込もうとするぼくを引きとめ、町役場で社会服務要員として勤務（兵役代替服務制度の一つ）させた。理由は、「夜九時以降は出入り禁止」と同じ。ぼくが見知らぬ場所であぶられたイカになることを心配して。

試験が終わった日の夜、ぼくはテーブルの前でヘジンからの電話を取った。

「明日で撮影は最後だから、絶対来いよ。ひと晩泊まって、あさって一緒に帰ろう」

ぼくは母の顔色を窺いながらまごついていた。機転の利くヘジンは、母に代わってくれと言う。

「俺から言ってみるよ」

果たしてヘジンの「おことば」には威力があった。ヘジンの話を黙って聞いていた母は、「いいわ」と言った。もちろん、小言まで引っ込めたわけではない。薬を服むのを忘れないこと、酒を飲まないこと、他人に迷惑をかけないこと……。光《クァン》明《ミョン》駅まで送ってくれているときには「深いところでは泳がないこと」とつけ加えた。自分の息子がかつて有望な水泳選手だったことをすっかり忘れてしまっている顔だった。

木浦に着くまでは楽しかった。新安の智《チ》島《ド》行きの市外バスの中でも、これといった問題はなかった。異常が現れ始めたのは、占《ジョ》岩《ア》船《ム》着場で船に乗ってからのこと。荏子島までの二十分あまり、ひどい生臭さと、太陽光に目を突き刺されるような幻覚に襲われた。発作前駆症状なのかは定かでなかった。生臭さは血の匂いに似ており、目を焼かれるような幻覚は日射病の症状と区別がつかなかった。

実のところ、薬さえ服んでいれば二つの症状を区別できないはずはなかった。問題は、LEET試験の二日前から薬を断っていたことだ。自分の意思で服薬を中断したのは、初めて発作を起こした十五歳のとき以来だった。当初は試験当日まで中断するつもりだった。計画どおりなら前日の夜から薬を服んでいたはずだったが、ヘジンからの電話で気が変わった。荏子島から戻った日から服薬を再開しようと決めた。二日延びたぐらいで大事にはなるまいと。禁制を解かれた自分をもう少し味わいたくもあった。

船が荏子島の船着場に着くころ、幻覚は目もまともに開けられないほどひどくなっていた。船から降りてタクシーに乗るころには、鼻先で血の匂いが炸裂していた。背中をだらだらと汗が伝い、悪寒が走った。遅ればせながら発作だと確信したが、戻るには家はあまりに遠い。なるべく早く目的地に到着し、ヘジンの宿に這い込む以外に手はなかった。ぼくは運転手に下牛《ハウ》里《リ》港まで飛ばしてくれと伝えた。運転手が答えた。

「いっちょやってみますか」

車が飛ぶように走っているあいだ、ぼくはこくりこくりと舟をこいでいた。途切れとぎれに意識を失っていたような気もする。お客さん、と呼ぶ声に目を開くと、運転手が振り返ってぼくの膝を揺さぶっていた。

「下牛里に着きましたよ」

車は漁港に着いていた。ぼくはなんとか体を起こしてタクシーを降りた。さらに移動する必要はなかった。そこがまさに「撮影現場」だったから。消波ブロックが積まれた防波堤の上を二人の男が走り、カメラが彼らを追い、背後で大型散水車が水をまき、モニター機材の集まる場所に立っている人や座っている人が見えた。通行制限表示板の手前には地元の人々が詰めかけ、撮影シーンを見学している。ぼくは彼らから十数メートル離れた場所で立ち止まった。どこかへ入って横にならなければと思ったが、それ以上動けなかった。ぼくの体はすでに、熱い白色光の中に閉じ込められていた。まもなく、世界が消え入る瞬間が訪れた。最後に聞いた現実の声は、おそらくヘジンのものだったのだろう。

「ユジン」

目を開けたとき、ぼくはどこかにまっすぐ横たわっていた。視界はまだぼやけていたが、ぼくと視線を合わせる茶色い瞳の主がヘジンということぐらいはわかった。

「気がついたか?」

ヘジンが訊いた。からからに渇いた喉から「うん」と声をひねり出した瞬間、頭痛が襲った。いつものように目の裏側を突き刺すような鋭い痛みではなく、頭全体を圧迫するずしりとした痛みだった。

「俺が見えるか?」

ヘジンの頭上にビーチパラソルが見えた。自分の頭の下に柔らかい座布団が敷かれていることもわかった。やがて、下半身がじっとりと濡れていることに気づいた。その上を黒いパーカーが覆っていることも。発作の最中にやらかしてしまったらしい。ぼくの失態を自分のパーカーで隠してくれた当人は、そばにしゃがんでぼくの容態を見守っているこいつだろう。

「痛むところは?」

全身が凝り固まっていた。歯ぎしりをしたのか、顎も痛む。ひどい発作だったことが想像できた。パラソルの外から人の声が聞こえてくる。彼らの前で倒れる自分の姿が頭をかすめた。ぼくを発見して駆け寄るヘジンの姿も。視線を遮るためのビーチパラソルを運び、枕代わりの座布団を探し、失態を隠すための服を見つけてくるヘジンの姿も。家に帰りたかった。

「起きられそうか?」

返事の代わりに体を起こして座った。ヘジンの宿は小さな港の前にある民宿だった。ぼくが浴室で体を洗い着替えるあいだ、ヘジンは荷造りをしてタクシーを呼んだ。一緒に家に帰ると言う。ラストシーンの撮影は、ぼくが港に着いたそのときに終わったそうだ。残るスケジュールは、参加してもしなくても構わない「打ち上げ」だけだと。

　ヘジンにとっての映画がどういうものか、ぼくにはよくわかっていた。十二歳、もしかするとそれより前から夢見てきたもの。飲んだくれの祖父と暮らしていたころも、その祖父までもが亡くなり孤児になったときも、人生が揺らがないよう自分を支えてくれたもの。荏子島での三ヵ月は、夢の舞台への最初の関門だった。ヘジンは島に残って最後の夜を祝いたかったはずだ。

　そう知りつつも、ぼくはヘジンを止めなかった。ひとりで帰りたくなかった。部屋の外に出ることさえためらわれるほど悲惨な気分だった。あばらの下から不気味な冷気が這い上がってくる。風邪をひいたようにざわざわと悪寒が走る。そういうわけで、タクシーが来るまで部屋の片隅で縮こまっていた。背中に羽織った、「課外」と書かれたヘジンのパーカーからは懐かしい匂いがした。ずっと昔、おねしょばかりしていたころに兄から漂ってきた、荒れ地の草いきれの匂い。

　一時間後、ぼくたちは占岩行きのフェリーの甲板に並んで座っていた。時折りヘジンに「腹は空かないか？」と訊かれれば首を振り、「もう平気か？」と訊かれれば頷くといった、気まずい会話を挟みながら。航路の両側に点々と浮かぶ岩島の合間に、西日がかかっていた。夕日は空をオレンジ色に染め、海には赤い波が炎のようにたゆたっている。船が通り過ぎた跡、甲板まで跳ねる水しぶき、吹きつける海風までもが赤かった。古びたフェリーは炎の海をかき分けながら快速艇のように進んだ。

「夕焼け、みごとだろ？」

　ヘジンが訊いた。ぼくは体を起こし、海を望んだ。パーカーのジッパーを下ろし、熱い風を胸いっぱい吸い込む。胸を凍えさせていた寒気がゆっくりと消えていく気がした。

「どうしても見せたいものがあるって言っただろ」

ヘジンも立ち上がり、海を望んだ。

「これのことだよ」

ずっとかぶっていたパーカーのフードを脱いで、ヘジンを見た。ヘジンの目が夕焼けの中でいたずらっぽく笑っている。その微笑みがぼくへのプレゼントなのだと思った。とめどない恐怖をぼくの血に注ぎ続けるのが母だとしたら、ぼくの心臓に夕焼けのような温もりを吹き込むのがヘジンだった。いつも味方だと言ってくれる存在。寒く悲惨だったあの日のように、今度もそうしてくれるものと信じたかった。いや、そう信じた。

腰を上げ、サイドテーブルのコードレスホンを取る。十桁の数字をゆっくり、正確に押す。トゥルルル、という呼出音が鳴った瞬間、ベッドとサイドテーブルのあいだに落ちている「何か」が目に入った。受話器を耳にあてたまま、屈んでそれを引っ張り出す。一直線に開かれた一枚刃の剃刀《かみそり》だった。長い木の持ち手と鋭い直刃に、赤黒い血がこびりついている。

「もしもし」

受話器の向こうからヘジンの声が聞こえてきた。

#

「お母さん？」

ヘジンの声が遠くにかすんでいく。ぼくは悲鳴を上げたい心持ちで剃刀をにらんだ。それがぼくの足に刺さった斧だったとしても、ここまでぞっとはしなかっただろう。

「ユジンか？」

親指の爪で持ち手の先についた血の跡をこそげ取る。よく知る箇所から、よく知るアルファベットのイニシャルが現れた。

H・M・S

父のイニシャル。父の剃刀だ。数年前、書斎に置かれた父の遺品箱から見つけて持ち出したもの。特別な理由があったわけではない。あえて名目をつけるなら、父との思い出のためだと言っておこう。

ぼくには父の記憶がほとんどない。しぐさやことば遣いは言うまでもなく、顔までもがぼやけている。父との思い出はいくつもない。その一つが、山賊のように真っ黒に生やしたひげと、毎朝浴室の鏡の前で、この剃刀を使ってひげを剃っている姿だ。便秘がひどかったぼくは頬杖をついて便座に座り、うんうん力みながら、ひげが泡と一緒に消えていく光景をじっと見守ったものだ。ジョリジョリと、刃が肌をひっかきながら滑る音がひときわ好きだった。剃刀でひげを剃るのはどんな気分かと訊いたこともある。定かではないが、大方こんな答えではなかったかと思う。

肌の奥の根っこまで断ち切るような気分で、黒い剃り跡が残らないからさっぱりする。使いこなすには相当な技術が必要で、上達するまでは無傷の日はなく、しょっちゅう刃を研ぐのが面倒ではあるが、剃ったあとの爽快さは他とは比べものにならない。

そのときぼくがどう反応したか、はっきりと憶えている。将来、父が死ぬときにその剃刀をぼくにくれと言った。泡をひっかぶった父の顔が豚の貯金箱のように変わったのも憶えている。丸い鼻の穴から石鹸の泡がふくらみ、切れ長の目は眉毛のように丸くなった。真一文字に閉じられた口の中で砂利が転がるような音がした。ぼくは父が笑っているのだと思った。勢いづいて、今約束してくれないかと訊いた。父は、わかった、と答えた。いつ死ぬかわからないが、死ぬことになれば必ずおまえにやろうと約束してくれた。親指を差し出すと、快《こころよ》く自分の親指を合わせてくれた。母がその日の約束を知るはずもない。説明するのも、今さら所有権を主張するのも面倒だった。ぼくは黙って、いわゆる「こっそりと」持ち出した。

「もしもし、もしもし？」

受話器の向こうでヘジンが声を張り上げている。ぼくはきゅっと締まった喉からなんとか声をしぼり出した。

「うん」

「はあ、俺はまた……」

気が抜けたように小さくなりかけた声が、たちまち怒気を帯びた声になって返ってきた。

「なんで黙ってるんだよ。驚かせやがって」

「聞いてるよ。なんだ」

ぼくは口をついて出るままに言った。は、と舌打ちする音が聞こえた。

「なんだとはなんだよ。そっちがかけてきたんだろ」

そう。ぼくが電話したのだ。ピンチのようだから助けてくれと言おうと思って。ぼくは剃刀を握っている手をまっすぐに起こした。刃も顎を向いてまっすぐに立った。髭剃りは一度も使ったことがない。二十一歳を過ぎてやっとひげが生え始め、それも父とは異なり、電気シェーバーで充分間に合う普通のひげだった。ぼくにとって剃刀は、使うものではなく、記憶するものだった。大切にしまっておくものではなく、母に見つからないよう浴室の天井に隠しておくものだった。昨夜、「課外」のパーカーのポケットに忍ばせて出かけるまでは持ち歩いたこともない。

「ハン・ユジン」

ヘジンが呼んだ。ぼくは突然、何を言っていいかわからなくなった。剃刀を見つけるまではいくつもの可能性が開かれていたのに。

「今どこに？」

やっと一つの質問を絞り出した。

「さっき鉄道駅に着いたとこだ。胸やけしてたから、ラーメンを一つ食って出たんだ」

一つじゃなくて二つだろう。ヘジンには、酒を飲んだ翌朝はラーメンを二人前食べる習慣がある。週に七日、酒に酔って暮らしていた祖父から譲り受けた遺産。そのじいさんの遺産に感謝すべきときのようだ。おかげで、ヘジンはまだ上岩洞にいるのだから。

「どうして？　何かあったのか？」

「いや」と答えたあと、一拍置いてから「うん」と言い直した。一拍置くあいだにもう一度考えてみた。時間を稼ぐことになんの意味があるのか。何も思い浮かばない。

「一つ頼みがあって」

ヘジンは黙っている。続きを待っているようだ。

「母さんの誕生日に行った永宗島《ヨンジョンド》の刺身屋、憶えてる？」

「ああ……あのレオンとかいう店？」

「レオンはコーヒーを飲んだ店だろ。そこから五十メートルぐらい行くと、海辺の端っこにコシリ屋っていう刺身屋がある」

ヘジンはもう一度「ああ……」と言った。

「昨日謝恩会のあと、そこで二次会があったんだ」

平凡な人間は一時間で、平均十八の嘘をつくという。「正直さ」に欠けるぼくの場合、平均よりもう少し高い数値になるだろう。数値にふさわしく、手際も鮮やかだ。その気になれば自動的につくり話が出てくる。

「その店に携帯を忘れてきたんだけど、今動けなくてさ。昼までに学科長に送らなきゃならない資料もあるし、今日は合格発表の日だから掲示板もチェックしないと」

「もう発表があるのか？」

「うん」と答えると、ヘジンはこちらの望みどおりの返事を差し伸べてきた。

「心配するな。途中で寄ってくよ」

「あの店、開くのは十時過ぎだと思うけど」

「レオンでコーヒーでも飲みながら待ってるさ」

ぼくは最後に、ヘジンがなんで戻ってくるのかを確認した。

「疲れてるならタクシーを使えよ。タクシー代は出すから」

「ばか言うな、永宗島から家までどれだけあると思ってるんだ」

健気《けなげ》にバスを乗り換えるという意味だ。タクシーの話はもういいだろう。

「ところで、お母さんは起きてる?」

電話を切ろうとしたところで、ヘジンが訊いた。ぼくは聞こえないふりをして終了ボタンを押した。受話器を置き、リビングに横たわっている母のことを考えた。家の中の血が痕跡だとすれば、血のついた剃刀は道具だ。痕跡がさまざまに解釈できる手がかりだとすれば、道具は一つの事実を語る証拠だ。昨夜はぼくのパーカーに入っていて、今朝はぼくのベッドの下から見つかったぼくの私物という点から、抜き差しならない物証ということになる。ヘジンがこの物証をどう受け止めるか、どんな反応を示すか想像できなかった。母の死をどんな気持ちで受け止めるかも。驚くだろうか、悲しむだろうか、怒るだろうか。それに加え、ぼくがでくわした問題について知ったら……それでもぼくを信じてくれるだろうか。味方になってくれるだろうか。

ふと、十一年前の冬、大晦日《おおみそか》のことを思い出した。ヘジンの祖父が亡くなるふた月前のことだ。ぼくは十四、ヘジンは十五、ぼくたちは中学卒業を控えていた。ぼくは母の意向に添って、運動と勉強を両立できる人文系の高校を選んだところだった。特殊目的高等学校(科学や外国語、スポーツなど特殊分野の専門教育を目的とした政府指定の私立学校)も余裕で狙えるほど成績の良かったヘジンは、専門系の文化芸術高校を選んだ。担任が引きとめるのも聞かずに、自ら決めた進路だった。三年間の奨学金と生活補助費、何より学校の特性が夢の実現に役立つのではと心を動かされたようだ。実際、それ以外の選択肢はなかったのだろう。

当時のヘジンは一家を背負っているに等しかった。三歳で両親を亡くし、自分を引き取って育ててくれた祖父は病院暮らしもすでに数ヵ月目だった。肝硬変に心不全まで重なり、いつ退院できるかもわからない状態だった。おかげでヘジンは、世界で一番忙しい中学生になった。病院で寝泊まりしながら祖父を看病し、学校で勉強し、夜は近くのガソリンスタンドに時給二千九百ウォンのアルバイトに出かけた。

もともと豊かな暮らしぶりではなかった。基礎生活受給者の祖父がもらう生計費と、古紙を拾って稼いだわずかな金で、やっと生きながらえていたのだった。かといって、ヘジンの祖父は誰もが知るのんべえだったが、幼い孫を働かせるような恥知らずではなかった。むしろ「あとのことはわしに任せて、おまえは勉強でもしてろ」と大口を叩く、ほら吹きに近い人間だった。そんな祖父が倒れてしまうと、ヘジンは自ら稼ぎに出るしかなくなった。

ぼくはぼくで忙しかった。ニュージーランドで開かれるジュニア選手権出場を前に、特別訓練の最中だった。そのため、ぼくたちはなかなか会えなかった。毎日プールに足を運ぶ母から伝え聞くばかりで。ヘジンの一挙手一投足を把握しているところを見ると、母はおかずやおやつを毎日病院に差し入れている様子だった。

二〇〇五年の最後の日、コーチが午後の訓練をなくして半日の休暇をくれた。家に帰って母親のおっぱいをたっぷり飲んで、年明けの朝五時に元気な顔で集合しろと。どこで聞いたのか、母はすでにプールの外で待機していた。珍しく機嫌が良さそうだった。肩まであるストレートの髪、見たことのない白いコート、華やかにメイクした顔にはときめきが浮かんでいる。シートベルトを締めながら、何気なく尋ねた。

「どこへ行くの？」

母は「東崇洞《トンスンドン》」と答えながら車を出発させた。なぜ行くのかについては聞かされないまま、到着したのは、ヘジンの祖父が入院している病院の本館前だった。不思議に思っていると、中からヘジンが駆け出してきた。状況をこう読んだ。母さんは東崇洞に出かけるから、あなたはヘジンと遊びなさい。ぼくは車を降りようとシートベルトをはずした。

「降りなくていいわ」

母がぼくを引きとめた。ヘジンはぼくを見てにこっと笑うと、すぐに後部座席に乗り込んだ。

「ハッピーニューイヤー」

母は気の早いあいさつをした。

「お母さんも」

ヘジンは後ろ手に隠していたものを母に差し出した。母の顔ほどもある、ハート形の棒付きキャンディだった。赤いハートの中に、白文字でメッセージが入っていた。

The apple of my eye

受け取る母の顔に笑みが広がった。頬はピンクに染まり、伏せた目からは恥じらいが漂ってきた。ぼくの知る限り、ヘジンが母を「お母さん」と呼んだのはこのときが初めてだった。そのことに感動したのか、ハートの中の「何より大切な人」という呼称が気に入ったのか、その両方だったのかはわからないが、ぼくにはなんとも見慣れない表情だった。

「それで、おじいさまの許可はもらったの？」

母はキャンディを、計器盤の上に大切そうに置きながら訊いた。ヘジンは歯を見せて、声を出さずに笑った。

「おじいちゃんはぼくが仕事に行くと思ってるんだ」

母はバックミラー越しにヘジンと目を合わせて笑った。ある種の共謀をしているかのように、車を出してからも、二人は時折りバックミラー越しに目を合わせて笑っていた。どこへ行くのか、何をしに行くのかについては未だに説明がなかった。ぼくも訊かなかった。東崇洞へ行くのだろう、と。時々、ヘジンがぼくに合宿生活や訓練について訊いてきたが、短い返事で通した。楽しいよ、いや、うん、わからない……。途絶えた会話は母がつないだ。内容は祖父の容態、あるいは二人だけが知る本や映画についての話が主だった。そのあいだ、車はすさまじい渋滞地獄を突破して大学路《テハンノ》に到着した。母は公用駐車場を二、三周した末に、やっと空きを見つけて車を停めた。

「行きましょう」

ぼくたちはイルミネーションが輝く通りを歩き始めた。人込みの中を並んで歩くのは容易《たやす》くなかった。母は数歩も行かないうちに肩をぶつけられ、もう少しで転びそうになった。ぼくが手を差し出したときには、すでにヘジンが母を抱えるようにして支えていた。二、三歩歩くうちにまたも人にぶつかると、今度は片方の腕で母の肩を抱いて歩き始めた。ぼくは選択の余地なく、二人の後ろをついていくことになった。

しばらくすると、別世界のように静かなイタリアンレストランに着いた。ここでもまだ、ぼくたちがなぜ東崇洞に来たのかわからなかった。さほど気にもならなかった。母がジュースの入ったグラスを片手に、自分がまた一歳年を取ったことが、ぼくとヘジンがまた一歳成長したことが悲しくも喜ばしいと言ったとき、今年最後の日を記念する食事会のようだとひとり合点してしまった。料理の味は憶えていない。憶えていないのだから、大した味ではなかったのだろう。あるいはぼくの気分が優れなかったか。

まったくおかしな日だった。二人きりのとき、ヘジンはぼくの一番の親友のようだった。二人きりのときの母もそうだ。ぼくだけを生きがいにしているようだった。三人でいると、ぼくはいつも二番手に成り下がった気分になった。そんな空気がごく自然につくられるという点で、あまり気持ちのいいものではなかった。そんな自分が小さく思えて、いっそう気分がふさいだ。

　レストランを出たのは一時間ほど経ったころだ。二人はさっきより何倍も混雑した通りをかきわけてどこかへ向かった。途中で露店に寄り、マフラーを買った。母は同じチェック柄のマフラーを二つ買い、ぼくとヘジンの首に巻いてくれた。ぼくのは緑色、ヘジンのは黄色。新年のプレゼントだと。二人ともよく似合っていると言いながらも、視線はずっとヘジンに向けられていた。

　ヘジンに対する母の気持ちは、「息子の友人」以上になって久しい。ぼくとヘジンが友だちになった中学一年のときから。ぼくの誕生日を祝う席でも、ヘジンがぼくの試合を見にプールにやってきたときも、ヘジンがぼくを抱きしめて優勝を祝ってくれたときも、ぼくが主人公であるすべての瞬間、母はヘジンを見つめていた。果てしなく優しく温かい目、子どものころいつも見ていた目、死んだ兄を見つめていたその目で。

　母とヘジンは、芸術映画館ハイパーテック・ナダの前で足を止めた。一階入り口には「ナダの最後のプロポーズ」という看板が出ていた。母がチケットを買いに行っているあいだ、ぼくはヘジンに訊いた。

「ここにはどうして？」

「なんだ、そんなことも知らずについてきたの？」

　ヘジンはククッと笑った。突然、首に巻いたマフラーが息苦しく感じられた。周囲の空気が熱くなっているようでもあった。ぼくはマフラーをほどいて手に持ち、椅子に腰かけた。占い師でもあるまいし。誰も言わないのにわかるはずないだろ？

「ナダの最後のプロポーズ」は、ナダで開かれている映画祭のタイトルだった。今年公開された映画の中から「興行には失敗したが良い映画」を集めて再上映するというものだ。計二十四作のうち、この日上映されるのは『シティ・オブ・ゴッド』というブラジル映画だった。誘ったのはヘジンだった。公開当時に観たかったのだが、未成年者は入場を制限されていたためあきらめた。その後ナダで再上映すると聞き、母の顔が浮かんだそうだ。母が保護者として付き添うなら観られるのではないか、そう期待したのだと。

望みどおり、ぼくたちはスタッフに止められることなく座席に安着することができた。映画は面白かった。これまでの浮かない気分を忘れるほど軽快でエキサイティングだった。舞台はリオデジャネイロにあるスラム街ファヴェーラ。貧困、麻薬、犯罪、ギャングがはびこる街を背景に、本の代わりに銃を手にして、死に物狂いの抗争をくり広げるストリートチルドレンたちの話だ。同時に、それぞれ別々の道を歩んで成長していく二人の少年の物語でもあった。ひとりはカメラマンに、ひとりは街の支配者に。

鶏が登場する最初のシーンから笑いがこみ上げた。その後も面白いシーンがいくつもあった。味方連中を騙してホテルに飛び込んだリトル・ゼが豪快に銃をぶっ放すシーンでは、声まで上げて笑った。そんな中、ふと、笑っているのは自分だけだと気づいた。母がじっとこちらを凝視しているのもわかった。闇の中で黒い水滴のように光る二つの目がぼくに訊いていた。何が可笑《おか》しいの？

母は気分が優れないようだった。映画が終わると、駐車場に戻るあいだ、ずっと押し黙っていた。ヘジンも前だけ見て歩いていた。ぼくはまたも二人の尻を追いかけて歩いた。何が問題なのかわからず頭が痛かった。

「後味が悪いわ」

母は車に乗ってエンジンをかけると、やっと口を開いた。

「あれが実話だと思うと怖いし、生きるってことが悲しくもあるし……」

初めて、母が映画館の中でぼくを訝《いぶか》しげな目で見ていた理由がわかった。ぼくにとってエキサイティングでしびれる映画は、実は後味悪く、怖く、悲しい映画だったようだ。どの辺りが怖く悲しいのかは未だにぴんとこないが。

「幸せな話は、ほとんどが真実じゃない」

少しの間のあと、ヘジンが言った。ぼくは後ろを振り向いてヘジンを見た。

「希望を持ったからといって絶望が小さくなるわけでもない。世界は四則演算のようにわかりやすくない。人間は演算より複雑だから」

ヘジンがぼくと目を合わせた。だろ？　と問うような目だったが、答えられなかった。なんの話をしているのやら、きちんと理解できなかったから。ただ、なぜかヘジンがぼくよりずっと大きく見えた。ぼくと一つしか違わないのに、十も離れた兄のようだった。母と対等に見えさえした。

「世界は不公平だと思う？」

母が訊いた。ヘジンはまた少し間を置いてから答えた。

「それでも、一度ぐらいは公平な時が来ると信じてる。つまり、そのために努力すれば」

ヘジンは窓の外を見やった。母はバックミラー越しにじっとヘジンを見つめていた。ぼくは前に向き直った。母が再び口を開いたのは、光化門《クァンファムン》の近くで信号に引っかかったときだ。

「映画はどうだった？」

「タランティーノが『ゴッドファーザー』を撮ったらこんな映画になりそうだっていう映画評を読んだことがあって、本当かどうか気になってたんだけど……実際に観て、何が言いたいのかわかったような気がする」

良かったのか、良くなかったのか。返事はヘジンでなく母がした。

「良かったのね」

ヘジンは「はい」と言った。映画の余韻を味わっているのか、その後は押し黙っていた。信号が変わり再び車が滑り出したころ、どこか近くから鐘の音が聞こえてきた。計器盤の時計は十二時を指している。普信閣《ポシンガク》で鐘を打ち始めたようだ。母は車を出した。車内は静まり返っていた。病院の前に着くまで、ぼくたちはそれぞれの思いにふけっていた。

「今日はありがとうございました」

ヘジンが後部座席のドアを開けながら言った。母も一緒に車から降りた。ぼくは助手席に座ったまま、別れのあいさつをする二人をじっと見つめていた。ヘジンは母に頭を下げ、母はヘジンに手を差し出した。正式に握手を申し入れるようなしぐさだった。十五歳の少年にではなく、息子の友人にでもなく、成熟したひとりの人格に。ヘジンはちょっとためらってから、手を握った。二人が無言で目を合わせていたのは長くて五秒ぐらいのことだろう。そのわずかな時間の中で、二人は確かめ合っているようだった。ことばで表現されないもの、行動で確認されないもの、はたまたぼくにはわからない何かを。

母が車に戻ってきた。ヘジンはその場に立っている。ヘジンの黄色いマフラーが暗がりの中で揺らめいた。そのとき初めて、自分のマフラーがなくなっていることに気づいた。首から外して手に持っていたのに、どこかで落としてしまったようだ。笑っている途中で母と目が合った瞬間に、リトル・ゼがサンバのリズムに乗って意気揚々と引き金を引いていたその瞬間に。ラジオでもつけたかのように、耳もとで主人公ブスカペの台詞が蘇る。

(ルールには例外があり、例外はやがてルールになる)

母にとって息子はぼくひとり。それはルールだった。例外だったヘジンは翌年の三月、母の養子となって兄のポジションに軟着陸した。例外が新たなルールになったわけだ。

手の中の剃刀をもう一度見下ろす。「殺人犯は誰か」についての手がかりはそこかしこにあり、「犯行道具」という決定的な証拠があり、それを否定する手がかりは一つもないのに、当事者には肝心の記憶がないというこの状況を、ヘジンはどのように受け止めるだろう。何を訊かれようと、ぼくの持つ答えは一つしかない。数千年のあいだ、数千人の犯罪者が愛用してきた由緒ある言い訳、何も憶えていない。

ぼくのことばを信じてくれるだろうか。それとも通報するだろうか。ひょっとしたら自首を勧めてくるかもしれない。それはできない。逮捕されようが自首しようが、それは二の次だ。今必要なのは考える時間だった。納得できる根拠だった。本当にぼくのしわざなら、せめて自分自身には説明できるべきではないか。何があったのか、いつそうなったのか、なぜそうなったのか、なぜ何も憶えていないのか。

(あのとき終わりにすべきだった)

またも母の声が聞こえてきた。頭の中ではなく、背後から響いてくる声。ぼくはテラスのガラス戸のほうへ向き直った。ドアの向こうに母が立っていた。後ろで束ねられた髪、白いパジャマワンピース、アンクレットをはめた裸足。死ぬ前の姿だった。血まみれでもないし、顎の下を掻き切られてもいなかった。

(おまえ……)

炎の揺らめく目がぼくをにらんだ。白いというより青みがかった白目に、真っ赤な血管がぷくぷくと浮き出ている。

(ユジン、おまえは……)

ぼくはたじろぎ、剃刀を握りしめたまま、ベッドの足もとのほうへ一歩後ずさった。

(この世に生きていてはならない人間よ)

こめかみが脈打ち始めた。剃刀を握った手に力がこもる。思わずこう訊いていた。

「どうして。ぼくが何をしたって言うんだ」

母は答えなかった。吹雪のような霧が立ち込め、母の姿を覆ってしまった。ぼくの前には再び、かすんだガラス戸だけが残った。ぼくは振り返り、部屋の中を見回した。血痕、足跡、血のこびりついた布団。これらは母の死後についたものだった。さっきの呪いのことばは、生前の母に浴びせられた悪態。いつ、なぜ、なんのために。まさか、夜中、母に内緒で出かけたから？　ぼくにはその程度のことも許されないというのか？　その程度のことが、ぼくにとって生きてはならない理由になるというのか？

こめかみで脈打つ音が、ずきずきという痛みに変わった。後頭部に熱が這い上がってくる。目の前を黒い点が行き交う。怒りがこみ上げてくる感覚。ぼくは踵《きびす》を返して浴室に向かった。剃刀を洗面台に放り、冷水の蛇口をひねる。挫折感と怒りのせいで思考が乱れないよう、ほてった頭を冷水に突っ込んだ。

（母さん。明日、明日の朝話すよ）

今度は耳の奥で自分の声が聞こえた。顔を上げると、鏡の中で殺人犯かもしれない男と目が合った。明日の朝、何を？　問いただすような気持ちで男を見つめた。血で固まった頭、水に溶けて顔中を濡らしながら流れ落ちる幾筋もの血の帯。洗面台には真っ赤な水が満ち、水面下で剃刀が月影のように揺れている。真っ暗い頭の中である考えがひらめいた。

ひょっとしたら……。

否定したい気持ちで剃刀を見下ろす。そんなわけない。狂人の妄想だ。ぼくは目を瞬いて、流れ落ちる血の帯を振り落とした。

でも、ひょっとすれば……。

剃刀を手に浴室を飛び出した。気が変わる前に、ドアを開けて廊下へ出た。数を数えながら階段を下りる。できるだけゆっくり、一、二、三。視線をつま先に固定して、四、五、六。焦りを鎮め、雑念を払うのに効果的な方法だ。だが今はまったく通じなかった。全身が交感神経の指示だけに集中しているようだ。額にハチの群れがひっついている気がし、思考は散り乱れ、可聴周波数の全域にわたる騒音が一斉に耳へ集結する。川の水が渦巻きながら流れる音、流れの上にしぶきが舞う音、屋上の出入り口を揺さぶる風の音、うめき声のように低くしぼんでいく母の声。

(ユジン)

剃刀を投げ捨てて自分の部屋に戻るべき数百もの理由が思い浮かんだ。疲れ、目が痛く、頭痛がし、頭はひどく混乱し、こんなことをやっているうちに本当におかしくなってしまうのではと恐ろしくもあり……。ぼくは取って返そうとする自分の体を階段に押しやった。息もつかずに残る階段を駆け下り、リビングに足を踏み入れる。母がさっきと同じ格好でぼくを迎えた。見開かれた目、丸く開いた唇、血で汚れた頬と顎、血の塊がもつれ合う首。

手の内で滑る剃刀を持ち直す。母の肩のそばに膝をついて座る。かつて剃刀は父の思い出がつまった記念品だったが、今はまったく異なる意味を持っていた。あるべき場所に挿されることを待つ扉の鍵だった。ひとまず差し込めば取り返しのつかないだろう自爆装置だった。唾をごくりと飲み下すと、喉の奥がひりひり痛み、むせ返りそうになった。頭の中で白組が嫌味ったらしく言った。おまえ、震えてるのか?

そうだ。うなじに迫ってくるこの真っ青な寒気が恐れだとしたら、ぼくは明らかに震えている。その寒気に息が詰まり、背中を押さえつけられて、今にも窒息しそうだった。世界の果てに追い詰められている気分だった。一歩後ずさりたいという誘惑が飢えのようにぼくを急《せ》き立てる。頭痛薬と鎮静剤をひとつかみ服んで、何もかも投げ出してしまいたかった。意識の向こうへ遠ざかっていく現実に向かって、思い切り文句を浴びせたかった。くそったれ、どうしろっていうんだ。

じゃあ逃げろ。頭の中で青組が、手軽で実用的な答えを出した。今のところ母親の死は誰にも知られていないし、大金を引き出せる母親のカードがどこにあるか知っているし、長年お使いをやってきたおかげで暗証番号も頭に刻まれている。パスポートも一年以上有効だ、今すぐ地球の果てへ逃げたとしてそれを阻《はば》む者はいない。あとのことなどお前の知ったこっちゃないだろう。

いや、知らなければならない。手がかりをつなぎ合わせた推理など意味がない。もっぱら自分自身に訊き出すべきだろう。ぼくの中に、ぼくだと信じているぼく以外の「誰か」がいるのか、その「誰か」が何をしでかしたのか知らずして、この世を生きることはできない。知った瞬間、地獄の門が開いてしまうとしても。それによって、ぼくの人生が根こそぎひっくり返るとしても。


膝で這っていき、母の肩のそばまで来た。目を合わせないように努めながら、顎下の傷を窺う。左耳の下から右耳の下まで、切開創の表面を赤黒い皮膜が覆っている。指を近づけて膜を取り払うと、峡谷のように長く深く切り裂かれた傷が露わになった。

ぎゅっと目を閉じる。弾む息を抑えながら、かつての少年を呼んだ。スタート台に屈んで立ち、スタートの合図を待っていた水泳選手のハン・ユジンを呼び出した。おばや母の視線から逃れ、ただただ飛び込まなければならない一点、身を躍らせる瞬間にのみ集中していた自分を前面に押し出した。せわしかった鼓動が少しずつ遅くなる。うなじに浮かんでいた鳥肌も治まった。喉に引っかかっていたものがするすると奥へ滑り落ちていった。

これ以上ためらう必要はない。目を開き、左手を伸ばして母の顎をつかむ。裂け目が始まる左耳の下に剃刀を差し込んだ。刃は難無く切開創へ吸い込まれていく。傷がおのずと動いて、刃を両側からくわえ込むかのようだ。頭の中の雑音が瞬時に消え去った。押入れの中のような静けさ。

　手が自然に動き始める。躊躇も迷いもない。物差しをあてて紙を切るように、開いた傷の奥まで一ミリの狂いもなくたどった。一つひとつの感覚が、すっかり慣れ親しんだものだった。ぼくのうなじに吹きつける息遣いの、悲鳴のような震え、手の内に押し寄せる肉の柔らかな抵抗、筋肉をかき分け血管を断ちながら進む刃の、よどみなく滑らかな動き。剃刀は顎を経て、右耳の下までひと息に到達した。

　こめかみの辺りが暗幕に覆われていくのを感じた。視界は手鏡ほどの大きさに狭まった。そこに映るのは断片的で部分的な形状、もしくは表情だった。うねる長い髪、ゆがむ頬、拡大と縮小をくり返しながら開いていく瞳孔、必死で何か言おうとする唇。やがて、現実の視界は完全に閉じた。崖っぷちのように真っ暗い闇が四方から押し寄せてくる。足もとでは、あんなにも頑なに閉じていた記憶の扉が開かれようとしていた。母が扉の向こうから呼んだ。
(ユジン)

#

「ユジン」

　足もとの、玄関の前室から母が呼んだ。低く抑揚のない声。ぼくは屋上の鉄扉の前にじっと立ち尽くした。返事をしなかった。気力が尽き、声を出す元気もなかった。脱力に近い疲労が全身を包んでいた。立ったまま居眠りしているかのように、意識までもおぼつかない。

「ユジン」

　二度目の声は、最初のより二オクターブ高かった。そこにいるのはわかっているから答えろというように。二十二階でハローが鳴いている。ぼくが非常階段から出入りするたびに、ヒステリーにわめき散らす犬ころ。

「はい」

ぼくは屋上の鍵をパーカーのポケットにしまい、階段を下りていった。母は前室ではなく、階段の真下に立っていた。手すりにもたれ、尖った胸の下で腕を組んで、下りてくるぼくをじっと見守っている。半ば開かれた玄関ドアはストッパーで固定され、前室から伸びる黄色い明かりが母の横顔を斜めに照らしていた。二十二階のハローはいっそうやかましくわめき立てている。

「どこに行ってたの?」

母の小ぶりで薄い唇が寒さで青ざめている。白いワンピースと細い素足、スリッパまでもが寒そうに見えた。ぼくは階段を四段残して立ち止まった。

「走ってきた」

ぼくの声は麻酔から醒めたばかりの人のようにくぐもっていた。

「マスクを外して、下りてきてもう一度答えなさい」

黙ってマスクを外し、パーカーのポケットにしまった。ふらつく足で残りの階段を下りる。母の目がぼくの体を上から下までなめるように見る。皮一枚ぐらいなら簡単に剝いでしまえそうな視線だ。

「走ってきたんだ」

ぼくは母を見下ろして立った。母は唇を薄く嚙んでぼくを見上げている。複雑な視線だった。興奮しているようでもあり、怒っているようでもあり、悲しんでいるようでもあり、つらがっているようでもあり、冷静なふりをしているようでもある。はっきりと読み取れるのは、それがことばだろうが感情だろうが、爆発寸前の何かをぐっとこらえているということ。

「それで、どうしてそこから戻るの?」

「母さんを起こしてしまうかと思って」

ぼくなりの最善の答えだった。もとより、この程度で母が見逃してくれるなどとは期待していない。

「中に入りなさい」

入場許可というより入場命令に聞こえた。泥まみれのランニングシューズの中で足の指が縮こまった。下半身が引っ張られて沈むような感覚。うす暗い通りを揺さぶっていた母の悲鳴が幻聴のように耳にまとわりつく。この場から逃げたいという衝動がふつふつとわいた。ここまで脱力していなければ、低体温症にかかったようにひどい悪寒に襲われていなければ、もうすぐ発作に見舞われるかもしれないという不安さえなければ、本当にそうしていたかもしれない。

「早く入りなさい」

母の声が幾分和らいだ。ぼくの頭の中の葛藤を見透かしたように、まなざしも穏やかになった。

「ハローが騒いでるじゃないの」

そうだ。奴のうるさい口を封じるには、ぼくたちが家に入るしかない。ぼくは母のわきを通って、玄関に入った。母はぼくの背中にひっつくようにして入り、ドアを閉めた。ガチャ、という鍵のかかる音が後頭部を突き刺した。ぼくは半ば開いた内ドアの前で立ち止まった。ぐっしょり濡れて足かせのように足首に引っかかっている靴を脱ごうと、パーカーのポケットに入れていた手を出した。そのとき、ふと何かが足もとに落ち、ころころ転がっていく音がした。ぼくのポケットから落ちたようだが、床の上を確かめる余裕はなかった。生温かい息がうなじに触れそうなほどの距離に母がいた。ぼくは押されるようにして内ドアをくぐった。

「待ちなさい」

ヘジンの部屋の前で立ち止まった。さっきとはまったく異なる口調だった。冷たいどころか、凍えそうなほど低い声。ぼくは後ろを振り返った。母は内ドアの前に立ってぼくを凝視している。複雑な表情は影を潜め、その目には誰もが知るある感情だけが残っていた。

母は怒っていた。それも烈しく。

「上着を脱ぎなさい」

母が手を差し出した。ぼくは無言でパーカーとベストを脱いで渡した。渡せという理由を尋ねるまでもなかった。パーカーを脱ぐなり、母の手がすぐさまポケットに伸びたから。MP3とイヤホン、マスク、屋上の鍵が引っ張り出され、戻された。母はパーカーをドアのわきに置き、ぼくの顎の下へずいと歩み寄った。角を立てて突進するヤギのように、荒々しく攻撃的な動き。予想外の行動にぼくは驚き、思わず頭をのけ反らせた。その隙に、母の両手はぼくのズボンのポケットに滑り込み、すぐに抜かれた。あまりにすばしっこい動作に、対応など考える余裕もなかった。あっ、と手を伸ばしたときにはすでに遅かった。一歩退く母の手の中に、剃刀があった。

「返してよ」

手を伸ばして奪い返そうとしたが、母のほうが速かった。ぼくの手を勢いよく払いのけ、渾身の力でぼくを押しのけた。今度も予期せぬ攻撃だった。予想を超える激しい攻勢。息子でなく強姦魔とやり合う人のように。脱力して無防備状態だったぼくは、体をうまくコントロールできなかった。重心を失って立て続けに後ずさりし、しまいには階段のあるほうへ無様な格好で転んだ。首の骨が後ろに反れ、後頭部を階段の縁に打ちつけた。その余波で視界までもが黒く揺さぶられた。痛くて冷や汗が流れ、切羽詰まって息が上がった。体が言うことを聞かず苛立った。幾度となく肘を折りながら、なんとか階段を支えにして頭をもたげた。同時に母も、剃刀から目を離して顔を上げた。ぼくたちの視線は、キッチンとリビングのあいだの辺りで交わった。

母さん、それは……口を開いたものの、声が出ない。発声器官が銀行の金庫のようにがっちり閉まっていた。反対に、母の黒い瞳孔は開ききっていた。白目には真っ赤な血管が今にも血をほとばしらせそうにして浮き立ち、まぶたは紫色に膨らんでいる。母は火のついた木のようにめらめら燃えていた。その盛んな熱気に、室内の空気までもがからからに乾くようだった。

「母さん、ぼくは……」

かろうじて喉が開いたが、ぼくのことばは遮られた。

「おまえは……」

刃がぼくの額目がけてぴんと立った。ぼくは、腹の皮が小刻みに痙攣するのを感じた。

「ユジン、おまえは……」

母の声がわなわな震えた。剃刀を握る手もぶるぶる震えている。呼吸にぜいぜいという音が混じっている。

「この世に生きていてはならない人間よ」

投げつけられた竹槍のようなことばだった。ぼくは首を突かれた獣のように身もだえしながら体を起こした。焦点の合わない目でぼくに向かって近づいてくる母を見下ろした。なんの感情もわかない。返すことばも浮かばない。スイッチを下げたように、頭の中が真っ暗だった。

「あのとき終わりにすべきだった」

母はいつの間にかぼくの胸もとに立っていた。研ぎ澄まされた斧のような目で、ぼくをぶった切るかのようににらんでいる。ぼくは足で探るようにして、後ろ向きに階段を一段上った。

「あのとき、死ぬべきだったのよ。おまえも、私も」

母は剃刀を持った手でぼくの腹をぐいと押した。虚を突く奇襲で、防ぎようもなかった。ぼくはまたも階段の縁に背中をぶつけて倒れた。背中に激痛が走ったが、痛がる暇も息つく暇もない。刃物を手に死神のように近づいてくる母から逃げるのが先だった。ぼくは両手を背後に回して階段に手をつき、体を三、四段上に押し上げた。

「母さん、明日、明日の朝話すよ」

「何を」

母はわめきながら階段を一段上った。ぼくは腰を這わせてもう二、三段上った。

「何を話すっていうの」

「全部だよ。全部話す」

差し迫った声で言いながらもう二段上った。踊り場まではまだ二段ある。

「最初からみんな話すよ。だから……」

ついに踊り場まで来て立ち上がった瞬間、剃刀を握った手がまたもぼくの胸を突き飛ばした。想定内の攻撃だったが、今度も避けられなかった。ぼくは倒れそうになりながら後ずさりし、角の壁に後頭部をぶつけ、かろうじて身を起こした。

「自分の手でやるのよ」

母は行く手をふさぐかのように、ぼくの正面に立った。ぼくの手首をつかんで自分の胸もとへ運んだ。

「私の目の前で、私が見ている所で」

剃刀の持ち手がぼくの手の平に押しつけられた。ぼくは反射的に手を振り払った。自分が何を求められているのかに初めて気づいたのだった。

「どうしたの、怖いの？」

母がまたもぼくの手をつかむ。同時に、ぼくの顎下にぴったり体を寄せてくる。

「それとも、ひとりで死ぬのが悔しいのかしら？」

ぼくは角の壁に背中をつけて立ち、首を振った。母の手を払おうとしたが、そうするスペースがなかった。母を押しのけない限り、抜け出す隙間もなかった。

「悔しいことなんかないわ。おまえが死んだら、私もすぐにあとを追うから」

息が上がってきた。肺いっぱいに水が溜まったように胸が重い。水一滴ない地上で、じっと立ったまま溺死しそうな気がした。これ以上は立っていられそうにない。ぼくは、ぼくの右の手首をつかんでいる母の手をもぎとった。解放された手で、剃刀を握る手をつかんでひねる。母の口から悲鳴が飛び出した。

「放して」

にわかに両手を制された母は、身をよじってもがき始めた。全身でぼくを押し、ぼくの顎に頭突きを食らわせながらわめいた。

「放せ、ちくしょう」

顎下で母の頭頂部が黒々と踊る。咆哮に近い叫び声が耳をつんざく。

「おまえが……おまえなんかが……父親のものを……」

顎を守るためには顔を上げねばならず、顔を上げれば母の動きを捉えることができない。ぼくは母の両手をつかんだまま、母の力に振り回され、その動きに翻弄された。そのあいだに、剃刀を握らせようとしていた母の動きは、剃刀を奪われまいという身もだえに変わっていた。しばらくすると、ぼくの首目がけて剃刀を振り回す攻撃に転じ始めた。母の右手を壁に打ちつけたのは、最後の処方のようなものだった。手を攻撃すれば、剃刀を放すだろうと。

母を見くびっていたようだ。手が壁に届かないうちに、母の顔が一足早くぼくのわきの下にもぐった。次の瞬間、喉の奥から悲鳴が飛び出した。母があらん限りの力で腕の内側に嚙みついたのだ。

「母さん……」

矢のような痛みが瞬時に肉を裂き、筋肉を貫き、頭の中にまで飛び込んで、ぴんと張りつめていた一本の糸を切ってしまった。気力の尽きたぼくを家まで引きずってきた糸、母の炎に巻き込まれまいと自らを引き止めていた糸、鋼《はがね》のケーブルより頑丈だと自負していた糸、「意識」という名の統制力がぼくから去っていった。

「お願いだから……やめてよ」

自分の声がはかなく遠ざかっていく。音も消えていく。真っ暗な闇が背後から押し寄せ、視界の両サイドを覆う。ぼくはつかんでいた母の左手を放した。代わりに、ぼくのわきにへばりついている母の頭をつかんでのけ反らせた。母はうめきながらも、口を離さない。獣のようにうなりながらいっそう深く、いっそう強く、いっそうじわじわと歯を食い込ませた。口を離したのは、母の頭が完全に後ろに折れたあとだった。枝のように細い首が、狭い視界をいっぱいに埋める。白く薄い肌の表面に、丸みを帯びた首の骨がごつごつ突き出ている。青い血管が、いきり立ったヘビのように浮き出て躍る。ぼくは、剃刀を握る母の手をそこへ引っ張り上げた。

数千もの感覚がゆっくりとぼくを通過していく。頭を凍らせる寒気、内臓をねじり上げながら猛烈に広がってゆく炎の熱気、神経節の一つひとつではじける発火の戦慄、規則的に打つ鼓動。左からスタートした刃は、一瞬で右耳の下に達した。引き裂かれた顎の下から熱い血がごぼごぼあふれ、ぼくの顔と踊り場の壁と床を覆ってしまった。ぼくは目を閉じて、母の頭と手を投げ捨てるように押しのけた。母はドサリ、と音を立ててくずおれた。その体が階段を滑り落ちていく音がゴト、ゴト、ゴト、と響いた。そして静寂が訪れた。

ぼくは指先で目もとの血をぬぐい、階下に向かって立った。すべてがかすんで見えたが、階段の下にずた袋のように転がっている母の体と、ホログラムのように光るその目ははっきりと見えた。その目を座標にして、階段を下りていく。母の傍らに呆然と立ち尽くして、耳のそばで鳴る柱時計の音を聞いた。一度、二度、三度。

もうすぐ発作が始まるぞ。青組か白組かわからない声がささやいた。ぼくは母のわきの下をつかむと、キッチンの入り口に引きずっていって横たえた。足は階段向きに、頭は玄関向きに。部屋に戻るぼくを見られないように、髪で顔を覆う。手を胸にのせ、立ち上がると、無意識にお別れのあいさつが飛び出した。

「おやすみなさい」

#

ベランダのガラス戸の向こうに朝が来ていた。飛び込んで泳げそうなほどの霧だったが、霧の合間に差す大気は明るい。夜通し降っていた雨もやんだようだ。窓を叩く雨音は聞こえない。代わりに、遠くで車が行き交う音が聞こえてきた。昨夜、屋上の鉄扉から出てさえいなければ、今ごろぼくもその道を走っていただろう。ぼくのように走りに出た人や、自転車をこぎに出た人、あるいは出勤する人々と時折りすれ違いながら。時には、今しがたすれ違ったきれいな女がどこへ行き、誰に会い、何をするのか想像しながら。

世の中にはありとあらゆる人間が寄り集まって生きている。それぞれの人生でありとあらゆることをしながら。そのうちの誰かは殺人犯になる。偶発的に、怒りによって、あるいは愉しくて。それが人生であり人間だと思っていた。だがその誰かがぼくであり、相手が母という状況は思ってもみなかった。頭にあったのは、ひとえにぼくの人生への期待だけ。わが人生を思いどおりにできる日が来るだろうという期待、母の死後にやってくる真の人生に対する期待。とはいえ、母のこんな死に方を望んだことはない。想像すらしなかったとは言い切れないが。

母を見下ろしたとたん、息苦しくなってきた。剃刀を握る自分の手を見たとたん、骨がぎりぎりと縮こまった。顔を上げると、ある声が額に五寸釘を打ちつけ始めた。おまえだ。おまえが殺人犯だ。カン、カン、カン。

鋭い衝撃が脈拍数をぐっと上昇させた。みぞおちの下で燃えていた絶望が胃液のように食道を逆流してくる。クックッという音が嘔吐のように口の外に漏れた。それは笑い声となって、血の匂いがたちこめる家の中を弾丸のように突き進んだ。汗なのか、血なのか、涙なのかわからないものが頬を伝い、顎の先へしたたり落ちた。殺人犯だと？　それも実の母親を殺した殺人犯？　そんなけだものが他でもないこのぼくだと？　うろたえ、焦り、手を尽くして見つけ出したものが、こんなクソみたいな真実だとは。

待て。ちょっと自分の足もとを見てみろ。頭の中で白組がきまり悪そうな声で言った。ぼくは真珠色に輝く大理石の床を見下ろした。母の死体のそばにひざまずき、体を前後に揺らしながら、ライオンのように歯をむき出して狂ったように笑う男が見えた。横を向くと、死んだ母がその男を迎えた。東崇洞の「ナダ」でひとり笑っていた十年前のように、憂鬱に光る目で訊いてきた。

何が可笑しいの？

ぼくは笑いやんだ。突然の静けさが訪れた。毒々しい声が意識を呼び覚ます。

「おまえが……おまえなんかが……父親のものを……」

手の中の剃刀を見下ろした。持ち手のイニシャルが目に留まる。かっと開いた母の真っ黒い瞳孔を思い出した。血管がぷくぷく浮き出ていた母の白目を思い出した。母を木のごとく燃やしていた激しい火の手が熱気とともに蘇る。まさか、このために？　ぼくごときが父の剃刀を持っていたから？

（おまえは……）

（ユジン、おまえは……）

（この世に生きていてはならない人間よ）

それが、この世に生きていてはならない罪なのか。自ら死ねという判決を下される罪なのか。判決を貫くためにぼくの首に刃をあてたというのか。そうして結局、本意とは裏腹に、ぼくの手によって自らの人生が果ててしまったのか。そうして、ぼくのこの人生までも終わりということなのか。他でもない、死んだ者の持ち物のために？

ぼくはかぶりを振った。これが事実なら、ネズミ一四に腹を立てて、射程距離八百キロの弾道ミサイルを家に撃ち込んだも同じだ。もしも昨夜、母に奪われる前に剃刀を隠していたら、手の中だろうと服の袖だろうとどこかにうまく隠していたら、この常軌を逸した邀撃《ようげき》を避けられただろうか。

再びかぶりを振った。仮にそれが惨劇を避ける一手だったとしても、もう手遅れなのだ。すでに入り込んでしまった時間を、入り込む以前に巻き戻して軌道を修正することはできない。それは神や宇宙の力であって、母の死体を前に狂いつつあるぼくにできることではない。できることと言えば、違った角度から考えてみることとぐらいだろう。死者の持ち物が生ける二人の人生を葬《ほうむ》るには、どんな名分が必要なのか。

これで三度、かぶりを振った。推測するのは不可能だ。想像の限界を超え、超現実的でさえあった。何かにとりつかれたのでなければ起こり得ないことだった。ぼくはふつふつと煮えたぎるような心持ちで母の目をにらんだ。剃刀を握る指はぴくぴく痙攣している。母の肩をつかんで揺さぶりたい思いで。そうやって寝転がっていないで何か言えと言いたくて。二十五年間、息子の人生を思うままに操った挙句に、とうとうぶち壊してしまった感想を尋ねたくて。

柱時計が鳴り始めた。八度。ギアが切り換わるように、現実が目の前に差し迫ってくる。途方もなく恐ろしい絶望も戻ってくる。磁場に入射した電子のように、ぼくの視線は時計回りに家の中をめぐった。キッチン、二階への階段、書斎のドア、つきあたりの飾り棚、柱時計……。記憶の中で柱時計が鳴っている。一度、二度、三度。

ぼくは息を止めた。十二時に防潮堤を出て、深夜三時に自室に上がった。

非常階段で母と出くわして自室に上がるまでは、長くても三十分かそこらだろう。だとすれば、二時半ごろに家に着いたことになる。まさか家に戻るのに二時間半もかかったというのか。腕の産毛《うぶげ》が逆立った。一つの理解と一つの疑問が並んで頭をもたげる。母が一時半ごろにヘジンとおばに電話をかけることができた理由。午前零時から二時半まで、ぼくはどこで何をしていたのか。

(母さん。明日、明日の朝話すよ)

昨夜の記憶の中からぼくの声が飛び出してくる。

(何を)

母の声がおのずとついてきた。

(何を話すっていうの)

そうだね。ぼくは「明日の朝」に何を話そうとしたんだろう。「明日の朝」になった今、ぼくの頭の中に言いたいことなど一つもないのに。確かなのは、「明日の朝」を持ち出した理由ぐらい。気力が尽き、話す元気もなかったからだ。何をしてそうなったのだろう。午前零時まではツバメのようにびゅんびゅん飛び回っていたのに。道端や工事現場のビニールシートの下にひっくり返って、発作でも起こしたのだろうか。ランニングシューズについた泥はその流れで理解すればいいだろうか。ところで、母はなぜその時間まで起きていたのだろう。家に入るなり、ぼくのパーカーとズボンのポケットをまさぐった理由はなんだろう。度を越した母の言いぐさに、ぼくはなぜこれといった口答えをしなかったのだろう。疑問は次から次へとあふれ、もっとも根本的な問いに至った。理由は何か。まさか、本当に剃刀のせいなのか。

ある考えがはっと頭をかすめた。一方に集中していて見逃していたもう一方。ぼくの記憶は完全に蘇ったわけではなかった。何が起きたのかははっきりしたが、「なぜ」は未だ帳《とばり》の陰に隠れていた。ようやく思い出した反吐《へど》が出そうな真実だったが、それさえも不完全なものだったわけだ。

ズキズキとまぶたの奥がうずき始めた。投げ出してしまいたい気持ちがしきりに頭をもたげた。頭の中で青組が一緒になってけしかける。この惨状を片づけにかかるより、すっぱり手を引いて刑務所に入るほうが気楽だろうと。詰まっていた耳の奥で汽笛が響いている。足の裏に走り寄る汽車の振動を感じ、頭の中でアナウンスが流れ始める。

「本日早朝、上岩駅を出発したヘジン号は、十一時ごろわが家の玄関に到着する予定です」

残るは三時間。それまでに「なぜ」の答えを見つけられるか疑わしかった。頭の中で白組が、疑っている暇があるなら今できることをやれと忠告した。ヘジンを、殺人現場ではなく「家」に入らせろと。そうすれば、答えを見つけられる。答えを見つければ、その先に進める。この世のすべての殺人犯が抱える悩み、自分の行動を決定すること。自首しようが逃亡しようが。ぼくは剃刀をカウンターテーブルに置き、大手を振って母の部屋に入った。

時が経っても、場所が変わっても、変わらないものがある。母の部屋もその一つだ。父と兄が生きていたころの方背洞《パンベドン》の家、その後十五年間暮らした仁川の雑居ビル、引っ越して一年になるここ群島新市のマンション、いずれの家でもこの部屋の風景はほとんど変わらない。家具はもちろん、家具の配置まで似通っていた。中でももっとも古いのは、母が結婚前から使っていたライティングビューローだ。

ぼくはその前でしばし足を止めた。振り返って、机の奥のほうに置かれた聖母マリアを見下ろす。「慈悲の聖母」という別名も空しく、裸足でヘビの首を踏みつけている戦闘的なマリア像だ。そのとなりにはペン立て付きの小さな卓上時計と、筆記用具を入れた陶器のペンケース、そのまたとなりには書斎から選んできたと思われる本が二冊、斜めに立てかけられている。

勤めを辞めてからも、母はこの古机の前で多くの時間を過ごした。何かを読んだり、書いたり、考えたり、祈ったり、飲んだりしながら。ぼくにとっては食事と同じぐらい日常的な姿だった。昨夜もおそらくそうしていたのだろう。ボールペンが机の隅に転がっているところを見ると、何か書いていたのかもしれない。椅子がずれ、膝掛けが落ちていることから、慌てて部屋を出て行ったようだ。

　電話をかけに出たのだろうか。ぼくが戻る気配に気づいて出たのだろうか。正確には何時ごろだったのだろう。何時だろうが、戻ってこなかったのは明らかだ。母はソファのクッションが一つ乱れているのも許せない人だった。出て行って戻ったのなら、椅子や膝掛けやボールペンがこんなふうに乱れているはずがない。机の前に座ったこともないかのように整理されているはずだ。

　椅子の下の茶色い膝掛けを拾って広げてみた。少し小さいのではないか。ベッドの掛け布団は分厚すぎるようだ。たんすを開け、幾重にも積まれている寝具の中から、一番薄そうな濃いブルーの毛布を取り出して広げた。厚みはバスタオルほど、大きさは膝掛けの三、四倍ある。ちょっと大きいかな、と思ったが、ぴったりのものを選んでいる暇はない。たんすの中にまでべたべた血の手形を残したくなかった。やるべきことをやり終えて、体を洗いたい。体がさっぱりすれば、頭の中もすっきり晴れるのでは、と。

　大急ぎで部屋を出て、カウンターテーブルの下に毛布を広げる。母のほうへ向き直ると、待っていたかのように母が視線を合わせてきた。

（私をどうするつもり？）

　川底の黒石のように黒く濡れた目がぼくに尋ねる。ぼくはまたもうろたえ始めた。またも逃げたい衝動がこみ上げた。少なくとも母の目から逃れたいと思ったが、顔をそらすことができない。体が思うように動かなかった。母の目は息もつかせずぼくを責め立てた。

（おまえは私を埋めることしか頭にないの？　私が死んだのに何も感じないの？　淹《い》れたばかりのコーヒー

をこぼすのとはわけが違うことが、本当にわからないの？）

わかってる、わかってますとも。わかりすぎてどうにかなりそうだから、ちょっと黙っててくれよ。それとも、何か役立ちそうなことを言うか。ぼくを殺そうとした本当の理由だとか、理由を推測できそうなヒントだとか、さもなくばヒントにつながるヒントでもいい。かぶりを振って、わいてくる雑念を追い払った。これからやるべきこととその順序を決めようと、必死で頭を集中させた。すべてを効率的かつ機械的にやっつけられるように。そのためには母と目を合わせるべきではない。

ぼくはなんとか視線を下げて、視界の中心を母の胸に合わせた。血だまりの中に手を伸ばして、足が滑らないように血塊を取り除く。足場ができると、母の肩のそばに片膝をついてしゃがんだ。目を見開いていることを除けば、母の姿勢は普段の寝姿と変わりない。これもまた理解できないことの一つだった。なぜ母をこの場所に、この姿勢で寝かせたのか。「おやすみなさい」と言った理由は何か。

父と兄が死んで間もないころの記憶。方背洞に住んでいたころのことだ。定かではないが、土曜日だったと思う。ぼくは学校に行かず、母は聖堂に行かなかった。一日中家の中を引っ掻き回し掃除をしていた母は、夕方になると酒瓶を手に兄の部屋へこもった。それから何時間も出てこなかった。閉じたドアの隙間からは忍び泣く声が聞こえるばかり。時折り不明瞭なつぶやきも聞こえてきた。

そのときぼくはベッドにうつ伏せて目を閉じ、想像のプールの中で試合をくり広げていた。三歳で水泳を始めた韓国水泳界のホープと言われる相手を追い抜き、先頭に出ようとしている真っ最中だった。水泳を始めてわずか二年だったが、想像が現実となるのに数ヵ月もかからないと固く信じていたころ。ところがそのとき、つまり相手より先にタッチパネルに触れた瞬間、向かいの兄の部屋から何かが砕ける音がした。動きを止めて耳を澄ましたときには、すでに何も聞こえなかった。それでも体を起こさないわけにはいかなかった。「何か」の正体がわかるような気がしたからだ。

予想は当たった。母が持って入った酒瓶が粉々に割れていた。予想外だったのは、血まみれの手首をつかんでまっすぐに横たわっている母だった。床には家族のアルバムやスリッパ、ヘアピンなどが散らばり、血がベッドのシーツや机の上にまでついている。ぼくは思わず叫んだ。

「母さん」

母は一度目を開き、すぐまた閉じてしまった。ぼくは階下に駆け下り、119番に電話をかけた。

「母さんが倒れたんです」

彼らが到着したとき、ぼくはちょうど支度を終えたところだった。上着を出して羽織り、ちょっと迷ってから、最近買ったルービックキューブをズボンのポケットに入れ、母のハンドバッグから財布を取り出すと、玄関のチャイムが鳴ったらすぐに扉を開けられるよう、中腰でリビングのソファに座っていた。母は救急車で近くの病院に運ばれた。救急室の看護師にあれこれ尋ねられたはずだ。

「お母さんが倒れているのをいつ見つけたの？」

「お父さんはいないの？」

「他に大人は？」

おばがいたが、首を振った。今もそうだが、当時もぼくはあの小賢しい棒切れのような女が好きではなかった。

「ぼくと母さんの二人暮らしです」

母は夜明けごろになってやっと目を覚ました。その間、ぼくはルービックキューブを三十回ほど完成させたと思う。母は目覚めるなり、退院させてくれと言った。看護師が引き止めるのも聞かずベッドから起き上がった。裸足で髪を振り乱しながら、よろよろと救急室を出ると、タクシーをつかまえた。あとを追って乗り込んだぼくには一瞥《いちべつ》もくれなかった。家に着くころには、空はすっかり明けわたっていた。母は汚れた足のまま、ベッドに倒れ込んだ。頭は枕の向こうに折れ、包帯を巻いた手首はベッドの下へ垂れ下がっている。ぼくは寝室から出ようとして、母のそばへ取って返した。看護師のことばを思い出したのだ。

(手を胸の上にのせてあげてね)

手を胸の上にのせると、母が目を開いた。布団を掛けてやると、鼻先が赤くなった。天井を見上げる目に涙が浮かんだ。ぼくはがっかりした。ありがとう、と言われるものと期待したのに。あなたのおかげで死なずに済んだ、と言うかと思ったのに、涙とは。褒められて当然の状況ではないか。もしかしてその点をうっかりしているのかと思い、何気なく匂わせてみた。

「母さんが死んだと思ってびっくりしたよ。もうこんなことしないでね」

母は何か言おうとするように口を動かした。ぼくが立ったまま待っていると、両のえらが飛び出すほどぐっと歯を食いしばった。顎の下では青い血管がスズメのように跳ねている。ぼくをぶん殴りたいのをなんとかこらえている表情だ。ぼくが何をしたのか知らないが、そばにいられる雰囲気ではなかった。頭の中で白組も「今すぐ寝室から出ろ」と忠告していた。ぼくは後ずさりして部屋の入り口まで退いた。そのあいだに、母の怒りを鎮められそうなことばを一つ見つけた。

「おやすみなさい」

それが、戦略的に口にした最初の「おやすみなさい」だった。その後は使い捨ての絆創膏のように利用した。母を落ち着かせたいとき、母との会話から抜け出したいとき、ばれたくないことがあるときに。ぼくを煩わせないでくれという台詞の代わりとして、母の干渉を未然に防ぐ防止策として、それ以外のあらゆる道具として。ひょっとすると、昨夜も同じだったのかもしれない。用事を済ませてから聞くから、ここで待っていて、という意味で。

　母の臀部と肩の下に手を差し込む。血で滑らないよう、ふくらはぎに力を入れて立ち上がる。一瞬、腰が後ろに突き出すような形でよろめいた。母が小学生ぐらいの体型であることを忘れるほど重かった。その上、体の各パーツがまったく制御できない。頭はぼくの腕の下へカクンと折れ、曲がった肘はぼくの腹を突き刺しながら太もものほうへ垂れ、体についていた血塊が鳥の糞のように落ちる中、髪の毛とおぼしきものが股間にぺったりと張りついた。毛布を敷いてあるほうへ一歩踏み出すと、かかとで鳥の糞を踏み、ずるりと滑った。母を毛布の上に投げるように下ろすしかなかった理由だ。

　しゃがんで、しばし息を整える。脚ががくがく震えるせいで、立っているのがつらい。ぼくの体重の半分しかない体を一メートル横に運ぶのに、ありったけの力を振り絞ったせいだ。気が進まないことをするときのぼくは、アリやハチにも及ばない存在だった。母によれば、アリは自分の体の五十倍のものを持ち上げ、ハチは三百倍の重さのものを運ぶという。一週間前の大掃除の日、母が冷蔵庫を指差しながらそう聞かせてくれた。ヘジンなら要求を聞くまでもなく目ざとく対応しただろうが、よりによって家にいるのは気の利かないぼくだけだった。聞こえないふりをしてやり過ごそうとするぼくに、母がもうひと言つけ加えた。

「身長百八十四センチ、体重七十八キロの男に換算すれば、九トンのトレーラーを引っ張って当たり前なのよ」

　有無を言わさず冷蔵庫を動かさせた、すばらしい暗算力だった。今はもう使いようのない博識さ。今できるのは、使い古しの毛布に横たわることだけ。死ぬとはそういうことのようだ。

母のまぶたを引っ張って目を閉じさせる。曲がった腕をぎゅうぎゅう揉みしだくようにして伸ばす。のけ反った首をまっすぐにすると、ゴキゴキッと骨の折れるような音がした。開いた唇を閉じようと力任せに顎を動かし、もう少しで歯を折ってしまうところだった。白いワンピースの正体に気づいたのは、太ももまでずり上がったすそを下ろしたときだ。

普段着ではなく、寝巻き用のワンピースだった。この春、母の五十一回目の誕生日にぼくが贈ったプレゼント。褒めことばはおろか、「おばあちゃん用の寝巻き」を贈られたとお怒りを買ったのをよく憶えている。これまで一度も着たことがなく、捨てたものと思っていた。実のところ、プレゼントしたことさえ忘れていた。これがそのときの服だと知らなかった一秒前まで。疑問が一つ増えた。母はなぜ昨日これを着たのだろう。

ついでに気づいたこと、ワンピースのポケットに何かが入っていた。ぱっと見にはライターのように小さく細長いもの。取り出してみると、車のキーだった。突拍子もない話だ。母は私物をそこいらに置くような性格ではない。車のキーは机の引き出しに入っているべきものだった。何より、寝巻きと車のキーは似合わない組み合わせだ。深夜に寝巻き姿で外出するつもりではなかったはずだから。母は今でもスキニージーンズとストレートの髪を固守する勇敢な五十代だったが、寝巻き姿で車を運転するほど自由奔放なたちでもない。九時以降に出かけることもめったにない。外出はおろか、愛してやまない屋上庭園にも上がらなかった。それが母のルールだった。ぼくが心置きなく屋上の鉄扉から出入りできたのもそのためだ。

車の鍵をカウンターテーブルに置く。母の体を毛布の余った部分で巻く。毛布がはだけないよう結ぶ紐がほしかったが、探し回る気にはなれなかった。余裕がないこともあったが、家のあちこちに血痕を残したくなかった。今ある血痕だけでも頭が痛いのに。

耳をつんざくような鋭い悲鳴。五段目の階段を上る。

（ユジン……）

母の声が重力となって、ぼくの肩を押さえつける。一段ずつ上るたびに、足が階段にずぶずぶはまっていく気がした。足を引っ張り上げると、階段までもが一緒についてくるかのようだった。そういった理由から、踊り場まで来ると、しばし足を止めた。ちょっと休んでいこうと壁にもたれた。次の瞬間、壁を覆う血で肩が滑った。あっ、と声が漏れ、母の声が消えた。母の重みも。

気がついたとき、ぼくは血だまりの中に、そりに乗っているような姿勢で座り込んでいた。股のあいだに母が横たわり、毛布のすそはぐちゃぐちゃにはだけていた。しまった。ぼくは啞然とした。起き上がり、母の体を毛布でくるんで、そのぬるぬるしたよどみからすくい上げ、残りの階段を上らなければならないという事実が、死ぬほどつらく思えた。四度目に、投げ出

母の体の下に両腕を差し込み、大きく息をつく。かかとで体を支えながら一気に立ち上がる。一瞬で血圧が上昇し、額の血管が浮き立つ感じがした。母の体は、血だまりから抱き上げたときよりさらに重くなっていた。母をくるんだ毛布ではなく、桐の棺《ひつぎ》のように。

床に落ちた血塊を避けながら、注意深く階段へ向かう。凍った湖の上を歩くように、一歩ずつ。階段を一段上ると、突然世界が静まり返った。二段目を上ると、耳がふさがった。三段目からは脂汗がにじみ、目の前がくらくらしてきた。足もとでピチャピチャと響く音。ねっとりとした血塊が、足の指のあいだをぬるぬると這い上がってくる音だった。頭の中では、絶えず母の声が響いている。

（ユジン）

むせぶように低く震える声。ぼくは四段目の階段を上った。

（ユジン）

してしまいたい衝動にかられた。記憶の中から叫び声が聞こえてこなければ、本当にそうしていたかもしれない。汽車だ。汽車が来る。

ぼくは起き上がった。毛布でざっと母をくるみ、股のあいだからしっかとすくい上げた。迫り来る汽車を想像しながら残りの階段を上り、屋上の出入り口の前にやってきた。指先でドアノブを押し、足でドアを蹴って屋上に飛び出す。十二月の身を切るような海風が正面から吹きつけた。白い霧の向こうでカモメがクアクア鳴いている。風に押されて、ロッキングベンチがキイキイ音を立てている。方背洞の家から運んできた古いベンチだ。母が屋上庭園を手入れしながら、たびたび休憩に使う場所。お茶を飲みながらぼくの部屋をのぞき見る場所でもあった。

地面に敷かれた飛び石を八つ渡って、パーゴラに入る。ロッキングベンチに母をまっすぐに横たえた。揺れていたロッキングベンチが母の重みで止まる。キイキイという音も止まった。

ロッキングベンチのとなりには、背もたれのないベンチが二つと屋外用の食卓、長い脚のついたバーベキューグリルがある。ぼくは食卓の前に立った。頑丈な木材でできたこの箱型の食卓は、母が自ら考案してつくった「作品」だった。八人用の食卓サイズの天板を横にずらすと、ぼくの背丈ほど長く、ぼくの肩より幅広の空間が現れた。母が屋上で使う雑多なものをしまっておく場所だった。青いビニールシート、透明ビニール、肥料袋、草取り鎌、剪定《せんてい》ばさみ、スコップ、のこぎり、空《から》の鉢と小ぶりの素焼き、丸く巻いたゴムホース……。

それらを取り出して地面に置く。空いた場所にビニールを一枚敷けば、墓場の出来上がりだ。母を持ち上げてそこに寝かせた。するとにわかに、いたたまれない気持ちになった。子どものころに父と兄の葬式を経験してはいるものの、まったく記憶に残っていなかった。母によると、ぼくは出棺の日まで深い眠りについていたという。たとえ記憶があったとして、何ができるだろう。何かしたとして、母が喜ぶとは思えなかった。今さら白々しいことを、と怒ることはあっても。

ビニールシートを引っ張って、母の体にかぶせる。その上に、さっき取り出したものをのせていく。足もとに素焼きの器や鉢、頭のほうは透明ビニールと肥料袋、ゴムホースなどで取り囲むようにして、ビニールシートの端を固定した。最後にのこぎりを手に取ったとき、耳もとで亡霊の声が蘇った。

（あのとき終わりにすべきだった）

汗が一気に引いた。顔がサウナの熱源のようにほてった。顎の辺りがひりひりし、奥歯の下から酸っぱい唾液があふれた。

（あのとき、死ぬべきだったのよ。おまえも、私も）

あのときとはいつなのか。そのときぼくが何をしたというのか。何をしたから、死んで当然だというのか。ぼくは知らなかった。実の息子が殺したいほど気に入らなかったとは。殺したいほど気に入らない奴を、愛しているかのようにずっと育ててきたとは。血圧が垂直に噴き上がるようだった。髪の毛までもが怒りで逆立つ気がした。のこぎりを叩きつけるように投げ入れ、天板を閉める。一度も振り返らずにパーゴラを出た。本当に、死んだ母を引きずり出して揺さぶってしまいそうな気がして。そのせいで汽車の到着を忘れてしまいそうな気がして。

屋上のドアを、バタンと音を立てて閉めた。静寂が黒雲のように押し寄せる。ぼくを呼んでいた母の声もぱたりとやんだ。階段を下りながら、頭の中のブレーカーを落とした。これからやるべきことだけを考えた。まず念頭にあったのは窓を開けることだったが、順番を変えることにした。窓を開ければ、西海《ソヘ》の冬風が嵐のように吹きつけるはずだ。匂いはすぐに消えるとしても、家の中はめちゃくちゃになるだろう。匂いとともに、室内の小物や軽いものまでもが血まみれの床に倒れたり、飛ばされて落ちたり、床を転がったりするのは目に見えている。家中が、それらがつけて回る新たな血痕で埋め尽くされてしまう。仕事が何倍にも増えるわけだ。

ぼくは、血痕を消すことを優先順位の一位にくり上げた。ひとまず血だらけのセーターとズボンを脱ぐ。裸でキッチンに入り、赤いゴム手袋を見つけてはめる。シンクの引き出しからごみ袋と布巾《ふきん》を取り出し、キッチン裏のベランダから漂白剤と大小のバケツを探し出し、表のベランダにある倉庫からプラスチックのほうきとちりとりとモップとスチームクリーナーを引っ張り出してきて、カウンターテーブルの前にまとめて置いた。次なる仕事は、動線を読みながら、掃除専門スタッフのようにアグレッシブに片づけた。

母の横たわっていた血だまりはほうきとちりとりでバケツに集めて母の部屋の便器に、階段の踊り場の血はぼくの部屋の便器に捨てた。そっちが大方片づくと、モップ掛けを始めた。大理石が敷かれた二階の廊下とリビングの床はすんなり終わった。問題は茶色い木材でできた階段だ。隙間ごとに入り込んだ血を完全に拭き取ることはできなかった。技術的にも、時間的にも無理だった。屋上の水道に長いホースをつなげ、水でさっと洗い流せるなら別だが。ぼくは階段をすっぱりあきらめることにした。代わりに、タカのような目を持つヘジンの目に留まらないことを願った。

床掃除が終わると、スリッパを持ってきて履いた。血だらけの足が、掃除した場所に新たな血痕をつけないように。次に、壁や階段の手すりについた血の除去に取りかかった。バケツに水と漂白剤を混ぜ、布巾を浸して二階から拭き始める。ぼくの部屋のドアノブ、マシンガンで血をまき散らしたかのような踊り場の壁と手すりの血痕、母の部屋のドアノブについた手形を丁寧に拭き取る。仕上げはスチームクリーナーに任せた。

　十時半。掃除機を壁に立てかけ、周辺の整理を始めた。モップのヘッド、布巾、スリッパ、ゴム手袋などをゴミ袋に入れ、脱ぎ捨てていた服と靴下、ほうきとちりとり、モップの柄はまとめてバケツに突っこんでぼくの部屋に運んだ。カウンターテーブルに投げ置いていた剃刀と車のキーもまた、ぼくの部屋の机の上へ。濡れたランニングシューズは靴箱にしまった。最後に、ベランダのガラス戸をすべて開け放った。風通しを良くするため、裏のベランダの戸とキッチンの窓まで残さず。待っていたかのように、冬風が青白い刃を研ぎ澄ませてリビングに殴りこんでくる。玄関の外から、魂のこもらない女の声が聞こえてきた。

「ドアが開きます」

　エレベーターが乗客の目的地に到達したという知らせだった。乗客の正体は、ぼくの性別がXYだというう事実と同じぐらいはっきりしている。二十五階で降りる人間はヘジンしかいない。向かいの家は入居前だし、セールスマンがマンションの入り口を通過するのは難しい。ぼくは柱時計を振り返った。十時五十五分。

　玄関でオートロックキーの暗証番号を押す音が鳴り始めた。ヘジンが玄関を開けて前室を通過し、内ドアに至るまでに五秒もかからないだろう。ぼくはざっと家の中を見渡した。窓という窓は開かれ、二階の自室と母の部屋はまだ手つかずで、屋上には母を運ぶ際についた血痕が残っているはずだ。おまけにぼくの姿といったら、素っ裸の「スプラッター男」。この山積みの問題を処理し、なんでもない顔でヘジンを迎えるには、五秒は短すぎた。

　ぼくは壁に立てかけていたスチームクリーナーを引きずって、母の部屋へ急いだ。ドアを音を立てないように閉める。と同時に、玄関の内ドアを開けるカラカラという音が聞こえた。リビングに踏み入る足音が続き、まもなく静かになった。おそらくは、キッチンのカウンターテーブルの前で立ち止まったのだろう。目を丸くして家の中を見回しているはずのその顔が目に浮かぶようだ。永宗島まで携帯電話を取りに行って肩透かしを食らい、無駄足を運ばせた張本人の姿はなく、集団で強盗に入られたかのようにすべての窓が開け放たれ、家の中には漂白剤の匂いが立ちこめているのだから。ひょっとすると、漂白剤では事足りなかった血の匂いまでもが一緒に。後の祭りだが、今さらながら後悔が押し寄せた。換気を優先順位の一位に持ってくるべきだったのに。

玄関のほうから、ヘジンの控えめな声が聞こえてきた。

「ユジン」

第二部　ぼくは誰なのか

「ヘジン?」

　十年前の二月、ある日の早朝だった。母とぼくは走る車の中でヘジンからの電話に出た。いつものように、母の車で練習に向かう途中だった。

「うん、お母さん」

　母はぼくにも聞こえるよう、スピーカーホンに切り替えた。ぼくは助手席に座って、泣き声と震えの入り混じったヘジンの声を聞いていた。

「ぼく」

　普段とはまったく違う声が、ヘジンに何かあったことを直感させた。母はいち早く、何が起きたのか気づいたようだった。「どうしたの」ではなく「今どこなの」と訊いたところを見ると。

「龍現《ヨンヒョン》病院の救急センター。おじいちゃんが……さっき亡くなった」

　担当医師が、死後の手続きをしてくれる「大人の保護者」を探しているのだが、思いつく大人は母しかいなかったと言う。母は何か言いかけてやめ、携帯電話を横目で見下ろしていた。ほどなくまた何か言いかけたが、二、三度口をパクパクさせてからまた閉じてしまった。言うことがないというより、言うべきことばが見つからないというように。母がそんなふうにことばを選ぶことはめったにない。言うべきことと言わないことを、口を開く前にあらかじめ決めておく人だった。見守るぼくからすれば、もどかしくて仕方なかった。どうしてさっさと返事をしないのか。すぐ向かうと言えばいいものを。

早く行こう。

口の形で母を促《うなが》した。練習に行けなくてもいいの、と尋ねるように、母はちらりとぼくを見た。頷くと、母はハザードランプを点滅させ、車線を二つ横切って猛烈な勢いでUターンし、ヘジンに言った。

「五分以内に着くはずよ」

ヘジンの祖父は、白いシーツに覆われてストレッチャーに横たわっていた。ヘジンはその傍らにへたりこんで、自分のつま先を見下ろしている。魂の抜けたような顔で、体を投げ出して。ぼくが鼻先まで近づいても、その気配に気づくことさえなかった。母に「ヘジン」と呼ばれて初めて、肩をびくっとこわばらせて視線を上げた。焦点の定まらない目。そんな目でぼくたちが見えるものかしらと心配になった。ヘジンが体を起こし、母に言ったあいさつは、「来てくれたんだ」ではなかった。

「ごめんなさい」

母は黙って腕を広げ、ヘジンを抱きしめた。やさしい手つきでヘジンの背中を撫でてやった。ぼくは一歩後ろに立って、ぼんやりとその光景を眺めていた。母が眉間に深いしわをつくり顔をしかめるのを、鼻と頬が同時に赤くなるのを、ナイフでも呑み込むように苦しげに唾を飲むのを。三次方程式のような表情だった。複雑かつ見慣れない顔。ヘジンのように悲しいのか、ヘジンの悲しみのために胸が痛いのか、ヘジンの気持ちが理解できるというのか、心配せずあとは自分に任せろというのか、その全部なのか、そのどれでもないのか。

ヘジンは母を見なくとも、自分をなだめる手の意味を知っているようだった。ぎゅっと食いしばった唇の隙間から、息遣いのようでもありむせび泣きのようでもある声がこぼれ出た。その声は、おずおずと母を抱きしめ返しながら嗚咽《おえつ》へと変わっていった。ヘジンは自分より頭二つ分も小さな母の肩に顔をうずめて、わっと震える声を上げて泣いた。

実に奇妙だった。ヘジンがどれほど悲しいのか充分計り知れるのに、そのために耳がふさがるようなのに、心の奥からはいかなる声も聞こえてこない。ヘジンが泣くから母も泣き、「大人の保護者」に会いにきた看護師も目を赤くしているのに、ぼくだけがぼんやりと立ち尽くしていた。そのため、ヘジンに慰めのことば一つかけてやれなかった。

「どう思う?」

三虞祭《サムジェ》(葬式後、三回目の祭祀と墓参り。埋葬日から三日目の祭祀を指すこともある)を執り行う日、母が養子の話を持ち出した。ヘジンは天涯孤独の身となった、児童養護施設に入る気はなく、ぼくとヘジンは気が合うし、折りしもわが家には一つ空き部屋がある。ぼくが知る限り、母の「どう思う?」はぼくの意見を訊いているわけではない。それは「異議はないでしょ」に等しいことばだ。ぼくは異議があってもないと答えねばならない。ただ、今回は本当に意義などなかった。母の言うとおり、ヘジンはぼくにとって唯一の友人であり、世界で一番好きな人間で、母には男の子二人を育てる経済的余裕があった。二日後、早朝練習に向かう道すがら、母はぼくに告げた。

「今日、ヘジンがうちに来るわ」

当時、ぼくたちは仁川の龍現洞《ヨンヒョンドン》にある五階建ての雑居ビルに住んでいた。ビルの大家は母で、五階全体が家屋になっていた。そのうち、玄関わきの部屋を死んだユミン兄さんが使っていた。母は方背洞の家から兄が使っていた家具や本、カーテンまでもそっくり運んできていた。ぼくは家を出入りするたび、その前を通らねばならなかった。おかげで、部屋の主は兄なのだと意識の奥に刻み込まれていた。

ともすると、だからショックを受けたのかもしれない。日暮れ前、練習を終えて戻ると、その部屋から兄の影が消えていた。代わりに、ヘジンのものと思われる見慣れない持ち物が並んでいた。採光窓を半ば覆っている二重のカーテン、長く幅広の木製机と本棚とたんす、白いカバーを掛けたベッド、ホームシアター、映画『シティ・オブ・ゴッド』のポスターが貼られた壁。

ぼくは「最高のアクションスリラー！」というポスターの文句を、驚きに満ちた思いで見つめた。十五歳の少年に室内インテリアの何がわかるだろう、だが、急ごしらえの空間でないことは確かだった。ずっと夢見て、構想してきた風景を、思う存分再現したかのような。部屋の色彩も、家具も、配列と配置も以前とは異なっていたが、その雰囲気は慣れ親しんだものだった。映画のポスターさえなければ、完全に母の趣味だった。兄が生きていたらこうしてあげただろうと思われる部屋。

心底気になった。母がこんな風景を描き始めたのはいつからだろう。ヘジンに初めて会ったとき？　映画館に行ったとき？　まさか一週間前、病院の救急センターで？　過去にもわからなかったし、この先もわからないのが母の本音だろうが、あの日ほど混乱したことはない。母がこんなにも早く選手交代をしてしまうとは思わなかった。養子の話が出てたった二日ですべての準備が整うとは思わなかった。母にとって永遠のエースだと思われたユミン兄さんのポジションは、そっくりヘジンのものに取って代わったようだった。まして、ヘジンは苗字を変える必要さえなかった。母と同じ金海《キムヘ》を本貫《ほんかん》（その氏族集団が発祥した地）とする金《キム》氏の生まれだったため、苗字を変えずしてそのまま母の長男となった。あとから気づいたことだが、三人のうちぼくだけが違う苗字だった（韓国では婚姻によって女性の姓が変わらないが、一般的にその子どもは父親の姓を継ぐ）。

「ユジン」

玄関のほうから母の声が聞こえた。ぼくははっと、不意の戸惑いから引き戻された。そして、母がヘジンを連れて戻ったのだと悟った。

「ユジン」

またぼくの名前が呼ばれた。今度はヘジンだった。声の方向からすると、ヘジンは母と同じ場所に立って動かないでいる。ぼくが応えて初めて、家に入れるのだとでもいうように。ぼくはドアを開けて外へ出た。予想どおり、ヘジンは玄関の前に立っていた。靴も脱がず、かばんとトランクをそばに置いたまま。

「ただいま」

ヘジンが言った。なんともぎこちない口調だった。秘密の告白でもしたかのように、頬が赤く染まっている。ただいま、ということばがそんなにも恥ずかしいことばになりうるということを初めて知った。母はヘジンの背後に立って、ぼくの出方を見守っているところだった。まなざしはやや硬直していた。主のいない部屋になぜ入ったのかと尋ねるように。かといって、言うべきことを言わないわけにはいかない。ぼくはヘジンと向き合って立った。

「でも、兄さんとは呼べないよ」

母がどう思おうと、ぼくが兄と呼ぶ人はユミン兄さんひとりだった。ヘジンはあっさり受け入れた。未だぎこちない表情で頷きながら、リビングに足を踏み入れた。こうしてぼくたち三人は家族になった。リビングに飾られた家族写真は、あの日「家族の誕生」を記念して近所の写真館で撮ったものだ。

「息子さんたち、双子ですか？　背も体格も顔も、瓜二つですね」

写真を撮っていた男のことばを今も鮮明に憶えている。この十年間、ぼくたちは実の双子のように暮らしてきた。世間の平凡な兄弟がそうであるように、一番近くで、互いを傷つけることなく、ささいな葛藤はあっても大方平和に。昨日まではそうだった。

果たして今もそういられるだろうか。屋上には殺された母親が横たわり、殺人犯であるぼくは血まみれで母の部屋に隠れており、ヘジンが血生臭い家に入ってきたこの瞬間も？　ぼくは十年前、孤児となったヘジンを抱きしめる母に見た、三次方程式を思い浮かべた。今ぼくの喉もとに押さえ込まれた寒々しいものの正体がなんなのか、やっとわかるような気がした。孤独だ。あのときのヘジンと違うのは、「あなたの孤独がわかる」と言ってくれる母が死んだという点だ。

「ヘジン」

ぼくはヘジンを呼んだ。ヘジンはリビングを横切って二階への階段を上っていた。タタタ、とつま先で駆け上がる音が銃声のように耳をつんざく。

「母さんの部屋にいる」

声が小さかったのだろうか。ヘジンの足音は階段を上り続ける。

「ヘジン」

今度は大声で叫んだ。ほとんど「火事だ」と叫ぶのと同じトーンで。ご近所中にぼくの居場所がわかりそうなほどよく通る声でつけ加えた。

「母さんの部屋だ」

ヘジンの足音がぴたりと止まった。続いてひとり言のような声が聞こえた。

「え？　どこだって？」

何かに気を取られているときの、誠意のこもらない返事。その気をこちらに向けようと、ぼくはさらに声を張って言った。

「母さんの部屋だよ」

「お母さんは？　そこにいるのか？」

弱ったことになった。忘れていた宿題を提出直前になって思い出したような気分。母の不在についての説明は用意されていない。用意しなければならないこと自体、頭になかった。帰宅すればまず母を捜すというヘジンの習慣を知っていながら。

「ぼくひとりだ」

返事はない。動く気配もない。足の裏がむずむずした。できることならすぐに駆け上って、胸ぐらをつかんで引きずりおろしたかった。

「早く来いよ」

ぼくの部屋に入ったり、屋上を見られたりすることを恐れたのではない。ぼくが母の部屋にいると知った以上、そんな事態は起こらないだろう。ヘジンは他人のエリアに勝手に踏み込むことはしない。体だろうと、目だろうと、ことばだろうと、相手の許す範疇でのみ動いた。溺れてもがいている女を見つけても、手を伸ばして助けていいかと許可を求める人間。天性のカナヅチで水恐怖症という点から、そんな状況は起こりえないが。

気がかりなのはヘジンが立っている空間だ。屋上の出入り口は閉ざされ、階段の両サイドは壁でふさがり、階段が折れるところにある踊り場には窓がない。風がまったく通らない通路に立っているのだ。血の匂いと漂白剤の匂いが入り混じる通路の空気は、対ガス攻撃訓練にも匹敵するはず。そこでぐずぐず足踏みしているということは、「これはどういうことだ?」と立ち止まっていることを意味した。ヘジンはタカの目と芸術家らしい想像力を総動員して答えを探していることだろう。その前に階段から引きずりおろさねば。ぼくは助けを求めるように、差し迫った息急く声で叫んだ。

「掃除してるんだ。早く来てくれ」

やっと動く気配がした。初めは一歩、二歩、やがて数段を足早に。足音が母の部屋の前で止まったとき、ぼくはドアの鍵が閉まっていないことに気づいた。しまった……。頭を抱えたい心境で、ドアノブの鍵を押す。ほとんど同時に、ヘジンもドアノブをつかんで回した。おそらくぼくのほうが〇・一秒ほど早かったようだ。カチャリ、と音を立てて鍵が閉まった。

「なんだよ。鍵なんか閉めて」

ヘジンの声が一オクターブほどひょいと跳ね上がった。反対にぼくの声は一オクターブ下がった。

「すぐ行くよ。自分の用事をしててくれ」

「なんなんだよ……」

声からヘジンの表情が読み取れた。呆れてものが言えず、黄牛《あめうし》のように従順そうな目をぱちぱちさせているのだろう。

「早く来いってせっついときながら、外で待ってだあ？」

「シャワーを浴びようと思ってさ。裸なんだ」

「それがどうしたんだよ」

どうもしない。ぼくたちは互いの裸を百回以上見ているだろうから。ぼくは答えなかった。ことばが見つからないときは沈黙するのがベストだ。

「で、なんでそこで？」

「部屋のシャワーが壊れてさ」

ヘジンは「ああ……」と言って、次の質問に切り替えた。

「それで、お母さんは？」

「聖堂仲間と黙想会に」

言ってから、それが本当ならどんなにいいだろうと思った。それならこんな大騒ぎをすることもなしに、同じ返事をすることができたのに。ヘジンの反応を気にすることもなく。

「こんなに急に？　さっき電話したときは何も言ってなかったじゃないか」

ヘジンがひとり言のようにつぶやいた。突然嫌気がさした。ことば一つひとつに神経を尖らせねばならない状況がわずらわしかった。

「一階に下りてから知ったんだ。冷蔵庫にメモがあって」

ヘジンが何か言い返す前に急いでつけ加える。

「お祈りに行くって」

ヘジンが「ああ……」と言った。納得できたという口振りだったが、何に納得したのかぼくには知る由もない。

「ところで、家中の窓が開いてるのはどういうわけだ？」

「大掃除したんだ。母さんの、ピカピカにしとけってメモがあったから」

ヘジンは「なんてこった……」と言うと、ドアを二度、バンバン叩いた。

「おい、ここ開けろよ。ドアと話してるみたいでじれったいから」

ぼくはつきあたりの飾り棚を思い浮かべた。その引き出しに家中の鍵がまとめて入っていることはヘジンもよく知っている。ぼくが開けてやらなくても、その気になればいくらでも開けられるということだ。ぼくとしては、ヘジンがその気にならないことを願うしかない。

「シャワーを浴びてからでいいだろ。ちょっと待っててくれ」

おのずとことばに苛立ちがにじんでいた。それをごまかそうと、すぐさまつけ加えた。

「窓は開けとけよ。漂白剤の匂いが消えるまで」

「漂白剤なんか使うからだろ。掃除用の洗剤ならランドリーに色々あるのに。ったく……。掃除のやり方も知らないんだからな」

犬歯で唇の裏の粘膜をぎりぎりと噛む。頼むからワンフレーズで終わってくれ。

「ところでおまえ、コシリ屋に携帯を忘れてきたってのは確かか？　あそこにはなかったぞ」

ツーフレーズ目が来た。

「どこか他のところに忘れたんじゃないか？　ヨンイのホットク屋とか」

仕方なく「ああ……携帯なら」とぼくは言った。

「部屋にあったよ」

しばし沈黙が流れた。ヘジンが口の中に待機させている「ひと言」が聞こえるようだ。おまえ、お兄様にこっぴどく叱られたいようだな？

「ベッドの隙間に落ちてたのに、さっき気づいて」

とうとうヘジンが怒り出した。

「ふざけてんのか。見つかったなら見つかったって、電話ぐらいしろよ」

答えないのが無難だと思い、黙っていた。謝罪するより怒らせたほうが都合がいい。本当に怒ったとき、ヘジンはけんかしたり問い詰めたりして問題を解決するタイプではない。相手を許せる気持ちになるまで話しかけないのだ。今ぼくに必要なのが、まさに「話しかけないヘジン」だった。あとのことはどうあれ、今は顔を合わせたくない。できれば、やるべきことがすべて終わるまで。

ぼくはドアに耳をぴったりくっつけて、ヘジンが動くのを待った。ありがたいことに、さほど長くは待たなかった。「しばらく」が二、三度過ぎたころ、ドアの前を離れていくヘジンの足音が聞こえた。続いて、ガラス戸と窓が順番に閉まる音。閉めるなと言われたのを、早くも忘れてしまったようだ。それとも、怒っていることを知らせるプレッシャー用のイベントか。

やがて、ドアが開き、閉まる音がした。ついに自分の部屋に入ったようだ。いつもどおりなら、かばんを机に置き、椅子の背もたれに掛けてある普段着に着替えてから、再びリビングに出てくるはずだ。長くて一分だろうが、ぼくが二階に上がるには充分だ。母の部屋から階段まで二、三歩走るのに一秒、十六段の階段を駆け上がるのに十秒、廊下を通ってぼくの部屋に入るのに五秒。

ドアを開けて一歩外へ踏み出す。自分の部屋を片づけてシャワーを浴びるのに、三十分あれば充分だ。母の部屋は鍵をかけておいて、隙を見て片づけよう。一つささいな問題があったとすれば、ヘジンが着替えをせずに出てくる場合を予想できなかったことだ。もう一方の足を外へ踏み出した瞬間、ヘジンの部屋のドアが開いた。ぼくはただちに引き返すしかなかった。

すかさず、キッチンに向かう足音が聞こえた。続いて皿かコップのカチャカチャいう音。コーヒーを淹れるようだ。ラーメンをもう一人前食べるのかも。どちらにせよ、ヘジンが部屋に入る見込みはなさそうだった。それならこちらの手順を変更しなければならない。

音を立てないようにドアを閉め、スチームクリーナーからパッドを取り外す。ドアの前からドレスルーム内にある浴室まで、一歩ずつ進みながら、自分の手形と足跡を拭いていく。そのあいだ、外はこちらが不安になるほど静かだった。ドレスルームのドアと浴室のドアをすべて開け放しておいたのに、物音や気配はまったく感知されない。部屋のドアから離れてしまったからかもしれなかった。それとも、ヘジンに動きがないか。

ぼくは後者だと考えることにした。コーヒーを飲んでいるか、インスタントラーメン用の湯が沸くのを待っているのだろう。シャワーの水で床の血痕を消し、シャワーブースに入る。頭を洗うのに、シャンプーを容器の半分使った。体を四、五回洗い、爪のあいだに入り込んだ血は母の歯ブラシでごしごしこすった。時々シャワーの節水ボタンを押して水を止め、ヘジンの動静を確かめた。依然、外から物音は聞こえない。気が気でなく、耳をひっぺがして寝室のドアにくっつけておきたいとまで思った。

母からのプレゼントを見つけたのは、シャワーを終えたあとだった。寝室の壁鏡の前で左腕を持ち上げると、ぽっかり穴が開いているかのような真っ黒い傷が現れた。腕からわき、乳首に至るまでがどす黒いあざで覆われ、そこにほくろのように小さく黒い歯型が半円形に並んでいる。今の今まで気づかなかった痛みが突然襲ってきた。昨夜の悪夢が一瞬にして蘇る。ぼくは身震いしながら腕を下ろした。

濡れたタオルを肩にかけ、ライティングビューローに向かった。置き時計は十一時四十分を指している。ヘジンが戻って四十五分が経ったことになる。インスタントラーメンをもう一杯食べ、残りのスープにごはんを入れて食べ終え、慣れた手つきで洗い物をしてから、コーヒーを飲んでも余る時間だ。外からは未だになんの物音も聞こえない。寝室のドアに耳を近づけると、初めて人声のようなものが聞こえてきた。前後がつながらない、スタッカートのように途切れた声。おそらくは、ヘジンがリモコンを手にテレビのチャンネルを一秒ごとに変えているのだろう。ずっとソファに横たわって、ぼくを待っていたようだ。

まだぼくに言い残したことがあるのだろうか。あるいは何かおかしいと感じているのだろうか。それとも、ぼくが見落として消しきれなかった痕跡でも見たのだろうか。出しぬけに、大勢が一斉に笑う声がはじけた。チャンネルをそこに固定したのか、やがてヘジンがくすくす笑う声がした。ひょっとすると、ぼくを待っているわけではないのかもしれない。

机の前に戻り、クリーナーのパッドを持ち上げてみる。赤黒く染まったパッドは、誰が見ても血を拭いたものだった。ヘジンと出くわす可能性を考えれば、入れ物が必要だ。大きな紙バッグが望ましいが、なければビニール袋でも。一段目の引き出しを開けて、中を探ってみる。あらゆる種類の筆記用具と文具類であふれている。二段目の引き出しを開けると、まず母の赤い財布が目に入った。その横に、黒く分厚いノートがあった。

オフィス用手帳のように実用的に見える。サイズや、黒いハードカバーの表紙、紙を追加できるバインダーがついている点からも。これまで見たことのないノートだった。改めて机の隅に置かれたボールペンを見やった。ノートとボールペンを組み合わせると、一つの場面が浮かんだ。机に向かって何か書いていたが、急いでノートを引き出しにしまって立ち上がる母。表紙をそっとめくってみたのは、純粋に好奇心からだ。ぼくの想像が正しいのか、正しければ何を書いていたのか。

十二月六日。火曜日。

ユジンの部屋が空っぽだ。また屋上から出かけ始めた。ひと月ぶりに。

十二月七日。水曜日。

連続二日目。待機していたのにあの子を逃してしまった。

十二月九日。金曜日。

あの子はどこにいるのだろう。夜中の二時までそこらじゅうを捜し回ったけれど、なんの手がかりもない。はっきりと見たのに。寒く、怖く、恐ろしい。もう

日記なのかメモなのか、文章は「もう」で途切れ、改行してがらりと異なる文章で終わっていた。

ハローが吠えている。あの子が帰ってきた。

帰ってきた「あの子」とは、昨夜玄関の前で母に呼び止められた子のことだろう。その子を捜して夜中の二時まで町中を捜し回っていた母は、路上でおばやヘジンに電話をかけたことになる。そして、びっしょり雨に打たれた。理論上、母の濡れたスニーカーもこれでつじつまが合う。実際にあったことだと受け入れるには、本質的な質問が一つ残っていた。雨の降る深夜に、母がひとりで町をうろつくことは可能か。

ぼくの答えは「ノー」だ。少なくとも徒歩ではありえない。

西海の干拓地につくられた群島新市はいっとき、乱立する「不動産仲介屋」と「悪徳業者」の巣窟《そうくつ》となっていた。広大な宅地、首都圏内にあり仁川空港も近いという便利な立地、東津江《トンジンガン》が市街地の中心を流れ、前後を山海に挟まれた風光明媚な土地、複合リゾート中

心の「リゾート都市」をつくりあげるという政府の発表によって、分譲ブームが巻き起こった。

母もその時期に、新市2地区二ブロックの中央に位置するこの家を買った。「ムーントーチ」という有名ブランドの力と、三十七坪の母屋に十三坪の屋上部屋と板張りのテラス、専用の屋上がついた「プレミアム最上階」を手に入れるために、二億ウォンを上乗せした。母の主張するところによれば、法学部の学生にしてロースクールを目指す受験生、未来の弁護士に、静かで見晴らしのいい勉強部屋を与えるために選んだのだという。当事者であるぼくにはひと言の相談もなかったが、なんにせよ悪い選択ではなかった。何より部屋が気に入った。母の視線を遮ってくれる屋上部屋ということと、向かいの家と二階下まではまだ空いているということも。おまけにこの眺望だ。

屋上の端に立つと、海と水平線、かすむ波の穂と漁船、橋でつながれた群島海上公園をひと目で見渡せる。海上公園は群島新市の沖に、防潮堤と平行に伸びる帯状の島だ。島は黒い海食崖に囲まれ、一方の崖の先端には天の川展望台が立っている。夜通し色とりどりの明かりを放ちながら回るサーチライトは、この町の沖合いを照らす巨大な街灯として人々の目を楽しませる。群島新市を象徴するアート作品でもある。

だがそれで全部だった。町の半分はまだ工事中で、公共施設を始め公共交通網もまともに整備されていない。仁川やソウルから来る広域バスが三十分間隔で行き来するばかりで、近所を周回する短距離バスさえない。商圏が形成されておらず、まともなスーパー一つない。政府が約束した計画は履行の兆しさえない。入居が始まって一年になるが、新市2地区のマンションは半分以上空いたままだ。おまけに、群島新市のマンションは産業廃棄物と福島産の汚染セメントで建てられたという事実が国政監査により暴露され、取り引きは完全に途絶えた。「発癌マンション」という世間の冷やかしばかりが高まった。日夜にぎわっているのは十を超える教会と新市1地区の北につくられたテクノベリーの工場だけだ。

群島新市は世間から、山と海と防潮堤に閉じ込められた「幽霊島」と呼ばれている。幽霊島の住民は夜になると家から出ない。新市2地区への入り口であり新市1地区との境界線である東津江河口縁の道路は、その先に墓場があるかのように閑散としてもの寂しい。女はもとより、男でさえひとりで歩こうとはしない。夜更けに帰宅する者は、防潮堤から三々五々寄り集まって帰路につくのだった。

これが、深夜二時まで母ひとりで歩き回ることはないだろうと断定する理由だ。残るは車で移動した可能性だが、濡れたスニーカーとは相容れない。ぼくを捜し回った理由もまた疑問のままだ。母はなぜぼくが戻るまで待てなかったのだろう。

オッパ　私だけ見て
忙しい　そんなに忙しいの

突然、ドアの外からヒュッヒュッ、と音程の外れたヘジンの口笛が聞こえてきた。キッチンのほうからだった。テレビの音は消えた。

痛い　胸が痛い　どうしてわかってくれないの
オッパ　どうして彼女を見てるの……（ワックスの歌う「オッパ」の歌詞）

口笛はキッチンを出てヘジンの部屋のほうへと遠ざかった。まもなくドアが開き、閉じる音がした。今度こそここを出るチャンスだ。ぼくは日記メモをわきに挟んだ。肩にかかっている濡れたタオルでパッドを包んで手に持ち、椅子を正してから机の前を離れた。ドアを開ける前に、もう一度外の気配を確かめる。まだ静かだ。ドアを開けてそっと頭を突き出した。誰もいない。

ドアの外へ出た。後ろ手にボタンを押して鍵を閉める。すぐさま階段に走り、一、二段飛ばしで駆け上がる。頭の中では、母の部屋と浴室の風景を再生していた。シャワー後、浴室をどんな状態にして出たか。万一ヘジンがあそこに入るという前代未聞の事件が起こった場合、怪しまれる痕跡やものを残してはいまいか。

#

ぼくの部屋のベッドの下から母の携帯電話を拾い上げた。落ちていた格好からして、記憶にないどこかの時点で落としたらしい。画面は真っ暗だ。バッテリーが切れたのか、電源ボタンを押しても反応がない。ちょっと残念だった。携帯メールやメッセンジャーを確認しておきたかったのに。もしやおばやヘジンと交わした「ぼくの知らない会話」があるのではと。今さら充電するのも、充電して再度確認するのも気が進まなかった。母は「黙想会」に出かけたのだから、携帯が家の中で鳴っては困る。切れたままにしておくのが安全だろう。万が一、でしゃばりな誰かが携帯のありかを非公開で追跡する場合を考慮すれば。

ボーン、ボーン、ボーン……。階下で鐘の音が響き始めた。家の中で何が起ころうと、黙々と自分の仕事をこなす柱時計が正午を告げていた。母の携帯電話を机に置く。その横に、すでに運び込んでいたものと、今運び込んだものを並べた。「課外」のパーカーとベスト、パーカーのポケットに入っていたMP3、イヤホン、屋上の鍵、この棟のエントランスカードキー、マスク、剃刀、車のキー、日記かメモかわからないノート。

並べてみると、犯人の取調べをする捜査官になった気分だった。両者が同一人物という点、犯人が「正直さ」に欠けるという点、記憶までもが不完全だという点で、交渉や計略の余地は大きい。犯人を逃げ場のないよう追い詰めなければ、ありきたりの結論に至るのは目に見えている。「理由はわからない」が、母がぼくを殺そうとした。すなわち殺人は正当防衛、あるいは過剰防衛だと。

引き出しから服を取り出す。ズボンを穿き、Tシャツを取り出す。足音がしたのはそのときだった。二階に上ってくる音。「タタタッ」ではなくトン、トン、トンと響き渡るリズムから、階段を飛び飛びに駆け上がっているようだ。ドアのほうを振り向くと、一時間前に母の部屋の前でくり広げられた押し問答が再現される一歩手前だった。机の上には殺人犯と被害者の持ち物が並べられ、ドアの前には血まみれの掃除道具やごみ袋、床にはおびただしい血痕が残っており、ベッドには血だらけの寝具類が敷かれたままで、部屋のドアは鍵がかかっていなかった。

一瞬、面倒だという気持ちが先立った。なんで上がってくるんだ。なぜぼくがここにいるとわかった。打球を追って身を躍らせる内野手のように、ぼくは腕をぐっと伸ばしながらドアへ飛んでいった。着地と同時にドアを開け、廊下に出る。後ろ手にドアを引き寄せて閉めたとたん、ヘジンがぼくの前に到着した。ぼくたちは頭二つ分の距離を置いて向き合った。ぼくはTシャツを握りしめ、ヘジンは青く丸い「何か」を手にして。

「上がるなら上がるって言えよ。ずっとお母さんの部屋のドアを叩いて……」

ヘジンがことばを切って、目を見開いた。

「これ、どうしたんだ？」

ヘジンはTシャツを握るぼくの左腕をつかんでひょいと持ち上げた。ぼんやり立っているあいだに、不意の襲撃を食らってしまった。

「ああ。掃除してるときに掃除機の持ち手にぶつけたんだ」

ぼくはヘジンの手をはねのけた。ヘジンは、胸の辺りにまで広がっているあざをしげしげと見つめている。

「ぶつけたようには見えないけどな」

またも手を伸ばしてぼくの左腕をつかむ。

「見せてみろ」

「やめろよ」

ぼくはパンチをくり出すように、腕を振り回して身をかわした。神経質なぼくの反応に、ヘジンは唖然とした表情だ。首から下へ、きまり悪さが赤みとなって広がっていく。

「ぶつけたって言ってるだろ」

それ以上質問できないように、ぼくは表情を硬くしてTシャツをかぶった。

「なんだよ、変な奴。見て減るもんでもなし」

ヘジンは手に持っている「何か」を親指でさすりながらぼやいた。「何か」は機嫌のいいネコのようにゴロゴロ鳴いている。


「なんの用だよ」

服のすそを引っ張りながら、二階に上がってきた用件を訊いた。ヘジンの顔に、ああ、という表情が浮かぶ。気まずい表情はにわかに影を潜めた。

「あれ見たか？」

あれ？　リビングに何か痕跡が残っていたのか。それともキッチンか玄関に？

「あれって？」

ぼくは視線を下げ、ヘジンの手の中に隠れている「何か」を窺った。指のあいだから見える色や形からすると、ワイヤレスマウスではないかと思われた。今度は視線を上げ、ヘジンの表情を窺った。無表情を装おうとしているようだが、牛のように大きな茶褐色の目は本音を隠せないでいる。ヘジンの表情解読に関する限り、プロと自負しているぼくには言い切れる、それは「笑み」だった。

「おまえもそれを見て飛び出してきたんじゃないの

か？」

ヘジンが訊き返した。ぼくは懸命に頭を働かせた。

一階と二階、ヘジンとぼくが同時に見ることができる「あれ」とは何か。ついさっきぼくが見たものから思い返してみる。机の上のものが順に目の前を横切っていく。どれ一つ「牛の笑み」とは無関係に思えた。

「違うのか？」

ヘジンが首を傾げた。ぼくは腕を組んで仁王立ちになった。言えよ、訊かずに。

「それならなんでそんなに急いで飛び出してきたんだ？」

今朝のぼくは、瞬発力を喪失したクマのようだ。ありきたりな言い訳を見つけようと、二度も三度も息をつかねばならないとは。

「腹が減ってさ。何か食べようかと思って」

「まだ何も食べてないのか？」

ヘジンはチッチッと舌打ちするような顔になった。今度の表情も気に入らない。溜められるだけ溜めてから言うぞという意図が見えるようで。

「なんで上がってきたんだよ？」

ああ……と、ヘジンは静かに口を閉じた。指先がむずがゆくなってくる。ヘジンの首を締め上げて指を突っ込み、隠している「あれ」を取り出してやりたい。

「少し前からカウントダウンしてたんだ」

ついにヘジンが口を開いた。

「十二時ちょうどにオープンって聞いてさ」

ヘジンは手に握っているマウスを持ち上げてカチカチとクリックして見せた。いち、に、さん……。

「おめでとう」

ヘジンはマウスを左手に持ち替えて、ぼくに握手を求めた。ぼくは呆然と目をしばたたいた。何が？

「どうした、合格おめでとうって言ってんだ」

組んだ腕がするするほどけて、両手が太ももの横にトン、と落ちた。頬がゆがみ、口の周辺が一瞬にしてこわばった。なんのことかわかった気がした。ロースクールの合格者が発表されたのだ。

「ハン・ユジン」

　ヘジンはワイヤレスマウスをぼくの前で左右に振った。ぼくの表情を、「実感がわかない」と受け取ったらしい。あるいは、嬉しさのあまり放心状態にあると解釈したか。昨夜何もなかったなら、以前の平穏な人生だったならありえたかもしれない。ぼくの大学生活はロースクールに進むためのステップに等しかったから。ぼくはかろうじてひと言しぼり出した。

「どうやって確認したんだ？」

「どうやって確認したか。受験番号で確認したんだろうな」

　ぼくはしげしげとヘジンを見返した。どうしておまえがぼくの受験番号を？

「憶えてないか？　受験票をもらってきた日、俺がマグショットを撮ってやっただろ」

　そうだ。なんでも記念だと写真に撮っておくヘジンは、ぼくをリビングの壁際に立たせて受験票を胸の前に掲げさせ、カメラのシャッターを押し続けていた。犯罪者の識別写真を撮るように、正面、左右からカシャカシャと。

「やったな、すごいぞ」

　ヘジンはだらりと垂れたぼくの手を取って握りしめ、ぶんぶん振った。一度振られるたびに母が現れては消えた。剃刀を振り回しながらぼくに飛びかかる母、喉を切り裂かれて血だまりに横たわっていた母、粗末な毛布にくるまれ、ぼくに抱かれて屋上に上っていく母、ロッキングベンチに横たわる母、屋外用の食卓に閉じ込められている母。

「おつかれ」

　ヘジンが手を放して近寄り、抱き寄せるようにぼくの肩に腕を回した。背中を叩きながらつけ足した。

「さすがだよ」

ぼくの体はいっそうこわばっていった。いかなる反応もできない。何か言うこともできない。そんなことをすれば、口を滑らせて間抜けなことを言ってしまいそうだった。その上涙までこみ上げてきた。自分の人生がもう終わりだということを、こんなに劇的な形で実感することになるとは。拳ほどもある氷が喉の奥へ滑り落ちていくような気分。はらわたからみじめな寒気が立ち上ってくる。

「なんだ、泣いてるのか?」

ヘジンが一歩退き、首を傾げてぼくの表情を確かめた。

「そんなに嬉しいか?」

ぼくは目を落とした。そう、嬉しいさ。嬉しくて泣きそうだ。このまま泣きながら死んでしまえばいい。

「合格を確かめてから、おまえの気持ちがわかるような気がしたよ。柄にもなく掃除なんかした理由も。どんなにタフなおまえでもどうしようもないことがあるんだなって、胸が痛んだよ。水泳やってるときもそんなことはなかったし。どんなに大きな試合でも、どんなに強い相手とぶつかっても、練習さながらに余裕をかましてただろ。そんな奴がどれだけ緊張したら、いきなり掃除なんて始めるんだろうって」

そうだ。かつてはタフなこともあった。どんな試合にも緊張せず、どんな瞬間も怖くなかった。水中でのぼくは紛れもない強者だった。水から出てからの人生は「模範生」ということばでくくられるだろう。大学卒業を控えた今の今まで、その範疇を大きく外れたことはない。普通の母親なら誇らしく思うだろう立派な息子だった。そうあることが正しいと学んだから。他でもない母にそう学んだのだ。

「あなたが突き落とせばあなたも突き落とされる、それがこの世の常よ。突き落とさず、突き落とされない、それが正解なの」

正解どおりに生きてきたという自信がある。これまでドブネズミ一匹突き落としたことはない。母にも目があるのだから、その点はよくわかっているものと思っていた。それなのになぜ。昨夜、ぼくをドブネズミのようにドブに突き落とそうとしたのはなぜだろう。ぼくに想像できるいかなる理由も、「すべて」を説明することはできなかった。

「早くお母さんに電話したほうがいいんじゃないか」

ヘジンが言った。頷きながらも、ぼくはじっとしていた。

「なんだよ？　電話しろってば。今ごろはらはらしながらお祈りしてるぞ」

どうやらヘジンは、ぼくが大掃除した理由と母が黙想会に出かけた理由を、同じ脈絡で理解しているらしい。ズボンのポケットに手を突っ込んで動かないところを見ると、母子が喜びを分かち合う場に自分も立ち会いたいようだ。ぼくもそうしたかった。ぼくたちは家族なのだから。そうしてあげられず残念だった。残念さの分だけ、ぶっきらぼうな返事が飛び出した。

「おまえが下りてから」

「そうか」と言いつつも、ヘジンは動こうとしなかった。ぼくをじっくり観察している様子だった。

「調子悪いのか？　ひょっとして……薬を服まなかったとか？」

口振りからして、「薬」は「発作」の別名だった。それが刃ででもあるかのように、間違ってぼくを斬りつけはしないかと心配するように、おそるおそる取り出すところを見ると。その心配どおり、いっとき忘れていた発作の不安が蘇った。薬を服まなくなって、今日で四日目だ。

一週間前、ぼくは生涯でもっともひどくしつこい頭痛に見舞われた。跳ね上がる脈拍と、鼓膜をつんざく耳鳴り、熱い金串に頭を貫かれるような痛みに何日も耐えねばならなかった。対応するすべなどないに等しかった。まっすぐに横たわって深呼吸をしたり、頭を抱えて前屈みになったり、ひざまずいてひれ伏したり、膝のあいだに頭を突っ込んでうなったり、組んだ手で後頭部を押さえて痛みがひくのを待つ以外に。待っているあいだ中、息苦しかった。舌が牛のふぐりのように膨れて喉をふさぐ感覚にさいなまれた。しまいには、頭がポンッと音を立てて開いた。こんな薬を死ぬまで服まなければならないわが身が嘆かわしく、薬を処方したおばに怒りがこみ上げ、薬を服んでいるか常に監視している母が歯がゆくて。発作が起きようがどうなろうがかまわない心情になったのは、さらに四日を耐え抜いたあとだった。

「ユジン」

ヘジンの声にわれに返った。「うん」と視線を上げると、ヘジンが目配せでぼくの肩越しを差した。背後で電話のベルが響いていた。

「電話が鳴ってるみたいだぞ」

「わかってる」という意味で頷いた。他でもない、ぼくの机の引き出しで鳴っている携帯電話の着信音だったから。誰からだろう。

「出ないのか？」

ヘジンが訊いた。出ろと急き立てるように、電話のベルは絶え間なく鳴り続けている。ぼくは目を伏せて答えた。

「出なくていい電話だよ」

「なんでそんなことがわかるんだ？」

「キャッシングの宣伝かなにかだろ」

「お母さんかも知れないじゃないか」

それならどんなにいいだろう。本当に黙想会に出かけた母からの電話だったら、ストレスでひどい悪夢を見たのだと知らせる電話なら、どんなにいいだろう。電話のベルはやんだかと思うと、すぐにまた鳴り出した。ヘジンは部屋のドアをちらりと見てから、ぼくに目を戻した。

「お母さんも発表の時間を知ってるんだよな？」

ヘジンの理論は「母かもしれない」から「母だ」に進展していた。

「落ち着かなくて電話したんじゃないか？　さっさと出ろよ」

代わりに部屋に入って電話を取りたい気持ちを、ぐっと我慢している様子だ。ぼくも黙ってヘジンを見つめた。ぼくにヘジンよりひときわ優れた点があるとしたら、それは我慢強さだ。

「あとで、ゆっくり」

ぼくたちは視線を合わせたまま、もう十秒こらえた。黙って見つめ合う時間は永遠にも等しかった。ぼくの網膜をなぞるヘジンの視線から、いくつかの疑問が読み取れた。どうして部屋に入らないんだ？　どうして俺を部屋の前に立たせておくんだ？　中に見られたくないものでもあるのか？　今朝に限って妙に俺を避けるのは、ひょっとしてそれに関連してるのか？　ぼくは目のシャッターを下ろした。いかなる手がかりも、兆しも読まれないよう、頭の中も空っぽにした。そのあいだに電話のベルがやんだ。

「そっか。ゆっくり済ませて下りてこい」

ヘジンはチャンネルを変えるように、素早く表情を変えた。我慢の顔から笑顔に。

「昼飯をこしらえとくから」

ぼくは頷いた。ヘジンは踵を返して二階の階段を下りていった。足音がキッチンのほうへ消えてやっと、ぼくも部屋に入った。引き出しから携帯を取り出す。黒い画面に電話をかけてきた人物の名が浮かんでいる。朝七時から電話を鳴らしまくっていた、二十二階の犬ころのようにでしゃばりなババア。

ミス・ババア

おばに電話するか否かは悩まなかった。そうするまでもなく、コードレスホンが鳴り始めたからだ。取るか取らないかもまた、悩まなかった。取らなければ、それも早く取らなければ、階下でヘジンが取るだろうから。ぼくへの電話なら、ヘジンは当然、堂々と階段を上ってきてドアを叩くに決まっている。

「もしもし」と言うと、受話器の向こうでおばが訊いた。

「忙しいの？」

「何をやっていて電話に出るのがこんなに遅いのか」を上品に言い換えた表現だ。ぼくもまた「用事がなけりゃ飯でも食ってろ、なんの用だ」をぶしつけにならないよう訊いた。

「お昼はもう？」

「姉さんは？」

予想どおりの質問だったので、慌てなかった。できるだけそっけない口調で、ヘジンに言ったのと同じ返事をした。

「黙想会に」

「黙想会？　なんだって急に？」

答えずにいると、次の質問に移った。

「どの祈禱所に行ったの？」

「それは聞いてないよ」

おばはひとり言のように「聞いてない……」とくり返した。ぼくは母の日記メモを思い出した。

夜中の二時までそこらじゅうを捜し回ったけれど……

母がおばに電話をかけたのがこの近所なら、おばはまずどこかと訊いたはずだ。背景から聞こえてくる音や声の反響も、室内と外では明らかに違うはずだから。その上、昨日は雨だった。母は事実どおりに答えただろうか。ぼくが夜中に屋上から抜け出し、あとをつけたが見失ってしまった、町中をしらみつぶしに捜したが五里夢中だ、どうすればいいかと。おばはなんと答えただろう。すぐに家に戻るよう言っただろうか。どうせなら車を出して本格的に、もっと遠くまで捜索しろと言っただろうか。疑問が追加された。母がおばより先にヘジンに電話したのはなぜだろう。

「いつ戻るって？」

おばが訊いた。返事をしないまま、母の携帯電話を見下ろす。ヘジン、ヘウォン……。名前を押し間違えたのだろうか？　可能性はある。ヘジンとヘウォンは子音の並び上、順番が近い。保存されている連絡先が少ない母の携帯では上下で並んでいるだろう。加えて、母はずいぶん前から老眼に悩まされていた。暗い夜道で名前を見間違える確率は、見間違えない確立より高いと言えた。

ばらばらに散らばっていたビーズが一列に並んだ気がした。おばの言うとおり、母が家に戻って濡れた服を着替え、再び車で出かけたとしたら、車で町を回りながら本格的に捜索を始めたとしたら……。だとしたら、昨夜の一件の説明がつく。濡れた母のスニーカー、ヘジンからかかってきた明け方の電話、寝巻きのポケットに入っていた車のキーも。

「ユジン、何してるの？」

形は質問だったが、その内容は指摘だった。電話もまともにできないの。おばが早朝から電話を寄こしたのは、ぼくを見つけたかどうかが気になったからだろう。薬を中断すれば屋上から抜け出すというぼくの習性までも把握しているはずだ。ぼくに関することなら、大便をするときトイレットペーパーを何メートル使うかまで共有している人たちなのだから。

「いつ戻るか知らないよ。聞いてないから」

「姉さんと口を利かない期間なの？」

昨夜けんかしたのかという質問に聞こえた。しばし計算してみた。母とずっと連絡が取れない場合、このババアがうちに押しかけてくるまでどれくらいかかるだろう。一日？　二日？

「起きたときにはいなかったから」

「じゃあ、黙想会に行ったってどうしてわかったの？」

「冷蔵庫にメモがあって」

「姉さんの？」

その語感から「そんなはずが……」と同義語に聞こえた。そうだという意味で力強く「うん」と答えた。

「夜中に、誰にも知らせずにそっと出かけたってこと？」

「ぼくが寝坊したんで、夜中なのか朝なのかは……」

「寝坊？　昨日は遅かったの？」

おばは何を知りたいのだろう。母が何時に出かけたか？　ぼくが何時に寝たか？　頭の中の声は、どちらにせよ気をつけろと言っていた。この老いた女狐がことば尻をとらえるときには、それなりの理由があると。ぼくは控えめに応戦することで質問をかわした。

「で、なんでぼくに電話を？　母さんの携帯にかければいいのに」

「電話に出ないからこっちにかけたんでしょうね」

おばが三人称の視点で答えた。ぼくの経験上、苛立ちがつのったときの口調だ。質問を質問で返すなという警告でもある。そこで、質問の代わりにこう勧めてみた。

「じゃあ、もう少ししてもう一度かけてみれば？　鳴ってるのに気づかなかったのかもしれないし」

「さっきもかけてみたんだけど、電源が切れてるのよ」

ああ……。さっき。ということは、ぼくが母の携帯の電源が切れているのを確認していたころ、おばも母に電話していたわけだ。

「ところで、何時に寝たの？」

すべての質問に答える必要はなかった。それに、おばはまだ用件を述べていない。その点をついてみた。

「母さんに急用でもあるの？」

「急用じゃないけど、ちょっと変な気がして……」

　おばは間を置くように、ことば尻を伸ばした。ぼくは黙って待った。

「今日九時に診療予約をしてたのに、急に黙想会に出かけたって言うから、どうしたのかと思って」

　本当だろうか。九時に診療予約が入っていて、早朝七時から電話を鳴らし続ける理由はなんだろう。それも家の電話と携帯電話に交互に、臆面もなく。おばは嘘をついている。ぼくは陳腐だが安全な返事をした。

「それならそのうちおばさんに連絡するんじゃない？待ってみたら？」

　おばは「そうね」と言いながらも、電話を切らないでいる。ことばを探しているのか、しばらくぐずぐずしていた。苛立ちがつのり、受話器に向けてバズーカ砲でも撃ってやりたくなる。受話器の向こうで「院長」と呼ぶ声が聞こえてくると、おばはやっと、しぶしぶけりをつけた。

「もし姉さんと連絡が取れたら、私に電話するように伝えてくれない？」

「わかったよ」答えると、ついでのように訊いてきた。

「そうそう、薬はちゃんと服んでるわね？」

　もちろん、と答えながら、引き出しの底に突っ込んである薬袋を取り出す。数えてみると、十日分残っている。

「そろそろなくなるころじゃない？」

「まだ一週間分残ってるよ」

「ちゃんと服んでるの？　私の記憶だと、多くてあと三日分だと思うけど」

「チャートを確認してみてよ」

「そうね」という返事とともに電話が切れた。ぼくは受話機を机に放り投げた。手に持っていた薬袋も叩きつけるように置いた。ぼくの人生を支配してきたのが母とおばなら、薬はぼくの人生という草地に二人が放ったヘビだ。人生の大事な瞬間に、そのつど足首を嚙まれて座り込んだ。選手として本格的に水泳を始めたときからだ。「ソウル市長杯夢の木水泳大会」幼年部で優勝を手にした九歳の春から。

投薬の開始と同時に、ぼくは深刻な副作用にさいなまれた。舌が回らず、全身に発疹ができ、高熱が出て救急室に運ばれたこともある。何度か薬を替えた末に、最終的に選んだのが今服んでいる〝リモート〟だ。もちろん、おばの選択は間違っていなかった。少なくとも、以前の薬のように救急室に運ばれるようなことはなくなったから。問題は、その薬がぼくの頭に緊箍児《きんこじ》（孫悟空の頭にはめられている金輪）を、手と足にかせをはめたということだ。しばしば頭痛のためにのたうち、耳鳴りに苦しんだ。記憶がぷつぷつ途切れることもあった。体の動きが鈍り、体力も急激に落ちた。そのため訓練が終わると、半ば死んだような状態で帰宅した。それでも母とおばは、致命的ではないという理由で薬を断念しなかった。ぼくが水泳をあきらめなかったように。


水泳を習い始めたのは小学二年生の春。きっかけは学校で行われる特技教育だった。それもぼくの意志ではなく、兄にならって選択した授業で。勉強だろうが作文だろうがピアノだろうが、多方面で秀でた才能を見せていた兄だが、水泳においては落第生だった。ひと学期でやめてしまうほど、面白くなかったらしい。同じころ、ぼくはあらゆる泳法を完璧にマスターしていた。翌年の春には全校水泳大会で優勝し、その翌年には学校代表選手となって金メダルを獲った。言うならば、兄よりぼくのほうが得意とする「稀《まれ》なこと」の一つが水泳だったのだ。

本格的に選手を目指せと勧めたのは、水泳部のコーチだった。母は、趣味にとどまらず選手になることを好ましく思わなかったが、反対もしなかった。あとになって聞いたことだが、長くは続かないと思っていたらしい。嫌気が差すか、訓練に耐えられなくなるか、大した才能ではないことに気づくかして。

母の予想は外れた。ぼくは嫌気が差すことも、訓練に耐えられなくなることもなかった。たちまち全国規模の幼少年大会で頭角を現すようになった。思えばあの二年間は、ぼくがありのままのぼくでいられた時期だった。まだおばの病院に通うこともなく、薬を服んでもいなかった。この二つが始まったのは、兄と父が死んでひと月後、二〇〇〇年五月のことだ。

その年の十月、母は方背洞から仁川に引っ越した。転校した学校には水泳部がなかった。母はそろそろ水泳をやめてはどうかと勧めた。それはできなかった。この世の何より水が好きだった。腕を伸ばして水を感じ、撫で、抱き寄せ、押し出すすべての瞬間が好きだった。サメのように突き進む疾走の瞬間が好きだった。全身で誰かと、または自分自身とくり広げる勝負の瞬間が好きだった。夜ごと夢の中で、オリンピック競技場、中でももっとも高い場所に立っている自分に会う瞬間が好きだった。水の中は地上より自由で、プールは学校や家より居心地よかった。水の中は母が立ち入れない場所。ぼくだけの世界だった。そこではなんでもできた。ぼくの思いどおりに、なんでも。

ぼくは意地を通し、母は受け入れた。ただし、「薬に耐えられないようなら水泳をやめる」という条件つきで、学校ではなく「ＫＩＭ」というクラブの所属選手として登録させた。と同時に、つきっきりでぼくのコンディションを見守り始めた。コーチの目には、息子を最高の選手に育てようとする健気な母親に映っただろう。同じクラブの子たちは、ぼくをどこかのお坊ちゃんぐらいに受け止めていた。裕福な家柄、献身的な母親、生まれ持った才能、その他あらゆる面から。息も絶え絶えの人の気も知らないで。

ぼくは体育特待生ではなかったため、勉強と運動を両立しなければならなかった。と同時に、死ぬ気で薬の副作用に耐えねばならなかった。中学校に行っても、高校生になっても、事情は変わらなかった。かえって副作用はひどくなる一方だった。水泳を始めたころの自分、あり余る力にじっとしていられなかったころの自分をすっかり忘れてしまうほど。高校一年生になったその月、済州島《チェジュド》で開かれた全国水泳大会に参加する直前までは。

現地入りした初日、ぼくは宿舎のロビーでサブバッグをなくした。椅子に置いてトイレに行っているあいだに、跡形もなく消えていた。中には薬袋とMP3、携帯電話、ゲーム機、財布などが入っていた。ないと不便だというぐらいのものだったが、薬だけは「問題」だった。正しい解決法は、母に連絡して新しい薬を持ってきてもらうこと。母は至近距離のホテルに泊まっていたため、不可能ではない。むろん、母が薬をもらいに飛行機や船で仁川まで行ってくるという手間はかかるが。

人間が常に「正解」を選ばないのは、それが不都合だからだろう。道徳のハードルを少し下げると、簡単な解決法が見つかった。薬を服まなければいいのだ。数日服まなくても平気だろうと思った。母が心配する「何か」が起きたことなど、これまで一度もない。ぼくのミスではないことで小言を聞かされるという不当な状況も避けられる。もちろんコーチにも、バッグを紛失したことは話さなかった。薬をなくしたと言えばなんの薬なのかと訊かれるだろうし、なんの薬か言えば薬を服む理由を明かさねばならない。〝リモート〟はドーピングで引っかかるような薬ではないため、コーチにわざわざ投薬の事実を知らせる必要はない。精神科の治療を受けていることも伝えていない。コーチが知る必要がないというのが母の意見だった。コーチはぼくがおばの病院に通いながら、スポーツ心理相談を受けているものと思っていた。

その晩、ぼくはいつもより深い眠りに落ちた。朝になると、頭痛が嘘のように消えているのを感じた。体は軽く、心は浮き立っていた。何かをやり遂げたかのような自信が湧き起こった。いつになく穏やかな一日。おかげで千五百メートルの予選で、自己記録を七秒も縮めるとともに、大会新記録を打ち出した。ほんとうのところ、そのときもまだはっきりしなかった。狂気に近いコンディションは薬を服まなかったからなのか、たんなる偶然なのか区別がつかなかった。発作の不安はぬぐえなかったが、ぼくは大会終了まで「危険な狂気」を楽しんだ。その結果、コーチも驚くほどの成績を上げた。自由型八百メートルと千五百メートルで金メダルを獲り、彗星のごとく現れた「期待の星」としてその名を知らしめた。

　はっきりしなかったものが確信に変わったのは、家に戻ってからだった。再び服薬を始めると、以前の体に戻った。試しに薬を中断すると、二日目から「狂気」が降臨した。大会のとき同様、狂気に応じた記録が出た。このときになって思い出した。幼年部のころ、つまり薬を服んでいなかったときの自分はこうであったと。ついでに、薬を数日中断したぐらいでは発作は起こらないという確信も得た。

　ひと月後、母とぼくは東亜水泳大会に参加するため、蔚山《ウルサン》に出かけた。ドーハアジア大会の代表選抜戦を兼ねた大会で、「ハン・ユジン」という名前は世間の関心を集めていた。関係者も注目していた。先の大会で新記録を打ちたて、波乱を引き起こした少年が、今大会で再び実力を証明してみせることができるのか。十五歳という若さで、果たしてドーハへ行くことが叶うのか。

　準備は万端だった。いつにもまして多くの訓練をこなし、数日前から薬をやめていたおかげで、コンディションも最高だった。自分はドーハに行くのだと信じて疑わなかった。信じたとおり、あるいはみなの期待どおり、最初の競技である八百メートルの予選でぼくは一着となった。会場はどよめきに包まれた。ぼくがトップだったからではなく、記録が表示されなかったから。電光掲示板には失格を意味する「DSQ（Disqualified）」が表示されていた。理由は、フォルススタート。スタートを待つあいだに足を動かしたというものだった。失格を告げる前にスタートの合図が発せられたため、ぼくはレースが終わるまでその事実に気づかなかった。自分が足を動かしたという事実さえ知らなかった。

翌日、千五百メートルの予選が始まるまで、ぼくは地上にじっと座り込み、吐き気に耐えていた。冷や汗が流れ、拳ほどもある塊が胃の中でだぶつき、口の中にぬるい唾液が溜まった。何も食べていなかったから、胃もたれの可能性は皆無だ。どうやら失格判定にショックを受けたらしい。ぼくなりに、八百メートルの悪夢を必死で忘れようとした。数を数えたり、音楽を聴いて目前の試合に集中しようとした。四方から押し寄せる濃い血の匂いは、観客席を埋めつくす人々の汗の匂いだろうと考えた。

短いホイッスルが響いた。深呼吸をしながら服を脱ぐ。長いホイッスルを聞きながら、スタート台に上る。「位置について」という合図とともに、膝と背中を曲げてスタートの姿勢を取る。スタート台の前縁に手をかけ、目を上げて飛び込むポイントを確かめる。そこに穴が開いていた。最初は洗面台の排水溝のように見えた。やがて穴の周辺にうず巻く黒い流れが見えた。流れはあっという間に激しくなり、コマのようにぐるぐる回り出した。流れに引きずりこまれた周囲の流れも一緒になってうずを巻き、穴はどんどん大きくなっていく。排水溝が下水溝に、続いてマンホールに、車一台簡単に呑み込んでしまいそうなほど大きく深いシンクホールに。両側のコースロープは大蛇のようにくねくね曲がりながら、レーンの幅を広げていく。水中から魚の生臭さのような、血生臭さのような匂いが水煙のように立ち昇ってきた。

現実じゃない。頭の中で青組が言った。調子が悪くて幻を見てるのさ。怖がらなくていい。思わず首をひねって後ろを見ていた。競技場そのものが一つのうずと化していた。観客席から人が消え、競技場の輪郭に沿ってぐるぐる回転する黒い帯が見える。Ｆ１レースの車の中から外を見ればこんな気分だろうか。胃の中でだぶついていた塊が、胃を引っかき回して喉にこみ上げてくるのを感じた。頭の中で「いけない」という悲鳴が聞こえた。同時に、スタートの合図が響いた。

真っ黒い口を開けたうずの真ん中に身を投げる。潜水を終えてストロークを始めるが、体が前に進まない。うず巻く流れに捕まり、うずの外側をぐるぐる回る。くねっていたコースロープが水へビのようにうねってきて四肢に巻きついた。呼吸が乱れ、バランスを失った体が左右に激しく揺さぶられる。今にも仰向きに浮かんでしまいそうだ。視線はうずの底に引き寄せられた。先の見えない暗く巨大な空洞。ぼくは反射的に腕をばたつかせて、つかめそうなものを探した。次の瞬間、息ができなくなった。

やっと、何が起こったのかわかるような気がした。頭で理解していても、実際には経験したことのないこと、自ら招いた災難、発作前駆症状だった。運命は決して自分のなすべき仕事を忘れない。片目をつぶってくれることはあるが、それも一回程度だ。来るべきものは結局やってくる、起こるべきことは必ずや起こる。思わぬときに刑が執行されるように、運命がぼくに刺客を送ったのだ。それも人生でもっとも大切な瞬間に、もっとも残忍な手口で。

ぼくは選ばねばならなかった。最後まで耐えてあの巨大な空洞の闇の中へ墜落してしまうか、今すぐ立ち上がってプールの外へ飛び出すか。

ぼくは後者を選んだ。折しも指先に触れたタッチパッドをつかむと、急ブレーキをかけるように体を起こして、そのままプールから飛び出した。帽子とゴーグルを脱ぎ捨て、競技場を抜け出した。コーチが何か叫んだが、振り向かなかった。振り向く力も、時間もなかった。ほの暗い視界の中に、目をひんむき、泡を吹いて、ひきつった体をよじらせる自分の姿が浮かんでいた。たくさんの観衆の前でそれが起こる前に、どこでもいいから身を隠さなければ。行き先は考えていなかった。どこへ向かっているのかもわからない。足が向くままに走っただけだ。やがてその瞬間がやってきた。体の中で砲弾がはじけるような衝撃があった。雪原に出たかのように、視界が真っ白になった。大停電でも起こったように、意識回路が完全にストップした。

母によれば、ぼくは地下駐車場の片隅で見つかった。体中汗びっしょりで、いびきをかいて眠っている状態で。発見したのは母だった。意識が戻るなり、ぼくを車に乗せて、誰にも見つからないように競技場を出たのも。五時間走って着いたのは、おばの病院だった。呆れたことに、コーチに状況を説明し事態を収拾すべき時間に、ぼくはおばの前に座らされて「薬を中断した理由」を問い詰められていた。

おかげで、ぼくが癲癇《てんかん》患者だということ、試合中に発作を起こしたという事実は外部に漏れなかった。試合は失格処分となった。罰として次の試合まで参加できなくなった。当然ドーハにも行けない。コーチと監督はかんかんだった。加えて、ぼくの名前は競技以外の面で世間に知られるところとなった。競技場内のテレビカメラが、あたふたと競技場を飛び出していくイカレ野郎を全国中継してしまったからだ。それが世に出たばかりの「期待の星」だったことから、その影響もまた大きかった。

とはいえ、選手生活をやめなければならないほどではなかった。コーチと監督に正直に話しさえすれば、寛容と善処を期待できる。ぼくはそうしたかった。ぼくの障害を知られることはさほど怖くない。恥をかくのは一瞬、だが水泳はぼくの長い人生のすべてだ。それを守りたかった。もう一度水の中を疾走したかった。

それが叶うのならいくらでも、誰の前でも「正直」になる準備ができていた。死ぬまで緊箍児と足かせをはめられるとしても、不平を言わない自信があった。

母も当然、ぼくと同じ思いだと信じていた。初めての過ちなのだから許してくれてもいいだろう、母だってこれまでぼくのサポートに努めてきたのだから、ぼくがどんな苦痛に耐え訓練してきたかつぶさに見守ってきたのだから、水泳がぼくにとってどんな意味を持つか誰よりわかっているのだから。思い違いだった。母は水泳を始める際の約束を引っ張り出して、選手資格の剥奪を宣言した。ぼくを連れて競技場を抜け出すとき、すでに決めたことだと。あたかも、こんな事態が起こることを待っていたかのように。

どんな言い訳も通じず、どんな訴えも心を動かすことはできなかった。涙を流して土下座しても、ぼくが癲癇患者であることがそんなにも恥ずかしいのかと抗議しても、水泳をやめるなら学校もやめてやると脅しても、部屋に閉じこもって倒れるまでハンストをしても変わらなかった。「水泳をやめる」という母からの一方的な通告を受けて訪ねてきたコーチは門前払いを食らった。溺愛するヘジンの説得にも頑として動かなかった。あのときの母は何をもってしても揺るがず、何をもってしても溶解せず、何をもってしても変わることのない鉄の女だった。

ぼくは自分の足でおばを訪ねた。治療が始まって以来、そんなことは初めてだった。もしやぼくに、癲癇ではない他の持病、たとえば十五歳以降も水泳を続けたら死につながる病があるのかと尋ねた。そうでもない限り、こんなことはあってはならないと泣いて訴えた。おばは終始笑みを浮かべてぼくの話を聞いていた。なんであろうと滑らせ跳ね返す氷壁のような微笑。それならどうして薬を中断したりしたの。

世の中には決して愛せない類の女がいる。微笑を浮かべている瞬間にも、その口角をぐいと引っ張り上げて両耳にかけてやりたいと思わせる女。むずむずする人差し指で膝をかいていたぼくは、最後のカードを差し出した。母には秘密にしてほしいという条件で、これまで黙っていた「薬を中断した理由」を白状した。これも初めてだったが、ぼく自身について正直に話した。ぼくの夢について、なぜ水泳を続けたいのかについて、障害に屈したくないぼくの意志について。だから母さんを説得してくれと、おばを説得した。

翌朝、母はぼくをリビングに呼び出した。断言できるが、生まれてこの方、あれほど緊張した瞬間はあとにも先にもない。緊張のあまり、母と向かい合って座ったとたん、まぶたが痙攣し始めたほどだ。手の平は汗でぐっしょり濡れていた。母はそんなぼくをじっと見つめ、口火を切った。

「水泳を続ける限り、いつかは水中で発作を起こすかもしれないわ」

物言いは柔らかだが、頑なさが感じられる声。ぼくはめまいを感じた。そんなことは起きないと言いたかったが、口が開かない。

「一度国境を越えた人は必ずまた越えるもの。そこに何があるか知ってるから。あなたは何度となく薬を中断するはずよ。体が軽くなって、記録が出せるんだから」

ぼくは顔を上げて母と目を合わせた。その目から読み取れたのは、二つ。母の気持ちは絶対に変わらないということと、おばが約束を守らなかったということ。

「怖いの。怖くて死にそうなくらい怖いのよ」

母の声にすすり泣きが混じり始めた。

「あなたのお兄さんと父親は海で溺れて死んだ。それも私の目の前で。あの日蔚山で、あなたまでそんなふうに失ってしまうのかと思った。ただひとり残った息子までって……」

ぼくの顔をなぞるように見つめていた目に、なみなみと涙があふれてきた。ぼくは奥歯を嚙みしめた。母の恐怖を母同様に感じることはできないが、頭で計り知ることはできた。そう、怖いだろう。充分にありうる。だが、なぜぼくがその恐怖の犠牲にならねばならないのか。ぼくが副作用に耐えながら薬を服むように、母も恐怖に耐えながらぼくを見守ることはできないものか。そうすれば、母とぼくが公平だと言えるのではないか。

「だからもう……この話はやめましょう」

母はついに選手登録を抹消してしまった。ぼくは最後の未練を捨てた。大きなダンボール箱に水泳に関する一切合財を詰め込んだ。各種のメダル、記事を集めたスクラップブック、アルバム、ユニフォーム、さらにはタオルまで。母の見ている前で、箱を屋上に運んで火を放った。これで満足かと問いたかった。

平凡な高校生に戻るのは大して難しくなかった。それまでも授業と運動を並行していたから、普段どおりかばんを手に学校に行けばそれでよかった。もちろん、トラブルなんかは起こさない。優等生が無理なら少なくとも模範生に。そのほうが生きる上で何かと便利だったから。当時のぼくの抱負は、未来永劫、母のすねをかじりながら楽して生きることだった。それが母への復讐だと思っていた。

翌年の春、考えが変わった。ヘジンの部屋で偶然手に取った一冊の本に、ぼくは興奮を覚えた。泥酔し父親をめった刺しにして殺した二十代の男、保険金目当てに夫を殺した女、妻と子を絞殺し自身は首吊りを図ったが失敗した男、自分の赤ん坊を殺してトイレに捨てた未婚の母……といった人々を弁護した弁護士が書いた本だった。

印象深かったのは事件そのものではない。弁論の準備過程についてのエピソードだ。彼によると、刑事事件には無罪を争う事件と、有罪を認め量刑を定める事件のふた通りあり、弁論が難しいのは後者だ。量刑には犯人の年齢、知能、環境、被害者との関係、犯行動機、手段と結果、犯行後の状況などに加え、道徳が絡んでくるからだ。このとき重要なのは、犯人がどんな人生を歩んできたかを調べることだという。ぼくは「道徳」と「どんな人生」の間にこんな文章が潜んでいると思った。道徳とは、つじつまの合った絵を描いて見せること。

それ以来、似たような分野の本を探しては読み始めた。徐々に「絵を描く」ということに興味を感じるようになった。もしかすると、母の前で自分をまともに弁護できなかったことが悔しかったのかもしれない。あるいは、道徳に関する新しい観点が気に入ったのかも。ともかく重要なのは、水泳以外にも面白い舞台がこの世にあるということ。ぼくはいつの間にか、国中の怒りを買うような事件が起こるたびに、その影の弁護士となってこんなことを考えていた。ぼくならこの辺りの色をもう少し手直しするだろうな。ありのままに表現すれば絵になるわけじゃない、と。

もとより絵というものは、誰にでも描けるものではない。絵の具と筆を手に勝負の場に出ようと思えば、まず弁護士にならねばならない。弁護士になるにはロースクールに通わねばならず、ロースクールに通うためには法学部に進むのが有利であり、法学部に進むつもりなら勉強しなければならない。ヘジンがいなかったら、おそらくチャレンジすることもなかっただろう。推薦入試にも一般入試にも落ち、一浪の末に希望した大学に入るまで、ヘジンは快くぼくをサポートしてくれた。

以後七年、ぼくは自分の人生に忠実だったと自負している。水泳をしていたときと同じぐらい、ともするとそれ以上にベストを尽くした。その輝かしい結果を受け取った今日、ぼくはまたも運命が送りつけた刺客の前に、首を差し出している。十五歳のときそんな目に遭っていながら同じ過ちをくり返したことは、もちろんぼくの失態だ。ただ、自分を弁護する弁護士として、運命という名の検事にひと言尋ねたい気持ちもある。おまえなら、頭がふらつき、耳の奥でマイクがキンキン響き、病気の鶏のように全身無気力になるという苦痛に十五年間耐え抜いたごほうびに、ほんの数日のうららかな休暇ぐらい欲しいと思わないかと。そのたびにこんな形で人生をぶち壊されたら、誰だっておかしくならないかと。

机に投げ置いていた薬袋を取り、ごみ箱に突っ込んだ。ここからは、ぼくの人生がぶち壊しになった本当の理由を見つけなければならない。ぼくのための絵を描くのだ。階下でヘジンが待っており、いつおばが押しかけてくるやもしれない今、何がなんでも集中するのだ。頭がふらつき、耳の奥でマイクがキンキン響き、病気がちな鶏にはできないことだ。身も心も休暇状態でなければ。たとえそれが危うい休暇であっても。

部屋の整理から始めた。机の上のものを引き出しにしまう。パーカーとベストはたんすにかけて入れる。ぼくの運命に対する恨みつらみも一緒に突っ込んだ。昨夜着ていた服と靴下、血のついた寝具を浴室のバスタブに入れ、血で世界地図の描かれたマットレスはひとまずひっくり返しておく。あとでどうにかするつもりだ。できれば捨てるか、焼くか、埋めるのがいいだろう。無理なら洗濯でもしてみるか。

部屋とドア、ドアノブについた血痕は、持って上がった掃除機パッドで拭く。ほうきとバケツは浴室に運んで水で洗ったあと、ごみ袋と一緒に屋上に出す。屋上の左にある手洗い場には、母がキムチを漬けたり水を溜めておかなければならないときに使う、ふた付きのゴムだらいがあった。その中にごみ袋を投げ入れ、残りのものは手洗い場に立てかけておく。最後に、蛇口にホースをつなげて水を出し、屋上の床とパーゴラのデッキ、ロッキングベンチ、テーブルの天板についた血痕を洗った。

ひととおり片づいたころ、どんよりした空の真ん中に、冬の太陽が生白い顔を出した。大気は依然冷たい。吹き寄せる海風は、首が斬り落とされそうなほどすさまじい。ぼくは水で凍えた手を揉みながら部屋へ戻ろうとした。五歩ほど歩いただろうか。母の鋭い悲鳴がうなじを突き刺した。

（ユジン）

ぼくは気をつけの姿勢で立ち止まった。記憶の奥から、川の水がうねる音が聞こえてきた。母の声より思いがけないものだった。目を閉じると、まぶたの裏側に街灯の黄色い明かりが降り注いだ。雨の中を走るぼくの姿も見える。母の悲鳴はぼやけた霧の中をこだまし、闇の彼方へと遠ざかっていく。闇の中で工事現場のビニールシートがけたたましい音を立ててはためいている。

目を開けると、映像は灰色の大気の中へ溶けていった。ぼくは部屋に入りながら、テラスのガラス戸をめいっぱい開けておいた。血の匂いがすっかり消えるまではかなりの時間がかかるだろう。机の上では、携帯電話がメールの受信を知らせていた。ヘジンだった。

昼飯にしよう。下りてこいよ。

喉の奥がかっと熱くなり、すぐに鎮まった。思考を邪魔されたとき、瞬時に現れ、またたく間に収まる類の苛立ち。時間を確認する。一時一分。答えなければまた上がってくるだろうと思い、すぐに返事を送った。

今行く。

室内を見渡す。血の匂いが立ちこめ、ベッドカバーが外されていることをのぞけば、普段の部屋とさほど変わりない。浴室に入って足を洗い、洗面台の鏡の前に立つ。もしや変なものがついていないかと、自分の姿を確かめる。父譲りの太く硬く濃い毛髪と丸い額、母の遺伝子による黒石のような瞳孔と前に突き出した平べったい耳……。鏡の中のぼくは明らかに、父と母の遺伝子プールでつくられた代物だった。今の今まで、ぼくだと思ってきたぼく。それなのに、どこかおかしく、見慣れない気がした。四万年前、アフリカを脱出してヨーロッパの地にやってきたばかりのホモサピエンスのように、まごつき、獰猛で、不安げな姿。

蛇口をひねって、顔を洗い始める。見慣れない自分をかき消すように、隅々まで丹念にこする。指が触れるたび、そこに痛みが走るほど。人生が灰燼《かいじん》に帰したのだという自覚が今さらのようにわき起こる。キャビネットからタオルを取り出し、顔を拭いて、浴室のドアの前に投げる。ぎゅっぎゅっと踏んで足の裏の水気を拭く。ふっくらしたタオルのリアルな感触が、リアルな現実を呼び覚ます。下でヘジンが待っている。

「何やってたんだよ。腹が減ったって言ってたくせに」

ヘジンは振り向きもせずに言った。おたまを手に、ガスコンロの前でスープの味見をしているところだった。テーブルには数種類の常備菜と韓国風茶碗蒸し、箸と匙がひと組だけ置かれている。席につくと、すぐにワカメスープとご飯が出てきた。「おまえは？」と訊くと、「豚じゃあるまいし」という返事が返ってきた。

「ラーメン食ったばかりでまた食うわけないだろ」

ぼくは、スープがほとんどなく、ワカメと牛肉の具ばかりの汁碗を見つめた。こんなふうにスープを注ぐのは、母の習慣だった。つまり、おばの勧めに従って減塩食を摂っているぼくにだけ。

「兄貴の手作りだぞ。感謝感激して食えよ。材料はあり合わせのものだけど」

ヘジンはコーヒーを手にぼくの向かいに座った。白シャツに、母が買い与えたカシミアのセーター、ジーパン。外出するときの服装だ。ぼくは箸を手に取った。

茎付きのワカメをすくい、渇いた口に押し込む。熱くぬるっとした感触以外、なんの味も感じられない。おたまを手に一体何をしていたんだろう。味の加減ぐらいちゃんとしてくれよ。

「お母さんに電話は？」

ヘジンが訊いた。ぼくは首を振った。

「電源が切れてる。お祈り中じゃないかな」

「そっか」

ヘジンが首を傾げた。

「バッテリーが切れてるのに気づいてないのかな？」

そうみたいだ、という意味で頷いてみせる。

「どうしたもんかな。出先に連絡してみるか。どの祈禱所かは言ってた？」

「ぼくがやるよ。食事してからゆっくり」

ヘジンは何か言いかけて、そのまま口を閉じた。ぼくはワカメをもうひと口押し込んで、もぐもぐ嚙んだ。

「飯も食えよ。産婦みたいにワカメばっか食ってないで」

「また出かけるのか？」

訊くと、ヘジンは自分のセーターをさっと見下ろした。

「うん。先輩に会う用があって」

「どこで？」

「金浦《キンポ》で。午後の便で東京に行くらしいんだけど、渡さなきゃならないものがあってさ」

「それなら早く行ってやれよ」

喜んでいるのを気取られないよう、用心深く答えた。

「まだ大丈夫だ」

ああ……。ぼくは三口目のワカメを口に押し込んだ。

「そうだ。あのニュース、まだ聞いてないだろ？」

「何？」

「今日この近くで殺人事件があったんだってさ」

ぼくはぎくっとして顔を上げた。太く長いワカメがヘビのようにくねりながら、つるりと奥へ滑っていった。それをごくっと飲み下すと、涙がじんとにじんだ。

殺人事件だって？

「どこで？」

「渡し場」

「防潮堤の休憩所？」と重ねて訊くと、ヘジンは頷いた。

「さっき家に帰ってくるとき、防潮堤の上から野次馬が下を見下ろしててさ。道路にはパトカーが並んでるし。何かと思って割って入ってみたんだよ。俺、一度気になったら我慢できないたちだろ」

それで？　と訊く代わりに、ご飯を何粒か口に入れた。

「渡し場に立入禁止のテープが張られてるんだよ。渡し場のアンカーロープに死体が引っかかってるのを、朝、出勤してきた切符売り場の職員が見つけたんだってさ」

ヘジンはひと呼吸休んでからつけ加えた。

「若い女だって」

おかしなことに、あばらの辺りがひやりとした。冷え切った手に不意に胸を触られたかのように。ぼくは犬歯で飯粒を嚙み砕きながら、そっけない口振りで言った。

「女の死体が見つかったからって、殺人事件とは決めつけられないだろ。自殺かもしれないし、足を踏み外したのかもしれない」

「自殺や足を踏み外したのなら、パトカーが団体様で来るかよ。状況からして……」

ヘジンがことばを切って、自分の部屋のほうへ耳を澄ませた。部屋で携帯電話が鳴っている。

「オッパ　私だけ見て　忙しい　そんなに忙しいの……」

ヘジンはコーヒーカップを投げるように置いて、また部屋へ急いだ。ぼくはワカメをすくおうとして、またもぎくりとした。閉まりきっていないドアの隙間から

「はい、おばさん」という声が聞こえてきた。

「はいはい、ちょっと待ってください」

ドアが完全に閉じられた。声はもう聞こえてこない。かろうじて残っていた食欲さえ、どうやらすっかり失せてしまった。おばさん。ヘジンがおばの電話を、ドアを閉めて取るとは。前にもそんなことがあっただろうか。記憶にない。おそらくなかったはずだ。ヘジンは電話にこっそり出るようなタイプじゃない。誰かがそばにいるときは、スピーカーをつないだかのように、大きな声であけっぴろげに通話する。それが「誰か」への気遣いだと考える人間だから。つまり、電話を持って出て、ぼくの前で通話するのが自然だ。ドアを閉めてこそこそ話すのは、おばにそう要求されたことを示している。おばがヘジンにどんなこそこそ話をするのかは、今すぐ思いつかないが。

ぼくは箸を置いた。さきほどのおばとの会話を振り返ってみる。ひょっとして、ヘジンとの会話とずれているところはないか。

#

ヘジンが部屋から出てきた。電話に出てから十分あまりが経っていた。ヘジンの肩にはカメラバッグが、もう片方の手にはパーカーがぶら下がっている。ぼくは椅子から立ち上がった。

「出かけるのか?」

うん、というように、ヘジンは振り向いてぼくを見た。

「悪いな。ひとりで食事させて」

さもすまなさそうな表情だった。毎日毎食、ぼくの食事を見守る人のように。ぼくはズボンのポケットに両手を突っ込んで、のそのそとヘジンの前に歩み出た。

「で、おばさんはなんて?」

「うん? おばさん?」

訊き返すヘジンの口もとがぎこちなく固まる。視線はぼくの肩越しのどこかをきょろきょろ泳いでいる。

「さっきの電話、病院のおばさんからじゃなかったの？」

「違うよ、おばさんなんかじゃ……」

ヘジンは向き直って玄関の内ドアを開けた。シャツの襟から伸びたうなじが赤く染まった。やがて耳まで。

『『課外』を撮ってたとき、食事係をしてくれたおばさんだよ」

上がりかまちに下り立ってから、そうつけ加えた。ようやくどのおばさんと通話したのか思い出したように。

「あれこれ話してたら長くなっちまった。嬉しくてさ。三カ月も一緒に生活してただろ」

それはそれは。ぼくはドア枠に片方の肩を預けて立った。ヘジンはぼくに背を向けたまま靴に足を滑り込ませ、前屈みになって片手で靴のかかとを引っ張った。続いて反対の足。腰を伸ばそうとして、何かに気づいたように動きを止めた。視線は上がりかまちの下のどこかを向いているようだ。体を起こしたときには、手に何かを握っていた。

「これ、なんだろう」

ヘジンがぼくのほうへ体をひねって、何かを渡そうとする。思わず手を差し出して受け取った。イヤリングだった。小豆大の真珠がついたイヤリングが片方だけ。

「こんなものがどうしてここにあるんだろう？」

ヘジンがぼくの手の平を見やりながらつぶやいた。耳の穴に通す形になっているから、ピアスと言うべきか。針に金属のキャッチがついている。

「お母さんのじゃないよな？」

そう。母のものじゃない。母は耳に穴を開けていない。イヤリングさえほとんどしない。アクセサリー自体が好きではなかった。母が身につける貴金属といえば、昨夜もはめていた、手の平型の飾りがついたアンクレットぐらいだろう。当然ぼくのものでもない。玄関のドア側でなく上がりかまちの近くに落ちていたことから、外から転がってきたものでもない。誰かがここで落としたと見るのが妥当だ。それが誰であろうと、いつのことであろうと、さほど特別な代物には見えなかった。路上に落ちている片っぽだけの手袋と変わらないような。だが、つるつるした真珠の表面に盛り上がった、小さな突起の感触が気になった。正確に言えば、デジャヴのようなその感触が。気になるどころか、脈が速まった気さえする。いつ、どこでこんなものを触ったのだろうか。親指の先で突起を触っていたぼくは、ヘジンに言った。

「ひとまず母さんの部屋に置いとけば、どうにでもするんじゃないか」

そうだな、というように、ヘジンは頷きながら玄関ドアに向かった。サンダルを履いて、あとについて出ながら訊いた。

「いつ戻る？」

「早めに戻るよ」

ヘジンはドアを開け、エレベーターのほうへ向かいながら、さらにつけ加えた。

「ノンアルコールのシャンパンでも開けようぜ。ちゃんとしたお祝いは、お母さんが戻ったらするとして」

ぼくは半ば開いたドアを肩で支えた。エレベーターは二十三階から下降している。ここに戻ってくるには五分以上かかりそうだった。表情をうまくつくろえないヘジンには気の重い五分だろう。と、ヘジンがひと言のあいさつもなしに非常階段を駆け下りだした。踊り場を曲がる直前になって初めてまずいと思ったのか、ひょいと手を上げて見せた。どんな意味にも取れそうなしぐさだった。すぐ戻るよ、あとでな、突っ立ってないで入れよ、ちょっと急いでるから走っていくよ。

ヘジンは階段の下へ消えていった。二十二階でハローが吠え始めた。手を開いてピアスを見る。知らぬ間にぎゅっと握りしめていたのか、針の先が手の平に突き刺さっていた。宝石鑑定士にでもなったように、指先でつまみ上げて目の前に持ってくる。やはり誰かの耳たぶから外れて落ちたのではないようだ。もしそうなら、針にキャッチがついているはずがない。かばんや服のポケットに入れておいたものが落ちたと見るのが妥当だろう。となると、「わが家に来たことがある」と「ピアスをしている」という条件を満たさねばならない。

まず思い浮かんだのは、おばだ。耳に穴を開けているかは定かでないが、いつも違う耳飾りをしていたという記憶はある。涙のしずくのように揺れる赤い宝石、耳たぶに張りついた王冠、青色に輝く星……。あり余る宝石の中に真珠がないはずがない。

ハローの吠え声がやんだ。ぼくは玄関を閉めて前室に入った。サンダルを脱いで上がりかまちに上がったとたん、頭の中で奇妙な声が聞こえた。小さな石ころのようなものが床の上を転がる音。「課外」のパーカーのポケットから手を出すぼくの姿も見えた。昨夜、この場所でランニングシューズを脱いだとき。音のするほうをちらりと見たことも思い出した。母が背後にぴったりくっついていたせいで拾えなかったことも。あのときは、それがなんなのか知っていたような気もするのだが。

もう一度手を開いてピアスを見る。なんだかうなじがひりひりするようだ。まさか、これだったってことは……。柱時計が午後二時を告げた。ぼくはピアスをズボンのポケットに突っ込んだ。神経過敏だ。度の過ぎた想像。

リビングのガラス戸を開けてベランダに出、ヘジンが閉めた窓をもう一度開け放つ。まだ家中に漂白剤の匂いが立ち込めていた。肉眼では見えるか見えないかの血痕や手形も、そこかしこに残っている。二階の廊下の壁、階段と踊り場の壁やリビングの至る所、母の部屋のドア枠の上側とつきあたりの飾り棚の脚、母が「右大臣ユジン、左大臣ヘジン」と呼んでいた家族写真と柱時計の顔にまで。ぼくは柱時計に飛んだ砂粒のような血痕を、ハチを見るような目でにらみつけた。ヘジンはこれを見ただろうか。自室のドアの前から、この飾り棚の上を飛ぶハエさえ目ざとく見つける奴だ。見なかったものと早々に結論づけた。見つけていたならぼくに訊いていたはずだ。家の中で豚でも絞めたのかと。救急箱をひっくり返して過酸化水素水を取り出す。〇・五リットルの大容量瓶に三分の二ほど残っていた。芳香剤が入った噴霧器の中身を捨て、そこに過酸化水素水を丸ごと注ぎ入れる。殺虫剤をまく要領で、母の部屋のドアノブから噴射を始める。血痕が飛んだ所には、白い泡がカビのように立った。それをトイレットペーパーで拭き取る。使用済みのトイレットペーパーは便器に流した。同じ要領でつきあたりの飾り棚、カウンターテーブル、さらに階段と二階の廊下まで細かくチェックしていく。

ぼくの部屋のマットレスは一階に持って下り、母のマットレスと交換した。もちろん、そんなことをしてもベッドの血痕が消えるわけではない。ただ、ぼくの部屋に残る母の痕跡を、母の部屋に戻すということに意義があった。ひと晩になるかふた晩になるかはわからないが、母の血の上に寝るなど、まともな精神でできることではない。ありがたいことに、マットレスのサイズは同じぐらいだった。シーツもあつらえたようにぴったりだ。

あの子はどこにいるのだろう。

布団を広げて腰を上げた瞬間、母の声が聞こえてきた。本を朗読するかのように、落ち着いて澄んだ声。あの子……。はっと、朝方、ライティングビューローの引き出しから見つけて、一瞥しただけの日記メモを思い出した。そこにあった文章だろう。一日中、絶えず自分自身に投げかけた質問でもあった。昨夜ぼくはどこにいたのか。二時間半のあいだ何をしていたのか。

はっきりと見たのに。


その次はなんだったろう。記憶がはっきりしない。「寒い」だったか。「怖い」だったか。「恐ろしい」だったか。ともかく三つのうちの一つだった気がする。

　部屋を出ると、ぞくぞくと震えが来た。リビングの真ん中で寒風が吹き荒れ、家の中はまるで荒野のようだ。ぼくは急いで窓という窓を閉めた。片づいていない所はないか、最後にリビング全体を見渡す。よし、という結論が出るが早いか、ぼくは二階へ駆け上がった。机に座り、日記メモの最初のページを開く。記憶は完全でも、間違ってもいなかった。三つのうちの一つではなく、三つ全部だった。


寒く、怖く、恐ろしい。

　寒いということばは理解できる。冬の雨の夜が暖かいとしたら、それは人ではなくホッキョクグマだろう。そのあとのことばは腑に落ちない。「怖く、恐ろしい」は冬の夜に惹起されるような感情ではないからだ。息子であるぼくのことが怖く恐ろしいはずもない。かわいいとは言えなくとも。だとしたら、「はっきりと見た」の対象はぼくのことではないのかもしれない。

(殺人事件があったんだ)

　今度はヘジンの声。

(若い女だって)

　もしや、「若い女」が殺害される現場でも目撃したのだろうか。それはどこだろう。女が見つかったという渡し場付近？　それとも防潮堤？　川辺の歩道のどこか？　どこであろうと、遺体が渡し舟のアンカーロープに引っかかるのは不可能じゃない。東津江は新市1地区と2地区のあいだを貫通して流れており、河口堤防の閘《こう》門が開くのは午前零時から一時まで。一日中閉じ込められていた川の水が海へあふれ出す時刻、巨大な激流が川を一掃しながらうねるまさにそのとき、女が殺され川に投げ落とされたなら……。

背後で妙な気配がした。棒で地面を引っかく音のようでもあり、空っぽのブランコが風に揺れる音のようでもあり、その両方のようでもあった。ぼくは立ち上がって、テラスのガラス戸に向かい、ブラインドを開けた。いつの間にか夜が訪れていた。パーゴラには明かりが点ったままで、ロッキングベンチには母が座っていた。作業の途中でしばし休息を取っているかのように、組み合わせた手をお腹の上に置いて、頭を背もたれの向こうにのけ反らせたまま、闇に沈んだ空を見上げている。海風がベンチを揺らすたび、母の白いワンピースのすそが蝶のようにひらひら舞った。伸び切った裸足がデッキの床をズリ、ズリ、と引っかく。顎下の傷は真っ赤な口を開いて、ジョーカーのように笑っている。

（本当に思い出せないの？）

ジョーカーが訊いた。あれはぼくの頭がつくり出した幻だ、そう思いながらも声に出して答えていた。

「なんのこと？」

（あなたも見たでしょ）

「何を？　いつ？　どこで？」

これまでもそうだったように、幻との会話は幻が沈黙することで終わった。代わりに、明け方目覚めたときに視界にちらついていた、奇妙な映像が蘇った。黄色い明かりの点った街灯、足もとで渦を巻きながら走る川水のほの暗い影、ひっくり返ったまま中央分離帯の街路樹に引っかかってはためくピンク色の傘、風にはためくビニールシート。

ハチに刺されたかのように、うなじがちくちくする。幻は、渡し場や防潮堤の横断歩道に関連したものではない。防潮堤の街灯は白色光のＬＥＤだ。防潮堤の中央分離帯には街路樹がなく、その付近にビニールシートを張った工事現場はない。防潮堤の外は海、内側の河口縁には、すでに完成したマンション郡と雑居ビルが並んでいる。三つの条件をクリアしつつ、足もとに急流が流れていそうな場所は、川辺の歩道しかない。歩道のどの辺りかはわからないが、つきとめたとて大きな意味はないだろう。発作直前に目にした風景を、意識回復後に思い出したというにすぎない。似たような経験は前にもあったではないか。

自ら結論を下してからも、すっきりしなかった。いや、本当のところ、すっきりしないなんてものじゃない。地獄への通り道をのぞいたような心持ちだった。不吉な直感がぎりぎりと体を締めつけてくるような。頭の中で白組がキツツキのように騒いでいる。本当に？　通りすがりの風景を意味もなく、目覚めたとたん思い出したりするだろうか。ひょっとすると、その風景のどこかに「寒く怖く恐ろしい」何かが隠れているのではないか。母の幻が言ったように、昨夜ぼくも「何か」を見たのだろうか。ふと、闇の奥から聞こえてきていた男の歌声を思い出した。

忘れられない雨の中の女
彼女のことが忘れられない……

ますます混乱してきた。答えは出ず、質問ばかりがくず鉄の山のように積み重なっていく。ぼくはブラインドを閉めた。身を投げ出すようにしてどさりと椅子に座り込んだ。その瞬間、鋭いものが右太ももの内側を刺した。ズボンのポケットに手を入れると、しばし忘れていたものが出てきた。真珠のピアス。しばし忘れていた音も蘇った。パーカーのポケットから落ちた何かが玄関の大理石の床を転がる音……。

ピアスを机の上に置き、自分の携帯電話を開く。インターネットに接続してキーワードになりそうな単語を検索窓に入力する。

群島新市　若い女性　変死体

ニュースがいくつか出てきた。その中でもっとも早くアップされた連合ニュースを見る。

群島新市　防潮堤の渡し場で女性の変死体

今日午前八時ごろ、仁川群島新市防潮堤前の渡し場で女性の変死体が見つかった。警察によると、遺体は渡し舟のアンカーロープに引っかかっていたところを、渡し場チケット売り場の職員によって発見された。身元確認の結果、新市2地区のAマンションに住むBさん（二七）であることがわかった。また、遺体の一部が鋭利なもので傷つけられていることから、警察は他殺の可能性が高いものと見て国立科学捜査研究院に検死解剖を依頼する一方、死亡前の目撃者に聞き込み捜査をするなどして調べを進めていると明かした……。

他の記事も内容はさほど変わらなかった。報道資料を書き写したかのように、単語から文章の構造まで似たり寄ったりだった。記事の中で公開されている情報はおおよそ四つ。遺体の身元、住所、曖昧に記述された傷害部位、発見場所。ふと、「ヨンイのホットク屋」が頭に浮かんだ。あのおやじなら何か聞いているかもしれない。記事に載っていない裏話だとか、遺体が見つかった当時の状況だとか。

「ヨンイのホットク屋」は新市2地区に入る手前、防潮堤の横断歩道の近くにある露店だ。数メートルの距離に、渡し場の休憩所に下りるらせん階段がある。売店が一つあるだけの簡易休憩所だが、昼間はけっこうな人出で賑わっている。休憩所の下方にある船着き場から船に乗ろうという人々だ。観光客を乗せ、オールをこいで防潮堤と群島海上公園のあいだを往復する渡し舟はかなりの人気だ。休日には船を待つ人が防潮堤の上まで並ぶほど。ホットク屋は、見方しだいでは群島新市の一等地にあるというわけだ。加えて、渡し場と自転車専用道路を行き交う人々、そして新市2地区を出入りする人々をひと目で見晴らせる場所でもある。あいさつを交わして顔なじみになれるという点では、道端の信号機についた監視カメラよりましだ。そういうわけで、ホットク屋は今日一日、爆発的な人気を得たことだろう。警察はもちろん、ぼくのように裏話を聞きたい人々がたくさん訪ねてきたはずだから。

たんすから、運動時に着るランニングパンツと青色の防寒ジャンパーを取り出した。服装の完成度を上げる意味で、運動用のタオルも首にかける。携帯電話とエントランスキー、五千ウォン札一枚と真珠のピアスをジャンパーの両ポケットに入れる。置き時計は六時七分を指していた。

リビングへ駆け下りた。うまくいけば、ヘジンよりも先に戻れそうだ。ヘジンに言ったとおり、真珠のピアスを母の机に置くには、一つ確かめておかねばならない。耳もとで響く何かが転がる音と、真珠のピアス、母が見たという「何か」との無関係性。ホットク屋のおやじから望みどおりのものを得られるという保証はないが、今のところはもっとも期待できる相手だ。運がよければ、渡し場に下りてみることも可能かもしれない。

靴箱からいつもの白いランニングシューズを取り出して履き、エレベーターに乗る。一階のエントランスを出てからは、ほぼ走っていると言えそうな速足で歩き始めた。マンションの敷地には、外部に出る扉が三つある。工事の真っ最中である市内の方向に出る正門、わが家のある二〇六棟から一番近い裏門、裏門と二〇八棟のあいだの散策路にある小門。小門を出ると、すぐに群島小学校の裏道に出る。昨夜同様、そこから駆け足に変えた。

小門の前から東津江河口縁の交差点までが約五百メートル。河口縁の交差点から防潮堤の横断歩道までが一・五キロ、防潮堤の横断歩道から海上公園入り口までが五キロ、公園入り口の橋から天の川展望台までが一キロ。連なる四つの道は、ランニングコースにうってつけだった。防潮堤から展望台までの道には、自転車専用道路まで敷かれている。おかげで早朝や夕方には、この道に沿って歩いたり走ったりしている住民が多く見られた。ぼくもそのひとりだ。

ランニングは、群島新市に引っ越して以来ずっと続けている。目標地点に向かって全力疾走するという点で、水泳にも似ている。川と海を交互に眺めながら走れるという点で、退屈もしない。何より心臓が、怒り狂うライオンのように暴れるのがいい。日常の中でそんなことはまずないから。ときめいたり、緊張したり、不安を感じたり、感情が激昂したり、快感を感じることさえも。

ただ、走る時間は決まっていなかった。あるときは早朝、あるときは遅めの朝、あるときは午後遅くに走った。時には深夜にも。深夜の運動の魅力は、道に人がいないこと。進路を邪魔されることなく走れ、風景に見とれていても人にぶつかることがなく、足がもつれて転んでも恥ずかしくない。そのどれでもない夕方、日没直後に出てきたのは今日が初めてだ。

殺人事件の余波か、道路にはパトカーと警察車両がひっきりなしに行き交っていた。時折り、外部からやってきたタクシーも目につく。人々は二人以上の群れで歩いていた。最初に出くわしたのはひと組の男女、次は女三人に男二人。どちらも親しい間柄というわけではなく、同じ目的地を目指す者同士なのだった。一人ひとりの手に握られているホットクの袋がそれを物語っている。夜間に河口縁にやってくる人たちにとって、「ヨンイのホットク屋」は重要なポイントとなる。同行者を得たり、そこで待てる唯一の場所だからだ。

ホットク屋のおやじは、彼らのあいだを取り持つお代として、ホットクを一つずつ売りさばくのだ。

東津第1橋の近くで、ホットクを手にした三つ目のチームに出くわした。女二人に男一人。彼らが通り過ぎると、肩越しにまぶしい明かりが降り注いだ。顎だけでそっと後ろを振り返る。パトカーが一台、ぼくのあとをついてきていた。這うような速度で進んでいるところを見ると、ぼくに声をかけたいようだ。どこに住んでいるのか、だとか。どこへ行くのか、だとか。なぜこんな遅くに走っているのか、だとか。

車窓の奥から伸びてくる視線を意識しながら、首にかけたタオルで汗粒一つない顔をぬぐう。いかにもプロの運動選手がプロの運動をしているかのように、プロのロードワークを見せ付けながら走った。しつこくあとを追ってきた車内の視線は、防潮堤の横断歩道に着くころになってやっと途絶えた。パトカーはブウン、と音を立てて左折し、群島海上公園のほうへと遠ざかっていった。横断歩道の信号は赤だった。

信号が変わるのを待ちながら、向かい側の状況を目でなぞる。やはり渡し場を見るのは難しそうだ。防潮堤の手すり越しに、昨日よりいっそう濃い海霧が見えた。渡し場に下りる入り口にパトカーが二台停まっている。ホットク屋はまだ開いていたが、客は見えない。すでにみな、連れを見つけて出たらしい。せめてもの救いだ。ぼくは信号が変わると、そそくさと横断歩道を渡った。

「そこの青年。ジャスト・ア・モーメント」

足を踏み出したとたん、ホットク屋のおやじの声が飛んできた。まっすぐに天の川展望台に向かうつもりだったかのように、ちょっとためらって見せる。

「おいで。話があるから」

おやじは片手で呼ぶしぐさをした。ぼくは仕方ないという表情で店に入った。

「運動しに来たのか？」

頷きながら、ホットクの鉄板を見下ろす。鉄板の隅にはできて久しいと思われるホットクが十個ほど積まれており、新たにつくってはいない。予想どおり、今日はずいぶん繁盛したらしい。

「お客さん、この数日は夜走ってただろ？」

彼はトングでホットクを一つ取り、ぼくのほうへ差し出した。それを受け取りながら、「いいえ」と答えた。

「そうだっけ？　最近、午後は見なかったようだけど」

「最近は早朝走ってたんで」

「ああ、そうかあ……」

彼はしばらくこくこく頷いてから、再び口を開いた。

「じゃあ、昨日も早朝に？」

「いえ。昨日は走ってません」

今度もおやじは「ああ、そうかあ」と言った。次のことばが出るまで、ぼくはじっと待った。


「今日も展望台まで？」

彼はてかてかのキルティングズボンで手をこすると、紙袋を一つ取り出した。ぼくはキルティングズボンと同じくらいてかてかの黒のキルティングジャンパーをしばらく見つめ、頭にかぶった耳あてつきの帽子に視線を上げたあと、露店の骨組みの柱に掛けられたハンガーに目をやった。ジッパーで密閉されたビニールカバーの中に、グレーのハーフコートとハンティング帽が掛かっている。コートの内側にはシャツとネクタイ、スーツが掛かっているはずだ。ハンガーの下には大きなスーツケースが、そのとなりにはシューズケースが置かれていた。

店を閉めた彼が、あの帽子とグレーのコートを身につけ、スーツ姿でぴかぴかの靴を履き、スーツケースを引っぱりながら十一時半の安山行きの広域バスに乗るのを、何度か目にしたことがある。ホットク屋ではなく、長い出張から戻る中年の会社員のようだった。

朝九時、同じ格好で広域バスから降りてくる彼も何度か見かけた。ホットク屋ののれんを上げてから、油じみた作業着に着替え、スーツケースからホットクのタネが入ったプラスチックの容器とその他の材料を取り出すと、彼は再び本業に戻るのだった。方向が同じ者同士を取り持つことと、客の身元を探るのに熱心な、厚かましさでは誰にも引けを取らないホットク屋のおやじに。

「なるべくなら今日はやめといたほうがいい」

　ぼくの返事を待っていた彼は、待ちきれずに本論に入った。

「ニュースで聞いたかもしれんが、今朝渡し場で死体が見つかってな」

「それと展望台と、何か関係あるんですか?」

「関係あるもなにも。町中パトカーだらけさ。ほら、すぐそこにも二台もいるだろ。それも十分置きに回ってくる。そのくせあいつら、未だに手がかり一つ見つけられてないらしくてな。そのせいでいたいけな市民ばかりがとばっちり食らってる。俺だって今日は商売どころじゃなかった。おまわりが来るわ、私服刑事が来るわでさ。レパートリーも決まってやがる。昨日何時に店じまいしたのか。この辺りで怪しい人間を見なかったか。夜、よくこの道を通る人間を知ってるか」

　ぼくは目を伏せた。どう答えたのかと訊きたいのをなんとかこらえ、ホットクをひと口かじる。

「夜更けに通ったり立ち寄ったりする常連さん以外には知らないって言ったら、今度はそれは誰かって」

　甘い蜜が喉を滑り落ちる。目にじんと涙がにじむ。あまりの熱さに、食道が溶けるかと思った。彼はすばやく、水の入ったコップを差し出した。

「おいおい、ゆっくり食えよ。喉をやけどするぞ。喉のやけどは食道がんにつながるとさ」

　コップの水を一気に流し込むと、かろうじて生き返った気分だった。

「三千ウォンでいいよ」

彼は残りのホットク九個を袋に詰めて差し出しながら言った。

「久しぶりだからな。記念に大サービスしとくよ」

続きを聞くには、袋を素直に受け取るしかなさそうだ。ぼくは袋を受け取り、五千ウォン札を差し出した。

「お客さん、時々夜更けに運動しに来てるよな？」

彼はお札を伸ばし、胴巻きにしまいながら話を続けた。

「警察に知られたら面倒なことになるぞ。もちろん黙ってたさ。お客さんの身元まで知るわけないからな。知ってることと言やあ、ムーントーチに住んでるってことぐらいで」

この男は千里眼でも持っているのだろうか。ムーントーチは防潮堤に面したマンションではない。当然、この店の中から、ぼくがどこへ入っていくのかも見えない。ぼくの口からムーントーチに住んでいると言ったこともない。ぼくは残りのホットクをいっぺんに口に押し込み、もぐもぐ嚙んだ。

「この夏、お客さんとのあいだを取り持った女、憶えてないか？ 雨の夜更けに、真っ黒いサングラスをかけて、溺れ死んだ幽霊みたいにだらりと髪を垂らしてそこに座ってただろ」

彼は店の片隅に置かれた、白いプラスチックのスツールを指差した。

「憶えてないか？」

憶えている。彼がどうしてうちを知っているのかもわかった気がした。

「昨日もバスからひとりで降りてきてよ。そんなに遅い時間じゃなかったはずだ。九時過ぎか、ちょっと前か。店に入ってくるなり、あの椅子が自分のもんみたいな顔して脚組んで座ったと思ったら、こう訊くんだよ。今日はあの人来なかったかって。見なかったたって言ったら、ひどくがっかりしてたよ。ひょっとして気に入ってるのかなと思って、このあいだはちゃんと帰れたかって訊いたんだ。そしたら、お客さんが道の向かいに住んでるって言うじゃないか。その子の家が『eプルン』マンションだっていうから、その向かいと言えばムーントーチしかないだろ？」

　はっと、車道を転がるピンク色の傘を思い出した。昨夜、すぐそこの横断歩道で出くわした女のことも。その女の傘がピンク色だったのだろうか。ホットク屋のおやじは、昨夜の幽霊の話を続けた。

「バスから降りる人がいなくて、一時間近くその席で待ってたんじゃないか。十時を過ぎてやっと男がひとり現れたんだけど、信じられるかい、それまでホットク一つ食べやしねえの。小麦粉アレルギーがあるとか言ってさ。そんなに長居するなら、ひと袋買うのが礼儀ってもんだろ？　帰り道にノラネコにやったっていいんだからよ」

「その人が死んだんですか？」

　噛んでいたホットクを呑み込んで訊いた。どうかそうであってくれと思った。彼女が死んだのなら、ぼくの無関係性が立証されることになる。昨夜、その女と連れ立って帰った男が他にいるのだから。ホットク屋のおやじは、釣りの二千ウォンを取り出して長いこと持っていたが、それで自分の手の甲をパシパシ叩いた。

「いやいや……耳でも悪いのかい？　どうしてそういう話になるかな」

「違うんですか？」

　期待が外れて、声がしぼんだ。ぼくはトングを鉄板の端に置いた。

「それでなくても、さっき来た私服刑事が死んだ女の写真を見せながら、しつこく訊いてくるんだよ。見かけたことはあるか、この店に来たことはあるかって。写真を見たとたん、齢《よわい》五十にして小便ちびるとこだったぜ」

　彼はそこまで言って、釣りを胴巻きに戻した。「小便をちびりそうだった理由を訊きたいなら、昨日幽霊が食べなかったホットクのお代をおまえが払え」ということだ。承諾の意味で、一度瞬きした。

「時々うちの店に寄ってた女だよ。常連ってわけでもないけど、見てすぐにわかったさ。ピアスを耳のこの横のところにつけてんだよ。それも片方だけ。理由も訊いたよ。一度気になると黙ってられないたちでさ。その子いわく、お母さんの形見なんだけど、片っぽ失くしちゃったらしくてよ。だから、片っぽでもそれらしく見えるように、この横のところにつけてるんだって。その話をしたら、刑事が目を丸くして、どんな形のピアスかって訊くんだよ」

思わず、ジャンパーのポケットに手を入れた。真珠のピアスの尖った針が指先に触れる。わき腹を刺されたかのように、体がびくっとした。

「けど、形もなにも説明のしようがなくてさ。真珠が一つついたきりのピアスだったから」


その瞬間、めまいがした。彼の声が彼方へ遠ざかっていき、再び戻ってきた。

「おやおや、またクソバエのお出ましか」

彼がぼくの肩越しをちらりと見やりながらつぶやいた。ぼくも後ろを振り返った。黒い乗用車が一台、露店の前に停まっていた。ドアが開き、中から現れた二人の男が、やにわに露店の中に入ってきた。ひとりは短髪にヤギのような目をした三十代の男、もうひとりは黒いコートの中年男だ。四十代半ばほどだろうか。二人は同時にぼくを見た。ぼくは彼らが刑事だと断定した。直感がそう言っていた。ホットク屋のおやじの「クソバエ」という呼び方からも。

「今日は店じまいです」

おやじが言った。ヤギのような目の刑事が腕時計を見た。

「まだ八時にもなってないのに？」

「タネが切れちゃいましてね」

おやじはプラスチックの容器に、カチャカチャ音を立てながらトングを入れていった。

「常連さんですか？」

ヤギ目の刑事が訊いた。返事はおやじがした。

「ああ、近所に住む子ですよ」

「ごちそうさま」とあいさつして立ち上がるタイミングのようだ。ぼくはヤギ目の刑事に本格的に話しかけられる前に、急いで店を出た。横断歩道までわずか五歩もないが、何度も踏み違えて転びそうになった。今しがた聞いたホットク屋のおやじのことばに、しきりに後ろ髪を引かれたせいで。真珠が一つついたきりのピアス。

横断歩道の前に立ち、そっと露店を振り返った。二人の刑事に、おやじが何か話している。表情や身ぶりからして「熱弁」に近い。ぼくはポケットからピアスを取り出した。真珠が一つついたきりのピアス。見てはいけないものを見てしまったかのように、急いで手をすぼめた。まさか……。発狂した人のように宙に向かって首を振った。そんなはずが……。頭の中で青組が、尻に火のついた雄鶏のようにわめいた。気にすることはない。偶然だよ、偶然。大抵の女は一つぐらい持ってるさ、真珠のピアスを。

バス停のほうから、まぶしいヘッドライトが伸びてきた。振り向くと、赤いバスが一台、バス停の前に停まるのが見えた。雨など少しも降っていないのに、フロントガラスのワイパーがせっせと動いている。バスから降りたのは二人。女一人に、男一人。女は濃いピンクの傘を開き、横断歩道に向かって歩いてくる。男は二、三歩後ろをついてきた。コートのポケットに手を入れ、肩をすぼめて千鳥足で歩く佇《たたず》まいから、酔っ払いではないかと思われた。

乗客が降りても、バスは出発しなかった。ぼくは横断歩道を渡り始めた。背後からよく通る歌声が聞こえてきた。

忘れられない雨の中の女
彼女のことが忘れられない……

舌のもつれた男の声。焼酎を四、五本飲めばあんな声になるだろうか。歩くうちに、おかしいと思い始めた。歌声は後ろをついてくるのに、人の足音は聞こえない。ぼくは中央分離帯の辺りで後ろを振り返った。誰もいない。バスも、女も、男も。ぼやけた霧の中で、歌声だけが響いている。

黄色いレインコートに
黒い瞳　忘れられない

振り返って、ホットク屋を見た。ヤギ目の刑事と黒いコートの刑事は、未だこちらに背を向けたまま、並んで立っている。彼らの耳には歌声が聞こえないようだ。ぼくは横断歩道を走って渡った。視界が乱れる。白い霧の中で、何十ものピンクの傘が、コウモリの群れのようにはためいている。歌声はわが家まで追いかけてきた。そろそろ狂い始めているらしい。

#

玄関をくぐっていると、ヘジンからメールが届いた。

今、木浦に向かうKTXに乗ってる。急にウェディング撮影の代打を任されちまった。早くても戻るのは明日の夜になりそうだ。ところで、お母さんとは連絡取れたか？　携帯はずっと切れたままみたいだけど。もし連絡取れたら俺にもメールしてくれ。ちゃんと飯食えよ。めでたい日にひとりにして悪い。

その場で返事を送った。

頑張れ。気をつけてな。

こっちもやることだらけなんだ。

とぼとぼと二階への階段を上る。何一つはっきりせず、未だに何も思い出せないが、この階段を下りるときとは違う点があった。無関係だと思われた出来事、目に見えなかった状況、気にも留めず見過ごしていた手がかりが、一つの事実を証明するために集結していた。ぼくは「扉の前」と呼ばれるところまで来ていた。必要なのはあと一つ。昨夜零時から二時半まで、記憶から消えた二時間半を開けてくれる鍵。

ジャンパーを脱いで椅子に掛け置き、机の前に座る。ずっと握りしめていたホットクの袋と真珠のピアスは机に置いた。何百回とホットク屋のおやじのことばを思い出した。真珠が一つついたきりのピアスだったから。そもそもぼくをあの店に向かわせた、新聞記事の文面を思い浮かべた。

遺体の一部が鋭利なもので傷つけられていることから、他殺の可能性が高いものと見て……。

引き出しを開けて剃刀を取り出す。刃を開くと、かすかに震える母の声が聞こえてきた。

（おまえは……）

（ユジン、おまえは……）

（この世に生きていてはならない人間よ）

途方に暮れた。何に、どこから手をつけていいのかさっぱりだった。何かをすること自体、とてつもなく恐ろしかった。何かをしようとすればするほど、自分の体につながれる足かせが一つずつ増えていくように思われた。何をしようと、結局は家を出る前に見た地獄の通路へと落ちてしまう気がした。それなら、何もせずじっとしているほうがよくはないか。

どっと疲れを感じた。疲労が公園のハトのように群がってくる。このままベッドに寝転がってしまいたい。何も考えず眠りたい。この混沌が破局という末路に行きつく前に、ほんの少しでも。

目を閉じて額の真ん中をぐっぐっと押す。うめき声のようなため息が漏れる。この世には、目をそらしたり拒んだりしてもどうしようもないものがある。この世に生まれたことがそれであり、誰かの子であることがそれであり、すでに起きてしまったことがそれだ。そうかといって、ぼくは推測航法で飛ぶジェット機にはなりたくない。このふざけた状況がどんな終わり方になろうと、自分の最後の主権ぐらいは取り戻したい。自分の人生は自分で決定したい。そのためには、残る力を総動員してことにあたらねばならない。どんな手を使ってでも、闇の中に閉じ込められた二時間半をぼくの前に引っ張り出すのだ。

剃刀をピアスの横に置く。引き出しから残りのものをすべて取り出して並べる。MP3、イヤホン、屋上の鍵、車のキー……。一つずつ撫でたり眺めたりしたのち、母の日記メモを開いた。ここから始める以外に手はなさそうだ。

ひとまず最初のページから最後のページまで、パラパラめくってみた。思ったよりずいぶんある。ノートの合間にブルーの間紙が挟まれており、その端に二〇一六年から二〇〇〇年までの年度を書いた見出しがついている。ただし、順序は逆だ。二〇一六年、二〇一五年、二〇一四年……。記録は月ごとに分かれており、これもまた逆順。時間順に書かれているのは、日々の記録のみだ。たとえば、最初のページの十二月六日の記録から二行空けて、十二月七日の記録が続くといった具合に。それさえも日付は飛び飛びだ。日記のようにほぼ毎日書かれている月もあれば、二、三日書いたきりの月もあるし、ひと月丸ごと飛んでいる箇所も多い。日ごとの記録もまた、一行のものから二、三ページを超える長文までさまざま。普通のノートでは不可能な記録の仕方だ。日記メモが、バインダーにルーズリーフを追加して使うファイル形式であることにもそれなりの理由があったのだ。なぜこういった形にしたのかはわからないが、メリットがあることはわかった。特定の年、特定の月の記録を図書館の資料のように手軽に閲覧できること。

記録が始まるのは十六年前、二〇〇〇年の四月三十日。書き出しはこうだ。

ユジンが寝ている。おとなしく、すやすやと。

前に戻り、一番最近の記録である二〇一六年の十二月を見る。六日と七日と九日の三日だけ。これまたぼくに関することだ。中間もすべてこんな調子なら、日記メモの正体はぼくに関する「観察記録」と呼ぶべきだろう。まだ見もしないうちからうんざりした。こんな記録がなぜ必要だったのだろう。おばにぼくの言動を一つ残らず伝えるため？　記録で見守らねばならない必然の理由から？

二〇一六年十二月の記録を読む。

十二月六日。火曜日。
ユジンの部屋が空っぽだ。また屋上から出かけ始めた。ひと月ぶりに。

十二月七日。水曜日。
連続二日目。待機していたのにあの子を逃してしまった。

十二月九日。金曜日。
あの子はどこにいるのだろう。夜中の二時までそこらじゅうを捜し回ったけど、なんの手がかりもない。はっきりと見たのに。寒く、怖く、恐ろしい。もうハローが吠えている。あの子が帰ってきた。

表層的に読み取れることはおよそ三つ。母がぼくを尾行していたこと。ぼくと母がどこかで出くわしていたこと。寒く怖く恐ろしい出来事は零時半から二時のあいだに起こったということ。文の合間には闇のように不吉で、深淵のように不可解な余白があった。ぼくの冴えない目では読み取れない次元のものだ。少なくとも今すぐには。

ページをめくって、十一月。

十一月十四日。月曜日。

あの子が屋上から出て行った。この二、三カ月は落ち着いていたから、考えてもみなかった。ハローが吠え始めたとき、すぐに駆けつけていたら逃さなかっただろうに。

気になることがあって、あの子の机の引き出しから薬袋を取り出した。数えてみると、きっちり十一日分残っていた。残っているべき数だけ残っているということは、「ちゃんと服んでいる」ということなのだろうか。

卓上カレンダーを取って一枚戻し、日付を確認する。十一月十一日から十五日まで、小さな点がついている。面接口述試験を控えて、八月以来、二度目に薬を中断していた期間だ。毎食後、一粒ずつ、口の代わりに便器に放り込むというやり方で。一番わかりやすく、母に証拠をつかまれない方法。それでも「薬を服んでいない」と疑っていたこと、さらにその疑いが「屋上から出て行った」という行動から導き出されたということは、二つの行為の関連性を母が把握していたことになる。あるいは前例があったか。

前例について、じっくり考えてみた。似たような記憶さえ浮かばない。もどかしかったが、ひとまずわきに置いておくしかない。

十一月十五日。火曜日。

凪とかくれんぼをしてきた気分だ。ハローが吠える声にすぐさま飛び出したけれど、あの子の姿を捉えることはできなかった。裏門の警備員は、この三十分間誰もそこを通らなかったと言う。正門も同じだった。群島小学校前の小門をくぐって出くわしたのは、ユジンではなく、仕事帰りのヘジンだった。


母の尾行は一回性のものではなかった。ここまでくれば常習と呼ぶにふさわしい。到底納得できないことでもあった。母がぼくの人生を思うままに操る絶対者だったという点に鑑みても、正常とは思えない。普通の母親なら、息子が夜中に出かけるという理由で尾行に出たりはしない。頭がおかしいか、もう少しそれらしい理由がない限り。もしかすると、警備員も母の異常行動を知っていたかもしれない。ひいてはマンションの住民たちも。二〇六棟の二五〇五室に住む未亡人は、夜ごと息子を捜して町中を彷徨《さまよ》うのだと。この日は小門でヘジンに出くわしたから、昨夜のように町中を彷徨い歩きはしなかっただろうが。

同じ日かはわからないが、ぼくもそのころ、外でヘジンに出くわしたのを思い出した。川辺の歩道、川を横切る東津第1橋の近くで。防潮堤に向かって走っていたぼくは、向かいの霧の中で響く電話のベルの音を聞いた。続いて人の声がした。

「はい、監督。家に帰る途中です」

ひと言で充分だった。百人が百とおりの声で騒ぐ広場においても、一度で聞き分けられる声。ヘジンだった。ぼくはしばし葛藤した。自分の存在を知らせるべきか。そうすればヘジンは「こんな遅くにどこに行くのか」と訊くだろう。「走りに」と答えれば、それが母の耳に入るに決まっている。屋上から抜け出したという新しい説教ネタを与えることになるわけだ。

「いえ、大丈夫です」

二度目の声は十数メートル先から聞こえてきた。同時に、黒い影が霧の中から飛び出してきた。ぼくはためらいを捨て、街灯の陰に隠れた。街灯の柱と川辺の手すりのあいだに、大人がひとり入れるぐらいの隙間があった。電灯が道路のほうへ長く伸びているせいで裏側は暗く、川から昇ってくる霧に覆われているため、身を隠すにはうってつけだった。

「はい、明日二時に上岩洞のほうに伺います」

川に面して立ったまま、背後を通り過ぎていくヘジンの声を聞いた。股間がびりびりしてきた。野良犬に片脚を上げさせるのが電柱なら、人間の男のズボンを下ろさせるのは川の流れらしい。闇の中で、ザアーッと閘門へひた走る川の水を見ているうちに、おのずと尿意を感じた。ぼくは用を足し始めた。と同時に、ヘジンが立ち止まる気配がした。辺りは暗く、背を向けている上、マスクとフードをかぶってうつむいているのだから、顔が見えるはずはない。ただ一つ、パーカーの背中に刻まれた「課外」という文字が気がかりだった。

人間が動物と異なる点は、自分自身を内なる目で見られることだろう。ぼくは背後の気配に全神経を集中させるとともに、内なる目が映し出すぼくの姿を見た。街灯の陰に隠れて用を足しながら、もしや気づかれはしまいかと首をすくめている自分の姿が気に入らなかった。罪を犯して追われている身でもなく、金を奪って夜逃げしたわけでもないのに、なんて無様な格好だ。小便までもがちょろちょろと出が悪く、すっきりしないまま途切れてしまった。苛立ちのあまり、大声で奴を追い払ってしまいたかった。とっとと行けよ、とっとと……。

ヘジンは去った。足音が遠ざかると、ぼくもまた走り出した。あの日、もしもヘジンに自分の存在を知らせていたら、どうなっていただろう。母は無駄な尾行をやめていただろうか。質問は再び原点に戻った。母は具体的に、何を心配していたのだろう。いや、「なぜ心配していたのか」という質問のほうがより正しいだろう。

次のページは十月ではなく八月になっている。数カ月を一気にまたいだことになる。

八月三十日。火曜日。

ヘジンとユジンが荏子島から帰ってきた。それも夜の零時過ぎに、予定より一日早く。残暑がきつい八月というのに、ユジンは見るからに暑苦しいゴアテックスのパーカーを着て、だらだら汗をたらしていた。手の甲には擦り傷があり、汗に濡れて分かれた前髪のあいだから、青あざがのぞいていた。

まさか、また薬を中断したのだろうか。まさか……。発作を起こしたわけではないだろう。

ノートに書かれている「まさか」は、万一間違っていた場合に備えての入念な保険だった。あの日ぼくたちが家に入ったとき、母の視線がぼくの額で留まった瞬間、ぼくは母がすべてを見抜いたことを見抜いた。

「額のあざはどうしたの？」と訊いたのは、確認の意味だったはずだ。だが、ぼくの口でそれを認めたくはなかった。

「船に乗るときに、ドアの枠にぶつけたんだ」

母は無表情な目でぼくを見つめ、二つ目の質問をした。

「こんなに暑いのに、どうしてパーカーを？」

ぼくはパーカーを見下ろしながら自問した。どうして着たんだっけ？　頭の中で白組が答えを教えてくれた。発作中に地面で引っかいた肘の傷とあざを隠すためさ。

「ヘジンにもらったんだ。もらったものはその場で着るのが礼儀なんでしょ」

ヘジンはソファに腰かけて靴下を脱いでいた。「ぼくは今この重大な仕事に全身全霊で取りかかっているから、二人の話にまで気が回りません」という空気をこれでもかと身にまとって。ぼくの嘘が気まずかったのだろう。そのせいで、初参加した映画の記念品が急遽プレゼントに化けてしまったことにも。質問にかこつけた母の尋問で、家の空気が一瞬にして凍りついたことにも。

母はそれ以上訊かなかった。おそらくぼくが部屋に入ったあと、ヘジンを捕まえて問いただしたはずだ。ユジンの言ってることは確かなの？　ヘジンは「はい」と答えただろう。何度訊いてもそう答えたはずだ。反対に、表情はだんだん「いいえ」に近づいていっただろうが。母の頭の中には「まさか」がホテイアオイのように漂っていたことだろう。十年前、勝手に薬を中断したことで人生がひっくり返ったというのに、また同じことを？　まさか……。

ひょっとすると、母が昨日ぼくを追い詰めたのも、その「まさか」のせいだろうか。それとも、屋上から抜け出してほっつき歩くのをこれ以上黙って見ていられなかったのか。はたまた、薬と屋上という組み合わせが生んだ第三の問題があるのだろうか。仮にそうなら、昨夜の母の怒りも理解できる。ずっと我慢してきたのに、よりによって昨日怒りを爆発させた理由は未だに理解できないが。母の性格上、最初からぼくを引き止めて当たり前だった。四カ月のあいだ好きにさせて、尾行したり観察したりするのではなく。

八月三十一日。水曜日。

夜十時ごろのことだ。寝床についてまもなく、頭上でガシャン、という「変な」音が響いた。正体がわからないためではなく、知っているからこそ妙な音。がっしりした鉄扉が風に押されて閉まる音だった。この家でそんな音を立てる扉は一つしかない。

二つのことが気になっている。あの子はなぜ屋上から出て行ったのか。渡したことのない鍵はどこで手に入れたのか。

母の聞いた「ガシャン」という音は、扉を開けるときではなく閉めるときに出た音だろう。屋上の鉄扉は扉と枠があまりにぴったりすぎて、やさしい手つきでは閉まらない。両手で要領よく力をかけなければ、どうしても音がしてしまう。要領を持ち合わせなかったその日以外に、その後も二度ほどガシャン、と音を立てたことがある。ぼくは三十一日の記録のうち、改行している部分、「ない。」と「二つ」のあいだに人差し指を置いた。かなり広い余白だ。ヘジンの得意技である「もしも自分が……なら」の魔法を拝借して、その余白を埋めてみた。もしも自分が母なら……ガシャン、という音を聞いたとたん屋上に駆けつけるだろう。

屋上の鉄扉は引っ越してきた当時から厄介だった。手抜き工事で扉と枠が合っていなかったのだ。そのため鍵がかからなかったり、スカスカで座りの悪い扉が自然に開くことがしばしばあった。母は何度も補修を頼んだが、工事をうけもった建設会社が不渡りを出したせいで、まともな措置が取られなかった。管理室の人間がやってきて掛け金を取り付けてくれたきり。骨折患者に赤チンを塗ってやるのと変わらない対処だった。台風が来たときにも、鉄扉は日に何度もガンッと音を立てて開いた。掛け金は根こそぎ引っこ抜かれた。母は結局、私費で扉の枠を補修し、扉を交換し、錠とかんぬきを取り付けた。施工業者は、屋上が飛ばされない限り、自然と開くことはないだろうと言い切った。

その真偽を、母は確かめたかったはずだ。そして屋上に上がり、パーゴラの明かりが点いていることに気づいた。鉄扉の前にやってくると、施錠はされているのに、かんぬきだけが外れているのも目にしただろう。もしかすると、そのとき二十二階でハローが吠えたかもしれない。ぼくが非常階段から下りるたびに、たがわず吠え立てるのだから。

母は鉄扉を開けて外を見下ろしただろうか。階段を駆け下りるぼくの足音を聞いただろうか。犬の鳴き声が響き渡る中でも？　どうであれ、母はぼくの部屋へ入ってきたのではないか。少しだけ開いているガラス戸を見て、ぼくがいないことを確信し、部屋に入ってぼくの不在を確認したはずだ。この日も母は薬を数えてみただろうか。薬の数はぴったり合っていたはずだ。この日もぼくを捜して外へ出ただろうか。ひょっとしたら、この日も小門の近くでヘジンと出くわしたのではないか。母はこの日のことをなぜぼくに直接訊かなかったのか。さほど難しい質問ではないのに。

どうして屋上から出たの？

鍵はどこから？

口を閉ざしたまま、気ばかり揉んでいた母の本心こそ気になった。どうして黙ってたの？　大した事件でもないのに。

屋上の鍵は、母の言うとおり、目的があってスペアキーを作っておいたのだ。ただ、寒く暗い通りを母に徘徊させるほどのものすごい目的があったわけではない。ぼくの記憶では、八月三十一日は初めて鍵を使った日だ。初めて屋上から抜け出した日でもある。ヘジンと荏子島から戻った翌日のことで、そのときもまだ薬の中断は続いていた。十年ぶりに薬の足かせを解いた代償として、遠く離れた島で公開的かつ大々的に発作を起こして帰ったのだ。その深い傷を癒す軟膏ぐらい塗らせてくれたっていいじゃないか。一日だけ、もう一日だけ魔法の中に身を置きたかった。

ぼくはその大切な一日を丸々自室で過ごした。肘や膝に残る発作の勲章を隠すため、長袖に長ズボンを穿き、エアコンをアイススケート場のレベルに設定して、ベッドでごろごろ転がった。ヘジンまでもが早朝から上岩洞に出かけてしまい、話し相手もいなかった。正確に言えば、話し相手ではなく、話したいと思う相手がいなかった。母も人間であり、人間のことばを話す口がついてはいたのだから。

その日、母は朝から屋上に出て、一日中ぼくの可視距離内をうろついていた。これといって何をしている様子でもない。花壇縁にしゃがんですでに抜き終わった草をまた抜くふりをしたり、家庭菜園の唐辛子をしきりにいじったり、肩越しにぼくの部屋をのぞき見たりした。ブラインドを閉めると、五分もしないうちにテラスのガラス戸を叩いた。かけることばならいくらでもある。息が詰まらない？　エアコンの風にあたりすぎると風邪ひくわよ。陽射しが気持ちいいわ。出てきてお茶にしない？

お茶など飲みたくなかった。そんなものは病人の飲み物だ。まとわりつく理由を訊きたいとも思わなかった。母にぼくの頭の中がお見通しのように、ぼくにも母の腹積もりはお見通しだったから。「お茶にしない？」は「荏子島で何があったのか吐きなさい」に等しいことば。「陽射しが気持ちいい」は、ぼくの道徳的弱点である「正直さ」について話し合おうという提議。

日暮れ時、退屈すぎて壁でも這い登りたい思いでいたそのとき、ぼくは当たり前すぎて考えてもみなかった一つの真理を悟った。子どもだろうと大人だろうと、人間には向かう場所とすることが必要だということ。ぼくには向かうべき場所がなく、すべきことがなかった。すべき練習がなく、すべき勉強がない一日をどう使えばいいのかわからなかった。会いたい人も、観たい映画も、したいこともない。酒も飲めず、夜九時には帰宅しなければならないのだから、一夜限りの火遊びも不可能だった。時折り母に「付き合ってる子、いないの？」と訊かれると、はらわたが煮えくり返った。

ただで得られるものはないという世の理《ことわり》を、すべてを知る母だけが知らないことに。

夜十時になると、ぼくはベッドから起き出した。筋肉に自動でエンジンがかかる「暴走癖」が発動し、それ以上耐えられなかった。ヘジンの「課外」パーカーをスウェット代わりに羽織り、この日のために浴室の天井に隠しておいたランニングシューズを履いて、鉄扉から飛び出した。屋上のスペアキーもまた、こんな場合に備えてつくっておいた。まじめに服薬していたときから、母にばれないよういつでも飛び出していける扉を夢見ていたわけだ。この切ない欲望にあえて名前をつけるなら、「犬潜《くぐ》り戸」のロマンとでも言おうか。部屋に閉じこもったきりで頭がおかしくなりそうな夜、ぼくを外界へと送り出してくれる扉。屋上の鉄扉をガシャン、と音を立てて閉めたのは、慣れていないせいもあるが、それ以上に気が急いていたからだろう。もう少し落ち着いていたら、母の狩猟犬のような本能をくすぐることもなかったろうに。

屋上の鉄扉を出ると、一度も振り返ることなく非常階段を駆け下りた。今にも母に「ユジン」と呼ばれそうな気がして、足がすくみ、後頭部がこそばゆかった。そのいまいましい感覚は、小門を抜け、防潮堤の横断歩道を渡って初めて消えた。やっと足を止め、息を整える余裕ができた。ぼくは防潮堤の手すりに太ももをもたせかけて、夜の海を見下ろした。何も見えない。波、カモメ、群島海上公園、ランニングのターニングポイントである天の川展望台、水平線……。すべてが闇と霧の向こうに隠れていた。展望台のサーチライトだけが、遊園地の大観覧車のように魅惑的な明かりを放っている。おおい、こっちへおいで。遊ぼうよ。

「ヨンイのホットク屋」は閉まっていた。まだ十一時にもならないのに、何事だろう。

この店が閉まるのは、おやじに一身上の都合ができたときだけだ。本人の口から聞いた一身上の都合とは、以下のようなもの。体、気分、ホットクのタネの状態がことごとく優れない。なんとなく日柄がよくない気がする。骨の髄まで寂しい日、風が吹いている。泣きたくなる夜、雨が降っている。人間が嫌になる日、満月が出ている。身も心も重たい日、天気までもが重苦しい。

　おそらく最後の事由にあたる日だろうと思われた。暑く、じめじめした霧に体を押し潰されそうで、黒い空には今にも泣き出しそうなねずみ色の雲がたちこめていたから。暴走癖を発病したぼくは、天気の影響を受けなかった。展望台まで飛ぶように走っていって、飛ぶようにホットク屋の前まで戻ってきた。横断歩道もまた飛ぶように渡ると、河口縁の川辺の歩道に軟着陸した。そのとき、霧に遮られて見えなかった彼方から、人の笑い声が聞こえてきた。

「そうじゃないってば」

　ファの音より上には上がりそうにないだみ声だったが、間違いない、女の声だ。言い返す声が聞こえてこないことから、通話しながらひとりで歩いているらしい。ちょっぴり煩わしかった。ひとりで夜道を歩く女にへんな誤解をされないためには、そのせいで面倒な状況に巻き込まれないためには、二つに一つを選ぶべきだろう。走って追い抜くか、道を渡って近隣公園側の歩道を進むか。

「耳の穴にはんぺんでも詰まってんの？　何を聞いてんだか」

「穴」と「はんぺん」……。ひとりの女が思い浮かんだ。先の五月中旬、ある朝の運動中に出くわした、忘れられない女。定かではないが、八時ごろのことだったと思う。群島小学校の前で横断歩道を渡っていたぼくは、はたと立ち止まった。夜通し苦しめられた頭痛にまたも襲われたのだ。「じわじわ」ではなく、突然の発作のように。視界がいっぺんにかすんだ。ハンマーでまぶたを殴られたような気分だった。そのせいで、信号機の誘導音が鳴り終わるまで一歩も動けなかった。頭を抱えて歩道でのたうち回らなかっただけ幸いだ。右肩の辺りでクラクションが鳴らなかったら、本当にそうなっていたかもしれない。ぼくはびくりとして一歩後ずさった。ほぼ同時に、白い乗用車がわき腹をかすめるようにして通り過ぎた。半ば開いた車窓から、女の野太いしゃがれ声が飛んできた。

「ばーか。目にはんぺんでも詰まってんの？」

　学校前の道路で、歩行者優先区域だった。たとえそんな修飾語がついていない道路だとしても、人が横断歩道で頭を抱えてふらついていれば、車のほうが待って当然だ。馬と鹿とはんぺんを持ち出して相手をののしるのではなく。車両番号、せめて車種だけでも見ておきたかったが、状況が許さなかった。明け方の霧が腰まで満ち、視界は頭痛のせいでかすみ、車はすでに河口縁のほうへ左折しているところだった。

　頭痛をしばし忘れた。頭にきて、残りの数メートルを飛ぶように渡り切った。渡り終えてから、どうしていいものかと辺りを見回した。「はんぺん」の車は視界から消え、群島小学校の前の道にはまだ監視カメラがなかった。車がやってきた方向にはムーントーチを始め、大規模なマンション郡が四つ向かい合っている。加えて、車両番号も車種もわからない。手のほどこしようがないわけだ。怒髪天を衝《つ》いていた怒りが、しゅるしゅるとしぼみ始めた。自分で思うに、ぼくの最大の短所は、怒ると周りが見えなくなること。一方で最大の長所は、怒っても仕方ないときはただちにあきらめること。ぼくは「はんぺんへのお仕置き」をあきらめた。

　あのときお仕置きできなかった「はんぺん」が、目の前の「はんぺん」だという確信がわいた。「はんぺん」を食べる女は多いが、それをそこかしこに詰め込む女は珍しい。あのときの女もこの女も、喉に「はんぺん」が詰まったような声という点でも。それ以上考えるまでもなく、川辺の街灯の背後に回った。大股で歩き、「はんぺん」との距離を縮める。やがて霧の中から、動きの鈍い黒い影が現れた。もう少し距離を縮めると、風になびく長い髪も見えた。そこから歩をゆるめ、距離を保ちながらあとをつける。誓って言うが、他意があったわけではない。ただ、どこに住んでいるのか知りたかっただけだ。「はんぺん」のおしゃべりは五分近く続いた。

「光化門《クァンファムン》の教保《キョボ》文庫の前でエンジンが止まっちゃったのよ」

「どうするもなにも、レッカー車を呼んでカーセンターに運んだわよ」

「ばかね、バスよ。あそこからここまでタクシーなんて」

「怖くなんてないわよ。十二時なんてまだ宵の口。月も明るいし……」

「はんぺん」は東津第1橋を越えたところで、歩みと話を同時に止めた。午前零時のソウルと午前零時の群島新市は、まったく別世界であることにやっと気づいた様子だ。通りは暗く静まり返っている。人影も、行き交う車もない。白く伸びる海霧の向こうで、眠らないカモメたちだけがクアクア鳴いている。「はんぺん」は慌てて振り返り、ぼくのほうを向いて立った。どうにも背後が気になるらしい。

ぼくは街灯の背後に立って、街灯の黄色い明かりの下に立つはんぺんを見ていた。視線を捉えたのは顔ではなく、携帯電話を握る指だった。より具体的に言えば、乳首ほどの小指にはめた金の指輪。月明かりに視界をかく乱されたのか、街灯の明かりに引き立てられたのかはよくわからない。指輪はぼやけた霧の中でも、銀河系を渡ってきた星の光のように神秘的に輝いていた。これにインスピレーションを得た頭の中の声が、クイズを出した。はんぺんの手から指輪を奪うもっとも手軽な方法とは？

大してためらうこともなく、答えが出た。指を切る。

「ううん、なんでもない。後ろで何か音がした気がしたから」

「はんぺん」は身を翻し、また歩き始めた。ペタペタ。ぼくも歩を合わせて歩き始める。ペタペタ。十メートルほど進んだだろうか。「はんぺん」はまたも立ち止まって後ろを振り返った。ついに出るべきことばが出た。

「あのさ。家に着いてからかけ直す」

ぼくも立ち止まった。思わずほくそ笑んだ。最初からそうすればよかったのに。

「はんぺん」は携帯電話を握りしめると、踵を返して早歩きになった。はっきりと不安が感じられる足取り。おそらく、ずっと背後が気になっていたはずだ。人類の歴史が保証する「女の勘」が絶えずささやき続けていただろうから。後ろで人の気配がしなかった？ ひょっとすると、ぼくの頭の中のささやきを聞いたかもしれない。ぼくを感じる？

ぼくもまた速度を上げた。なんだか息苦しい。走っているわけでもないのに、太ももに力が入る。新しい歯が生えてくるかのように、歯茎がむずがゆい。誰かに息を吹きかけられたかのように、耳もとから頬にかけて粟立つのを感じた。「興奮」や「緊張」といった単語では表現しきれない異常反応。いつだったか、ヘジンがぼくにほのめかした感覚に似ている。

四年前の晩春、いや、初夏だったと思う。ヘジンは長いあいだ片想いしていた同じ科の先輩に会いに行き、外泊して戻った。事前の連絡なしに外泊したのは、ヘジンの歴史上その日が唯一だ。ヘジンが母に叱られた、数少ない日の一つでもあった。母が小言を並べているあいだ、ぼくはカウンターテーブルの前に立って、ヘジンの表情をつぶさに観察した。「すみません」とくり返しながらも、心ここにあらずという表情。茶褐色の瞳孔に星が瞬いているところを見ると、遠い宇宙空間を漂っているようでもある。好奇心は膨らむ一方だった。ヘジンを宇宙に飛ばした昨夜の女は、どんな女だろう。母が退場するが早いか、ヘジンに訊いた。

「そんなによかったのか？」

ヘジンは首までスイカのように赤くして、母に対するような返事をした。

「よく憶えてない。二人ともずいぶん酔ってたから」

自分ひとりの秘密にしておきたいという意味だ。もとよりぼくには、その気持ちを尊重する気などなかった。この手の問題は、ぼくにとっても重大なものだから。

「どんな気分だったかぐらいは憶えてるだろ？」

「それが……」

しばらくためらった末に、ヘジンは長たらしい文学的修辞を並べた。はっきりとは憶えてないが、大方次のようなものだった。

自分が九十八歳ぐらいになって死を目前にしたとき、迎えに来た神様に、人生のうち一ヵ所だけ寄って行きたいところを訊かれたら、世界が一瞬にして溶けて消えた昨夜のあの瞬間に戻りたいと答えるだろう。

世界が溶けて消えるとは、どんな感覚だろう。真剣な恋愛をしたことはないが、ぼくにも女と寝た経験は二度あった。どちらもヘジンの言う感覚とは、宇宙ほども距離があった。下着を脱がすのに骨を折る必要もないプロ相手だったが、女であることは同じなのに。おまけに、ぼく好みの小ぶりで張りのある胸がついていたのに、なかなか気分が乗らなかった。脈はかえってっていつもより遅く、重くなっていった。射精の瞬間でさえ快感を感じなかった。もしやと思って挑んだ二度目も、やはり同じだった。ぼくはキスさえも退屈に感じ、舌先で相手の犬歯を舐めていた。

そうかといって男に惹かれるわけでもない。もちろん、二十二階のハローにも。宇宙に飛んでいってしまったヘジンの眼差しは、ぼくにとって乱数表に等しかった。死ぬまで解読できない感情信号のようで、深い挫折感さえ感じた。その夜、はんぺんと足並みを揃えて歩き始めたとき、ぼくは初めて解読の糸口を見つけた。そして、自分が何に惹かれるのかをはっきりと自覚した。ぼくは怯えるものに惹かれた。

月が黒雲に隠れた。霧は目に見える速さで深くなっていく。まるで、除雪機が雪を吐き出すかのように白く沸き立っている。ぼくは「はんぺん」が振り返ればば立ち止まり、動けばぼくを充分感じられる距離まで追いかけた。距離が近づくほどに、「はんぺん」の発する音を耳がキャッチし、五感に火がついた。背中に背負ったかばんの中で、小銭か鍵のようなものが鳴る音。ますます速く、不規則になっていく靴の音。一歩足を出すたびに太ももの素肌がこすれる音。吹き荒れる風に長い髪がはためく音。荒々しくもしっとりと響く息遣い。しまいには、顎の下を巡る血の流れまでもが聞こえてくるようだった。

その間頭の中では、「金の指輪強奪」を巡ってありとあらゆる想像がくり広げられていた。肩で揺れているあの髪の毛を一手につかむ。同時にもう一方の手で口をふさぐ。道路を渡って川辺に引きずっていく。川に落とす前に金の指輪を奪う。遠い昔、洞窟で円になって生肉を嚙みちぎっていた祖先の遺産である犬歯を使って、ひと息に。

交差点が見え始めると、「はんぺん」の早歩きが小走りに変わった。喉にバイクのエンジンでもつけているかのように乱れた呼吸。後ろを振り向く拍子に、ハイヒールを履いた足首を何度もひねり、よろめいた。口汚いわりに臆病な女。臆病なわりに攻撃的な女。交差点の横断歩道まで来ると突然後ろを振り向き、威嚇する猫のように歯をむきだして金切り声を上げた。

「あんた誰?」

ぼくは答えなかった。話す態度が気に食わない。ぼくが何をしたというのか。声をかけたわけでもない、まとわりついたわけでもない、目の前に現れて視覚的脅威を与えたわけでもない。ひたすらわが道を進んでいただけじゃないか。

よりによってそのとき、「はんぺん」の手の中で携帯電話が鳴り始めた。まるで音に殴られたかのように、「はんぺん」はうわっと悲鳴を上げて手を振った。電話機は横断歩道の中ほどへ飛んでゆき、持ち主は叫び声を上げながら横断歩道をひた走った。同時に、群島小学校の角を曲がってきた乗用車が急ブレーキを踏んだ。霧の中でありとあらゆる音が入り混じった。タイヤが道路の表面をひっかきながら滑る音、こだましながら遠ざかる「はんぺん」の悲鳴、車道の路面で鳴る携帯電話のベル音。

やがて静寂が訪れた。車も、「はんぺん」も、行くべき道へと消えた。横断歩道の前へ進み出る。両腕を垂らし、信号の前にしばらく立ち尽くす。歓びは一瞬にして去り、腹の中がすっからかんになったかのような飢えを感じた。力が抜け、頭がぼんやりする。何をやっていたのだろう。何にがっかりして飢えを感じているのだろう。

車道に落ちている携帯電話を拾う。ひび割れた画面に発信者の名前が浮かんでいる。

ミミ

携帯を川に投げ捨てた。その後「はんぺん」に会ったことはない。もしかすると、彼女は夜に出歩かなくなったのかも知れない。反対にぼくには、夜に出歩く習慣ができた。ある日は、「はんぺん」から受けた強烈な印象が、実際だったのか錯覚だったのか確かめようと。翌日は、確かめたことを再確認しようと。またその翌日は、太ももの筋肉が発情した馬のように昂ぶるがために。

結果、ぼくは男より女が好きだった。背後に働く勘が男の倍は優れていて、恐怖心も倍感じるという点で。こんなに刺激的なひとり遊びはほかにない。「刺激」を相手のことばに置き換えれば「恐怖」だろうが。

展望台を回って防潮堤の横断歩道に着いたとき、最後のバスから乗客が降りる確立と降りない確立は五分五分。降りるのが女である確立はそのまた半分。防潮堤の横断歩道を渡ってから彼女とのお遊びが始まるという点で、ぼくの法則が支配する空間という点で、東津江の河口縁の道はぼくの遊び場と呼んでもいいだろう。ただ、ここにも閾値《いき》の法則が働いた。刺激を感じるのに有効な最小値が、毎度上がるということだ。出かけるたびに新しい小物が必要だった。ムードを変え想像を極大化させる品々、たとえば獣のように猛るメタルミュージックやマスク、ラテックスの手袋など。

むろん、毎日のように出かけたわけではない。薬を中断しているあいだ、暴走癖が発動したときだけ。運よくその日に女に出会えれば、また服用を始めることができた。しばらくは出かけたいとも思わなかった。一種の休止期だ。暴走癖が発動すれば、枯れ葉のように翻る決心ではあるが。

反対に、出会えなければ出会える日まで暴走は続いた。八月以降、暴走癖が発動した回数は、母の知るとおり計六回。暴走中に女に出会ったのは三回。一人目は八月三十一日に偶然会った「はんぺん」、二人目は十一月十五日に会ったある女、三人目は唯一ぼくのほうから逃げ出した女。昨夜、ひとりでバスから降り、横断歩道に向かって歩いてきた女……。意識の底からふと、一つの質問が跳ね上がった。女は本当にひとりでバスから降りたのか。

明け方、目を覚ましたときに見た幻が蘇る。道路を転がっていくピンク色の傘。つい先ほどホットク屋からの帰り道で見た幻があとに続く。バスから降りるなり傘を開く女。よろよろとあとを追う男。通りに響く歌声。

忘れられない雨の中の女

彼女のことが忘れられない……

二つ目の質問。ぼくは昨日、本当に横断歩道の前に立っていたのか。

足もとから冷気が這い上がってくる気がした。違う。ぼくがいたのは横断歩道の前じゃない。ホットク屋の裏だ。立っていたのではなく、防潮堤の手すりに腰かけていた。海を見下ろしながら最後のバスが到着するのを待っていた。これこそ、状況はもちろん、時間の上でもつじつまの合う話だった。ホットク屋のおやじは十一時二十分に店を閉め、三十分にバスに乗る。ぼくが天の川展望台を回ってホットク屋に着くのは十一時五十分ごろ、最後のバスが到着するのは午前零時前後。屋上から出かける夜はいつもそうなのだから、昨日も同じだったはずだ。

三つ目。ぼくは本当に女から逃げ出したのか。

ひょっとすると、質問は次のように変えるべきかもしれない。ぼくは本当に発作前駆症状を感じたのか。思えば、薬を中断するたびに発作を起こしていたわけではない。実際に発作を起こしたのはわずか二回なのだ。十五歳のときに一度、荏子島で一度。もしかすると、都合のいいように自ら信じ込んでしまっているのではないか。記憶を失う理由としては、発作がもっとも妥当だから。とすれば、今朝見た幻は前駆症状ではなく、失くした記憶の手がかりなのかもしれない。

四つ目の質問はおのずとあとに続いた。ぼくはなぜ昨夜のことを忘れなければならなかったのか。

突然、まぶしい白色光が視界を覆った。網膜を遮断する光のカーテンの向こうで、キイーッという音が響く。雨道を滑ってくる車が急ブレーキを踏む音だ。車のドアが開く音に続き、母の錐《きり》のような悲鳴が耳をつんざく。

（ユジン）

男の歌声はずいぶん前にやんでいた。辺りはこの上ない静寂に包まれている。闇の中で、風がビュンと音を立てて疾走しているばかり。

はっきりと見たのに。

寒く、怖く、恐ろしい。

日記メモの中から、母の声が流れ出てきた。

もうたくさんだと叫びたい気持ちだった。こんなに多くの声と幻がぼくの前でちらついているのに、それを時間順につなげる糸がないとは。ぼくは日記メモに片方の頰をつけてうつ伏せた。机に並べたものが、ベルトコンベアで運ばれていくように一つずつ、ゆっくりと視界を過ぎていく。剃刀、真珠のピアス、屋上の鍵……。顔を上げた。生まれて初めて見るかのように、真新しい心持ちでMP3とイヤホンを見つめた。最初から始めればどうだろう、つまり昨夜部屋を出る直前から。

MP3を手に取り、電源を入れる。プレイリストはヴァンゲリスの「楽園の征服」で止まっていた。最初から順に聴いたなら、きっかり一時間五十二分でこの曲に至る。ぼくの記憶は間違っていなかった。十時十分ごろに家を出て、天の川展望台を回り、午前零時ごろ防潮堤の横断歩道に到着したあと、曲を切ったのだ。

プレイリストを最初に戻して、イヤホンを耳に挿す。目を閉じて頭の中の時計を昨夜にセットする。リビングの柱時計が十度鳴っていたあの時点に。椅子の背にもたれ、プレイボタンを押す。鼓膜を弾く打撃音とともに、最初の曲「The Mass」が始まる。

リビングの柱時計が十度鳴った。十時ちょうど。

母が寝室に入って三十分が経った。ヘジンはまだ戻らず、ぼくが頭を抱えてベッドに伏せてから三十分になる。頭痛のためではなく、抑えられない暴走癖のために。薬を中断して四日目、野良犬のように町を彷徨い始めたのは三日前からだ。二度と屋上から出かけまいと決めてまだ一日も経っていない。頭の中で青組が、今日だけ遊ぼうとそそのかしている。かすかに残った酒の勢いが、それを猛プッシュする。

堅いこと言うな。誰かに危害を加えるわけでもなし、ひとりで楽しむだけだろ。マスターベーションと何が違う。それに、二日連続で無駄足を踏んでる。始めてなけりゃ話は別だが、ハン・ユジンの人生に途中放棄なんてないはずだ。

ぼくは寝返って上を向いた。両手を組んで首の後ろにあて、日付を計算する。LEET試験を控えていた八月と、その数カ月後の十一月、面接口述試験を目前にして、さらに、それからひと月も経たないうちに理由もなくまた薬を中断した。副作用に耐える期間が徐々に縮まっているわけだ。このままだと、まったく薬を服まなくなるかもしれない。結局は、発作を起こすか、その前に母に気づかれるか、二つに一つだろう。

つまり方法は一つ、今日出かけるしかない。でなければ、明日も薬を服まない公算は大きい。危険がいっそう増すわけだ。悪事を続ければいつか捕まると言うではないか。今日を最後に、ぼくにできる限りの、あるいは母の望む最善の人間になろう。明日かあさって、とにかくほどよい日から。

そう決めると、すぐにベッドを出た。たんすを開けて必要な服を取り出し、すばやく着替える。黒いタートルネックのセーターにジャージのズボン、靴下、中に着るキルトベスト、「課外」のパーカー、ラテックスの手袋、屋上の鍵とエントランスキーをパーカーの左ポケットに入れる。マスクをつけ、MP3をパーカーの右ポケットに入れて、イヤホンはクリップで耳の下に固定し、パーカーのフードをかぶって顎の下で紐を結ぶ。最後に、浴室の天井からランニングシューズと剃刀を取り出す。剃刀はこれまで一度も持ち出したことがない。最後のために取っておいたのだ。きっと、間違いなく、今夜が最後になるはずで、これ以上取っておくこともないのだからと、パーカーのポケットに忍ばせる。それだけで、すでに胸が高鳴った。

部屋の鍵を閉めて、階下に耳を澄ませる。家の中はしんと静まり返っている。母は眠っているに違いない。どうかこのまま起きませんように……。置き時計を確認する。十時十分。シューズを履き、ガラス戸を少し開けておく。イヤホンを片方の耳に挿す。最初の曲「The Mass」が始まった。「ズン、ズン、ズン、ズン……」

雨脚はかなり強い。事物がまったく区別できないほど辺りは暗く、霧はいつもの倍ほども濃い。そのため、目を閉じているのと変わらなかった。つま先を杖代わりに、地面を探りながら少しずつ進み、パーゴラの明かりを点ける。視野が開けると、次のようなステップを踏んだ。鉄扉に向かい、鍵で錠を開け、かんぬきを抜き、非常階段に出て扉を閉め、再び錠をする。

片耳で音楽を、片耳でハローの吠え声を聞きながら、階段を駆け下りる。ガードマンの警笛を覚悟してでも階段を選んだのは、エレベーターの監視カメラよりは危険度が低いからだ。のちのち母にばれても、最低限の言い逃れはできるように。ハローは一階に着いてやっと鳴きやんだ。残りのイヤホンを耳に挿して、エレベーターを振り返る。こんな夜更けに懸命に落下中だ。十三階、十二階……。何階から誰が下りてくるのか知らないが、顔を合わせるのは嬉しくない。ぼくはエントランスの監視カメラに後頭部だけが映るよう、頭を深く下げて外へ飛び出した。外へ出るなり、全速力で走り始めた。

ホットク屋に到着したとき、四曲目の「Cry for the Moon」が始まった。防潮堤越しの闇の中では、波がけたたましい音を響かせながら寄せては返している。道路は不気味なほど静かだ。まれに行き交う車のライト以外に動くものはない。ホットク屋は閉まっていた。考えるまでもなく、早々に店じまいした理由は「泣きたくなる夜、雨が降っている」だろう。

　ホットク屋の前にしゃがみ込み、シューズの紐をきつく結ぶ。そして、ウサイン・ボルトのごとく飛ぶように駆けた。おかげで展望台の前で立ち止まったときには、エンジンがオーバーヒートしていた。頭が熱く、あばらがひきつるほど息苦しい。わき腹も痛み、ふくらはぎは陸と島をつなぐ橋のようにぴんと張っている。

　ぼくはよたよたと展望台のふもとへ下りていった。特等席であるセーフティーフェンスに腰かける。大気の澄んだ夜なら、正面に新市2地区の明かりが見えただろう。星座を探すように、数多《あまた》の明かりの中からホットク屋の明かりとわが家の明かりを探し出したことだろう。それほど防潮堤は近いところにあった。直線距離なら陸路の三分の一ほどだろうか。今は瞬くサーチライトの明かり以外、何も見えない。

　雨脚はますます強くなっているようだ。風がジャブを打つように四方から吹き付ける。それでもその場に居すわって、六分の曲を最後まで聴いた。忘れたころになると現れる、巡回のパトカーのせいだった。彼らの目に留まっていいことはない。ぼくは背中を丸めたまま、パトカーが通り過ぎるのを待った。すると、すぐさま別の車のライトが現れた。家出した嫁でも捜しているのか、ハイビームを点けて公園を隈なく回っている。車が公園を出て行くと、MP3を取り出して時間を確かめた。十一時二十一分。

　明かりが橋の向こうへ完全に消えるのを待って、体を起こした。フードの紐を結びなおし、来た道を戻り始める。来たときとは異なり、音楽に合わせてロードワークをするように軽やかに走る。防潮堤に着いたとき、十五曲目の「楽園の征服」が始まった。零時を二分過ぎていたが、まだ最終バスは到着していないはず。ここまでバスを一台も見ていないのだから。

ぼくはホットク屋の裏へ回った。木材の基礎にビニールをかぶせてつくった屋台と防潮堤の手すりのあいだには、人ひとりが入って座れるぐらいの狭い空間がある。そこはいくつかの点で、川辺の歩道に並ぶ街灯の陰に似ている。街灯と街灯のあいだであるため、裏側が暗いという点。海霧が二重の遮断幕になってくれる点。街灯の陰が遊ぶのにもってこいだとすれば、ホットク屋の裏は遊び相手を待つのにもってこいの場所だった。

海を背に手すりに腰かけると、びゅんと海風が吹きつけ、背中を叩いた。雨は斜めから頬を殴りつける。手すりの下方、見えないところでギイギイと音がする。渡し場の船が波に乗り上げて悲鳴を上げているのだ。深い霧の中では、展望台のサーチライトが原色のダンスを踊っている。音楽は山場を迎え、ぼくは足でリズムをとる。いつもよりずっと興奮し、浮き立っている。理由ははっきりしない。運動後の神経回路に残るドーパミンのせいなのか、音楽の鉄を焼き入れするかのような原始的な趣《おもむき》のせいなのか、最後の日に出会う最後の相手への期待のためなのか。

「楽園の征服」が終わるころ、最終バスが現れた。いつもより五分遅い到着。ぼくはMP3を止め、イヤホンを取ってパーカーのポケットにしまった。バスが停留所に停まると、血液が耳の中の血管をドクドクドク、と打ち鳴らし始めた。誰かしら降りるだろう。下車する客がいなければ、停留所に停まることもないはず。明るいバス内に立つ人影が見えると、喉の奥からぞくぞくと寒気が這い上がってきた。魅惑と緊張がぶつかる瞬間。女か、男か。

両方だった。女と男。視界が悪くてもそのくらいは区別できる。拍子抜けした。雨が降り、霧が立ち込め、道はがらがらで、ぼくは十四キロ走ったあとも力を持て余していて、残る二キロを一緒に遊んでくれる道連れさえいればパーフェクトな夜なのに、最終バスを降りたのがよりによってひと組の男女だとは。

　バスは停留所を離れ、闇の中へ消えていった。まもなく女がピンク色の傘を手に、ぼくの可視圏内に入ってきた。長い髪、赤紫色のコート、ミニスカート、ヒールの高いブーツ、女は後ろの男をちらちら見ながら、急ぎ足で歩いている。男とは見知らぬ関係のようだ。運よく道連れを得て喜んでいる表情でもない。むしろ道連れを不安に思っているようだ。

　かなり離れたところにいるぼくの目にも、男はまともな人間には映らなかった。油槽タンクのように大きな腹に酒をいっぱいに詰めた、スーパーサイズの酒樽のように見える。薄いビニールの雨合羽を着た体が、一歩動くたびに浮きのようにぐらぐら揺れた。二歩に一歩はがくんと膝が折れる。まっすぐ歩くことさえできず、左右を往復しながら。そんな中、便器のふたほどもある手で、お椀のふたほどしかないビニール傘を開こうと苦戦している。傘は半ば持ち上がっては下がり、開きかけてはしぼんだ。ついに開いたと思った瞬間、海から吹きつけた突風で裏返ってしまった。その瞬間、かつては青々とした木々に覆われていただろう彼の禿《は》げ山に、雨が総攻撃をかけた。酒樽は裏返った傘を「クソみたいな傘」と命名したかと思うと、雨に向かって似たような悪態をついた。ちくしょう、クソみたいに降りやがる。

　酒樽は手の平で頭の水気をぬぐい、レインコートのフードをかぶった。単純な男だ。雨からの攻撃を防いだとたん、すぐさま機嫌を直すと、よく通る声で歌い始めた。

「忘れられない雨の中の女《ひと》　彼女のことが忘れられない……」

　そのあいだに、女は横断歩道を渡っていた。肩の上にぴんと差したピンクの傘が、「私に近寄らないで」と警告していた。むろん、酒樽の目に入るはずもない警告だが。彼は裏返った傘を必死でもとに戻そうとしながら、女のあとをついていく。二人は中央分離帯の辺りで、霧の中へ溶けるようにして見えなくなった。

彼方から酒樽の歌声が聞こえてきた。

「降り落ちる雨粒を見ながら　黙って静かに歩いたね……」

ぼくもホットク屋の裏から出た。信号は赤だったが、時間が時間だけに、かまわず横断歩道を渡った。気が抜け、間が抜け、力まで抜けた。酒樽に自分のものを奪われた気がして、はらわたが煮えくり返った。もしも明日まで薬を中断したとしても、そうして深夜にまたも暴走癖が発動して家を飛び出したとしても、それはぼくのせいじゃない。すべて酒樽のせいだ。

河口縁の道の入り口で、もう一つ横断歩道を渡った。川辺の歩道に上がると、反対側、近隣公園側の歩道から響く酒樽の歌声が聞こえた。さっきの倍ほども迫力のある声。霧の中を見え隠れする酒樽の影も見える。女は二車線の車道を歩き、車が来たときだけ歩道の縁石に上がった。酒樽と一緒に歩くのも怖いが、すっかり離れてしまうのはなお怖いといった様子で。

ぼくは彼らのことを忘れた。ポケットから剃刀を出して開いたり閉じたりしながら、予定されていた悩み事に集中し始めた。明日もう一日出てくるのか。今すぐ戻り、きっぱりあきらめて薬を服むのか。東津第1橋が見える地点で、しばし足を止めた。二車線の車道を歩いていた女が、きゃっと悲鳴を上げたのだ。次の瞬間、彼女は向きを変えてこちら側の車線へ走り始めた。あちら側の車線の真ん中で、酒樽がズボンをすっかり脱ぎ、いちもつを消防ホースのように振り回しながら小便をまき散らしている。そのあいだも、舌のもつれた声で歌声は続く。

「黄いろおおいレインコートに　黒いひとおみ　忘れられえなあい……」

女はピンクの傘を揺らしながら、ぼくの五メートル手前の歩道にひょいと飛び乗った。ぼくはすでに街灯の裏に入り込んでいた。立ち止まって肩で息をしている彼女を、黙って見つめた。女の表情からすると、不安が赤い目盛りを一気に越えたらしい。落ち葉一枚にも飛び上がって逃げ出しそうだ。

こうなると話は違ってくるな……。顎の下で血がどくりとめぐった。反対側の車線ではクラクションが響いていた。防潮堤のほうから一台の乗用車がハイビームを点けて左折してくる。酒樽はズボンをずり上げ、のろのろと霧の向こうへ引き下がった。当然、完全に引き下がったわけではない。車が通り過ぎると、もといた場所に再び姿を現した。消防ホースの代わりに、裏返しになった傘を振り回しながら、二車線をジグザグに歩き始めた。歌声はますます大きくなる。歌というより、象の鳴き声を聞いているようだ。

女は酒樽に視線を留めたまま歩き始めた。一歩進むたびに、呼吸がぷつぷつ途絶える。靴は鋭く不安なうめき声を上げている。ぼくはポケットからラテックスの手袋を取り出してはめた。彼女と足並みを揃えて、彼女の影のように動き始める。彼女が走ればぼくも走り、立ち止まればぼくも立ち止まる。いつの間にか中央分離帯の辺りまで来ていた酒樽は、東津第1橋が見える地点でこちら側の一車線へ移った。これといって大きな意図はないようだった。近隣公園のわき道から飛び出してきた乗用車が左折して一車線に入ってきたとたん、これを避けようと右往左往した結果のように見えた。

乗用車はすぐに二車線に入ると、路肩に車をつけた。駐車スペースを探しているのか、まばゆいハイビームを点けたままのろのろと前進している。車種やナンバープレートまではっきり見えない。ぼんやりと浮かぶ輪郭から、白い車ということだけはわかった。酒樽はこちら側に渡ってきたきり、あちら側を忘れてしまったようだ。「雨の中の女」を捜して、そろそろと歩道へ近づいてくる。女は立ち止まると、出し抜けに街灯の陰へ飛び込んだ。まもなく、酒樽がひょいと歩道へ上がった。東津第1橋の十メートルほど手前の地点で。

ぼくは頬に熱い血が昇るのを感じた。女はすぐ目の前にいる。手を伸ばせば触れられるほどのところに。弾む息が聞こえる。あばら骨が動く音まで聞こえるようだ。女のうなじから汗のように酸っぱく、香水のように鮮やかなアドレナリンの匂いがした。これほど近くに、これほど刺激的な匂いを嗅いだのは、暴走癖を発病して以来初めてのことだ。

胸郭がひきつる。胃はボールのように収縮する。頭の中に、数え切れないほどくり返してきた想像が蘇る。あとを追い、気づき、追いつき、逃げ、追いかけ、隠れ、捜し出し、対面し……。剃刀はめいっぱい開かれた状態で、右手の中にあった。

道向かいの車は、交差点のほうへと遠ざかっていく。東津第1橋の入り口にやってきた酒樽が、ぴたりと足を止めた。女を捜しているのか、体をぐるりと一周させながら辺りを見回していたかと思うと、意外にも橋に足を踏み入れた。やがて歌声も、それに従うように川を渡り始める。もし自宅に向かっているのなら、酒樽は新市2地区の住民ではない。川向こう、新市1地区の住民だ。純粋に、女のあとを追って河口縁の道に入ったというだけで。下心丸出しの無頼漢だ。

女は酒樽が橋を半分以上渡ったのを見届けると、長いため息をついた。緊張がとけたようだ。もともとグズなのか、酒樽に驚いて勘が鈍っているのか、背後の無頼漢には気づかなかった。握りしめていたハンドバッグを肩にかけ、街灯の陰から一歩歩道へ出るまでは。

街灯の明かりのもとに出ると、女ははっと立ち尽くした。袖一つ掠《かす》めていないが、ぎくりと体をこわばらせる様子がそっくり伝わってくる。傘がそっとわきにずれ、女の顔がそろそろとこちらを振り向く。その目が、まっすぐにぼくの目を捉えた。ぼくは彼女の耳についている真珠のピアスを見つめた。世界から音が一つ、二つと消えていく。酒樽の歌声、雨の音、風の音、川が渦巻いて流れる音までもが。指先がぴりぴりとしびれてくる静寂。血を躍らせる沈黙だった。

女は前に向き直った。一つに束ねた髪が主の動きに伴って回転し、ぼくの顔を叩いた。女の体が車道のほうへ一歩飛び出した。アッという短い悲鳴が響く。絹を裂くような声。交感神経に行動開始を命じる声。

ぼくは街灯の外へぬっと出ると、悲鳴に向かって手を伸ばした。頭がそうさせたのではない。手が勝手に髪をわしづかみにし、乱暴にひねって街灯の陰へ引きずり込むと、顎が上向きになるように押さえつけた。同時に、剃刀の刃が女の顎の下へもぐった。悲鳴がぴたりとやんだ。ガラス張りのような静寂がぼくたちを閉じ込めた。

女の目はかっと見開かれていた。開いているが、見えてはいない目。頭との交信が切れてしまった目だ。


ぼくは髪の毛を引っつかんだまま見守った。女の頭の中、人間の脳でもっとも古い危険感知器といわれる「爬虫類脳」が真っ赤にほてるのを。あまりに強烈で痛みさえ感じられる、生命の差し迫った緊張を。

火の手のような興奮が神経節を伝って全身を駆け巡る。息が乱れる。できることをしないなんてことは到底不可能で、めまいが襲う。ぼくが刃を握っているのではなく、刃がぼくの手をつかんで女の中へと引っ張っているようだ。抵抗の許されない強大な引力。視界がわなわなと震え始める。刃を握る手がしびれ出す。音速を突破するような衝撃が襲ってくる。頭のどこかでガシャン、という音が響いた。わずかに開いていた、こちらの世界との通路が閉ざされた音だった。ぼくは自分が別世界の国境にやってきたことに気づいた。戻る道がないことにも、戻る意志がないことにも。

こんな瞬間を数え切れないほど想像してきた。その瞬間が訪れたとき、自分を制御する自信もあった。実際にその瞬間がくると、そんなことは不可能なのだと悟った。体も頭も、ひとえに交感神経の指示にのみ反応していた。そうしてあまりに容易く、あっという間に想像の境界を越えてしまった。

世界が消え去った。胃の中で暴れていた火の手が、性欲のごとく下腹部に放たれた。発火の瞬間だった。感覚の大域幅が無限大に拡がる魔法の瞬間。内なる目で女のすべてを読み取り、見、聞くことのできる全知の瞬間。すべてが可能になる全能の瞬間。

女の体が、ぼくの胸でぐったりとなった。耳もとで、急ブレーキを踏んで滑ってくる車の音が響く。続いて、まぶしい白色光が視界を覆う。ぼくは女を川に突き落とし、足もとの急流が彼女を呑み込む音を聞き、彼女の手を離れたピンクの傘が黒く塗れそぼる車道を転がっていくのを見、東津第1橋からかすかに響いていた「雨の中の女」がぴたりとやんだのに気づいた。とともに、母の鋭い悲鳴が夜道を揺るがした。

「ユジン」

昂ぶっていた心臓が、瞬時にゆっくりとした規則的なリズムを取り戻した。ぼくは街灯の陰に立ったまま、運転席側のドアをつかんで立っている母を見下ろした。小柄な体が、降りしきる雨の中で激しく揺らいでいる。わずか数メートル先の闇の中に立つ殺人犯がわが息子なのかどうか、確信できないでいる表情だった。

「ユジン……」

うめくような、低く、痛々しい声。ぼくは街灯の明かりのもとに飛び散った血が、雨水に押し流されて下水溝に運ばれていくのを横目で見ていた。後悔など浮かばない。恐怖も感じない。ただ、もっとも簡単にこの場を逃れる方法を模索していた。だから走った。ラテックスの手袋を脱いで川に投げ捨て、踵を返して、街灯の陰に沿って全速力で走った。東津第1橋の入り口を一足飛びに横切り、母が車で追いかけてこられない場所、大規模な工事現場が密集する町中に向かって。

足を止めたのは、骨組み工事を終えたあるマンションの一階。工事現場の入り口に薄ぼんやりと点る街灯があり、雨風にさらされたビニールシートがばたばたとはためく場所。ぼくは長いあいだそこに立ち尽くしていた。寒く、静かで、人影のない暗闇の中で、もっとも大事なことをしていた。刹那に近いその瞬間、女のすべてを目にし、聞き、感じることのできた全知の瞬間を思い返した。目に見えない川の流れを内なる目で見下ろした。開いた閘門を通って海に流れ込む女の体を想像した。

思い返し、見下ろし、想像するたびに、心地よい寒気が押し寄せた。ひたすら自分に集中するあまり、体が凍えていることにも、体力を消耗していることにも気づかなかった。手の平にあった小さく丸いものの突起をずっと撫で続けていたことにも。われに返ったときには、すでに脱力状態だった。思考は停まり、四肢はつららのように硬く凍りついていた。本能だけが眠ることなく、懸命にささやきかけてきた。

しっかりしろ。家に帰る時間だぞ。

マンションの小門までどうやって戻ったのかわからない。確かなのは、母の車と出くわさなかったということぐらい。パトカーとも鉢合わせしなかった。遅まきながら酒樽のことが思い出されたが、大して気にもならなかった。彼が目にしたものなど、ないに等しいはずだ。母の悲鳴を聞いただろうこと、ともすればぼくの名前を聞いたかもしれないことはあえて無視した。この国にユジンという名の男がぼくひとりというわけでもあるまい。集めれば軍団の一つぐらい優につくれるはずだ。

母もまた「ぼく」だと確信できないはずだと信じたかった。ぼくたちは幅三メートルもの歩道を挟んでいた。母は街灯の下にいたが、ぼくは暗闇の中にいた。母に呼ばれたとき返事をしたわけではなく、顔を突き合わせたわけでもない。ぼくだとどうしてわかったのかは知らないが、今は何も考えたくない。何かを考えるには心身ともに疲れきっていた。

　ぼくは頭を垂れたままエントランスを通過した。ハローの吠え声を聞きながら階段を駆け上がり、屋上の鉄扉の前に立つ。手に何かを握りしめていることに気づいたのは、そのときだ。手を開くと、小さく白いものが現れた。それが何かに気づくのに、長い時間は要さなかった。女を川に突き落とす直前、耳もとからかっさらった真珠のピアスだ。なぜそうしたのかはわからない。わからないから理解もできない。頭でなく、手が勝手にしでかしたことだと結論づけるしかなかった。

　ぼくはパーカーのポケットにピアスを突っ込み、屋上の鍵を取り出した。あたかもそのときを待っていたかのように、足もとで玄関ドアが開く音がした。まもなく、母の声が聞こえてきた。

「ユジン」

#

　忘却は究極の嘘である。自分自身に向けた完璧な嘘。ぼくの頭が出せる最後のカードでもある。昨夜ぼくは、正常な頭では受け止めきれないことをしでかし、その解決策として忘却を選び、自分自身を騙してまぬけな一日を送ったというわけだ。

　すべてを知った今になって、ぼくは、自分が殺人を犯すだろうことを予感していたような気がする。だから、河口縁での危険な遊戯をやめろと自らに言い聞かせていた。それでも続けたのは、想像の境界を越えはしまいという自信があったから。それだけ、ぼくの社会的自我は確固たるものだと信じていた。楽しいひとときと人生を引き換えにするほど分別のない人間だと思わなかった。自分に対する過大評価、自分を制御できるという愚かな考えが、昨夜、運命の手にこの首を差し出させたのだった。

これらすべてに、母はずっと前から気づいていたのかもしれない。しきりに尾行しようとしたのはそのためだろうか。母はこの事態をどう片づけるつもりだったのだろう。

(ユジン)

昨夜非常階段で聞いたその声を、何度も思い返してみる。いつもと違っていたところは? さほど変わらなかった。母親が息子を呼ぶというより、先生が教え子を呼ぶに近い声、平静と落ち着きをまとった普段どおりの口調。もしそれ以上にやさしい感じを受けたなら、何を企《たくら》んでいるのかと疑ったはずだ。脱力状態ではあったが、バカになったわけではなかった。反対に、怒りに満ちた声だったならすぐさま逃げ出していただろう。疲れきり、寒く、行き先も金もないという事実は、そのとき考慮の対象にならなかったはずだ。怒れる母ほど危険なものはこの世にないのだから。少なくともぼくにとっては。ぼくを尊属殺人犯にした昨夜の事件がそれを裏付けている。

(ユジン)

二度目にぼくを呼ぶ声から、ぼくはこんなメッセージを読み取った。私は何も見ていない。見ても見なかったことにするわ。玄関ドアのほうへ下りていきながら、ぼくは十年前の出来事を思い出していた。競技中に発作を起こしたその日、地下駐車場で意識を失っていたぼくを車に乗せて、ひそかに競技場を抜け出した母を。今度も同じことをしようとしているのだと思った。ぼくが癲癇患者であるという事実を見事に抹消したその能力に期待していたのかもしれない。

今になって不思議に思えた。母がぼくを通報しなかった本当の理由は何か。なぜ家で待っていたのか。自首させようと? ぼくの記憶では、母は自首の「じ」の字も口にしていない。

(悔しいことなんかないわ。おまえが死んだら、私もすぐにあとを追うから)

ぼくを壁の角に追い詰め、剃刀を握らせながら言ったことばに答えがあった。「おまえが死んだら、私もすぐにあとを追うから」は脅迫ではなく決定だった。ぼくを殺して自分も死ぬことですべてを闇に葬るつもりだったのだ。もちろん、決定的な物証を見つけ、自白させてから。家に入るなり態度が一変したことや、パーカーを脱がせてポケットを探ったのもそのためだろう。ことがおかしな方向に進んだのは、怒りで頭に血が昇ったせいだ。父の遺品が出てくるなどとは想像もしていなかったのだろう。ひょっとすると、死んだ父への侮辱と受け止めたのかもしれない。

となると、「どうやってぼくを殺すか」という問題が残る。力でねじ伏せられるとは考えなかったはずだ。ぼくは十五の子どもではない。二十五歳、それも元スポーツ選手だったたくましい青年だ。仮にヘジンと母が二人がかりでかかってきても、ぼくをすっかり制圧するのは難しい。ぼくが死ぬのを拒めば、母にぼくを殺す手立てはない。食事に毒でも仕込めば話は別だが。いや、実際にそうしようとしていたのではないか。暴れ狂う猛獣だって食べずにはいられないのだ。

はたと思考を止めた。さっきから、コードレスホンが怒り狂うスズメバチのようにがなりたてている。ヘジン？　おば？　サイドテーブルまで行き、受話機を取った。０３２で始まる有線電話の番号が表示されている。知らない番号だったし、知らない人間と通話する気分でもない。ぼくは受話機をドックに置き、もといた椅子に戻った。がなりたてるベル音を聞き流しながら、机の上の母の持ち物を見下ろす。日記かメモかわからないノート、寝巻きのワンピースのポケットから見つけた場違いな車のキー……。

昨夜、河口縁の道で会った母は白いワンピース姿ではなかった。正確な服装は思い出せないが、スカート姿でなかったことは確かだ。白いワンピースは、家に戻ってから着替えたものだろう。使ったものは必ずもとの場所に戻す母の性格からして、「ワンピースのポケットにある車のキー」は使用済みのものではない。これから使おうとしていたものだ。ぼくを車に乗せてどこかへ行くためのもの。たとえば海だとか、川だとか、確実に死ねる場所へ。その前に、車のドアや車窓はロックしておかねばならない。車から脱出することが可能なら、母だけが死んでぼくが生き残る確率はずいぶん高いのだから。

初めてつじつまの合う筋書きにたどりつけた気分だった。母がぼくより非力でもかまわないという点、ぼくに抵抗する余地がほとんどないという点、あらゆる問題が一度で解決するという点で。ぼくたちが交通事故で死んだ場合、ぼくが殺人犯として逮捕されることはない。母が殺人犯の母親と呼ばれることもない。母が目にしたことは亡き者たちの秘密、殺人事件は生者たちの謎として残るだろう。あるいは、防潮堤のバス乗り場の監視カメラに女と一緒に映っているはずの酒樽がすべての罪をひっかぶるか。酒樽は河口縁の道に第三の誰かがいたと主張するだろうが、そんな話は通るはずもない。河口縁の道にはその「誰か」を証明してくれる監視カメラも、目撃者もない。彼が「女のあとをついてはいったが、何もしなかった」という事実を立証するのは簡単ではないだろう。

もう一度まとめると、ぼくは母が見ている前で殺人を犯し、母はぼくを警察に預ける代わりに心中しようと計画したが、剃刀を見て頭に血が昇ったせいで、自分ひとりが死ぬことになった。これが昨夜の事件の全貌だ。

とはいえ、疑問がすべて解けたわけではない。まず、母の服装だ。これから死のうというときに選んだのが、なぜよりによってぼくがプレゼントした白いワンピースだったのか。息子がくれた服に身を包んでともに死のうと思って？　いかにも涙がちょちょぎれそうな話だが、まったくありえない話でもない。父にもらった、手の平型の飾りがついたアンクレットを十六年間も足につけている人間だ。

母がなぜ日記メモを残したのかも疑問だ。ぼくと一緒に交通事故で死のうとしたのなら、日記を消し去って然るべきだ。もしやヘジンのために残しておいたのだろうか。ぼくたちがかくかくしかじかの理由でやむなく先立つことになったと知らせるために？　それにしては日記メモはあまりに不親切すぎる。なんの脈絡もなく事実だけを記した記録から、ヘジンが何を理解できるというのか。ぼくには見えない行間をヘジンが読み取れるとすれば、一つの前提が必要だ。

母が知っていることをヘジンも知っている。

二人はそこまで親しかったのだろうか。ふと、ヘジンと母が初めて会った二〇〇三年を思い起こした。

中学生になって初めての中間テストがあった日。ひと月に二度ある、おばの病院での受診日でもあった。

ぼくはホームルームが終わると、校門へ急いだ。母が迎えにくることになっていた。約束時刻は一時、診療予約時刻は二時、母が現れたのも二時だった。

遅れた理由についての説明はなく、代わりに急いで車を走らせた。そのせいで、バスの前方から廃紙を載せたリヤカーを引いて飛び出してきた老人に気づかなかった。ブレーキを踏んだときにはすでに遅かった。道路をひっかくタイヤの音と、ドンッという追突音が同時に響き、老人は前のめりに車体の下へ消えた。リヤカーはまっさかさまにひっくり返って、道向かいのバス専用停車スペースまで滑っていった。廃紙とダンボールが鳥の群れのように散らばった。進入してきていたバスが次々に停まった。通行人と下校中の生徒たちが集まってきて、老人を取り囲んだ。母はハンドルを引っこ抜かんばかりに握りしめ、フロントガラスをにらんでいた。

「母さん」

二度呼ばれてやっと、母は夢から覚めたばかりの人のように目をしばたたいた。

「早く出てみたほうが」

母はシートベルトを外し、車から降りた。ぼくもついて降りた。ボンネットの真下に、のっぽでガリガリの老人が倒れていた。ぶかぶかのズボンの中の脚は、奇妙な形に折れている。加えて、息をしていないようだ。ぴくりともしない。ぼくは老人が死んでいるものと思いながらも、そばにしゃがんで肩を揺さぶった。

「おじいさん、起きてください」

老人は眠りから覚めるように、やおら目を開いた。次の瞬間、貧相にすぼんだ口から雷鳴のような悲鳴が飛び出した。

「ヘジン」

老人は体を動かせなかった。救急車が到着し、最寄りの病院の救急センターに運ばれるまで、左脚をつかんで息苦しそうにわめき続けた。

「ヘジン、ヘジンはどこだ。わしは死ぬかもしれん」

幸いにも生死を分けるような傷ではなかった。看護師が何か尋ねるたびに「ヘジン」と叫び、全身から酒の匂いを漂わせ、片脚がぽきんと折れてはいたが。筋肉断裂を伴う複雑骨折であるため、入院と手術が必要だという。不幸中の幸いは、頭や腰は無事だったこと。頭のほうもしっかりしているように見えた。看護師や医師、警察の質問に即刻かつ明確に答えた。

「言っとるじゃろ、何もかもあの女のせいさね」

母は「バスの前から急に飛び出してこられたもので……」と口を挟んだことで、三十分にわたって罵声を浴びせられた。その目はなんのためについてるんだ、女のくせにぷらぷら車なんか運転してるから必死で生活してる人間の脚を折るようなことになるんだ、わが家の家計は自分にかかっているのにどうしてくれるのだ、雌鶏《めんどり》歌えば家どころか国家経済まで破綻すると言うだろう。そんな最中、ふと、救急センターのドアに向かって手を振りながら叫んだ。

「ヘジン、ここじゃ、わしはここにおる」

ぼくと同じ制服を着たひとりの男の子が「おじいちゃん」と言いながら駆け寄ってきた。まさかと思い聞き流していた「ヘジン」が、このヘジンだった。まさかと思っていた老人が、ほかでもないこの老人だった。

「大丈夫？」

ヘジンは老人の腕と脚に巻かれたサポーターを見やりながら訊いた。老人は木の枝のような指で、ぼくと並んで立つ母を指差した。

「そちらさんに訊くがいい。そこの女がわしをどんな目に遭わせたか」

ヘジンは母を振り返った。母はしきりに前髪をかき上げていた手をぴたりと止めた。口が丸く開いたかと思うと、きっと閉じた。何か言いかけてやめたように。

ぼくは母の反応を興味深く見守った。今しがたどんなことばが飛び出しかけたのか推測しながら。

あまり感情を露わにしない母の目は、ヘジンを前にして揺れていた。いや、「揺れている」はオブラートに包んだ表現かもしれない。老人の体につけられた心電図モニターのグラフのように、上下に跳ねていた。

老人とぼく、行き交う人々、ここが病院の救急センターという事実さえもすっかり忘れた目だった。その心情は察するに余りあった。入学式で初めてヘジンを見たとき、ぼくも同じだったから。

その日ヘジンは、全校生のスターだった。そろそろ入学式が始まるというとき、高らかな声が講堂に響いた。ヘジン、おおい、ヘジン、わしはここじゃ。

講堂は波を打ったように静まり返った。数百対《つい》の目が老人と少年に突き刺さる。保護者席で中腰になって熊手のような手をぶんぶん振る老人と、顔をポストのように真っ赤に染めて後ろを振り向く少年。

ここじゃ、ここ、と言いながら、老人は席から立ち上がった。半世紀も前に自分の結婚式で着たのではないかというスーツ姿。あまりに痩せていて、スーツの袖に入っているのは腕でなくはたきのようだ。ポストと化した少年は、手を左右ではなく上下に振って見せた。わかったから座っててよ、というふうに。

真後ろに座っていたぼくは、少年の顔から目が離せないでいた。あやうく「兄さん」と呼んでしまうところだった。似ているなんてもんじゃない。瓜二つだった。おとなしそうな茶色い目、カールのかかった髪、見るからに優等生といった雰囲気まで、兄にそっくりだった。思わず視線を下げ、少年の名札を見た。

キム・ヘジン

最後のふた文字がぼくと同じだった。苗字も同じだったら、間違いなく兄弟のように思われる名前だ。もしや母の隠し子ではないのかと思った。母もまた同じだったろう。自分も心当たりのないわが子に再会した気持ちだったはずだ。もしかすると、ヘジンを見た瞬間、母の口から飛び出しそうになったのは「ユミン」だったのかもしれない。

「あなたがヘジン？」

母はかろうじて口を開いた。声の端々も、眼差しと同じに震えている。ヘジンは「はい」と答え、そばに立っていたぼくのほうへ視線を移した。ぼくたちはこれといった表情を浮かべることもないまま、しばらく見つめ合った。

「あなたたち、ひょっとして知り合いなの？」

気まずい沈黙を破ったのは母だった。

「同じ制服を着てるけど」

ぼくはヘジンと目を合わせたまま黙っていた。ヘジンには答える暇もなかった。老人に呼ばれ、ヘジンの関心はすぐにそちらへ戻った。

「何してる。看護師さんを呼んでこないか。わしゃ死にそうだ」

その日ぼくはおばの病院に行けなかった。老人が病室に入ったのが夜の八時。母は保険会社がやるべき後始末を進んで引き受けた。上等な病室にしてもらい、手術を少しでも早く受けられるよう口を挟み、老人のストレッチャーを押しながら放射線室、検査室、病室までついて回った。下心が見え見えの行動だ。ヘジンと離れたくなかったのだろう。ヘジンに、自分がどんな人間なのか見せてやりたかったのだ。あなたのおじいさんの脚を折ってしまったけど、私はそんなに悪い人間じゃないのよ。

「ユジン、あの子と知り合いなんでしょ？」

帰り道、母が訊いた。ぼくは「うん」と答えた。それ以上の説明を待っている様子だったが、ぼくは口をつぐんだ。なぜか意地悪な気持ちになり、母の望む答えを返してあげたくなかった。

「同じクラスなの？」

ぼくはまた「うん」と答えた。

「仲良くないの？」

「うん」

「あの子もずいぶん背が高かったけど、席は後ろのほう？」

「うん」

「それでも仲良くないってこと？」

それがどうしたというのか。近くの席なら必ず仲良くしろと憲法に定められているとでもいうのか。

「あの子のほうから話しかけてこないの？」

「うん」

「あなたのほうからも？」

「うん」

母は頷いた。その後は無言だった。終始夢を見ているような表情だった。家に着いてぼくが「おやすみ」と言うまで。

思えばこの十年間、ヘジンは母にとってヘジンではなかった。ユミン兄さんだった。当然、ある種の秘密を話していた可能性もある。ただ、ヘジンにもそれが可能かどうかは別だ。ヘジンは歩くレントゲンだった。本音を隠すことのできない人間。母からどんな秘密を聞こうと、それは守られなかっただろう。ヘジンにとってぼくは、診療放射線科の医師なのだから。今日ヘジンから読み取った診断結果はこうだ。

何も知らない。

日記メモはヘジンのために残したものではない。時間がなかったり、どうしていいかわからず処理できなかったわけでもない。屋上のバーベキューグリルに入れて火を点ければそれで済んだはず。数分かからずして、安全に、完全に灰になるのだから。そこでぼくは、昨夜母が電話をかけた二人目の人物を思い浮かべた。おばなら、ぼくのすべてを知るおばなら……。

朝方、おばとの電話で交わしたことばを一つひとつ思い返してみる。特に何かを知っている様子はなかった。一様にこちらを様子見するような質問だった。なぜだろう。母がおばと通話したのは一時三十一分。推測するに、ぼくを捜し回ってから帰宅したばかりのタイミングだったのではないか。二人は三分間、なんの話をしたのだろう。母は自分が目にしたことをすべておばに伝えただろうか。どうしたらいいかと相談しただろうか。迷わず、否、という結論が出た。そうしていたなら、おばが今まで黙っているはずがない。すぐさま通報するか、警察を引き連れてうちに殴りこんできたはずだ。

頭が痛い。頭がこんがらがって、何を考えようとしていたのかさえ思い出せない。手遅れの後悔ばかりが胸にこみ上げてくる。ぼくはなぜ家に戻ってきたのか。戻ってこなければ母は死なずに済んだろうに。もう少し遅く帰宅していれば、結果は違っていただろうに。

日記メモから手を離した。指を開いて改まった気持ちで見入る。二十七の骨、二十七の関節、百二十三の靭帯、三十四の筋肉、感触を読み取る十の指紋。食事を摂り、体を洗い、水を掻き、愛するものを触っていた手、一夜にして殺人の道具と化した手。

ぼくは必死で頭を働かせた。難破した二十五年間のぼくの人生について、すぐそこに差し迫った人生の最終月について、自分にできることとできないことについて。その数多の考えの中にぼくを救ってくれる祈りのことばなどなかった。希望はぬるぬる滑る石鹼のように手の平から抜け落ちた。水圧のように重く西風のようにひやりとした恐怖が体を締めつける。取って返すことも、収拾する余地もないという点で、絶望的な恐怖だった。

わずか数時間前までは、知らねばならないと信じていた。推測するのでなく、自分自身に直接訊くべきだと思っていた。本当の自分を見るべきだと感じていた。ハローは自分がハローだと知らなくとも生きていけるだろうが、ぼくは人間だ。自分が誰なのか、何をしでかしたのか知らずして、この世を生きることはできないと思っていた。すべてを知った今、よけいなことだったと悟った。何を知ろうと、何をしようと、ぼくに残された道はないように思えた。母が恨めしかった。

腹が立ってもこらえればよかったのに。ぐっとこらえて計画どおりに進めればよかったのに。ぼくを母さんのとなりに乗せて海に突き進めばよかったのに。そうしていたら、知らなかったことを知らないままでいられたのに。こんなにやりきれない気持ちで自分を見つめることはなかっただろうに。ぼくの人生を破滅に追いやった、ぼくの中の敵と向き合うこともなかっただろうに。

頰を机にあてて伏せた。決定打に打ちのめされたボクサーのように身を預けた。目を閉じ、屋上で響く空っぽのロッキングベンチの音を聞いた。キイ、キイ……。はっと目を開いた。背後ではない。ベンチの音ではなかった。階下の、インターホンの音だ。ぼくは目だけを上げて、置き時計を確かめた。九時。

こんな遅くにインターホンを鳴らす人とは誰だろう。

ヘジンのはずはない、おばだろうか。警備員？　ひょっとすると、二十二階のハローの飼い主がエントランスの前で押しているのかもしれない。外出から戻ってエントランスキーがないことに気づき、家に誰もいないという理由で。しばしばあることだ。ぼくも二度経験している。

呼出音はしつこかった。机の上のものを引き出しにしまい、一階に下りてインターホンの前に立つまで、ピーピーと鳴り続けた。予想どおり、玄関ではなくエントランスからの呼び出しだった。予想と違ったのは、ハローの飼い主ではなかったこと。画面を確認すると、見知らぬ顔が現れた。男。黒い帽子に黒いジャンパーを着ている。

「どちらさまですか？」

スピーカーボタンを押して尋ねた。男は画面から一歩下がって気をつけをした。

「通報を受けて参りました。中に入れていただけますか」

男で隠れていた画面のわきから、同じ服装の男がもうひとり現れた。警察だ。両頬にぷつぷつと鳥肌が立つ。酒樽の顔がさっと視界を横切っていく。頭上からは母の声が聞こえてきた。

（さあ、どうするの？）

ぼくはインターホンから手を離し、一歩後ずさった。そうだね。どうしよう。逃げようか？　自首しようか？　いっそ死んでしまおうか？

第三部　捕食者

「群島署の者です。ちょっと失礼しますよ」

警官がぼくを押しのけて玄関へ入った。若そうだ。多く見積もっても三十代半ばほどだろう。もうひとりも似たような年恰好だ。手錠を持っていないだけで、いかにも犯行現場に現行犯を逮捕しにきたような雰囲気だった。表情からしても、隙のない高圧的な態度からしても。

「こちらにお住まいで？」

警官1が訊いた。ちょっと変わった質問だ。この家に住んでいるからドアを開けたんじゃないか。

「はい」

「今おひとりですか？」

今度も「はい」と答えた。三つ目の質問は「この家の主とはどういう関係か」。息子だと答えると、今度は主の名前を訊いてきた。ぼくはしばし言いよどんだ。なんだか風向きがおかしい。出動した目的がぼくなら、ぼくの身元から確認するはずだ。彼らは「この家」と「主」ばかり取り沙汰している。

「キム・ジウォンです」

母の名を告げると、警官1と警官2は目を見合わせた。「おや？」という声が聞こえてきそうな視線。続いて二人は同時に、ぼくのいでたちを目でなぞった。Tシャツ、ジャージのズボン、裸足。ぼくも彼らを見た。もしも酒樽があの夜のことを目撃していて、遅ればせながら正義感を発動して警察に通報し、「ぼく」を容疑者とするだけの状況が出てきたのなら、制服姿の警官が二人だけで来ることはないだろう。捜査チームが総出でやってきたはずだ。

「つまり、キム・ジウォンさんの息子さん、ということですか？」

警官1が訊いた。ぼくは頷いて問い返した。

「ご用件は？」

「身分証から確認させてもらえますか。ご本人の言うとおりなのか、まずは確かめたいので」

ワンテンポ遅い要求だった。安堵が胸をかすめる。ようやく確信できた。彼らはぼくを訪ねてきたのではない。酒樽の通報を受けて来たのでもない。キム・ジウォンを訪ねてきたのだ。つまり、昨夜の殺人事件とは特に関係ないのだろう。誰がどういうわけで「キム・ジウォンさん」を通報したのかはまだピンと来ないが。ぼくは玄関の内ドアの前に仁王立ちになった。

「ご用件から伺いたいのですが」

警官1は、半ば開いた内ドアをちらりと見やり、言った。

「先ほど、キム・ジウォンさんご本人から通報があったんです。家に泥棒が入って中に入れないでいるから、すぐに来てくれって」

「母が？」

努めてそうしなくても、訝しげな表情と声が飛び出した。この人たちは何を言っているのだろう。

「母なら黙想会にお祈りに出かけましたよ」

「黙想会？　いつのことです？」

「今朝です。ひょっとして、ニセの通報じゃありませんか」

「本人であることを確認して出動したんです」

そうだろう。やみくもに出動したりはしないはずだ。通報者の身元が確認できたから来たのだ。

「本人だという人の電話番号を教えてもらえますか？　母の番号かどうか確かめますから」

「それが、公衆電話からの通報でしてね。ひとまずお宅の身分証から拝見させてください」

警官を玄関に置いたまま二階に上がるのは気が進まなかった。その隙に、この招かざる客がどこをひっくり返すか知れたものではない。

「二階まで行ってこなきゃなりませんが。ぼくの住民番号を言えば身元が……」

「持ってきてください」

警官１が腕を組み、目を吊り上げてぼくを見上げた。くどい奴だ、という目で。

「ここでお待ちください」

ぼくはスリッパを脱いで、リビングに入った。階段の一段目に足をかけながら、横目でそっと玄関のほうを盗み見た。案の定、警官２が玄関の内ドアから首を伸ばして、家の中をきょろきょろと窺っている。ぼくは階段を二段飛ばしで駆け上がった。目の前に、ロッキングベンチに座っている母と、病院にいるはずのおばと、木浦駅に到着しているはずのヘジンの顔がちらついた。母が電話することは不可能だし、ヘジンは女ではない。母の声真似ができるとも思えない。ぼくはおばの額に傍点を打った。母の住民番号を知り、母と同年輩で、母のふりをすることが可能な人。通報した理由については追い追い、じっくり考えてみなければならない。

警官のもとへ戻るのに一分もかからなかった。住民登録証を警官１に渡した。彼は住民登録証とぼくを見比べ、警官２に渡した。彼はそれを受け取り、玄関の外へ出ていった。まもなく、無線で会話する声がドアの隙間から聞こえてきた。身元照会を頼んでいるようだ。その間、ぼくと警官１はじっと向かい合って立っていた。

「確認できました」

警官２が戻ってきて、警官１に登録証を渡した。彼はそれを受け取ると、もう一度表裏を見てからぼくに返した。

「じゃあ家族は全部で……」

「三人です。ぼくと兄と母の」

「ほかに同居人はいらっしゃらない？」

そうだと答えた。警官1はふいに思い出したように訊いた。

「そうだ、家にはいつから？」

「昨日からずっといましたよ」

「それならどうしてさっき電話に出なかったんです？」

「電話？」

問い返してから、さっきコードレスホンが鳴っていたのを思い出した。無視してしまった「知らない番号」は警察からの電話だったらしい。出動前に確認がてらかけたのだろう。公衆電話から通報したというニセの「キム・ジウォン」が、連絡先としてうちの電話番号を教えたらしいとの推測もついた。おばの額に打った傍点が、巨大ないぼのように膨らんだ。

「聞こえませんでした。トイレにいたかなんかでしょうね」

警官1は頷くと、名刺を取り出して差し出した。ぼくはそれを受け取った。群島警察署に所属する警官だった。

「お母様が戻られたら、すぐに連絡するよう伝えてください。ニセ通報の当事者となると、本人に来ていただくことになるかもしれませんから」

ぼくは内ドアの敷居に立って、彼らが玄関ドアを閉め退場するのを見守った。エレベーターが動く音が聞こえると、表のベランダへ走った。窓を開け、下を見下ろす。薄明るい霧の中で、回転灯がくるくる回っている。パトカーは一台きりで、まもなく裏門のほうへと消えた。

ぼくはもう一度おばを思い浮かべた。ぼくとの通話から一日も経っていないことを考えると、あまりに早い措置だ。ニセ通報は処罰の対象だと知らないはずもない。その上で警察を出動させたというなら、それなりの理由があったことになる。いくつか挙げてみた。

一．何かを知っているか、「何か」が推測できる何かを知っている。

二．「知っていること」が事実なのか確かめたいが、自ら来るのは怖い。

三．警察を出動させて家に問題がないか調べさせる。

おばはもっとも早く警察を向かわせる方法として、泥棒が入ったと通報する手を選んだのだろう。捜索願いを出すには自分の身元を明かさねばならないし、母が消えて二十四時間も経っていないのだから届け出が可能かさえも未知数だったはず。

ヘジンが家を出たころに記憶を巻き戻してみる。ヘジンが自室のドアを閉め、通話していた相手は明らかにおばだった。おばはヘジンに何を言ったのか。母について？　ぼくについて？

ヘジンに訊く以外に、知るすべはない。ただ、おばが何を懸念しているのかはわかる気がする。警察を出動させたことからすると、それは母の安否だ。ヘジンに電話をかけたということは、懸念の原因はぼくにあるということ。その「原因」を突き止めれば、おばの行動の理由もわかるはずだ。

ぼくは自室の机に戻って座った。日記メモを取り出し、二〇一五年を開く。その年の記録は二つ三つにすぎない。二〇一四年も、一三年も、一二年以前も同じ。

あの子がロースクールに行くという。あの子が復学した。あの子が公益勤務を始めた。あの子が休学した。あの子が我を通して法学部に入った。あの子が、あの子が、あの子が……。

「あの子」とはすべてぼくのことだ。あれほどかわいがっていたヘジンについてはひと言もない。あれほど恋しがっていたユミン兄さんについても。父のことは言うまでもなく、何が目的かはわからないが、徹底的にぼくを主人公にした記録だった。そのわりに特別な内容はない。ほとんどが一行足らずで、時折り登場する長い文は、ぼくも記憶しているか知っている内容だった。二〇〇六年四月まで来てやっと、それらに該当しない記録を見つけた。

四月二十日。木曜日。

毎日、毎秒、あの子の目が私に哀願する。ぼくを水の中へ帰して、と。わが子のそんな目に耐えたり無視できる母親が、この世にどれだけいるだろう。さっきヘウォンに電話して、水泳を続けさせてはだめかと尋ねた。予想どおりの返事が返ってきた。

だめ、また同じことが起こる。

わかっている。私にもわかっている。わが子のことを知らないはずがない。要するに、薬物治療をやめてはだめかと訊いたのだった。忘れてはならない、とヘウォンは忠告した。ユジンの人生において大切なのは、水泳でチャンピオンになるかどうかではない、無害に生きられるかどうかだと。

納得するしかなかった。私の生きる目標、ヘウォンの治療の目的がまさにそこにあるから。安全で、無害な存在として、平凡に生きること。

頭がくらっとした。不意に頬を殴られたような気分だ。もしや読み間違いではないかと、指先で一段落ずつ追いながらもう一度最初から読んだ。

二〇〇六年四月末は、水泳をやめたころだ。水泳を続けられるよう母を説得してくれと、自分の足でおばを訪ねていったころでもある。あのとき、おばの態度はどうだったろう。口もとに穏やかな笑みを浮かべながら、目では冷静にぼくの本心を探っていた。そう知りつつもすべてを打ち明けたのは、心から救いの手を求めていたからだ。その望みが打ち砕かれたときは、世界がひっくり返るような気分だった。それでもおばを恨むことはしなかった。ただ、二度とおばを信じるものかと心に決めただけで。

正反対の状況が二人の女の内幕でくり広げられていたとは夢にも思わなかった。事実を知った今でさえ信じられない。薬をやめて水泳を続けさせようとする母と、イエローカードを取り出して反対するおば。ぼくの人生のもっとも重要な部分を、母でもなくおばが決めていたとは。ぼくを産んだわけでも、ぼくを育てたわけでも、ぼくを愛していたわけでもない、母の妹の分際で。

選手登録が抹消された日、燃える水泳用具を見下ろしながら打ちひしがれていたぼくの姿が思い浮かぶ。心臓で燃えたぎっていた暗鬱な怒りと、喉の奥に押さえ込まれていた悲しみがありありと蘇る。屋上のドアの前に立って、こんな事態になってしまったことがまるで自分のせいであるかのようにおろおろしていたヘジンの姿も。そのとき、母は屋上に顔も出さなかった。リビングに下りていくと、感情も抑揚もない声で「火の始末はちゃんとしたの?」と訊いただけ。ところが、それもこれもおばの指図だったというのか。

喉の奥からこみ上げてくる熱いものを必死で押さえ込んだ。普段の現実的な姿勢を保とうと歯を食いしばった。混沌の文章の中から真実を選り出そうとやっきになった。「安全で、無害な存在として、平凡に生きること」と「発作を起こさず生きること」、二つの文が置き換え可能なものなのか何度となく問いただした。

ありえない。どうやっても二つは相容れない。薬という共通分母を持っていること以外、関連性や因果関係を見つけることはできなかった。発作を防いだからといって、安全で無害な存在になるわけではないだろう。それなら、発作を起こすことのないこの世の大部分の人々は、他人にとって安全で無害な存在ということになる。そんなばかな話はない。

こう読むのが正しい。有害な存在にならないためには、薬を服まなければならない。

ひっくり返せば、こうなる。有害な存在になることを、薬で防ぐことができる。

医学的に可能なのか問うことは意味がない。なぜそんな薬を使ったのかも追い追い考えるべき問題だ。まずは薬がぼくに対してどういう用途で使われたのかを確かめねばならない。これまで思っていたとおり抗痙攣剤として使われていたのか、母の人生目標にしておばの治療目的のために使われていたのか。

携帯電話を開き、インターネットに接続する。検索窓に「リモート」と打つ。ぼくの知る内容が出てきた。癲癇、躁鬱病、行動障害の治療薬。ぼくに躁鬱病や行動障害があるとは聞いたことがない。一方、癲癇については確信するに足る症状を経験している。実際に二度も発作を起こしたのだから。この矛盾を説明しうる根拠が注意書きにあるにはあった。

急に投薬を中断した長期服用患者においては側頭葉発作が報告されている。

ぼくはどちらに当てはまるのだろう。薬で抑えていた発作が投薬中断によって再発現したのか。投薬中断の副作用で発作が起きたのか。答えを知るには、日記メモを調べるしかない。一行足らずの文もおろそかにはできない。薬に関する言及はそこからずいぶん遡って、二〇〇二年に再び登場した。


四月十一日。木曜日。

この一週間、あの子は半死半生の状態だった。薬の副作用が限界に達したようだ。頭痛、耳鳴り、無気力症状。容赦ない三つの邪魔者を肩にのせて、昨日、試合に出た。その結果、〇・四五秒差でメダルを逃した。タッチパネルに手を触れ、電光板を見上げていたあの子の表情が今も目に浮かぶ。怒れる猛獣のような目、挑戦的に上を向いた顎、氷柱のように青ざめた体。

あの子は夜通し寝付けなかった。ドアに鍵をかけて、丈夫な歯を抜いた人のように苦しんでいた。なだめようのない怒り。なだめる隙さえ与えてくれなかった。薬を服まなければならない自分に腹が立ち、何がなんでも薬を服ませる私が憎かったのだろう。

私はなすすべもなく、鍵のかかったドアの前を歩き回っていた。だんだん、自分が下した決定の重みに耐える自信がなくなっていく。

母は何か勘違いしていた。当時のぼくにとって一番つらかったのは、薬の副作用ではない。試合で負けることでもない。「母のルール」を破るたびに与えられる罰、そう、プールに出かけられないことだった。違反一つで二日、二つ同時に破れば四日。三つ以上か事態が重大なら母の気持ちがほぐれるまで無期限。

ぼくはルールを守るためにベストを尽くした。ただ、ルールに準ずる行為、あるいはその範疇に含まれる類似行為を理解できないことが多々あった。盗みと、借りておいて返すのを忘れること。嘘と、真実を認めないこと。暴力と仕返しといったものだ。

初めて無期刑を言い渡されたのは、小学校四年生の秋、仁川に引っ越すひと月ほど前のことだ。練習を終えて家に戻ると、リビングのほうから母の声が飛んできた。

「ユジン、こっちへいらっしゃい」

母はソファに座っており、テーブルには箱が一つ置かれていた。見慣れた箱だった。中に入っているものも、残らず承知している。蝶のヘアピン、ラメの入ったカチューシャ、フィギュア、キーホルダー、小銭入れ、手鏡、生理用ナプキン、消しゴム、筆箱、黒いワンピース水着、ペンギンの水泳帽……。ぼくはかばんを置き、母のとなりに座った。

「これは何?」

母が箱を指差した。ぼくは箱の隅に油性ペンで書かれた「ハン・ユミン」という名前を横目で見た。

「嘘なんかついて私をがっかりさせないでね。これはあなたの部屋の本棚の後ろにあったものよ」

嘘をつく気はない。箱はユミン兄さんのものだ。こまごましたものを入れておくようにと、母に与えられた箱だった。ブロックだとか、組み立ておもちゃのネジだとか、スリングショットだとか、BB弾なんかを。名前も母が書いたのだから、母のほうがよく知っているはずだ。ぼくがしたことと言えば、がらくたの代わりに、誰かからこっそり借りてきたものを入れておくことぐらい。

「誰か」は大抵、女の子だった。気に入っている女の子や、気に入らない女の子や、単なる知り合いの女の子や、知らない女の子や、自分のスイミングバッグをそこらへんに投げ置いてしまうずぼらな女の子。最初は面白半分で始めた。やがてゲームのように夢中になった。盗りにくいものほど、挑戦意欲をかき立てられた。たとえば生理用ナプキンなんかは。

「兄さんから預かったんだ」

ぼくは母と目を合わせながら答えた。

「いつ？」

「三年生のとき」

ぼくたちはしばらく黙って向き合っていたと思う。

「つまり、去年からこんなことをやっていたのね」

ぼくは自分のミスを認めた。

「ぼくじゃない。でも、前もって言っておかなかったのはぼくが悪かったよ。兄さんが死んでから、すっかり忘れてたんだ」

母はそれ以上追及しなかった。盗みを働いてはならないという聖書のことばも持ち出さなかった。代わりに、プールへの立入禁止令を出した。当然、水泳部の練習も休まねばならない。刑は無期限。盗みと嘘に加え、兄を侮辱した罪まで、重大なルール違反が三つに上ったから。仁川に引っ越すまで、プールの近所にも行けなかった。毎夜ベッドに腹ばいになって仮想の水泳をすることで、水への恋しさをなだめなければならなかった。

母は正確に理解していた。ぼくをもっとも効果的にいたぶる方法は何か、ぼくをひざまずかせるには何を奪えばいいか。だからあんな罰則を考え出して、ぼくをいたぶったのだ。心の片隅に浮かぶ罪悪感は、いたぶる立場の苦痛を日記メモに吐露することで相殺したのだろう。おかげで、ぼくの人生の舞台裏で行われていたこと、母が死んでいなければ絶対に知らなかったであろう秘密が、ぼくの机へ運ばれてきたというわけだ。

ページをめくった。

二月四日。月曜日。

「欲する」ということが人にどれほど超人的な力を出させるのか、あの子を通じて知った。あの子は薬の副作用についてその後何一つ文句を言わない。薬を拒否したりこっそり吐き出すこともしない。早朝五時半になれば自分で起き出してきて、プールに行く支度をする。早朝練習が終われば、車の中でお弁当で朝食をすませ、学校へ行く。勉強と運動、二つを並行させれば、そのうち疲れてあきらめると思っていたが、つらそうな気配も見せない。癲癇とは泡を吹いてひっくり返る病気なのかと訊いてきた去年の十二月からずっと。

質問の意味に、私はすぐに気づいた。ユジンが何か誤解をしていることにも。薬の正体を知ったことにも。どうやって調べたのかは重要じゃない。薬局に入って尋ねたり、インターネットで検索した可能性もある。重要なのは、あの子が恐れているという点だ。プール内で泡を吹いてひっくり返るかもしれない、あるいはそのせいで水泳ができなくなるかもしれないと。

私はあの子の「誤解」を解かなかった。いっそ誤解させたままのほうがいいと判断したのだ。そうして「沈黙」という一番手っとり早い道を選んだ。あの子がどんな返事を期待しているのか知りながらも、そうするしかなかった。心のどこかに、ひょっとして水泳をあきらめてくれるかもしれないという期待もあった。期待とは裏腹に、あの子は薬とその副作用までも受け止めた。「薬さえきちんと服めば水泳を続けられる」と信じているようだ。

あの子がもだえる姿を見るたびに、罪悪感にさいなまれる。ヘウォンは、どうせ同じことなら誤解を積極的かつ効果的に活用しろと言う。あの子を制御するハンドルにしようと。万が一にも起こりうる投薬中断への強力なブレーキになると言うのだ。そんなことをしていいのだろうか、そう訊くとヘウォンは、正否を問うにはもう遅いと言った。

ぼくは日記メモから目を離した。焦点がぼやけてそれ以上読めなかった。視界でどす黒い渦と逆潮がめぐるしく波打っている。頭の中でゴン、ゴンと音が響いている。死んだ母が振り回すシャベルで後頭部を殴られているような気分。自分が内容を正しく理解できているのか疑わしかった。行間に読み落としたところはないかと、何度も読み返した。

誤読ではない。誤解だった。ただ誤解を解かなかっただけだと、母は告白していた。人生の重大な岐路において行く手を阻んでいた障害は、そもそも存在しなかったのだ。おばと共謀してぼくの人生を台無しにしたというわけだ。

パニックが火山のように頭を覆う。二十二階のハローが実の父親だと打ち明けられても、ここまでの衝撃はなかっただろう。むしろそうであってくれたら、やはりぼくは犬畜生だったのかと頷けただろう。もしもこれがジョークなら、たちの悪い卑劣なジョークだ。二十五年間のぼくの人生を人形劇に仕立てるジョーク。ぼくを愚かな操り人形に仕立て上げるジョーク。

母とおばにずるずる引きずられるようにして生きて

きた日々が、急流のように目の前を過ぎていく。あきらめなければならなかったこと、受け入れなければならなかったこと、挫折感に打ちひしがれていた泥沼のような夜の数々がぼくの中を通り過ぎていく。そのすべてが「発作」という軸の上に成り立っていたのに。怒りが血管をつたって体を巡る。体が火のついた炭のようにほてる。炎の中で息をしているかのように。屋上に飛び出して母の顔に罵声を浴びせたい。どうして。どうしてこんなことを？

（癇癪を起こさないの）

背後で母の声が聞こえた。キイ、キイ、とロッキングベンチが揺れる音も蘇った。ぼくは椅子から立ち上がり、ガラス戸のブラインドを開けた。母はまだベンチに座ったまま、空を見上げている。長く黒い髪を風になびかせ、白く小さな足でパーゴラの床を引っかきながら、静かにささやいた。

（理由があると思わない？）

そうだろう。当然理由があるはずだ。ぼくの人生をめちゃめちゃにぶち壊すそれなりの理由が。日記メモの中にそれが隠されているのだろう。ぼくは素直に頷いた。そうだね、母さん。怒りを抑えて、理由を探してみるよ。ただし、見つけた理由には説得力がないとね。どちらにせよ、ぼくを納得させるだけの。ところで母さん、ぼくがちょっとばかり理解力にとぼしい人間だってことは知ってるよね？　未練たらしい卑《いや》しい人間だってことも。ちゃんと納得させてくれなきゃ困るよ。

ミス・ババア

机の上で電話のベルが鳴り始めた。ぼくは振り返り、携帯電話を手に取った。画面に見るも麗《うるわ》しい名前が表示されている。

午前五時半。ぼくの人生でもっとも長い昼夜が終わった。百年待っても来そうになかった新しい日。この数時間は、厄介な仕事にかかりきりだった。バスタブに突っ込んでおいた血まみれの羊毛布団、シーツ、服。あれこれ思案してみても、処理が難しい代物ばかりだった。燃やすことも、捨てることもできない。噛んで呑み込まない限り、隠すことも不可能だった。残る手は一つ、洗濯してみること。

まずは一番簡単な方法から始めた。たらいに水を溜めて洗剤を溶かし、それらを浸す。何度も水を替えながら、血が出なくなるまで足で踏む。足が凍ると、その都度お湯で温めながら、数時間続けた。努力のわりに結果はいまいちだった。血痕が黄土色に変わっただけで、根本的な変化はない。それでも、仕事ができたおかげで、そわそわしきりだった気持ちが落ち着いた。めらめら燃えていた感情が尽き、ヒートアップしていた頭も冷めた。初めて冷静になれた。混沌のただ中を突き抜けられる意志も取り戻した。

とはいえ、日記メモとすぐまた向き合う気にはなれなかった。実のところ怖かった。死んだ母が、頭の中のギアを四速に入れるのではないかと。そうして興奮した自律神経系が「仕返ししろ」という化学的指示を下すのではないかと。おまけに、仕返しの対象は見境なく電話をかけてきて、ぼくの我慢の限界を試してきた。午前零時ごろに一度、その十分後にもう一度。二度とも取らなかった。ぼく自身が人間カイロとも呼べそうな状態だったため、焚き付けを避ける必要があった。

血痕に関して、「グーグルがあるじゃないか」と気づいたのはわずか五分前のことだ。不意の火事によって頭がショートしていたらしい。ぼくは「ミス・ババア」が二件表示されている携帯電話を開き、グーグルの検索窓に「血痕　消す」と打ち込んだ。この分野のプロが進めるコツがぞろぞろ出てきた。

歯磨き粉をつけてもみ洗いする。クレンジング剤でやさしく洗い落とす。大根おろしをかけておく。過酸化水素水を布巾に含ませてこする……。

奇抜ではあるが、布団とシーツに使うだけの材料がない。むしろこれも漂白剤に頼ったほうがよさそうに思えた。ぼくはたらいに布団とシーツ、服を突っ込んだ。たんすから「課外」のジャケットも取り出して一緒に入れる。どうせやるなら、昨夜に関するものをすべて洗ってしまおう。

裏のベランダに向かい、洗濯機のドアを開ける。服と靴下、「課外」のジャケットを入れて標準コースにセットし、「サイレント」ボタンを押して洗濯機にくつわをはめた。下は空き家だったが、二十二階のハロー様はとても神経質だから。

ベランダから戻ると、リビングのコードレスホンが鳴り始めた。またおばだ。五時五十六分、取らないわけにはいかない時刻だ。ぼくが起きているのを知っているのだから。通話ボタンを押した。

「昨日は早くに寝たの？」

昨夜なぜ電話に出なかったのかという苛立ちが混じった声。ぼくは一般の人々が午前零時に何をしているのか教えてやりたかった。母の妹と通話する時間ではなく、眠っている時間だと。だからお宅も午前零時にはベッドに入れと。男と寝ようが、女と寝ようが、獣と寝ようが、ひとりで寝ようが、そこは好き勝手にすればいいと。

「ユジン？」

黙っていると、おばが急かした。ぼくは「早くに寝たよ」と答えた。

「そう。寝る前に、やっぱり気になって電話したのよ。あなたの合格発表、そろそろでしょ？」

ぼくも気になった。ほかでもない、よりによって午前零時になぜそれが気になるのか。

「合格したって」

「本当に？」

おばはヘジンからすでに聞いているはずだ。それを隠そうと、大げさに驚いた声を出した。度が過ぎて、「まさかあなたが？」という反問に聞こえた。いい気はしなかった。もっとも、おばのことばはいつだって気持ちのいいものではなかったが。

「姉さんはまだ知らないのね？」

とうとう本論に突入した。盲目的な確信が感じられる口振りだった。姉さんの居場所をあなたは知ってるでしょう。

「電話の電源がずっと切れたままだから、メールだけ送っといたよ」

「まだ連絡がないってこと？　今日で二日目よ、そろそろ真剣に捜さなきゃならないんじゃない？」

警察をよこした張本人がおばだということを、ぼくが知らないと思っているのだろうか。知っていることを知りながら、こちらの反応を窺うためにそれとなくけしかけているのだろうか。

「おばさんが心配するから、ぼくも心配になってきたな」

「それで、どうするつもり？　何か計画でもあるの？」

「ヘジンが戻ったら相談してみるよ」

「ヘジンはまだ外なの？」

おばが知らない風を装って尋ねた。

「木浦に行ってて」

「木浦に？　何しに？」

今度は知りたがるふり。

「仕事で」

「ああ……仕事ね。ところで、あなたはこれから何をするの？」

思わず長いため息がこぼれ出た。一体いつになったら電話を切るつもりだろう。来年の晦日あたり？

「運動しに行こうと思ってたところだよ」

「まだ夜も明けてないのに？　いつもこの時間に出るの？」

「ええ」

「昨日も？」

歯軋《はぎし》りしたい思いだった。誰でもいい、この女から携帯を奪ってくれと全国民に訴えかけたかった。おのずと声が大きくなった。

「寝坊したんだ。昨日言っただろ」

「びっくりした。鼓膜が破れるかと思ったじゃない。人間うっかりすることもあるでしょ、そんなことで怒らないでよ。私の歳になってみなさい。今聞いたことをその場で忘れるんだから」

遺伝子の力を感じる瞬間だった。思う存分当たり散らしておいて、怒るなとしゃあしゃあと言ってのける話法まで、姉妹はそっくりだ。ぼくは電話を切り、自室の机に戻って日記メモを開いた。二〇〇二年から二〇〇〇年に移るまで、二時間かかった。


七月二十一日。金曜日。

昨日ユジンが、水泳部の子たちと一緒に、智異山《チリサン》へサマーキャンプに出かけた。出発してからずっと気がかりだ。なによりあの子の体が心配だった。薬物の副作用で入院して薬を中断し、肝機能数値が正常に戻るまで新しい薬の投薬を控えていた。そのため、ヘウォンは智異山行きに反対したが、わたしは結局許してしまった。

哀願するあの子の目を無視できなかった。コーチもいるし、仲間も一緒なのだから大丈夫だろうと思っていた。幸運を祈る気持ちで、内緒で送り出したのだ。その代償として、一日中そわそわしながら電話機を見つめていた。何かあればコーチがすぐに連絡をくれるだろうと。

電話のベルが鳴ったのは夜明けごろのことだ。目を開くまでもなく、コーチからだとわかった。ユジンがいなくなったと言う。巡回の途中で気づいたと。あの子が出て行くのを見た者もなく、監視カメラにも捉えられていないため、いついなくなったのかも把握できていないと。警察と消防が出動し、近所の捜索を行っているが、痕跡さえないらしい。

どうやって運転したのか記憶がない。仁月《イヌオル》のトールゲートでコーチからの二度目の電話を取ったことだけを憶えている。あの子が見つかったと言う。八キロほど離れた民宿で。日が昇るころ、あの子がやってきてその家の戸を叩いたのだと。ハンドルを握る手がふにゃふにゃと溶け落ちるような気分だった。

キャンプ場に到着したとき、あの子は眠っていた。見た目には比較的元気そうに見えた。体中に擦り傷や打ち身があったが、大きな怪我はなさそうだった。私はあの子のそばにへなへなとくずおれた。そのとき、捜索に参加していた警官が声をかけてきた。前にもこのようなことがあったか、夜にうろつく習慣があるのか、持病があるのか、夢遊病、嗜眠症、癲癇など。私は同じことばをくり返した。いいえ、いいえ、いいえ。

事の顛末はあの子が目覚めてやっと聞くことができた。

昨夜、トイレに立った際に幽霊を見た。トイレの裏から奇妙な声が聞こえ、行ってみると、何か白いものがゆらゆら揺れながら移動している。正体を知りたくてあとを追ううち、気づいたときには見知らぬ場所にいた。そのときになって初めて、あまりに遠くまで来てしまったことに気づいたが、すでに道に迷っていた。幸い空には満月が浮かび、辺りは暗くなかった。おかげで木の枝に結ばれた黄色いリボンを見分けられた。以前、父と山に出かけたとき、登山客が通り道に結んでおくリボンだと教えられたのを思い出したと言う。そのリボンをたどっていくと民宿に着いたというのが事件の一部始終だ。

寝言のように聞こえた。智異山は近所の裏山ではない。一緒に話を聞いていたコーチも警察も似たような心情のようだった。そんなことは露知らず、あの子の表情は平和そのものだった。近所の子犬について町のあちこちを駆け回ってきたかのように、さも生き生きしているようにさえ見えた。キャンプから強制退所させられると、多少不機嫌にはなったが。

ソウルまでの車内で、あの子はずっと眠っていた。起こして問い詰めたいのをやっとこらえた。何があったの？　本当のことを言いなさい。

「本当のこと」についての記憶は鮮やかだ。ずいぶん前の話で、前後の状況はあやふやだが、何があったのかは具体的に思い出せる。

あの日の午後、渓谷で水遊びしてからの帰り道だった。キャンプ場近くのジャガイモ畑の畝《うね》に、奇妙な針金の輪っかがついた杭を見つけた。コーチに尋ねると、ウサギの罠だという。畑の主人が農作物の被害を防ぐために設けたものだと。絶対に近づいてはいけないと注意された。

声を大にして言うが、九歳の男の子を「そこ」へ向かわせるもっとも簡単な方法は「絶対に行くな」と言うことだ。夜、みんなが寝静まると、ぼくは懐中電灯を手にキャンプを抜け出した。気になって眠れなかった。針金の輪っかに本当にウサギがかかるのか。ウサギは本当に来るのか。

ウサギはまだ見えなかった。ぼくは杭が見下ろせるアカシアの木の下に腰を下ろした。懐中電灯を消し、ウサギを待った。怖くはなかった。暗くもなかった。マンホールのふたほどもある大きな満月が浮かび、森は黄金色に輝き、澄んだ星々が頭のすぐ上まで降りてきていた。どれほど待っていたかは定かでない。いつの間にか居眠りしていたことと、夢うつつに聞こえてくる夜の音だけを憶えている。フクロウの声、カエルの鳴き声、コオロギの鳴き声、ちょろちょろと流れる谷川の音……。

そんなとき、怪しい気配にはっと目を覚ました。明るい月の下で跳ねる黒い影。ぼくは体を起こしてそちらへ走った。ウサギだった。じっと伏せていれば石と見間違えそうな灰色のウサギが、罠に後ろ脚を捕られてぴょんぴょん飛び跳ねている。近づくと、甘ったるい血の匂いが漂ってきた。針金に締めつけられたその後ろ脚は、血でべっとり濡れている。怯える目は月明かりを受けて、黒く濡れたように光っている。胸がどきどきした。

「じっとしてろ。放してやるから」

ぼくは杭に巻きつけられた針金をほどきはじめた。針金は何重にも巻きついていたが、ほどけないことはなかった。ただ、少し手間取った。そのあいだ、ウサギはじっとしていなかった。怯えて飛び跳ね、もがいていたウサギは、針金がほどけたとたん全速力で駆け出した。ぼくはあとを追った。捕まえてどうしようというのではない。おそらく、そのあとが気になったのだ。どこへ行くのか、長い針金を脚にぶら下げてどこまで行けるのか、あんなに血を流しても生きていられるのか。

ウサギは草むらを抜け、小川を渡り、丘に登って、木の根元を過ぎた。ぼくはウサギの動きを逃さないよう追いかけた。目で見て追いかけたわけではない。血の匂いを追った。肉を焼くときのように強烈で、灯火のようにはっきりと見える匂い。しかも、ウサギの動きは徐々に鈍くなった。初めは走らねばならなかったが、だんだん歩いて追いかけるようになり、やがて坂の深い藪でぴたりと止まってしまった。ウサギはいばらの藪《やぶ》の中に隠れていた。近づいても逃げず、手を入れて捕まえても動かなかった。耳をつかんで持ち上げると、ぐったりとなすがままになっている。

ぼくはウサギが死んだのだと思った。ふと、すべてがつまらなくなり、ウサギを茂みに投げた。その後の記憶ははっきりしない。今となってはさほど重要な記憶でもない。今大事なのは、たった今浮かんだばかりの質問だ。これは偶然だろうか、必然だろうか。

ウサギと女。昨夜と十六年前の夜。二つのシチュエーションは瓜二つだった。対象から血の匂いを嗅いだという点、夜更けに怯える相手を追いかけたという点、結局は死体がこの手に残ったという点、投薬を中断した時期に起こった出来事という点で。昨夜を花と呼ぶなら、十六年前の夜は種だ。異なる点を挙げるなら、真珠のピアスはウサギのように脚を怪我してはいなかったということ。

ぼくは考えた。平気な顔で歩き回りながら血を流している場合について。もしや生理中だったのだろうか。疑問があとに続く。講義室や教室のように閉ざされた空間なら、経血の匂いを嗅ぎ分けるのはさほどおかしなことではない。当事者を正確にあてられるほど鮮明で独特の匂いだから。ただ、森の中や開けた道路となると話は違ってくる。狩猟犬でもない以上、そんなことが可能だろうか。

振り返ってみれば、薬を中断するたびに匂いに襲われていた。主に生臭い匂いに。血や魚、どぶ、土、水、木、草の生臭い匂い。そればかりか、大抵の人が好む香水や香料の匂いもすべて生臭く感じられた。これまでそれを発作の前駆症状、あるいは警告性の幻覚だとばかり思って生きてきた。そうではないとわかった今、この異常かつ過度な感覚をどう理解していいのかわからなかった。

薬をやめればぼく本来の体に戻るということは経験上よくわかっている。本質的な状態において他人と異なる部分がぼくの特性、あるいは本性だと言えるだろう。それが世界をある特定の方法で認識させるとしたら、そうして人生に特定の影響を及ぼすとしたら、影響力が高じて人生を特定の方向に導くとしたら……。それは問題だ。おばが薬を用いたのはそのせいだろうか。

七月二十八日。金曜日。

ヘウォンが怒っている。九歳の子がにこにこ笑いながら自分をもてあそぶのだと。智異山から戻ったのち、新たに投薬を始めたのだが、あの子は検査にも治療にも協力していない様子だ。個人面談では巧妙な言い争いで相手を疲れさせ、集団治療ではほかの子を仲たがいさせたりそそのかしたりして険悪なムードにし、催眠療法では催眠にかかったふりをしたり嘘を並べ立てるといった具合に。昨日など、催眠に深く入りすぎて意識が戻らないかのような演技をしてヘウォンを憔悴させたという。

私はなすすべもなく、聖母マリアの前にひざまずいて問う。

母よ、智恵深き母よ、私はどうすればよいのでしょう。

記憶の中で、ぼくはずいぶん長いあいだおばと反目し合っていた。ユミン兄さんの箱の件で無期刑を食らい、プールの近くにも行けなくなってから二、三カ月後まで。仁川に引っ越したのち、水泳を再開するかどうかという分かれ道で、母はぼくに取り引きをもちかけた。無期刑を取りやめて水泳を再開する代わりに、誠実かつ正直に治療に臨むこと。ぼくはそれを受け入れた。結論としては、おばの勝ちというわけだ。

ぼくは一階へ下りた。洗濯はずいぶん前に終わっていた。乾燥ボタンを押して、冷蔵庫からミネラルウォーターを取り出し、部屋へ戻った。記録は六月に入った。

六月三日。土曜日。

ユミンと夫の四十九日を済ませた。明け方の追悼ミサを終えると、すぐにユジンを車に乗せた。ヘウォンと父が同行すると言い張ったが、頑として断った。あの子と二人で行きたかった。あの子とともに長い年月を生きていくためには、この胸のわだかまりを吐き出してしまう必要があった。この小旅行がそのきっかけになることを願った。

瑞草洞《ソチヨドン》の花市場に立ち寄ってからは、木浦まで休まず車を走らせた。あの子はとなりで影のように座っていた。退屈しても不思議はないのに、身じろぐことも、口を開くこともなかった。お腹が空いたとかトイレに行きたいとさえ言わなかった。座席に深くもたれたまま、車窓の外を見つめたり、ルービックキューブで遊んでいた。

ふと、ユジンをとなりに座らせたことはほとんどないという事実に気づいた。私が運転する場合、助手席はいつも夫かユミンのものだった。私からすれば夫よりユミンに座ってほしかった。ユミンの騒がしいおしゃべりに気を取られ、長距離運転も疲れを感じることなくこなせた。そのため、後部座席に座っているユジンを気に留めたことがなかった。ユミンがいなくなった今になって、ユジンがどれほど静かな子なのか実感した。ユジンの心臓を鼓動させるには特別なものが必要だというヘウォンのことばを思い出す。それが何かわからなくて怖いということばも。

木浦港に車を停めるまで五時間あまりかかった。私たちは日に一度往復する炭島《タンド》行きのフェリーにぎりぎり乗り込んだ。島にはいつの間にか夏が訪れていた。夫とユミンを呑み込んだ黄土色の海から熱く湿った風が吹き寄せる。水平線には入道雲がたちこめ、森の浅緑は深緑に移りかけている。そこかしこに群落を成すチョウセンヤマナシの木は、花を振り落とした跡に青い実を育んでいる。あまりにのどかで泣きたくなる風景だった。

ペンションの庭に車を停めると、管理人が飛び出してきた。彼は、以前泊まった戸建てのコテージに私たちを案内した。きれいに片づいた寝室が二つ、縦長の小さなリビング、壁にかかった人物写真、鐘楼の見えるテラス。あのときと変わらない風景。あのときよりずっと静かな。風に鳴り響いていた鐘の音さえ今はもう聞こえない。

荷をほどいて整理し、ペンションを出た。あの子は菊の花束を、私は箱を一つ持って防風林の道を歩いた。当時は永遠にたどり着けないと思われたのに、今はあっという間だ。散歩するように歩いても二十分と少ししかかからなかった。崖に到着したときには、夕日が灰色の岩島の向こうに沈みつつあった。

私は持ってきた箱を開け、ユミンと夫の服を取り出した。先日、夫とユミンの遺品を整理しているときに選んでおいたものだ。ユミンが大好きだった赤いジャンパー、夫が一番よく着ていた柿色のスーツを重ねて置き、ライターで火を点けた。炎は西風に乗ってめらめら燃え上がった。そのそばに座って、十年前の夏のある日を思った。

その日、私は自分に類まれな子作りの才能があることに気づいた。ユミンを産んでちょうど三ヵ月後にユジンを身ごもったのだ。ユミンが当時恋愛中だった夫との初めての夜にできた子なら、ユジンは出産後の初めての関係でできた子だった。まだ授乳中だから大丈夫だろうと油断したのがいけなかった。

気分が優れなかった。優れないなどというものではない。獣になった気分だった。一人っ子だった夫は喜ぶだろうが、私の立場は違った。当時夫は輸入家具ビジネスを始めたばかりだったし、私は編集者としてキャリアを積んでいる最中だった。二人目を産むとなると仕事をやめなければならないかもしれない。二人の子どもを世話しながら老いていく自分が目に見えるような気がして、とてつもなく憂鬱だった。何日も悩み続けた。

彼らに会ったのは、産むか、産むまいか。産婦人科に行くことに決めた朝のことだ。ユミンに乳を含ませて寝かしつけたばかりのとき、窓の外で猫の鳴き声が聞こえた。私はテラスに出て外を見下ろした。一匹の白い猫が塀の下で鳴いていた。尻尾と耳がない。誰かに大きなはさみでざくりと切られたかのような姿だ。

私は台所に立って、ツナ缶を開けた。炊飯器に残っていたご飯をかき集め、ツナと混ぜた皿を持って外へ出た。白猫は私が現れると、二、三歩後ずさった。警戒と期待を同時に抱いたようだ。私は皿を塀の下に置き、数歩退いてささやいた。おいで、食べなさい。

おずおずと近寄ってくる白猫の胴は、背中とお腹がくっつきそうだった。大きさからすると、まだ大人になったばかりの猫のようだ。もしかすると、食べられなくて成長できなかったのかもしれない。ガリガリの脚は松の枝のよう、額は大きな傷でゆがみ、両の目尻は細く切れ上がり、目は病気で赤くただれていた。あんな目で前が見えるのだろうか、車が来ても気づかず轢かれてしまうのではないか、ありとあらゆる心配が頭をよぎった。どんなひどい人間があんな目に遭わせたのだろうと、痛ましく、怒りを覚えた。

白猫は私と皿を交互に見た。私がもう一歩下がると、やっと皿のほうへ近寄って座った。白猫は皿に鼻をくっつけて匂いを嗅ぐと、今度はさっきより大きな声で鳴き始めた。その声でユミンが目を覚まさないかとはらはらした。エサが口に合わないのだろうか。お腹が空いていないのだろうか。あんなにお腹がぺちゃんこなのに?

鳴き声は徐々に大きくなった。発情期のメスがオスを呼ぶ歌声のように切ない声。塀の角からサバ模様の猫が現れると、実際それが誰かを呼ぶためのものだったのだと気づいた。白猫は後ろに下がり、サバ猫が皿のエサをきれいに平らげるまで背後を守っていた。そのあいだも、ずっと私のほうをちらちら見ていた。そのときになって初めて、ぺちゃんこのお腹にぶら下がるしょぼくれた乳首が目に入った。サバ猫は白猫の子どもだった。乳離れして間もないか、その直前のようだった。その痩せさらばえた身から出る乳があればの話だが。白猫とその子どもの大きさは大して変わらなかった。子どもが子どもを産んだのではないかと思えるほど。

しばらくすると、サバ猫はお腹を満たして後ろに退いた。白猫はやっと皿の前に座った。飯一粒残らない皿を舌で舐めると、顔を上げて私を見た。青白く飢えた目が私に話しかけていた。自分の分はもうないかと。ご飯もツナ缶もなかった。ワカメスープさえ残っていなかった。ここ数日買い物に出ておらず、冷蔵庫も空っぽだった。私は首を振った。何もないの。ごめんね。

白猫は理解した様子だった。後ろでじゃれているサバ猫を連れてあわただしくその場を離れていった。私は複雑な感情に包まれながら、遠ざかる彼らの後ろ姿を見守った。あんなにひどい暴力から生きながらえ、子を産んだしぶとい生命力に驚きを禁じえなかった。大きな子をわきに従えて、もらったエサを食べさせる母としての責任感がうら悲しかった。自分の飢えなど後回しにして、わが子が食べ終えるまで下がって待つ辛抱強さに感嘆した。

私が近所の野良猫たちにエサをあげ始めたのはそのころからだ。産婦人科には行かなかった。最善を尽くして産み、育てようと決めた。妊娠過程は二人の性格ぐらい違っていた。ユミンはずいぶんうるさい胎児だった。時を問わずお腹を蹴ったりかかとを突き出して私を驚かせた。つわりも並外れていて、出産近くまでまともに食べられなかった。お腹の中のほうが居心地がいいのか、十カ月を半月も過ぎてやっと誘導分娩でこの世に生まれてきた。

反対に、ユジンはお腹が出ていなければ妊婦という事実さえ忘れてしまうほどおとなしかった。危うく死ぬところだったことを知っているかのように、息を潜め様子を窺いながら育っているようだった。十カ月も待つことなく、急いでこの世に出てきた。胎盤早期剝離による早産で、帝王切開によって生まれた。私はひどい出血のためにショック状態に陥った。生きるために子宮を取らねばならなかった。あの子は私を殺しかけながら生まれたというわけだ。九カ月前の復讐とでも言うように。

スタートから違っていた二人は時が経つにつれ、いっそう違った成長を見せた。容姿を除くすべてが違った。好みも、性格も、やることも。ユミンは闊達でおおらか、愛嬌のある子だった。誰にでも愛される子だった。反対にユジンは「寡黙」という形質をDNAに刻んで生まれてきたような子だった。どれくらい寡黙かというと、いつことばを覚えたのか気づかなかったほどに。常に静かに動き、行動の痕跡を残さなかった。そのくせ、人目を引くのはいつもユジンのほうだった。現れたり消えたりすると必ず目についた。通りすがりに立ち止まって見つめる人もずいぶんいた。存在感や好感ということばでは説明がつかない奇異な磁性。他人と交わることも、他人に反応することもないのに、神経を尖らせて絶えず相手に意識させるタイプの力。

ヘウォンによれば、ユミンとユジンの最大の違いは「認知の仕方」だ。ユミンが人間関係の中で自分の存在を認知するタイプだとすれば、ユジンは全チャンネルをひとえに自分だけに合わせていた。そのため、人間を評価する基準も一つきりだという。自分にとって有益か、有害か。

そう言われたときはいい気がしなかったが、今はただただ知りたい。私はユジンにとって有益な存在なのか、有害な存在なのか。

日記メモはもう残り少ない。ぼくは席を立った。一階へ下りて洗濯機を開け、服を取り出す。すっかり乾いていた。今度は布団とシーツを入れ、専用洗剤と漂白剤を入れてから「高温洗浄」ボタンを押す。服を抱えてキッチンに入ると、にわかに空腹を感じた。そういえば昨日の夜から今まで、食べたものといったらホットク一つだ。コンロの鍋には、ヘジンが作ったワカメスープがそっくり残っていた。

火を点けてスープを温める。テーブルに箸を置き、冷蔵庫を探って作り置きの惣菜を取り出す。頭の中では十六年前におばが言ったということばが、セミの鳴き声のようにリフレインしていた。

ユジンの心臓を鼓動させるには特別なものが必要だ。それが何かわからなくて怖い。

#

ユジンの心臓を鼓動させるには特別なものが必要だ。それが何かわからなくて怖い。

歯ブラシをくわえてシャワーブースに入りながらも、おばのことばが頭を離れなかった。特別なもの……。二十五歳になるまで自分でも気づかなかったことを、おばはどうやって予測したのだろう。ぼくに薬を服ませるのは、特別なものを必要とする特性を抑えるための措置の一環だったのだろうか。もしもそうなら、おばより母のほうが先に知っていたことになる。そもそもぼくをおばのところに連れていったのは母なのだから。当然連れて行くきっかけがあったはず。それはなんだろう。これまでの記録からは推測できる手がかりを見つけられていない。

浴室から出て裸のまま机の前に座る。服を着るのが面倒でもあったし、暑くもあった。更年期を迎えた女のように、時折り足の裏から熱気が伸びてくる。ぼくは机に投げておいた携帯電話を開き、インターネットに接続した。もしやその後のニュースはないかと。

あった。著名なプロファイラーが、容疑者は「若く、たくましく、容姿の優れた男性」と目星をつけているというニュース。「容姿の優れた」の基準はなんだろう。女性が警戒しそうにない真面目そうな外見という意味だろうか。よく言う「美貌」のことだろうか。

「若い」の基準もあいまいだ。五十代より四十代、四十代より三十代、三十代より二十代や十代のほうが相対的に若いではないか。普遍的な基準で考えれば二十代だろう。「たくましい」は充分納得のいく基準だ。相手の抵抗を押さえ込んでひと息に殺そうと思えば、それだけの力が必要だろうから。

検索窓に「仁川　群島　人口」と入力する。1、2地区を合わせると二万四千三百四十三人だった。このうち「たくましく容姿に優れた二十代」の男性はどれくらいか。百人だろうと千人だろうと、ぼくが後列に並ぶ確立は低い。もしかすると明朝ぐらいには警察が訪ねてくるかもしれない。わが家にはプロファイラーの予言にあてはまる人間が二人もいるのだから。彼らの訪問を防ぐことはできないだろう。できることと言えば、すべきことをしながら待つことぐらいだ。ぼくは日記メモの次のページをめくった。


五月十二日。金曜日。

ユジンをつれて仁川にある「未来児童青少年病院」を訪れた。思っていたより大きな病院だった。六つの科があり、専門医も六人。中でも「キム・ヘウォン院長」の人気はずば抜けていた。診療を申し込むと、長く待つことになると言われた。ほかの医者を勧めてくる看護師をあとにして、待合室に腰かけた。

胸がつかえた。ここまで来ておきながらヘウォンと対面するのが死ぬほど嫌だった。プライドのためではない。恐怖のためだ。三年前の警告がそのとおりになるかもしれないという。

ユジンが六歳だった年の夏。私がまだ出版社に勤め、ヘウォンがY大学病院で青少年行動障害専門医としてキャリアを積んでいたころのことだ。その日は金曜で、私たちは夕食の約束をしていた。あいにく退社時間に仕事ができ、私は約束に間に合わなかった。にわかに降り出した雨のせいで道も混んでいた。それを知ってか知らずか、ヘウォンのほうは珍しく時間どおりに勤務を終えていた。そのため、ヘウォンが美術教室にユジンとユミンを迎えに行き、先に約束場所に着いていた。

あたふたと店に駆け込むと、ヘウォンはひとりでテーブルの前に座り、何かにじっと見入っていた。子どもたちはプレイルームにいた。ユミンは見知らぬ子どもたちとボールプールに飛び込み、ユジンは壁にもたれて三角座りをし、ルービックキューブで遊んでいた。私は椅子に腰かけた。待っていたように、ヘウォンが見ていたものをすっと差し出した。

練習帳の画用紙だった。きれいに切り取ったのではなく、力任せに破ったような。ぐしゃぐしゃに丸めた手の跡が紙全体にそっくり残っている。ゆがんだ部分を平らにすると、色鉛筆で描いた落書きのような絵が現れた。開いた傘の先っぽに女の子の頭が刺さっていた。濃い灰色に塗られた顔、バツ印がつけられた口、丸二つで表現された目、傘の上にワカメのように垂れた黒く長い髪、ティアラ付きのカチューシャ、傘の骨組みをつたって流れ落ちる水滴、傘越しに黒雲がもくもくわいている。

ヘウォンはユジンの絵だと言った。前にもこういう絵を見たことがあるかと訊いてきた。似たような絵さえ見たことがなかった。実のところ、ユジンのスケッチブックや絵日記をじっくり見たことがなかった。練習帳に描き殴った落書きならなおさら。だから、六歳の息子の画風について説明することばが見つからなかった。言い訳にしかならないが、私はあまりに忙しく、ユジンはめったにむずがらない赤ちゃんだった。自在に動けるようになってからは、なんでも自分でこなした。担任はユジンの独立性と主体性を指して、その出自さえも自らの意思で決めたかのようだと言った。

私は何が問題なのかと訊いた。そう訊く私の声は、自分の耳にも神経質に響いた。実際に言いたかったのはこういうことだろう。まさか六歳の子の落書きを精神分析にかけようって言うの？　それとも道徳性の批判でもしたいの？　いい加減にしてよ。誰にわかるもんですか。この落書きが世界を驚かせる天才画家の処女作になるかもしれないなんて。バスキアだって最初は、道端でおかしな落書きをする子どもだったのよ。

ヘウォンは事のなりゆきを説明し始めた。車を美術教室の前に停めたのは、ちょうどレッスンが終わったころだったと言う。まずはユミンが「おばさん」と叫びながら飛び出してきた。続いてユジンが白いワンピースの女の子と同じビニール傘に入って出てきた。遠目に見てもずいぶんかわいらしい女の子だったそうだ。傘が女の子のほうへ傾けられ、目を合わせて笑いながら出てきたから、仲良しに見えたと。

渋滞で、約束場所までかなり時間がかかったらしい。そのあいだ、後部座席のユジンは色鉛筆で何かを描いていた。助手席のユミンが話しかけようが、ちょっかいを出そうが。駐車場に車を停めて初めて、忙しく動いていた手が止まった。ユジンは練習帳を膝の上に置き、色鉛筆を集めてかばんにしまった。その隙をついて、ユミンが練習帳に手を伸ばした。次の瞬間、ユミンの手には破れた画用紙が握られていた。ユジンは練習帳を握りしめて、自分の兄をにらみつけた。

ヘウォンはユミンから絵を取り上げた。他意があったわけではない。持ち主に返そうとして取り上げたものに目が行っただけだ。絵の中の少女は、あの女の子だった。前髪を切りそろえた長い髪も、ティアラ付きのカチューシャも同じ。ヘウォンはあの子なのかと訊いたが、ユジンもユミンも返事をしなかった。ユジンは絵を返してくれと言ったが断られ、ユミンは口を閉じたまま助手席でふてくされていた。車から降りるときも、店に入るときも、ユジンの顔色ばかり窺っていた。なんの気なしにしたことだが、悪いと思ったのだろう。

ヘウォンはユミンと別途に話してみたと言う。すると、ユジンがそういう絵を描いたのはこれが初めてではないことがわかった。気に入った女の子ができると、似たような絵を描いて、明くる日にはその絵を女の子のかばんや机の引き出しにこっそり入れておくのだった。否応なしにプレゼントを突きつけられた女の子は泣きわめくのだが、先生はまだ犯人を捕まえられないでいる。

ヘウォンは、きちんと検査してみようと言った。ユジンに重大な問題があるかもしれないと。私はかっと顔がほてるのを感じた。町のど真ん中で赤の他人に頬をひっぱたかれたような気分だった。思わず問い詰めるような口調になった。ユミンでなく、ユジン本人には訊いてみたのか。説明する機会を与えたのか。

ヘウォンは頷いた。なぜこんな絵を描いたのかという質問に、返ってきた答えはただひと言。面白いから。絵を描くことが面白いのか、女の子が驚いて泣き出すのが面白いのかについては答えなかった。

ヘウォンの申し出に同意できなかった。同意できないばかりか不愉快だった。それがどうしたというのか。大人が呆れるような想像をし、想像を絵で表現し、それでいたずらをするのが子どもではないか。その点をヘウォンに思い起こさせた。ひょっとして忘れているのではないかと思い、ユジンは十六歳ではなく六歳だと言ってやった。

ヘウォンは、十六歳なら検査の必要がないのだと言い返した。すでに少年院送りになっているだろうから、と。

普通の子が起こす問題は、結果を予想できずに起こすものなのだと言う。ユジンは自分が何をしているのか正確にわかっていると言うのだ。私が一度も絵を見たことがないのがその証拠だと。隠すのは、隠すべきことだと知っているということであり、何度も同じことをしておきながらばれなかったのは、緻密であることの証拠だと。

頭の線がプツンと切れそうだった。頰がひきつり、怒りが一気に沸点に達した。ユジンを潜在的犯罪者と決めつけることばに聞こえたからだ。

ヘウォンは私の表情を見ても引き下がらなかった。絵の中の少女の頭を指差すと、これはその子じゃない、「姉さん」だと言った。ユジンの年ごろの男の子にとって女はすべて母親の化身であり、子どもが母親の首を斬って傘に突き刺すのは重大な問題だ、その問題を調べようと言っているのになぜ腹を立てるのかと。

私は子どもたちをつれて店を出た。それ以上いたらヘウォンの頭を引っつかんでしまいそうだった。思えば私たちは、子どものころから姉妹というよりライバルに近かった。年子だったせいで服も二人で一枚、本も二人で一冊だった。ヘウォンは学年トップの成績をキープしながらも、私が作文大会で入賞でもしようものなら地団太を踏んだ。賢い子だと耳にたこができるほど褒めそやされていても、時折り私が頂戴する「しっかり者だ」という称賛にぶち切れた。私が大事にしていた世界文学全集に自分の名前を太字で書き入れたり、私がもらった賞状の名前を自分の名前に書き換えたり、私が書いた感想文を自分が書いたものとして提出したりした。大人になってそれぞれの道を歩み出してからも、私たちのあいだには常にぎすぎすした空気が漂っていた。よそよそしさとはまた違う、心理戦のような対立。夫が時々「ヘウォンさんはぼくをばかにしている」とぼやくのもそのせいだった。

私はその日からヘウォンとの連絡を絶った。大学を離れて病院を開いたと聞いても足を運ばなかった。盆正月や父の誕生日にも鉢合わせしないようにした。ヘウォンもまた連絡してこなかった。私たちが再会したのはひと月前、ユミンと夫の葬式でのことだ。

ヘウォンは葬儀場をあとにしながら、助けが必要なら訪ねてこいと言った。慰めを兼ねたことばではなかった。私はヘウォンを知っている。「また食事でも」というありふれたあいさつさえ、あいさつとして用いない性格だった。必ず食事に行きたい人にだけそう言う子なのだ。だから、訪ねてこいとは、これまでのことはともかく、「助けになりたい」という意味だった。ひょっとすると、三年ぶりに会った姉の有り様が、これまでの感情をすっかり洗い流してしまうほど憐れだったのかもしれない。それとも、遠くない未来にユジンとともに訪ねてくることを知っていたのか。どちらであれ、私にはヘウォンの助けが必要だった。実のところ、唯一の希望だった。

ヘウォンと向き合って座ったのは、一時間ほど過ぎたころだ。私の顔を見ても、さほど驚いた様子はなかった。なんの用かとも、元気でやっているのかとも訊かなかった。どんなことばでもかけてくれれば口火を切りやすいものを、ただじっと私を見つめていた。仕方なく私のほうから切り出した。まず、用件を伝える前に、医師の義務について念押しした。診療過程で明らかになった患者の秘密を守ること。

ヘウォンはすぐには答えなかった。私を見つめる目の中で、複雑な感情がぶつかり合っていた。道沿いの広告板のようにはっきりと読み取れる感情。秘密保持を誓わなければならないという当惑と、助けを請いながらも条件をつける者への不快感と、何事か知りたいという好奇心と、姉を助けなければという家族としての責任まで。それらの整理がつくのを待った。必ず約束してもらわねばならない。約束できないならこちらも言えない。

私は看護師が置いていった水をごくごく飲んだ。コップの底が見えるころになって、ヘウォンがやっと口を開いた。固く閉じた口から、ついに「約束する」ということばがこぼれた。一瞬、声を失った。何日もかけて準備したことばが瞬時に頭の中でこんがらがった。何から言うべきか。そうだ、「あの日」の前夜から始めよう。

私は話し始めた。舌をはっきり動かそうと意識した。できるだけ淡々と、なるべく理路整然と話そうと努めた。話し終えるまで、ヘウォンは黙って聞いていた。表情にもほとんど変化がなかった。瞬きさえしていないようだった。すべて聞き終わってから冷静にこう尋ねた。自分に何をしてほしいのかと。

検査だった。三年前にしようと言っていた検査。あのとき心配していた「重大な問題」と「あの日の出来事」のあいだに因果関係や必然性がないのなら、単なる偶然なら、私はユジンを許すことができそうだった。憎むことも怖がることもなさそうだった。どうにかユジンと生きていけそうだった。

ヘウォンは「そうしよう」と言う代わりに、もっとも恐れていた質問をした。もしも自分が予想したとおりの結果が出たらどうするつもりなのか。常識的に対処するのか。私は罪のない指先をぎゅうぎゅうつねることしかできなかった。鋭い悲鳴のようなことばが、息も絶え絶えにこぼれた。ヘウォン、お願い……。とうとう涙がこみ上げてきた。子どものころ、ヘウォンとけんかするたびにそうしたように、目を伏せてぼろぼろ泣いた。ヘウォンは長いため息をつき、情けなくて仕方ないというような目で私をにらみ、私の息が詰まる直前で頼みを受け入れた。

検査は数日かけて行われるという。まずヘウォンの病院で基本検査と心理検査を行ってから、かつて勤務していたY大の脳科学研究所に精密検査を依頼する予定だと。依頼ということばが気になったが、ヘウォンとの約束を信じた。簡単に約束しないが、一度約束したことは必ず守る人間だったから。

目がしばしばした。ぼくは日記メモから視線を上げ、椅子の背もたれに頭を預けた。手の平で目を押さえながら、少女の頭について考えた。いくら考えてもそんな絵は記憶にない。ただ、その作品が、ぼくがおばのもとに連れて行かれた直接の理由でないことだけは確かだった。おばの解釈どおりなら、ぼくは芸術的な想像の中で母を殺し、母はその三年後に初めてぼくのことが怖くなったのだから。すなわち、「あの日の出来事」によって。

「あの日の出来事」とは何か、あの日とはいつなのか確かめようと、ぼくは再び日記メモに戻った。記録は一週間後に飛んでいた。

五月十九日。金曜日。

永遠とも思われた一週間が過ぎた。今にも死んでしまいそうなほどもどかしい日々だった。今朝、出しなに玄関の鏡に映った私は、ほとんど死人のような有り様だった。肌は血の気を失い、目は落ちくぼみ、目の下には誰かに殴られたかのような真っ黒いくまができていた。服装も髪も、気の狂った女のようにちぐはぐだ。せめて化粧でも、と思ったが、そのまま車庫へ下りた。身なりに気を遣う力も、意志もなかった。

ヘウォンは私の体《てい》たらくをちらりと見ると、一度頷いてチャートに視線を戻してしまった。私を目の前に座らせて、検査結果の紙をめくっていた。見守っている私にとっては、胸がはちきれそうな時間だった。死刑執行を待つような心情だった。何を望んでいるのかははっきりしないまま、ひたすらマリア様の名を呼んだ。御母《おんはは》よ、愛する御母よ……。

結果は予想と違っていたと言う。方向ではなくレベルの面で。私は思わずぎゅっと握りしめた手を、あわてて開いて膝の上に載せた。背中に脂汗が浮かんだ。

ヘウォンは驚いていると言い添えた。自分も、また大学側も、こんなケースは初めてだと。結果が出るのが遅れたのはそのためだったのだろうか。もしや判断を誤っていたり見落としているところがないかと討論を重ねたというから。

検査の結果、ユジンには少なくとも気質上の脳異常は見られなかった。知能も驚くほど高かった。行動は同年代の子より落ち着いており、簡単には興奮しない性格だった。集中することがあると、かえって呼吸や脈拍のペースはどっと落ちた。おとなしいとか従順だとか辛抱強いわけではなく、興奮の刺激閾《いき》が普通の人よりずっと高いために起こる現象だった。これは、ユジンの心臓を鼓動させるには特別なものが必要であることを示していた。

ヘウォンは、それが何かわからなくて怖いと言った。当初は小児期の品行障害を念頭において検査を始めたのだが、まったく別物だったと言うのだ。議論の結果によると、ユジンは脳の扁桃体に赤信号が点らない子だった。食物連鎖で言えば、捕食者。

私はあっけにとられて目をしばたたいた。捕食者？

ヘウォンは宣言するように言い放った。

「ユジンは捕食者よ。サイコパスの中で最高レベルに属するプレデター」

捕食者、だって……？　このとぼけた単語が、ぼくの十六年間を説明する名分だと……？　このばかげた診断名にぼくの人生は揺さぶられ続けてきたと……？

昨日の早朝からフルスピードで疾走してきた頭に急ブレーキがかかったような感覚。熱い湯と水風呂を弾丸のように往復していた感情がぴたりと動きを止めた。洪水のようにあふれていたあらゆる考えが一瞬にして流れを停止した。ぼくは日記メモから目を上げた。記録は下へと続いていたが、それ以上読みたくなかった。太陽が三つに見える気象現象が地球滅亡の兆しだと信じる携挙派（韓国で生まれたキリスト教系の一派。一九九二年にキリスト教の終末と世界の終焉が訪れると予言し、自殺騒動などがあった）の狂信者に会ったような気分だ。携挙は彼らにとっては重大な問題だが、ぼくにはなんの関係もない。

（本当にそうかしら？）

背後で母の声が聞こえた。ぼくは椅子から腰を上げ、テラスのガラス戸の前に立った。母がギイギイとロッキングベンチを揺らしている。ねずみ色の空がパーゴラの屋根の真上まで下りてきていた。

（最後まで読んだら？）

ぼくは首を振った。面白くないよ。

（「あの日の出来事」を知りたくないの？）

知りたくなかった。知りたいことはほかにあった。なぜぼくを育てたのか、それも絶縁していたおばを訪ねて頼み込むことまでしながら。そんなにぼくが怖いのなら、いっそ首に縄でもかけて地下室に閉じ込めたほうがお互いのためではなかったか。ぼくは殺人犯にならずに済んだし、母も死なずに済んだのだから。

「ユジン」

今度は母ではない。部屋の外から聞こえてくる声だった。ぼくは後ろを振り返った。

「中にいるの？」

誰かがぼくの部屋のドアをノックしていた。

#

ドアノブがするすると回った。ぼくは置き時計を見た。一時四十八分。

昨日の朝、ヘジンがドアを叩いたときと似たような状況だった。机の上には日記メモが開いて置かれたまま。当然、ドアに鍵はかかっていない。ひとりなのだから鍵を閉める理由もないではないか。ただ、ぼくが裸であることと、ドアまで飛んでいく暇もない点が昨日とは違っていた。ドアはすでに開きかけていた。やがてボーダー柄の靴下を履いた足がすっと踏み入ってきた。同時に、足の主も顔を突き出した。ヘビ一匹ぐらいならひと呑みにしそうな大きな口に微笑をたたえて。

「何してるの?」

おばだった。予想外のタイミングだ。いつかは来ると予想していたものの、それが今だとは思わなかった。まっすぐにぼくの部屋に押しかけてくることなど、なおさら想像していなかった。強引さにおいては第一人者の母もこんなふうに突撃してくることはない。急襲して確かめたいほど、ぼくが何をしているか知りたかったのだろうか。

視線を戻し、自分の裸を見下ろす。へそから下が総立ちの様相を呈している。腹は引っ込み、股間の毛が逆立ち、太ももの筋肉が長く畝を描きながら引き締まる。神経回路は戦闘力を最前線へと集結させた。おまえの天敵がやってきたぞ。

「どうしたの」

ぼくは机の前へ一歩進み出た。太ももを机の端にぴたりと寄せ、仁王立ちになる。日記メモの上にいきり立ったバルカン砲が要撃態勢で乗っかった。ぼくではなく、ぼくの机の上をのぞき込むようにして近づいてきていたおばの顔からさっと笑みが消えた。うんともすんとも区別のつかない鼻音を吐きながら、くるりと向きを変えた。マサイ族の呪術師のように重ねてつけていたネックレスもチャララ、と音を立てながら一緒に回った。

「何してるの?」

慌てた声ではない。うっとりしている声でもないようだ。全盛期に入ったばかりの男性性を見せつける理由を知りたがっている声だった。その底辺には明らかに、せせら笑うようなニュアンスがあった。ぼうや、私はあなたのおばよ。あなたのそれが唐辛子ぐらいのときからあなたの成長を見守ってきた人。それがシャワーヘッドくらいに育ったからって、怖気づいたりするものですか。

　ぼくはジーンズ姿のおばのヒップラインを見つめた。棒切れのような体の中で唯一、やわらかく丸い曲線を描いている部分。見るたびに空き地の真ん中に置かれたサッカーボールを連想させる、そのため本能的に蹴ってやりたくなる代物でもあった。一体あれがどうやってここまで転がってきたのだろう。エントランスと玄関はどうやって通過したのか。

　長く考えるまでもなく正解が浮かんだ。ヘジン。昨日家を出たあと病院に寄り、エントランスキーのみならず玄関の鍵まで授けて行ったようだ。

「それはこっちの台詞だよ。そこで何してるの？」

　おばは背を向けたまま腕を組んだ。その拍子に、肩に入っていた力がおのずと抜けた。

「ともかく服を着たら？　見てられないじゃないの」

　服を着終わるまで千年でも万年でも待ってやろうという余裕綽々《しゃくしゃく》の態度。危うく舌打ちするところだった。結婚もしていない女が恥じ入ることも知らないとは。

「そうもいかないよ。おばさんがたんすの真ん前に立ってちゃ」

　おばは顎だけで後ろを振り向いた。ちらりと投げられた視線が、瞬時にぼくの体をなぞった。再点検の結果、現況は自分に不利だと判断したらしい。腕をほどいてドアのほうへ向き直りながら言った。

「じゃあ一階で」

「オーケー」

　おばがドアのほうへ足を踏み出した。わずか三、四歩の距離。その短い区間を移動するあいだに、自分はひるんだわけではないことと、おばとしての威厳を見せたかったようだ。急ぐそぶりもなく、顎を上げ背筋をぴんと伸ばして部屋を出て行った。まもなく目の前で、音を立ててドアが閉まった。

　おばの声が余韻のように残っていた。ぼくはもう一度母のほうへ向き直った。ひと言訊いてみた。

「母さん、おばさんがぼくを食べに来たよ。どうしようか？　食べられてやろうか、食べてやろうか？」

母は答えなかった。あなたの思いどおりにしなさい、と言うように。ジョーカーのように真っ赤な唇をつり上げてにたりと笑うばかりだった。

振り返って、残り数枚の日記メモを閉じた。仮に「あの日の出来事」が死ぬほど知りたいとしても、今このタイミングは読書にふさわしくない。引き出しに日記をしまい、黒い下着、黒いトレーニングパンツ、黒いTシャツを出して着た。ブラインドを閉め、裸足でそろそろと階段を下りる。

おばはリビングにいなかった。ベランダにも、キッチンにも。母の部屋は鍵が閉まっているし、ヘジンの部屋には入る理由もない。玄関側の浴室だろうかと耳を澄ませたが、なんの気配もない。薄ねず色のダウンコートと青色のバッグだけがカウンターテーブルに置かれていた。革製の岡持ちを見ているようだ。ジャージャー麺四人前ぐらいは優に運べそうなほど、大きく丈夫そうだ。

どこかで見かけた一文が思い浮かぶ。女のかばんをのぞくのは、女の魂をのぞき見ることに等しい、だったろうか。ふと、かばんを開けてみたいという誘惑に駆られた。生涯、おばの魂を今ほど知りたいと思ったことはない。どんな目を持つ魂なら、六歳のガキが描いた絵を「母親殺害」の暗示と読み解きうるのか。どんな口を持つ魂なら、九歳の甥におまえは捕食者だなどと宣告できるのか。どんな面構えの魂なら、ひとりの人間の人生を「治療」という名目でめちゃくちゃにできるのか。どんな心臓を持つ魂なら、「捕食者」のホームグラウンドにたったひとりで攻め入ることができるのか。

おばの魂のとなりにはケーキの箱があった。透明ビニールの窓からのぞく内容物は、ちょうどハンバーガーぐらいの大きさだ。ぼくはテーブルのわきを過ぎて、キッチンを通り抜け、洗濯機のある裏のベランダへ歩み寄った。音を立てないよう息まで殺して。辺りで一番騒がしいのはぼくの頭の中だった。青組と白組が珍しく意気投合し口を揃えて叫んでいる。おばさんを蹴り倒すなよ。やさしく言い含めて送り出すんだ。

おばは洗濯機の前に立っていた。頭を前に突き出し、首を傾げて洗濯機ののぞき窓の奥に見入っている。作動中を表す緑のランプはみな消えている。おそらくずいぶん前に洗濯は終わったのだろう。ぼくは「休め」の姿勢でおばの背後に立った。霧がなく、場所が家の中というだけで、おなじみの構図ができあがった。そのため、洗濯機のドアを開け、布団をごそごそひっくり返すおばを黙って見守っているのはつらかった。布団の角をつかんで洗濯機の外へ引っ張ったときには、かかとがむずむずした。ケツを蹴って洗濯機に押し込み、ドアを閉めてやりたくて。

「何してるの？」

おばの手が止まった。肩がぴくりとかすかに動いた。母なら目を見開いてこう叫んでいただろう。驚かさないで。

「なんだって布団を？」

おばは布団から手を離し、ゆっくりとこちらを振り返った。背後にぼくがいることを最初から知っていたというように平然とした表情だった。引っ張り出された布団のすそは、死者の腕のように洗濯機の外へだらりと下がっている。

「ひょっとして、おねしょでもしちゃったの？」

おばの顔に冷やかすような笑みが広がった。自分のジョークに満足しているらしい。ぼくも一緒に笑った。

「母さんの代わりに家事でもしてくれるの？」

「洗濯機のアラームが鳴ってたから来てみただけよ」

おばの視線は洗濯機に戻り、再びぼくに向けられた。

「終わってるんじゃない？」

「置いといて。ぼくがやるから」

ぼくは体を半回転させ、ガラス戸のわきへよけた。

早く出てこい、くそババア。

「あら、そう」

おばはランドリーから出てきた。ぼくらはベランダのガラス戸の前で親しげな笑みを浮かべて向き合った。おばは全身真っ黒のぼくの服装を目でなぞり、ぼくはゾウの鼻のようにしわしわのおばの首を見下ろした。ふと、日本の草津温泉で過ごした去年の正月休みを思い出した。

母とぼく、ヘジン、おばと母方の祖父で出かけた家族旅行。そこで折悪しく、おばに治療を受けている子どもの母親と出くわした。多少空気の読めない女のようだった。煩わしそうなおばの表情など気にも留めず、長いあいだ離してくれなかった。自分たちも家族旅行に来た、先生のおかげで子どもが落ち着いた、あとは勉強さえできればいい。そこまでならよかった。女はちらりと母に目を留めると、仰々しい声でおべっかを言い始めた。院長の妹さんはものすごい美人だ、若かりしころのジョディ・フォスターみたいだ……。母が慌てて姉だと訂正すると、彼女はフランス女のように「オララ」を連発した。驚いた、歳の離れた妹さんだと思ったわ。どんなお手入れをしてるんです？　そのとき、眉間に深いしわをつくって顔をゆがめていたおばの姿を今でもはっきり憶えている。女が遠ざかると、吐き出すように言った教養高いひとり言も。イカレ女め、私のほうが歳上に見えるって言うの？

「ヘジンはいつ帰るって？」

おばが質問で沈黙を破った。ぼくは質問で返した。

「昨日会ったとき訊かなかったの？」

おばの頭が斜めに傾いだ。

「どうして私がヘジンに会ったと？」

「じゃなきゃ、どうやって入ったの？　開けゴマ、ってわけにはいかないでしょ」

「玄関の番号なら前から知ってるわよ。エントランスはちょうど入る人がいたから一緒に入っただけ。何か問題でも？」

おばは突然、歯とピンク色の歯茎を見せて笑った。ああ、というように。

「私が部屋に入ったから、機嫌を悪くしたのね」

改めて思うが、生半可な紳士道は人生になんの足しにもならない。チャンスがあったとき、おばの魂を探っておくべきだった。そうしていたら、あの見苦しい歯茎に証拠を突きつけてやれたのに。

「合格のお祝いパーティーをしようと思ってケーキまで買ってきたのよ」

おばは身を翻してカウンターテーブルの前へ行き、ケーキの箱を持ち上げて見せた。

「お祝いなんて……。司法試験に受かったわけでもあるまいし」

ぼくもキッチンへ入った。おばはご謙遜を、というように眉を吊り上げた。

「ロースクールだってすごいじゃない。姉さんが知ったらご近所中を集めてお祝いしてるわ。違う？」

そうだろうか。母はぼくが法学部に行くことさえしぶった。縁もゆかりもない哲学の勉強を勧めた。次善候補に美学と宗教学を挙げたりもした。大学を卒業し、大学院に進み、学位を取って、学者として勉強しながら執筆する人生を提示した。その見事な青写真がどこから出てきたのか、やっとわかったような気がする。この女だ。ぼくの前でちんけなケーキを振って見せながら「違う？」と問いかける女。

二人は「捕食者」を一生涯閉じ込めておく無形の監獄を構想していたのだろう。安全で無害な存在として生きられるように。人の世界で生きながらも人と交わって生きることのないように。その結果、ぼくは大学卒業を目前に控えながらも夜九時の門限を守らねばならず、ひとりでは旅行にも行けない幼子として取り残されたのだった。

「ヘジンが戻ってからにする？」

ぼくは黙っていた。

「なんにせよ、あの子がいたほうが楽しいわよね？」

おばは自問自答したあと、ケーキの箱を手にぼくのわきをすり抜け、冷蔵庫に歩み寄った。ヘジンが戻るまでここで待つ気らしい。

「姉さんからはまだなんの連絡も？」

冷蔵庫にケーキを入れながらおばが訊いた。

「ないよ」

ぼくはキッチンから出て、リビング側に置かれているカウンターテーブルの椅子に座った。無理に頭を動かさなくても、おばの動きを対角線上に捉えられる位置だ。

「そう。まだなの」

おばは冷蔵庫の中をのぞくふりをしながら、何気ない口調で訊いた。

「ところで、姉さんは何で出かけたの？」

はっと、地下駐車場にある母の車を思い出した。おばは車を停めるときそれを見たはずだ。ぼくは先手を打った。

「昨日駐車場に下りてみたけど、車は置いていったみたいなんだ」

「あの人が車を置いて？」

そんなはずがないという反問だった。実際、そんなはずはなかった。母はよほどのことがない限り車なしでは動かなかった。できるものなら冥土の旅でさえ車で行っただろう。それでも、一度言ったことは突き通すことにした。

「連れがいたなら、その人の車で行ったのかもしれないし」

「連れって？」

「それがわかってたら、その人に連絡してるよ」

おばは冷蔵庫のドアを閉め、ぼくのほうへ歩いてきた。羊皮のように磨き上げられたおばの高尚な表情がすぐ目の前までやってきた。この皮を破れば、その下にどんな顔が現れるのだろう。怒った顔？　焦った顔？　怯えた顔？

「ねえユジン」

　おばが呼んだ。息子を呼ぶかのようにやさしい声で。

「姉さんの部屋、どうして鍵がかかってるの？　出かけるときはいつもそうなの？」

　うん、と言おうとして、昨日の朝、母の部屋のドアを挟んでヘジンとひと悶着あったことを思い出した。おばとヘジンの会話はそこまで及んでいないだろうとも思ったが、万一に備えて一貫性を保つ必要がある。

「ぼくが閉めたんだ」

「あなたが？」

　おばが訊いた。切れ長のまぶたの下で、干しぶどうほどの瞳孔がぼくを凝視している。

「昨日の夜、警察が来てたんだよ」

「警察？」

　おばは口をすぼめて目を見開き、ぼくを見た。相手に「びっくり！」という意志を伝えようとするとき、人がよく浮かべる典型的かつ使い古された表情。表情だけでも斬新なものにしてくれたら、この顔も少しは斬新に見えるのに。

「誰かがニセの通報をしたらしいんだ。泥棒が入ったって」

「あら、一体誰が？」

　本当に知りたいのは、警察とのあいだに「どんな話が行き交ったのか」だろう。

「通報者は仁港路《インハンロ》付近の公衆電話から通報したそうだよ。その辺りの監視カメラを照会すればすぐわかるはずだって。わかればぼくにも知らせてくれって言っておいた」

　おばは何か言い返そうとしたが、すぐに口をつぐんだ。

「誰なのか、ぼくも気になるからね」

ぼくたちは目を合わせて相手を探った。おばはぼくが通報者の正体を知っていることを読み取り、ぼくはおばがそれを読み取ったことを読み取った。話はこれにて終了というわけだ。

「それで、姉さんの部屋に鍵をかけた理由は？」

「ぼくが身分証を取りにいってるあいだに、その人たちが勝手に母さんの部屋に入ってたんだ。また入られないように鍵をかけたってわけ」

おばの目が再び細くなった。ぼくのことばを信じていない表情だ。

「部屋の鍵はあなたが持ってるの？」

ぼくはつきあたりの飾り棚に視線を移した。おばの視線もついてきた。

「開けてくれる？」

「どうして？」

「浴室を使いたいの。急いで出たから顔も洗ってなくて」

顔を洗う時間はないが、ネックレスとイヤリングをする時間はあったようだ。ぼくは親指で玄関横の浴室を指した。

「顔ならあっちでも洗えるけど」

「あっちはヘジンが使ってる浴室でしょ。それにしても、こんなことまで一々あなたの許可を得なきゃならないの？　自分の家だからって、あんまりじゃない？」

冗談交じりの口調だったが、目は笑っていなかった。もちろんぼくも笑わなかった。わが家において、おばが客以外のなんだというのか問いたかった。おばがバッグとダウンコートを手に取り、再びぼくを見る。ドアを開けろという無言の命令。母の部屋に何かあるものと確信している様子だった。

「ユジン」

おばが促した。ぼくは椅子から立ち上がった。飾り棚の引き出しから鍵を出してドアを開け、おばのほうを振り返った。どうぞ、という意味で部屋のほうへくいと頭を傾げて見せた。

「ありがたいわね。入れてくれて」

おばは部屋へ入りながら言い足した。

「あなたは自分の用事をしてて。私は顔を洗ったら、ヘジンが戻るまで少し寝るから。昨夜は一睡もできなかったのよ」

面前でドアが閉まった。ガチャ、という鍵の閉まる音。おばが動く物音は聞こえない。ドアの前に立ったままこちらの気配を窺っているのではないかと思った。ぼくは飾り棚に鍵束を投げ入れ、リビングへ向かった。一階におばひとり置いておくわけにはいかない。勝手に歩き回って、ぼくの目には映らなかった何かを探し出すかもしれない。

裏のベランダに出て、洗濯機の乾燥ボタンを押し、リビングへ戻る。暇つぶしになりそうなものは何かと考え、ソファにごろりと寝そべった。テレビのリモコンをつかみ、昨日の朝ヘジンがそうしていたように、チャンネルを順に替えてみる。ムービーチャンネル、釣りチャンネル、囲碁チャンネル……。画面が替わる速度に合わせて、頭の中でおばが動き始めた。バッグをラインティングビューローに置く。コートを椅子に掛け置く。次に何をするだろう。この家にやってきた目的を遂行するはずだ。

ドレスルームに入るおばが見える気がした。まずは浴室を調べるだろう。次に書斎のドアを開ける。続いてドレスルームに戻ってクローゼットを開け、几帳面に整頓された化粧台と棚を眺める。さまざまな化粧品、香水、ドライヤー、メイク道具、帽子とハンドバッグとスーツケース、リュックサックまで。おかしな点は見当たらないはずだ。たくさんのものの中から母が持って出たものは何か、おばにわかるはずもない。すべてを見尽くすと、机の前に戻るだろう。そして当然、引き出しを開けてみる。ぼくは記憶をたどった。中に何が入っていたか。日記メモ用のルーズリーフ、ボールペンやステープラーなどの文房具、眼鏡ケース。赤い財布に至って思考を止めた。おばの質問が聞こえるようだ。姉さんは旅行に財布も持っていかないの？その答えとして、母の携帯電話ケースに入っていた運転免許証とクレジットカードを想定する。悪くない。もちろん、訊かれなければ答える必要もないが。

次に開けるのはたんすだろう。そこでも不審な点は見つからない。何度も確認しながら血痕を拭いたのだから。気がかりはただ一つ、昨日交換したマットレスだ。白いシーツを敷いてはおいたが、それが完璧な隠蔽を保証するわけではない。その気になればいくらでも剝ぎ取ることができる。となると、その気になる確率はどのくらいか。

ムービーチャンネルでクリステン・スチュワートが出演するアクション映画をやっていた。ぼくはリモコンをテーブルに置き、ソファに横になった。恋人と結婚することが人生の目標というコンビニで働くぼんくら男が、実はCIAで育成されたのちに記憶を封印された超人だったというストーリーを、なんの気なしに追った。画面から目を離したのは、柱時計が四度鳴ったあとだ。午後四時。

なんとも妙だった。昨日の早朝に目を覚ましてから一睡もしていない。足を伸ばして休んだこともない。なのに疲れを感じなかった。目が多少しばしばするぐらいで、体は比較的軽やかだ。一時間以上なんとも退屈な映画を見ているのに、眠気さえ感じない。脱力状態に近かった昨夜を思えば、今の覚醒は不可思議でさえある。全身が極端な非常態勢に入ったような感覚。頭の中ではとりとめのない考えと、落差の激しい感情が入り混じっていた。もはや正常な人間の生活には戻れないのだという挫折感、ぼくの肩に潜在的犯罪者の烙印を押したおばと、人生における選択の機会さえ与えてくれなかった母への怒り、熾火《おきび》のようにちりちりと蘇る殺人の記憶、暗い工事現場で感じた充足感と驚異的な気分を生涯忘れられないだろうという不吉な予感。

　誰のことばだったろう。「人間は一生の三分の一を妄想に使い、夢の中で、目覚めているときはおくびにも出さない全く別の人生を生き、心の劇場では、空しく暴力的で汚らしいありとあらゆる望みを叶えている」

　ぼくは誰とも、何とも正面から戦わない人間だった。物陰で静かに刃を研ぐ人間。ぼくの〝デスノート〟にはありとあらゆる「奴ら」が書き込まれ、首を長くして待っていた。気に入らない奴、そいつの味方をする奴、味方をする奴と親しい奴、親しい奴のわきを通り過ぎる奴……。むしゃくしゃする夜は、ひとりずつ夢の中に誘《いざな》って首を斬り落とした。おばのことばを借りるなら「捕食ポルノ」とでも言おうか。

　夢の中のポルノが初めて上映されたのは小学生のとき。相手は、母の日記メモにも登場した、〇・四五秒差でぼくからメダルを奪った奴だった。母の言うとおり、その日ぼくは夜通しうなされた。そんな中、いつしかぼくは浅い眠りにつき、短い夢を見て、夢精とともに目覚めた。

　その後もたびたび夢精した。罪悪感など少しもなかった。それはぼくの内に秘められた欲望の隠喩的《メタフォリカル》な幻想にすぎなかった。夢の中では思ったことがすべて本当になり、欲望の奥底では想像以上の出来事がくり広げられる。それが普通の人間であり、ぼくもまたその範疇にいた。型破りな種として自分の立ち位置を格上げしたいという欲望など微塵もなかった。少なくともこの八月、「はんぺん」に出会うまでは。

「はんぺん」はポルノに飽き飽きしたぼくを通りへ導いた、点火用のスパークだった。六度目の外出で、ぼくは実際に行動した。その代価として袋小路に立たされていた。選択肢はいくらもない。逮捕されるか自首する場合、それなりの筋書きを準備しておかねばならない。頭の中のポルノを無意識のうちに実行に移していた、それを知った母に殺されそうになり、パニックの中で防御しているうちに母までも殺してしまったが、ぼくは決して悪い人間じゃない、と言ったところで誰ひとり信じてくれないだろうから。もしも逃げるという道を選ぶなら……。

ドク、ドク、ドク。脈が音を立てて走り出した。意識の奥底で、直感に近いある考えが瞬いている。ぼくはそれを拾い上げなかった。いつでも取り出せるところに置いておき、頭上を仰いだ。ドックでコードレスホンが鳴っている。液晶画面にヘジンの名前が表示されていた。取って通話ボタンを押す。ヘジンの息切れした声が飛び出した。

「何やってる。忙しいか？」

荒い息遣いからすると、忙しいのは当の本人のようだ。背後ではあらゆる騒音が飛び交っている。人々の話し声、カートのようなものがガタガタ揺れながら通り過ぎる音、車のクラクションの音……。

「映画を観てた。なんで？」

「六時五分の汽車で帰る。ついでに寄ってくところがあってさ」

「じゃあ、着くのは早くて九時過ぎだな」

「龍山《ヨンサン》駅に着くのが八時半だから、十時以降になる。それでさ……」

ヘジンはことさら済まなそうな声で言った。

「今、忙しいか」

「いや」

「一つ頼みがあるんだ」

何を頼もうとしてこんなにもったいぶるのだろう。早くも煩わしい気持ちになり、吐き捨てるように言った。

「言えよ」

ぼくは再びリモコンを手に取り、チャンネルを替え始めた。約束でもしたかのように、どこもかしこも食に関する番組ばかりだ。ホームショッピングでは味付けカルビをほおばり、バラエティでは男が一頭の牛を部位ごとに切り分け、ドラマでは二人の軍人が着火炭で豚バラ肉を焼いている。この世のすべての生命体は生まれた瞬間から、生存するすべとともに待つすべを学ぶ。食べるすべと、食べることができるまで我慢するすべを同時に会得するのだ。もっぱら人間だけが、我慢するすべを学べない。ありとあらゆるものを食べ、時と場所を選ばずに食べ、毎日毎瞬間食べる話に熱狂するところを見ると。食べ物に向けられるあの狂気は、捕食ポルノとさして変わらない。そういった観点から見れば、人間はこの地上の生命体のうち、欲望に対してもっともこらえ性のない種だ。

「おれの部屋のDVDボックスに、東ヨーロッパの短編映画だけを集めてる棚があるの、知ってるだろ？」

ヘジンが訊いた。ぼくは「うん」と答えた。

「その真ん中辺りに『デュエル』っていう作品があるんだけど、それをホットク屋のおやじに預けといてくれないか？　今すぐ」

よりによってこんなときに、「今すぐ」とは……。ヘジン煩わしさが先立ち、すぐに答えられなかった。ヘジンはぼくの本音を見透かしたように、長い言い訳を添えた。

「『課題』の監督が急遽必要だって言うんだけど、俺は今木浦だろ？　ところが、ちょうど制作会社の人たちと群島の防潮堤を通りかかるそうなんだ」

すなわち、ぼくがホットク屋のおやじに頼んで預かってもらえば、そっちで勝手に受け取るからというのだ。

「どうせ来るなら、うちまで来てもらえばいいじゃないか」

ぼくは母の部屋のほうをちらりと見やりながら言っ

た。

「それが、自分の車でもないし、大所帯だから気兼ねしてるらしい」

「ホットク屋が閉まってたら、ぼくがずっと立ってなきゃならないのか？」

「そんな日、めったにないだろ」

そう答える声は多少不満げだった。おれはおまえのために永宗島まで行って来たのに、おまえはこれぐらいのこともしてくれないのかよ、と言うように。

「忙しいなら、まあいいや。仕方ないな」

仕方ないよな、と言いそうになるのをかろうじてこらえた。走れば二十分で行って帰れる距離だ。母のことばを借りれば、ギブ・アンド・テイクはもっとも安全な取り引きだ。何より、大した頼みでもないのに、それを断って不審に思われたくない。

「いや。ひとっ走りしてくるよ。暇だし」

ヘジンの声がぱっと晴れた。


「走るまでもないよ。三十分以内に届けてくれればそれでいいから。ホットク屋のおやじによろしく言っといてくれ」

電話を切り、母の部屋の前へ行ってドアに耳をあててみた。気配は一つもない。少なくとも今のところは、部屋を調べて回るようなことはしていないようだ。書斎の本でも読んでいるのだろうか。本人のことばどおり洗顔を終えて寝ているのだろうか。それ以外で何時間ものあいだ、母の部屋ですることなど何があるだろう。ほぼない。ちょっと留守にするぐらいは平気そうだ。

テレビをつけたまま、玄関わきの部屋へ入る。DVDはすぐに見つかった。ヘジンに聞いた場所にあった。玄関の内ドアを三分の一ほど開け、昨晩ホットク屋に出かけたときのランニングシューズを手に取る。玄関から出ればオートロックキーがピッと音を立てる。眠っていないなら、おばは見張りが家を空けたことにすぐさま気づくだろう。

ランニングシューズとDVDを手に二階へ上がる。部屋に入って鍵を閉め、ダウンジャケットを出して羽織る。玄関の鍵、エントランスキー、携帯電話をジャケットのポケットに入れる。テラスへ出ながら、ガラス戸を少し開けておく。屋上の鉄扉を開けて非常階段に降り立つと、ハローがいつもどおり吠え始めた。その声でおばが外をのぞくかもしれないと思い、二十四階からエレベーターに乗った。エレベーターは途中で止まることなく、まっすぐに一階まで降りた。

鉛色の雲が空を覆っている。岸壁のように厚い乱層雲だ。大気は氷の粒が漂っているかのように冷たく湿っている。雪か雨がひとしきり降りそうだ。ぼくは小門に向かってのろのろと足を運んだ。何かが引っかかっていた。重要なことを見逃しているのではないか。知っていながらやり過ごしたような気もする。小門をくぐったとき、頭の中で白組がつぶやいた。これがおばの仕掛けたことなら……。

歩みを止め、その場に立ち止まった。拳のように硬く激しい風が正面から吹き付けた。鼻先がかじかみ、涙がにじむ。白組が言った。

おばさんが家中を調べるのに何分かかるかな？

ぼくはかすんだ目で後ろを振り返った。白組に答えた。

十分。

#

エレベーターは一階に止まっていた。ぼくは二十四階で降りた。降りていくとき同様、残りの一階は階段を使って上がった。ハローがうなりはじめたが、急ぐことはしなかった。吠えようかどうしようかとためらわず思い切り、猛烈に吠えてほしかった。おばが犬の声に気を取られてくれればと。その声の意味に気づいてくれたらと。ハローの威勢は徐々に衰え、二十五階に着くころには鳴りを潜めてしまった。あまのじゃくめ。

オートロックキーを穴に差し込む。施錠が外れると、玄関へ入った。三分の一ほど開けておいた内ドアをくぐっても、おばの気配は感じられなかった。カウンターテーブルにDVDを置き、母の部屋の前へ行く。指を一本使ってドアノブをそっと押してみる。鍵がかかっている。ドアに耳をあてて中の様子を探ってみる。何も聞こえない。眠っているようだ。たちまち安堵がこみ上げた。何をそんなに疑ってる。誇大妄想だ。気でも違わない限り、ヘジンが、母でもなくおばと手を組むなんてありえないじゃないか。

振り向くと、書斎のドアがすぐ目の前にあった。いつもなら、視界に入っても壁のごとく通り過ぎていたドアだ。母はこんな場合を「事物も語りかける」と表現していた。今ぼくに、向かいのドアは「果たしてそうだろうか」と語りかけていた。「イエス」という確信が必要なとき、もっとも信用できる方法は目で確かめることだ。

書斎のドアを開けて中へ入った。そのままドレスルームに面するドアを押して入り、浴室のドアを開ける。使われた形跡はない。洗面台、バスタブ、浴室の壁、床、そのどこにも水一滴はねていない。便器のふたは昨日の朝ぼくがそうしたとおり、まっすぐ上がっている。スリッパが床にそろえて置かれている点だけが昨日と違った。昨日のとおりなら、壁に立てかけられていなければならない。ここに入ったということだ。中を調べようと。事によると、誰かと電話するために。

ぼくは閉ざされている、母の部屋へ通じるドアの前で足を止めた。少しばかり息を整える。二つに一つだろう。いるか、いないか。後者ならいざ知らず、前者だった場合は必要なものがある。ぼくがなぜ変則的な方法で母の部屋に入ったかについての釈明。母の机から借りたいものがあって。ドアを叩けばおばさんが起きてしまうかと思って。見え透いた言い訳だ。むしろ開き直ったほうがましかもしれない。ぼくの部屋に入ってきたおばがそうだったように。

ドアノブを回し、ドアを押す。そろそろとドアが開くあいだ、心から願った。どうか部屋にいてくれ。寝ていようが、素っ裸で体操をしていようが、部屋から出ていないことだけを願った。すべての人間の問題は、部屋の中に何もせずじっと座っていることができないことに端を発するのだと、ある著名な小説家が言っていたではないか。

ぼくは室内に足を踏み入れた。部屋はがらんとしていた。額の真ん中で血管がぴくぴく踊る。とうとう部屋をお出になったというわけか。両耳の後ろから、ゆらゆらとかげろうが立ち昇る。皮膚がちくちくし、背中と脚の筋肉がびりびりしてくる。音という音がないまぜになって耳に届く。遠くの道路を行き交う車の音、敷地内のどこかから響く子どもの高らかな笑い声、エレベーターが上下する音、キッチンで稼動する冷蔵庫の音、脈拍が額を打つ音。「犬くぐり」から飛び出したくなるたびに現れる症状だった。昂ぶる自分とそれを抑える自分とのはざまで起こる化学作用。

ぼくはライティングビューロー の前で足を止めた。想像していたとおり、コートは椅子の背に、バッグはジッパーが開いたまま机に置かれていた。おばが引き出しを探ったのかは定かでない。母の財布を始め、すべてがもとのままのようだ。ただし、ベランダのガラス戸を覆う二重のカーテンのうち、レースのカーテンが頭一つ分ほど開いていた。ベランダに出て倉庫を調べたのだろうと推測された。ベッドも昨日整えた時点とは異なっている。角を合わせてぴんと伸ばしていた布団が、ほんのわずかだが乱れていた。使った形跡というより、はがしてみた跡だった。

ベッドに近寄って布団をめくる。シーツを固定するクリップがマットレスから外れていた。「血痕を見た」と解釈できる光景だ。マットレスを交換する際に上下をひっくり返しておいたため、偶然目に留まるわけはない。シーツをはがしてマットレスを持ち上げ、裏側をのぞいたはずだ。確認してから、浴室に行ってヘジンに電話をかけたのだろう。そうして何を言っただろう。「ユジンが姉さんを殺したみたい」？「家中を調べたいから、ユジンを外におびき出してちょうだい」？となると、おばは倉庫を調べにベランダに出たのではない。ぼくが外へ出るのを確かめるのが目的だった。

（何やってる。忙しいか？）

さっき聞いたヘジンの声を思い返す。息切れし、浮かれたような、普段より半オクターブ高い声。楽しそうにも取れる高音だった。「母の消息」を伝え聞いた上であんな声を出せるのなら、それはヘジンではない。自分の目で確かめずともおばのことばを信じてしまうほど、二人が篤い関係にあるわけでもない。ぼくに隠れて内通していたというなら話は別だが。

おばは何か別の口実をつくって任務を与えたのだろう。ヘジンは何も知らずに、あるいは悪意のないいたずらに手を貸すぐらいの気持ちで任務を遂行した。しかしながら、この件がおばとヘジンの合作であるという事実に変わりはない。

ぼくは寝室のドアを閉めて、リビングに出た。飾り棚の引き出しをまず開けてみる。鍵束がない。予想を一ミリたりとも外れていない。歩んでほしくないと思った行路を、おばはつぶさにたどっている。かといってすぐさま二階へ駆け上がり、おばの行く手をふさぐ気にはならなかった。ただ、最後の限界線を、ぼくの部屋のガラス戸と決めた。どうかそこから外へ出ませんように。あなたのためにも、ぼくのためにも。

頭上でトン、という音が響いた。低いが、鈍く振動するような音。推測どおりなら、それはガラス戸が不用意に閉まる音だった。この先起こることを瞬時に自覚させる音だった。ずっと静かだった胸の内で炎がちらつき始める。ぼくの人生をここに至らせただけでは事足りず、逃げ道を閉ざして選択さえも強要するとは。

　ぼくは階段を上がった。足音を消し、一段、一段、ゆっくりと。母を抱えて上がったときと同じぐらい非現実的な心持ちで廊下を歩いた。

Welcome

　屋上の出入り口の前で足を止め、ドアにかかったプレートをにらむ。木製のドアを透視して外を見ることは不可能だ。唯一、ドアノブを押して鍵がかかっているか確認することはできた。鍵はかかっていた。一方、ぼくの部屋のドアは閉まってはいたが、鍵はかかっていなかった。予想どおりおばの姿はなく、鍵束だけが机の上に置かれていた。テラスのガラス戸とブラインドはぴったり閉まっている。開いていたなら吹き込んでくるはずのすきま風が感じられない。引き出しの中の日記メモは表紙がめくれていた。わずか十数分のあいだにずいぶんマメに働いたものだ。

　ガラス戸に向かい、ブラインドを指でこじ開けて目をあてる。おばがテラスのすぐ下に立っていた。片手に携帯電話を握り、足にはぼくのスリッパを履いて、パーゴラのほうを向いてじっと立ち尽くしている。赤茶色に染めたボブの髪が激しい風で枯れ草のようにあおられている。寒さのためか、緊張のためか、狭い肩がわなわな震えている。硬直した背中から葛藤が読み取れた。自分はどこへ向かうべきか、どこを開けてみるべきか知っているがゆえの葛藤。ぼくが階段を上り部屋に入ってくるまで、そこに立ち尽くしていたのがその証拠だ。

　パーゴラでは、母がロッキングベンチに腰かけていた。あいかわらず空を見上げてジョーカーのような口を開いたまま、デッキを楽器代わりに足で演奏を続けている。白いワンピースのすそがひらひらと蝶のように舞っている。誰かを惑わすにはうってつけの姿態だ。あの幻が誰かさんにも見えればの話だが。

おばはばたつく髪を耳にかけ、ちらりとこちらを振り返った。まっすぐぼくの目に向かって伸びてくるような視線。ぼくはその目を見返した。半ば哀願し、半ば怒鳴りつけるような心情で。まだ遅くないよ。部屋に戻って。

おばの視線はガラス戸を離れ、パーゴラへ戻った。心を決めた様子だ。重い足を引きずるようにして、片足をパーゴラへの最初の飛び石に乗せた。続いて二つ目。三つ目の石の上で足をそろえ、またも立ち止まった。握りしめていた携帯電話を目の前まで持ち上げ、じっと見つめている。ぼくはおばの頭の中でぶつかり合っているだろう二つの考えに思いをめぐらせてみた。「警察に電話しよう」と「この目で確かめないと」、こんな具合だろうか。

ぼくの頭の中でも二つの考えがせめぎ合っていた。「今からでもおばを中に呼び入れよう」と「今自分が外に出よう」。どちらを選ぶかによって、今の今まで保留してきたぼくの「未来」が決まるはずだ。自首か、逃亡か。前者は理性が、後者は本能が提示する選択肢だった。どちらにせよ、一度決めれば後戻りはできない。妥協の余地はなく、時間も多くない。おばが残りの「飛び石五つを渡り終えるまで」に決めなければ。

ぼくはカウントダウンをする心境でおばの動きを見守った。八つ目の飛び石にたどり着く最後の瞬間まで、そこまでにして戻ってこいとささやいていた。ひょっとすると、それは自分自身へのささやきだったのかもしれない。ぼくは待てるだけ待ち、ありったけのチャンスを与えた。犯したミスは一つだけ。「正直な」ヘジンの嘘を真に受けて、ほんのちょっと家を空けたこと。

おばはとうとうパーゴラに上がった。こちらに背を向け向けて、テーブルの正面で立ち止まった。ぼくはガラス戸から目を離した。ダウンジャケットを脱いで机に置き、引き出しから剃刀を取り出す。ひときわ軽くなった体でガラス戸に近づく。ブラインドを半分ほど開ける。そっとガラス戸を開けてテラスを抜け、屋上に降り立つ。

冷たく硬い飛び石に裸足が触れたとき、奇妙なことが起こった。昨日からずっとロッキングベンチをこぎ続けていた母の姿が消え始めたのだ。ゴム人形が焼け落ちるように、ぐにゃぐにゃとゆがみ、くずれ、じりじり溶け落ちていった。やがて、溶け落ちた跡までも黒い煙となって消え去った。パーゴラの床をこすっていた足の指は長い演奏を終えた。キイ、キイ、とベンチが揺れる音も途絶えた。空っぽのベンチには、どこから飛んできたのか知れぬ落ち葉が一枚、ぽつねんと残された。

おばもまた、ぼくの頭の中から消えた。ぼくに背を向けてパーゴラの食卓の前に立っているのは、おばではなく棒切れだった。母を怯えさせ、そそのかし、あやし、頬を打ちながらぼくを破滅に追いやった、おこがましい老いぼれの棒切れ。

体が息を潜め始めた。呼吸するようにずきずき波打っていた後頭部が平穏を取り戻した。息は喉の奥へ収まり、あばらの奥で心臓がゆっくりと鼓動した。腹の中でボールのように転がっていた緊張が消えた。五感が研ぎ澄まされる。数メートル離れていても、怯える者の湿った荒い息遣いがはっきりと聞こえる。世界がひれ伏したかのようだった。すべてが道を空けて待機しているかのように。

ぼくはパーゴラへの二つ目の飛び石へ移った。足音を殺してはいるが、棒切れが振り返ってもかまわない気持ちでいた。どうせいつかはぼくに気付くのだ。そういう意味で、期待に胸が膨らんだ。ぼくを見た瞬間の表情はどうか。何を言うのか。どんな行動を取るのか。飛びかかってくる？　逃げる？　悲鳴を上げる？

八つ目の飛び石で足を止めた。パーゴラまではわずか一歩の距離。それでも棒切れは一向に振り向きそうにない。ぼくの気配に気づいていないようだ。目の前の問題に気を取られて、レーダーの作動が停止しているらしい。訓練所の新兵のように、テーブルの前に気をつけの姿勢で立ったままぴくりともしない。昨夜、川沿いの道路で真珠のピアスがそうだったように、息まで止めて。

棒切れが再び呼吸を始めるまでにはかなりの時間がかかった。テーブルに手を伸ばすまでにはさらに長い時間が。そうしてやっと天板の縁を触ったかと思うと、すぐに後ろへ飛びのいた。熱い鍋にでも触ったかのように、あわあわと手を振った。中に何があるのか確信している様子だ。それもそのはず、わが家でもっとも優秀な博士なのだから、それぐらい想像できて当然だ。ぼくは姿勢を「休め」から「楽に休め」に変えた。退屈だったが、ぼくに気付くまで、あるいは母と対面するまで待つつもりだった。

棒切れは自分を奮い立たせていた。携帯をジーパンのポケットに突っ込み、手の平を太ももにこすりつけた。二、三度深呼吸をして、再びテーブルの前へ立った。今度は両手をテーブルの縁にかけて、力いっぱい天板を押した。テーブルは重たい悲鳴を上げながら、一気に開いた。しばらく、あるいはもう少し長いあいだ、棒切れの目はテーブルの中に釘付けになっていた。

彼女の目に映る光景を想像するのはさほど難しくない。まずは雑多なものが見えるはずだ。透明ビニール、肥料袋、草取り鎌、剪定《せんてい》ばさみ、スコップ、のこぎり、空《から》の鉢と小ぶりの素焼き、丸く巻いたゴムホース、電気のこ、底に敷かれた青いビニールシート。ひょっとすれば一、二箇所血がついているところもあるかもしれない。テーブルの天板は洗い流したが、内側までは気にしていなかった。気にする間もなかったし、中を見たがる人間がこんなにも早く現れるとは思わなかったから。

棒切れがまた動き始めた。箱型のテーブルの端に下腹をくっつけ、両手を使って中のものを取り出し始めた。透明ビニールと肥料袋、のこぎり、ゴムホース。やがて箱の内側に腰を折り曲げ、片手を突っ込んだ。分厚いビニールシートがはぎとられる「ガサッ」という音が響いた。続いて、棒切れの口からハッと声が漏れた。と同時に、誰かに顎を蹴られたかのように頭を後ろにのけぞらせながら、はじかれたように後ずさった。耳にかかっていた髪が前方にこぼれ、ぐしゃぐしゃに乱れた。縮こまっていた肩がしゃっくりをするように上下した。息遣いからバイクのエンジン音がした。ブルン、ブルン……。

棒切れが何を見たのか、具体的に想像して余りある。きっと、ジョーカーと対面したのだろう。昨日の明け方、ぼくがリビングで経験したように、母の目とぶつかったか。箱の外へ引っ張り出されたものは、母の頭のほうに載せておいたものだ。ビニールシートをはぎとる前に一度でもぼくを振り返っていたなら、重要なアドバイスをしてあげられたのに。素焼きから取り出すといいよ。そっちが足だから。

棒切れは身も心も収拾がつかないようだった。収拾はおろか、パニック状態に陥る寸前のようだ。足の力が抜けたのか、ふらついたかと思うと、箱の端っこをつかんでやっと持ちこたえた。喉からうめくようなすすり泣くような声がわき立っている。そんな最中にあっても、何かしなければとジーパンのポケットから携帯を抜き取った。おそらく汗のせいだろう。電話機が手から滑って床に落ち、落ちた瞬間三つに分離しながら三方向へ飛んだ。本体はベンチのほうへ、ふたはパーゴラの階段の下へ、バッテリーはぼくの足もとへ。

棒切れはあたふたとベンチへ走り、本体を拾い上げた。続いて、残りを探して体の向きを変えた。ついにぼくが相手の視界に登場する瞬間だった。散開するように四方に揺れていた彼女の視線は、ぼくの目に至ってひたと止まった。きょとんとした目。「どうしてここに？」と問う目。やっと拾い上げた電話機の本体は、またも彼女の手から抜け落ちた。ぼくは背後に手を回したまま、剃刀を開いた。

「ここで何を？」

棒切れは唇を小さくすぼめて首を振った。ぼくの背後にあるものを察しているかのような表情。ぼくは棒切れと目を合わせたまま、足もとのバッテリーを拾い上げた。

「警察に電話しようとしてたんじゃないの？」

パーゴラにひょいと飛び乗りながら訊いた。棒切れはぱっと、一歩後ろに退いた。視線がぼくの右手にある剃刀の上で止まった。喉から骨が折れるときのような音がした。あるいはしゃっくりだったのかもしれない。それとも悲鳴か。呼び方はどうあれ、要は運命を直感した者の恐怖だった。

やるせなさが寒気のように襲ってくる。十六年前に今のような恐怖を感じてくれていたらどんなによかっただろう。ひとりの少年の人生についてほんの一グラムの重みでも感じていれば、今日のような日はやってこなかっただろうに。今この場で、こんな運命のもとに対面することはなかっただろうに。今となってはもう遅い。あのときは早すぎたのだろうが。

「かまわない。電話しなよ」

ぼくはバッテリーを差し出し、棒切れのほうへ一歩踏み出した。棒切れは首を振りながら一歩後ずさった。

「電話して全部言ったら？　十六年前、九歳のサイコパスの治療を買って出ると、癲癇患者だと騙し続けて正体不明の薬を服ませ、母さんを使って一挙手一投足を操りながら、死ぬほどやりたがっていることを死ぬ気で阻んだら、ある日突然、ころっとイカレちまって母親を殺し、今度は自分まで殺されかけてるって……

…」

ぼくはカマキリのようについと詰め寄った。

「そう言えよ、くそババア」

棒切れは後ずさりしたが、途中でスリッパのかかとがデッキの隙間に挟まってしまった。そのせいで背中がぐらりと傾いた。何かつかもうと手を泳がせたが、近場には何もなかった。結局、後ろに向かって倒れる加速度の力に勝てず、パーゴラの外へ落っこちてしまった。一瞬で、ぼくたちのあいだに二メートルの距離が生まれた。この小さなチャンスを彼女は逃さなかった。転げた体をくるりと回転させ、泣き声と悲鳴を一度に吐きながら、屋上の鉄扉に向かって這っていった。

ぼくはぴょんと飛んでいって、棒切れの背中を膝で押さえつけた。細く薄い髪の毛をひっつかんで後ろに引っ張り上げた。棒切れの口からしゃがれた声がこぼれた。この地上での最後のひと言。

「ユミン……」

ぼくの中の暗い森が開きつつあった。時間が百分の一秒単位で流れ始める。棒切れの髪を引っ張って押さえつけるぼくの手の動きと、ぱんぱんに張り詰めた喉もとを一気に切り裂く刃の動線と、ジッパーのように開く皮膚と、マシンガンを乱射したかのように全方向に向かって飛び散る血しぶきと、屋上の床の至る所に形成される真っ赤な弾着群を、内なるぼくがつぶさに見守っていた。温かい血しぶきを顔に浴びたまま、彼女の最期のことばを思い浮かべた。

(ユミン……)

つかんでいた髪の毛を離す。頭が屋上の床にごとりと落ちた。ユミンだと……。

第四部　種の起源

「ユミン」

父が兄を呼んだ。悲鳴であり、差し迫った叫び。ぼくは錐で耳を貫かれたかのように、びくりとして目を開けた。実際に耳が痛く、しばらく寝ぼけていた。ここはどこだっけ？　耳の痛みが消えると、自室のベッドで目覚めたのだとわかった。どのくらい寝ていたのかわからないが、まだ夜でないことは明らかだ。ブラインドから差し込むのは薄明かりだったが、自然光に違いなかった。

ユミン。

ぼくを目覚めさせた父の声を思った。夢の内容はほとんど記憶にない。声だけが現実のもののように生々しかった。夢の中で父の声を聞いたのはこれが初めてだ。夢を見るまでは、記憶すらしていなかった。思い浮かべたことも、恋しく思ったこともない気がする。九歳からのち、父はぼくにとって存在しない人だった。記憶の中でも、思い出の中でも、感情的にも、その他のどんな形でも。にもかかわらず、ずっと一緒に暮らしてきたかのように、父の声だということはすぐにわかった。

なぜわかったのだろう。なぜ「ユジン」ではなく「ユミン」なのだろう。なぜ母でなく父だったのだろう。母と父が任務交代でもしようというのか。今もなおぼくに与える訓戒や教示があるのだろうか。肘をついて頭を持ち上げ、置き時計を見た。一時四十一分。テラスのガラス戸に視線を移す。あんなに明るいのだ、まさか深夜ではないだろう。

眠りに落ちる直前、時計を見たのを思い出した。九時半だったはずだ。連続十六時間寝てしまったようだ。この二日間の寝不足を一気に解消したわけだ。横になるときは、ヘジンが戻るまで少しだけ仮眠を取ろうと思っていたのに。しばしばする目をしばたたいて残る眠気を追い払い、体を起こした。

ベッドから下りてブラインドを開ける。ねずみ色の空が視界にひしと押し寄せてくる。水蒸気のように白みがかった大気の中で、一羽のセグロカモメが低空飛行していた。太陽も生気もない風景だが、疑いようのない昼間だった。

ロッキングベンチは空っぽだった。母は完全に去ってしまったようだ。現れた理由も、去った理由もわからないが、ぼくは妙な悲しみを感じた。へその緒が切れてしまったような気分。不可侵の国境を越えた浮浪者になったような気がした。国境の向こうに残してきたのは、おそらくぼく自身だろう。世の中で人々とともに生きてきたぼく、大地をしかと踏みしめていると信じていたぼく。禁じられた線を越えてしまえば二度と戻れない。できることもない。白くぼやけたあの冬の大気の中を歩き続ける以外には。

今は確信できる。二度の殺人を犯した二時間半がきれいさっぱり記憶から消えていた理由を。思い出した瞬間、生まれ育ったこの世界を去らなければならないから。それまでの人生にけりをつけなければならないから。去る準備も、けりをつける準備もできていなかったから。準備もなしに犯してしまったことに耐えられなかったから。耐えられないことを耐えるのに忘却以上のものがあるだろうか。

一方で、昨夜のことは大方憶えてる。ぼくはおばの傍らで長い時間を過ごした。内なる暗い森をいつまでも彷徨っていた。ばら色の霧の中を、羽化したばかりの蝶のように飛び回った。クモの巣に気をつけなさい、と霧の外で赤信号が点滅したが無視してしまった。甘ったるく激しい熱気が、いっそう明るい高みへとぼくをジャンプさせた。ジャンプするたびに星々が近くなった。

われに返ったとき、頭の中で白組が雷《いかずち》のような雄《お》叫《たけ》びを上げていた。日が暮れた、体が凍えちまう、もうすぐヘジンが戻るはずだ、現場を片づけろ、早く、急げ……。

ぼんやりした頭で、自分の所業を見回したのを憶えている。パーゴラの外灯の明かりの中に伏せているおば、剃刀を握っておばのそばにしゃがんでいるぼく、屋上の床を覆い尽くしている血。その上に、冷たく湿った夜霧が降りてきていた。耳の後ろでは風がむせび泣いている。降り注いでいた星々は消え、みすぼらしい残光だけが足もとに散らばっていた。それさえも熾《おき》火《び》のようにちりちりと尽きかけている。

ぼくは片手で床をつき体を起こそうとしたが、また座り込んでしまった。長いあいだしゃがんでいたせいで、脚がうまく伸びない。寒いという自覚が芽生え、体中に痛みを感じた。疲労までもが押し寄せた。挙句の果てに、このまま倒れこんで眠ってしまいたいという誘惑に駆られた。手洗い場のゴムだらいが目に入ったのはそのときだ。

おばをそこに安置した。真珠のピアスのときのように、もっとも実用的な方法で処理したわけだ。屋上は家族墓地となった。真ん中に母、右におば。わけもなく笑いがこぼれた。次は左かな。

蛇口をひねり、つながれたホースを引っ張って、屋上の床を掃除した。かすむ目をこすりながら、三つに分離したおばの携帯を集める。血のついた服を脱いで浴室に入るころには、体はシャワーヘッドさえつかめないほど硬く凍っていた。熱い湯を十分以上浴びて初めて、手を動かし何かできるようになった。

シャワーを終えると、剃刀を洗って引き出しに入れ、一階へ下りて血のついた服を洗濯機に入れた。中に入っていた布団はたたんで母の部屋のたんすに突っ込んだ。次に使い捨てのビニール手袋をつけて、おばの痕跡の始末に取りかかった。携帯電話についたぼくの指紋をウェットティッシュで拭き取り、もとどおりに組み立てておばのバッグに入れる。バッグと玄関の靴はダウンコートで巻き、ドレスルームにある母の小型キャリーバッグにしまった。母のベッドは、シーツだけもう一度整えた。マットレスをもとどおりに交換し直そうかと思ったが、すぐに思い直した。おばがなんらかの言質を与えていなければ、ヘジンが母のベッドのマットレスを確認する可能性はないだろう。本当のことを言えば、ベッド本体と変わらないほど重いラテックスのマットレスを引きずって二階への階段を上るなんて、考えるのも嫌だった。

そのころのぼくは、精神力で動いていた。極度の脱力状態で、こん睡状態に等しかった。そのため、最後の仕上げについての記憶ははっきりしない。洗濯済みの服を取り出したのか、母の部屋に鍵をかけたのか、鍵束を飾り棚に戻したのか……。ヘジンを待つなど無理な話だった。二階への階段を上りながら、ぼくはすでに眠っていた。

ヘジンは戻ったのだろうか。戻ると言っていたのだから、戻っているはずだ。エントランスはどうやって通過したのか。昨夜はばたばたしていておばのバッグを調べられなかったが、エントランスキーをおばに貸したのなら、呼び出しボタンを押さねばならない。ぼくが開けてやった記憶はないが、どうにかして入ったに違いない。誰かにくっついて入るか、二十二階のハローの飼い主を呼び出して開けてくれと頼むか。腹立ちのあまり二階まで上がってきたかもしれない。寝入っている姿を見て、そのまま下りていくしかなかっただろうが。下りていってそのまま眠っただろうか。ふと、空腹を感じた。

階下へ下りた。気がかりな点の確認がてら、腹に何か入れるために。階段をつま先で滑り降りる。昨日の体が足手まといなお荷物なら、今日の体は今着ているTシャツよりも軽い。一日何も食べなかったのに、暴走癖を発症するときのように力がみなぎっている。気分も昨日よりずっとましだ。何一つ解決していないし、何一つ決定できていないが、うまくいきそうな楽観が広がってくる。その気になればなんでも。

一階は静かだった。ヘジンは自室にいるらしい。時々こちらへ人の声が漏れてくるところからすれば。おそらく映画を見ているのだろう。もしくは、昨日撮った写真や動画を編集しているか。母の部屋のドアはちゃんと閉まっていた。鍵ももとの場所にあった。キッチンに入ると、テンジャンチゲの香りがふわりと漂った。ヘジンが食事の支度をしておいたらしい。ガスコンロに小ぶりの鍋が置かれている。ぼくは裏のベランダに行き、洗濯機を開けた。中にあるべき服がない。キッチンへ戻りながら記憶をたどる。昨夜のうちに乾燥させたのだろうか？　取り出して部屋に運んだのだろうか？

「起きたか？」

キッチンの入り口にヘジンが立っていた。ぼくはシンクのそばで立ち止まり、訊いた。

「いつ戻ったんだ？」

「いつって。昨日に決まってるだろ。十時半ぐらいだったかな？　おまえはとっくに寝てたけど」

ヘジンはキッチンへ入り、ガスコンロの火を点けた。

「それにしてもぐっすり寝てたな。人が入ってきても、出てっても気づかないくらい」

予想どおり、一度二階へ上がってきたようだ。目覚めたときに見た自分の部屋の光景を思い浮かべる。まさか変なものがありはしなかったか……。

「冷蔵庫の惣菜を出してくれ。昼飯にしよう。チゲを作って、おまえが起きるのを待ってたんだ。腹減って死にそうだよ」

「先に食べろよ。ぼくはあとにする」

テーブルを布巾で拭こうとしていたヘジンが首を傾げた。

「腹減って下りてきたんじゃないのか？」

そう。空腹だった。だが、飯よりヘジンとの長い会話を避けたい気持ちのほうが大きかった。

「昨日洗濯してたのを思い出して下りたんだ。でもないな。おまえが取り出したのか？」

「表のベランダに干しといた。少しだったから乾燥させるのもなんだと思って」

ああ……。頷くと、ヘジンは一番答えたくない質問を投げてきた。

「それで、お母さんから連絡は？」

「いや、まだ」

ヘジンは首を傾げた。

「まだ？　なんかあったんじゃないのか？　交通事故とか……」

「事故だったら連絡があるはずだろ」

ぼくはキッチンを横切りながらつけ足した。

「車も置いたままだし」

置いたまま……？　ヘジンの視線がぼくを追う。

「それにしたって、こんなに長いあいだ連絡がないなんてこと、今までなかっただろ」

「今日あたりあるんじゃないか。それとも帰ってくるか」

キッチンを出ようとした瞬間、ヘジンの声が後頭部に刺さった。

「おばさんにも連絡なかったって？」

「さあ。訊いてみなかった」

ヘジンは質問でぼくの首根っこを押さえ続けた。

「ところで、おばさんは何時に帰ったんだ？」

ぼくは階段の前で足を止め、ヘジンを振り返った。ヘジンが続けた。

「いやそれが……おばさんとも連絡がつかなくてさ。

今日はずっと携帯の電源が切れてるんだ。家の電話にも出ないし」

いつからおばと連絡を取り合う仲になったんだ？　ひねくれた気持ちになり、思わず鋭いことばが飛び出した。

「おばさんになんの用？　カードキーと玄関の鍵を返してもらいたいのか？」

「なんのことだよ？」

ヘジンはキッチンを出ると、ぼくと向き合って立った。

「昨日の午後、おばさんに呼び出されて病院に行ったんだろ。鍵を渡しに」

「俺が？　誰がそんなこと？」

ヘジンは不思議そうな顔でもう一度訊いた。

「おばさんがそう言ったのか？」

ぼくは答えなかった。ヘジンの目に浮かんでいた訝しげな表情が「そらみろ」という表情に変わった。

「変に勘ぐるなよ。知りもしないことをその目で見たかのように言うよな。おばさんに電話をもらったけど、病院には行ってないよ。あれこれ訊いてくるから、長電話にはなったけど。お母さんが出かけるのを見たのか、昨日家にいたのかって。そのうちおまえの合格の話になって、家でサプライズイベントをしたいから玄関の暗証番号を教えてくれって言われて、この電話のことは秘密にしといてくれって言うからそうしたんだ」

理解できなかった。エントランスならなんとか入ってこられるかもしれないが、玄関はまた別だ。ヘジンが嘘をついていないのなら、おばは本人の主張どおりオートロックキーのボタンを押して入ってきたことになる。ぼくはなぜボタンの音を聞き逃したのだろう。眠っていたならまだしも、起きていたのに。日記メモに没頭するあまり、何も聞こえなくなっていたのだろうか。

「つまり、昨日ぼくを外におびき出したのは、お祝いのためだったってこと？」

「知らなかったのか？　おばさんは何も？」

問い返すヘジンの顔に当惑の色が浮かんだ。ぼくは答えなかった。

「それだって、おまえを騙そうとしたわけじゃない……おまえがリビングでテレビを見てるから何もできないって言われて、じゃあ俺が外に呼び出すからってことになって。何か楽しいことを準備してるのかと思ってたよ。お母さんがちゃんと祝ってやれないのも済まなかったし。お母さんがいないから、こんなときは代わりにおばさんがやってくれるんだなって。なんとなく、ちょっと大げさだなって気はしてたけど」

ぼくもそう思うよ。おばさんが大げさだったたって。ちょっとじゃなく、イカレ女みたいに出しゃばりすぎたって。十六年ものあいだ、母さんとぼくを意のままに操って大はしゃぎしてたって。そのわけをちゃんと突き止めたいから、ぼくを放っといてくれないか？

「それなのに、家に戻ってみたら冷蔵庫のケーキはそのまま。開けた跡もないだろ。おまえがおばさんを嫌ってるの知ってるから……何かあったんじゃないかって心配になったよ。けんかでもしたんじゃないかと思ったら、おまえは寝ちゃってるし。それでおばさんに電話してみたんだけど、つながらないから変だと思ってさ。お母さんと連絡が取れない上に、おばさんまでこうだから」

屋上の家族墓地がにわかに頭に浮かんだ。突然言うべきことがなくなった。言わずもがなのことばが口をついて出る。

「なんだろうな。母さんだって時々、みんなに内緒でどこかに行きたくなるんじゃないか？」

「おばさんは？　おばさんも偶然、同じタイミングでどこかに行きたくなったのか？」

「ぼくに訊くなよ」

苛立ちがつのり、思わず大きな声を出していた。

「ぼくにどうしろって言うんだ」

ヘジンは口をあんぐり開けてぼくを見つめた。なぜ怒るのか、わけがわからないという顔で。

「どうかしてくれって言ってるわけじゃないだろ。気になるから一緒に考えてみようって話じゃないか」

「今から考えてみるよ」

ぼくは身を翻して階段を上った。意図せずとも表情は冷たくこわばった。ヘジンはそれ以上話しかけてこなかった。ぼくを引き止めることばを考えあぐねているようでもあった。ヘジンの視線は、階段の踊り場で曲がるまで、ぼくの後頭部にくっついてきた。部屋のドアをバタン、と音を立てて閉めた。一所懸命考えてみるからそっとしといてくれ、という意味で。

机の前に座る。時間は多くない。すべてが来るべきところまで来たという感じだ。何をしても状況を好転させることはできず、どうやっても結末に至る時間を遅らせることはできない。打率五割の予測力によれば、今夜が臨界点だ。それまでにできることをやるしかない。ぼく自身についての観点を定めること、その観点に依拠して次なる行動を決定すること、決定どおりに迅速に行動すること。

地獄行きの滑り台の上に座っているような気分だ。引き出しを開けて日記メモを取り出す。昨日の続きを読み始める。


サイコパス？　捕食者？　プレデター？　ショックで目の前が真っ暗になる中、あの日見たユジンの「目」がふと視界をよぎった。鐘楼の前で「ユジン」と呼びかけたとき、私を振り返った目。興奮した猛獣のように瞳孔が黒く開き切った目。炎のような光がゆらめいていた目。

捕食者は普通の人とは世界の見方が違う、とヘウォンは言った。恐怖も、不安も、良心の呵責もなく、他人と共感できないと。その一方で、他人の感情をぴたりと読み当て、利用する種族なのだと。生まれながらにして。

耳をふさいでしまいたかった。そんなはずがないと叫ぶところだった。よりによってどうしてわが子が……。

ヘウォンは「あの日の出来事」は偶発的に起きたのではないと言う。ユジンが捕食者として初めて「しとめた」のだと。放っておけば何度でも同じことがくり返されると。今からでも遅くない、警察に行って真実を話せと。医学的方法は隔離とともになされねばならないと。

隔離。思わず膝の上の両手をぎゅっと組み合わせた。椅子から立ち上がりたい衝動をやっとのことで抑えた。三年前の過ちをくり返してはならない。真実を語ることなどなおさらできない。ヘウォンの言うユジンが誰であろうと、ユジンは私の息子だ。だから、私が責任を取らねばならない。私が守るのだ。どうにかして道を探し、まっとうな人生を歩ませるのだ。

私はヘウォンにすがりついた。なんでもする、命懸けでユジンについて責任を持つ、ユジンより長生きして最後まで責任を持つからと。約束のしるしに、胸を割いて自分の心臓を差し出せるものなら差し出したいと。それでヘウォンの気持ちを動かせるのならば。

ヘウォンは一つの条件つきで治療を承諾した。ユジンに関して一切隠し事をしないこと。

治療は長引くはずだと言った。ともすれば生涯にわたるとも。薬物療法、個人治療、催眠療法、認知療法、集団療法、可能性のあるあらゆる手を使ってみるが、治療効果は保証できないと。治療がうまくいって問題がなさそうに見えても、少なくとも四十を超えるまでは続けなければならない。統計上、中年を過ぎれば徐々にそういった性向が和らぐというのだ。

治療の目的は道徳の概念を植えつけることにあるの

ではなかった。そんなことは不可能だと、ヘウォンは断言した。これは悪いこと、と教えても学習しないというのだ。核心となるのは、損益勘定表をつくってやること。私もまたそういう態度を貫かねばならないと言う。

熱が出る前触れのように、体がわなわな震え始めた。約束はとりつけたものの、目の前が真っ暗だった。恐ろしく、先が見えず、救われない気持ちで。ヘウォンの言うとおりにできるだろうか。あの出来事を忘れられるだろうか。以前のようにあの子を愛せるだろうか。絶望より大きな恐ろしさが私を包んだ。

ぼくは最後の一文をにらんだ。恐ろしいのは母だけではない。ぼくもまた次のページをめくるのが恐ろしかった。何が恐ろしいのかわからないままに。すべてをあきらめ受け入れた今となっても恐ろしいものがあるのかと不思議なほどに。だとしても、残りを読まないわけにはいかない。船酔いするからといって太平洋のど真ん中で船を降りるわけにはいかないように。

四月三十日。日曜日。

ユジンが寝ている。おとなしく、すやすやと。私は今日も寝つかれないでいる。あの日からすでに半月が経つのに。この間に、出版社を辞めた。一日のほとんどを家で過ごしている。近所のスーパーに行き、ユジンにご飯を作ってやり、着替えを出してやる以外に何もしていない。掃除も、入浴も、電話を取ることもしない。人にも会わない。

葬儀が終わると、義理の両親はすぐにフィリピンへ戻った。父とヘウォンには葬式以来会っていない。私はユミンの部屋に居すわって、ぼんやりと時間をやりすごした。無限軌道を走る汽車のように、頭の中の時計は四月十六日を反復している。旅行に出ていなければどうなっていただろう。そうしていれば、何事もなく生き続けられたのだろうか。

三年ぶりの家族旅行だった。十一回目の結婚記念日を祝う旅でもあった。私は出かける前からわくわくし通しだった。車で四時間、さらに一時間以上も船に乗ったというのに、疲れも感じなかった。そのときはまだ、すべてが順調だと信じていた。夫の事業は金融危機の最中も輝かしい成果を上げていたし、私はヨーロッパ文学チーム長に昇進したばかりだった。人には、年子の息子二人を育てながらどうやって仕事を続けているのかと訊かれることもあったが、彼らが想像するほどつらい日常ではなかった。二人の息子はそれぞれに成長していた。私は二人を色にたとえるのが好きだった。明るく温かいが、慌て者でじっとしていないユミンはオレンジ、おとなしく礼儀正しいが、ちょっとクールなユジンはブルー。

ユミンが甲板を歩き回って父親を緊張させているあいだ、ユジンは揺れるフェリーの客室に座ってじっと海を見つめていた。島に着くころになってやっと口を開いた。あの島の名は何かと。

炭島《タンド》だった。私たちが乗ったフェリーの終着駅であり目的地。このところ、奇岩怪石や神秘的な海食崖で人気のある島だ。ペンションや民宿、青少年向けの修練施設が建てられているホットな観光地でもある。そうは言いつつも、今はまだ原始の時をそのままに留めている古都だった。黄土色の海から犬歯のように突き出ている岩島たち、島をぐるりと取り囲む目のくらむような絶壁と、それに沿って形成された自然防風林、潮風の中を飛び回る海鳥と、吹雪のように舞い上がるヤマナシの白い花びら。

宿は、U字形の海食崖の突端に建つ木造ペンションだった。オフシーズンのためか、週末にもかかわらず宿泊客は私たちだけだった。道はそこで行き止まりで、辺りにはほかにペンションも、食べ物屋も、村落もない。見えるのは黄土色に輝く海と海松の防風林だけ。

聞こえるのは潮騒とカモメの鳴く声、向かいの崖の上で鳴り響く鐘楼の音がすべてだった。ペンションの管理人によると、海風に揺さぶられた縄が鐘を打つ音だという。

　ペンションと鐘楼は、U字形の海食崖の左右の突端に向き合うように建っていた。双方の高さが変わらない上、あいだを遮るものもなく、向かいの風景がありありと見て取れた。まるで道向かいに建つマンションのリビングを見ているかのように。おかげで、崖のこちら側からも、鐘楼がかなり古いものであることがわかった。鐘楼のとなりにある教会は、屋根と外壁が半ば崩れ落ちていた。管理人によると、今はもう誰も住まなくなったが、かつて村があったのだそうだ。

　午後になると、ペンションと鐘楼のあいだに満ちていた海が引いていった。崖下に、灰色の丸石と岩に囲まれた細長い白浜が現れた。私たちはそこへ下りて、サザエなどの貝を採った。夕食のおかずになりそうなほどたくさん。夫はもっと遊びたがる子どもたちを連れて鐘楼のある崖へ向かった。そのあいだ、私はテラスのテーブルに夕食を準備した。

　夕暮れどき、私たちは家族四人でテーブルを囲んだ。私のとなりにはユミン、夫のとなりにはユジン。夫と私はけんかと和解をくり返しながら耐えしのんできたこの十一年を祝った。あと五十年だけ頑張ってみようとハイタッチをした。にぎやかな夜だった。騒いでも許される場所だった。海は私たちのものだった。赤い半月が浮かぶ夜空は、乙女の頬のように上気していた。穏やかな西風が吹き、ヤマナシの花びらが風に乗って白蝶のように飛んでいた。花びらのつむじの中に座る子どもたちはまばゆいばかりだった。夫はこの上なく優しかった。私はめちゃくちゃに酔った。おかげで久しぶりに深い眠りについた。

　眠りを覚ましたのは鐘の音だった。風に鳴る音ではなく、誰かが力いっぱい打つ音。興奮したときのユミンの足音のように、慌しく不用意な音だった。だからかもしれない。夢うつつの中で、私はユジンを呼んだ。お兄ちゃんをどうにかしてちょうだい。

ユジンは答えなかった。鐘の音はますますます大きく、ますます速くなる。カンカンカン……。

はっと目を開けた。鐘の音ではなく、直感が眠気を追い払った。テラスへ飛び出すと、鐘楼に立って鐘を打ち鳴らす人影が目に入った。海は崖の中腹まで満ちている。海側へ傾いた鐘楼は、昨日よりいっそう危うげに見えた。人影は心もとない欄干にもたれて、鐘を鳴らしながら何か叫んでいる。これ以上疑いようがない。ユミンの声だった。

くらっとめまいがした。目が飛び出しそうだった。ほどけた髪が空へ向かって総毛立つようだった。なぜそこへ上ったのだろう、なぜあんなに気忙しく鐘を打つのだろう。知るすべもないが、ただ一つ明らかな事実があった。自分の行動がどれだけ危険か、あの子が知らないということ。私は地団太を踏み始めた。ユミン、下りるの、下りるのよ。不思議にも喉の奥から飛び出したのは「ユジン」という叫び声だった。

私の悲鳴を聞いて、夫が下着姿で部屋から飛び出してきた。と同時に、鐘楼にユジンが現れた。私の叫び声を聞いたかのように、見えない場所から降ってわいたかのように、兄のそばへ駆け上がった。奇跡を見たような気分だった。気の早い安堵が押し寄せた。ユジンが止めてくれるはず。

次の瞬間、信じられないことが起こった。ユジンがユミンに殴りかかっていた。続けざまに、不意の攻撃によろめく兄の胸に足蹴りを食らわせた。一撃で充分だった。ユミンは悲鳴を上げながら、鐘楼の外へ弾き飛ばされた。か細い体が放物線を描きながら崖下へと消えた。私は凍りついた。青白い刃で首を斬られたかのように、息もできなかった。

夫はユミンの名を呼びながら、下着姿のままペンションを飛び出した。あとを追って、私もようやくあたふたと駆け出した。管理室からペンションの管理人も飛び出してきた。何事かと訊かれたが、答える暇などなかった。

私は裸足で森の中を走った。足首をひねり、つま先を木の根にひっかけてダイビングするように転んでも、痛みを感じなかった。足に何か鋭いものが突き刺さり血まみれになるのも気づかなかった。息を切らし、狂ったようにつぶやきながら夫のあとを追った。ユミンは大丈夫。大丈夫じゃなくても、夫がどうにか大丈夫にしてくれるはず。私が着いたとき、三人は鐘楼の前に並んで待っていてくれるはず……。

生い茂る防風林は崖に沿って延々と続いていた。鐘楼が決してたどり着けない架空の場所のように思われた。やっとのことでそこへ着いたとき、ユジンはひとり鐘楼に佇んでいた。欄干に立ちすくんで海を見下ろし、ぴくりとも動かなかった。私は鐘楼の前で立ち止まった。なぜ夫の姿が見えないのだろう。なぜこんなにも静かなのだろう。何かあったのだろうか。がくがく震える顎の奥からしゃくりあげるような声が漏れた。

ユジン……。

ユジンが顔を上げてこちらを見た。血だらけの顔。興奮した猛獣のように瞳孔が黒く開ききっていた。その奥で炎のような光がゆらめいている。

はっとわれに返った。まさかと思い、崖の端へと走った。海は崖の中ほどまで満ちている。ユミンの姿はすでになく、滑降と滑翔をくり返す波の中で夫がひとりもがいていた。

耳の中でブンブン音がした。定まらない焦点の中を「あの瞬間」がよぎる。ユジンが兄に向かって殴りかかっていった瞬間、足蹴りをして海へ落としたあの瞬間。「誰か」助けを呼ばねばならないのに、口が利けなかった。声は喉の奥で足踏みしていた。押し寄せる波が夫の体を波頭まで持ち上げ、数百メートル先へと一気に引きずっていったのを、海が夫をくわえて水平線の彼方までひと息に退いていくのを、棒立ちのまま見守った。

「誰か」を呼んだのは駆けつけたペンションの管理人だった。携帯電話で海洋警察を呼び、村人を動員して漁船を出した。悪夢を見ているかのように、すべてが非現実的だった。エンジン音を響かせながらU字形の崖のあいだを往復する漁船も、船乗りたちの叫び声も、ペンションへ戻って待とうと言う管理人の声も。私は崖の先端から動かなかった。今にも夫がユミンを腰に抱えて、ぽたぽた水をたらしながら崖を上ってきそうだった。少しでも考える頭があれば、上げ潮が始まった海でユミンはおろか、夫自身も生き残ることは難しいと気づいたはずなのに。仮にそれが水泳の国家代表選手だとしても。

その日の午後、夫とユミンは二時間差で遺体となって帰った。夫は村人が、ユミンは木浦海洋警察が見つけたそうだ。ペンションの管理人は私に代わって、実家に連絡してくれた。慌てて駆けつけた父が木浦市内の葬儀場を予約し、弔問客を迎えた。一歩遅れてセブからやってきた義父が葬儀の手筈を進めた。義母はひとり息子の遺影の前で泣き叫んでは、気絶し、目を覚まし、しまいには病院へ運ばれた。

私はといえば、ぼうっと座っていること以外に何もしなかった。警察と記者がやってきてあれこれ訊かれたが、答えなかった。ユジンもまた何もしなかった。事件ののち、二十四時間眠り続けていた。昏睡に近い深い眠りだった。トイレにも行かず、食事も摂らない。揺さぶっても目を開けなかった。

知らせを聞きつけ遅れてやってきたヘウォンは、ストレス反応だという診断を下した。兄と父を目の前で失くしたのだから、ショックは大きいはずだと。自然に目覚めるまでそっとしておいたほうがいいという処方を下した。無防備状態にある意識を無理やり醒まさせるのは、かえって危険かもしれないと。

わかりやすい診断だった。受け入れられない処方だった。無垢な表情で穏やかに眠る姿をそれ以上見守る気はなかった。なんとかして揺さぶり起こし、訊きたかった。どうして？　どうしてあんなことを？

ヘウォンが去ると、あの子を起こしにかかった。胸ぐらをつかむように、シャツの襟をひっつかんで揺さぶって。正直に告白すれば、あの子を引きずっていって海に突き落としてやりたい衝動に駆られていた。それを知ってか知らずか、あの子はそっと目を開いた。大きく黒い瞳がおずおずと、私の目を探した。視線が合うと、花びらのように赤い唇を開いてささやいた。

「母さん、大好きだよ」

小さく低い声だった。巣にひとりぼっちで残された雛の鳴き声のように、はっきりとした意図が読み取れた。「お母さん、大好きだよ」は「お母さん、ぼくを捨てないで」に聞こえた。私は息を止めた。胸が締めつけられた。怒りががらがらと崩れ落ちた。私を支配していた衝動が一瞬にして鎮まった。血統の呪いを感じた瞬間。自分がどれほどこの子を愛しているのか、改めて思い知らされた瞬間。にもかかわらず、決して許すことはできまいと予感した瞬間。生涯を罪悪感と恐怖の中で生きるのだろうと思った瞬間であり、自分が誰なのか自覚した瞬間でもあった。私はユジンの母だった。ユジンは私の子だった。それは、この世の何をもってしても変えることのできない事実だった。

ユジンは出棺の日の朝、おのずと目を覚ました。いつもどおり、目立たないよう静かに動いた。用意されたご飯を食べ、渡された喪服に自分で着替えた。喪主として父親の遺影を手に、火葬場行きのバスに黙って乗り込んだ。悲しんでいる様子はなかった。後悔の影もなかった。遺影に顎を乗せ、じっと窓の外を見つめるばかりだった。

私の目は終始ユジンを追っていた。訊くべきことがあった。私が見たものが事実なのか。なぜあんなことをしたのか。火葬場に到着するまでは、なかなか機会が得られなかった。周囲に人が多すぎた。ユミンと夫が火葬炉に入るのを見届け、やっと公園のベンチで二人きりになれたが、そのときは言い出せなかった。怖かった。真実を聞くのが怖かった。自分自身が怖かった。この目で見たものが事実であると判明した瞬間、ユジンを殺してしまいそうな気がして。

再び警察が現れたのは、まさにそんなときだった。私とあの子に訊きたいことがあって来たのだと言う。私の体が震え始めた。それを悟られないよう両手で膝をぎゅっと押さえていなければならなかった。一方、ユジンは平然と警察に向き合った。感情の読めない目。恐れも、不安も、罪悪感もない目だった。そのあまりに揺るぎない無表情に、私のほうがあっけにとられたほどだ。もともとこうだったろうか。もともとこんなに無神経でふてぶてしい子だったろうか。なぜ知らなかったのだろう。いや、知らなかったわけではない。あのぞっとするようなそっけなさを、生まれつきの落ち着きと捉えていただけ。自分の都合どおりに、あるいは期待どおりに。

警察はユジンに、まず鐘楼へ行った理由を尋ねた。ユジンは明快に説明した。「母と父が寝ているあいだに兄とサバイバルゲームをし、兄が先に鐘楼に着いて鐘を打ち、鐘を打つうちに縄が切れて海に落ち、兄をつかもうと手を伸ばしたがすでに遅かった」と。

そう話すあいだ中、あの子は冷静だった。警察の視線を一度も避けなかった。一度もことばに詰まらなかった。二、三度、何か考えるような表情を見せたのがすべて。私は混乱した。自分の見間違いではないか、ユジンの言うとおりなら、ユミンに殴りかかったのではなく手を伸ばしたのだ。足蹴りをしたのではなくつかもうと一歩近寄ったのだ。何百回も頭の中で再現したそのシーンを、もう一度思い浮かべた。思い返せば思い返すほど、単純な真実だけが浮き彫りになる。ユジンは嘘をついている。やっと九歳の子どもが、警察の前で落ち着き払って。

その子の母である私も変わらなかった。事件を一番最初に目撃したのは誰かという問いに、反射的に嘘が飛び出した。夫だと。事故当時、何をしていたのかという問いには、寝ていたと答えた。警察は最後に、事故の状況を目の当たりにしたかと訊いた。

私はとなりに座っているユジンを振り返った。「あの目」とぶつかった。鐘楼の前で見た目、瞳孔が黒く開ききり、炎のような光が揺らめいていた目。悲鳴でも上げたい心持ちだった。あんなに短い時間に、あんなに多くの考えが人間の頭の中で入り乱れるものなのだと初めて知った。私のもとに残ったのはユジンのみだという自覚、無差別に浴びせられる世間からの非難、花開く前に破滅してしまうユジンの未来、私が見間違えたのかもしれないという疑い。自分の見たものを生涯隠し通せるだろうかという懐疑。雛鳥のようにささやくユジンの声。母さん、大好きだよ。大好きだよ。大好きだよ……。

見なかった、と私は答えた。こうして私とユジンはぐるになった。頭の中では卑怯な声が渦巻いていた。私は夫と息子を失くしたばかりで、残されたこの子まで警察に渡すわけにはいかず、世間の非難と後ろ指に耐える自信もない。何よりこの子を愛していると。この子が信じられるのは、この世に私しかいないのだと。

あとで聞いた話だが、ペンションの管理人の陳述も同様だったらしい。彼は本当に見ていないのだろう。ペンションには私たち家族しかおらず、管理人は私が飛び出したときに現れたのだから。事件は単純な墜落事故と結論づけられた。夫が巨額の生命保険に三つも入っていたことが警察の食指を刺激したものの、彼らの想像を裏付ける根拠はなかった。

ソウルに戻ると、しょっちゅうヘウォンのことを考えた。いや、三年前にヘウォンに言われた「ユジンの問題」とは何かを考えた。ユジンは依然私の息子だったが、もはや私の知るあの子ではない。宇宙から飛んできた隕石のように謎めいた、得体の知れぬ存在だった。

#

母は間違っている。自明だからすべてが事実というわけではない。本人が告白しているように、母は事件当時、現場にいなかった。事件の顚末をきちんと把握してもいない。はっきり見たと主張しているが、確実に見間違えている。ともすると、自分が信じたいと思うとおりに信じているのかもしれない。そうしなければ、状況を受け止めることができないから。酔っ払って眠りにつき、すべての悲劇がそこから始まったという原罪の重みを減らすことができるから。

ぼくを生贄にしたという点で卑劣な行動であり、その結果命を落としたという点では愚かな判断であり、ぼくの人生までも破滅に追いやったという点で許しがたい罪だ。母がぼくの釈明を信じていたなら、いや、もう一度だけ釈明する機会を与えてくれていたなら、「事件」が「事故」に修正される可能性もあったものを。母同様、ひょっとするとそれ以上に深い傷を負った九歳の少年が「人々から隔離されるべき捕食者」と宣告されることもなかったものを。長い年月を経た今になって「捕食者」の手で殺される悲劇も起きなかったものを。

この十六年間、母はこの出来事について一度も言及したことはない。兄の話さえ持ち出さなかった。あらゆるチャンスを遮断したまま、ぼくが兄を殺害した殺人犯だと固く信じてきたのだ。もちろん、ぼくの記憶に弱点がないわけではない。当時ぼくはわずか九歳だったし、これほど長い時間が経過しているのだから、事実性の純度に問題はあるだろう。だがぼくには、自分が正しいと主張するだけの根拠がある。ぼくは事故の当事者だった。呪いにかけられたように、数え切れないほど同じ夢を見た。当時からこれまで、「大きくならない少年」として「あの日」をくり返し生きてきた。

夢と事実で食い違っているのは一点だけ。夢の中ではいつも夜だが、実際の事故は朝に起きたこと。それ以外は、忘れたいと痛切に願うほど詳細かつ明確だ。兄のすべての瞬間がリアルタイムのように鮮やかだ。兄の声、眼差し、表情、行動、ぼくが何を見、何を考え、どんな気分で、何を感じていたのかそっくり憶えている。ぼくたちのあいだに暗流のように横たわっていた緊張と感情の微かな変化までも。あの日の朝、ぼくたちが泊まっていたエシウルペンションのテラスもまたつぶさに再現できる。

広く長いテラス、鉄製のグリーンの欄干、ベンチが一体になった大きな屋外テーブル。テーブルの両わきに並べられた十数個のビールの空き缶、床を転がる口の欠けたシャンパンの瓶、半ば残ったミネラルウォーターのボトルに突っ込まれたたばこの吸殻、貝塚のように積まれたカキなどの貝殻、黒く焦げた肉のかけらとソーセージ、炭の燃えかすでいっぱいのバーベキューグリル、四等分して手もつけていないウェディングケーキ、その周辺を真っ黒に覆っているアリの群れ、海風に赤い花びらをはためかせているバラの花束、デッキの床のクラッカーの紐と紙テープ……。

派手に酔い、抱き合ってふざけながら部屋へ入った母と父は、九時になっても起きてこなかった。反対に、早くから目を覚ましていた二人の息子は、テラスに出て座っていた。部屋にいるには息苦しく、テラスに出たからといってすることもない。何もしない時間をつぶすことほどつまらない作業がこの世にまたとあるだろうか。とりわけ兄は、退屈すぎて今にも死んでしまいそうに見えた。テラスの壁にもたれてBB弾銃をもてあそびながら、一分置きにぼくに視線を送った。合図に近い視線だった。そっと抜け出して遊んでこようか?

　そのころ、ぼくが夢中だったのが水泳なら、兄が夢中になっていたのはサバイバルゲームだった。来る日も来る日も母の目を避けて、激しい戦闘をくり広げていた。学校だろうと、塾だろうと、近所の公園だろうと、場所を選ばず。ＢＢ弾銃だろうと、スリングショットだろうと、水鉄砲だろうと、ものを選ばず。友人だろうと、知り合いだろうと、相手を選ばず。前日父に「おまえたちだけで森に行っちゃだめだぞ」と厳命されてさえいなければ、目覚めるなりぼくを連れて飛び出していたはずだ。

　ぼくはテラスの欄干から足を投げ出すようにして座っていた。時々刻々と変化する海を眺めているのは心地よかった。母が見れば腰を抜かしていただろう。崖の下へ転げ落ちるのにぴったりの格好だったから。ぼくからすれば、その点がよかった。足首にまとわりつく風のこそばゆい感触、一瞬一瞬バランスをとる体の緊張が新鮮で面白かった。足首の先まで寄せては返す波の、目がくらむような動きが楽しかった。海へ飛び降りたいという衝動さえ感じた。兄には無理だろうがぼくなら、水平線までだって優に泳げるだろう。

　向かいの崖の鐘楼から鐘の音が聞こえてきていた。カランカラン。水平線から黒雲がもくもくとわき、雲の奥で雷が鳴り響き、鳥たちは湿った霧の中を低く飛んでいる。辺りは人影もなく、森閑としていた。ペンションはもちろん、ペンションまでの未舗装道路には人っ子ひとり見えない。海岸の絶壁の上に建つペンションは、島人が住む村から遠く離れていた。規模も小さく、アリの巣のような掘っ立て小屋が四つあるだけ。しかも宿泊客はうちの家族のみ。

「ユジン、出てって遊ぼうか?」

　ついに兄が本音を吐いた。ぼくは聞こえないふりをした。姿勢を変えることも、足もとから視線を離すこともしなかった。前日の午後までは、足もとに海ではなく白浜があった。砂の代わりに、岩とビー玉ぐらいの丸石で覆われたその場所を、ペンションの管理人は「エシウル」と呼んだ。「崖の果て」を意味するこの島の方言だった。ぼくはその名前が気に入ったが、兄は黒くつやつやした丸石が気に入ったようだった。母の目を盗んで、ポケットにひとつかみ滑り込ませた。家に帰ったその日から、近所のおばさんたちが押しかけてくるだろう。兄の秘密兵器であるスリングショットと丸石を組み合わせれば、どんな頭も無事ではいられないだろうから。

「おい、行こうぜ」

今度はもう少し大きな声でささやいた。茶褐色の瞳はリスのそれのように大きく開き輝いている。兄の頭の中に楽しい、兄のことばで言えば最高のアイディアがあるという合図だった。兄にとっての最高がぼくにもあてはまるという保証はない。ぼくはまた聞こえないふりをした。両親の部屋はあいかわらず静かだ。

二人はよくけんかしたが、「繁殖せよ」という遺伝子的命令には忠実な夫婦だった。その結果、ぴったり十二カ月差の息子を二人産んだ。ぼくたちは同じ学校、同じ学年、同じクラスになった。自然と、どんな瞬間においても、あらゆる面で比較の対象になった。

母の証言どおり、体格も、容姿も、頭も、兄のほうがずっと優れていた。当時、ぼくたちの通う学校では成績順に給食を配膳するという伝統があり、兄はいつも一番に食べ始めた。四年生になるまでずっと先頭だった。追従と崇拝の群れが後光のように兄の後ろをついて回った。

反対に、ぼくはひとりだった。ぼくには遊び相手が必要なかった。ひとり遊びの達人だった。集団でする遊びには明示的なルールと暗黙の了解がついてくる。それを守ったり把握するのにあくせくするより、ひとりでいるほうが気楽だった。おかげでクラスメートや水泳部の連中からは「変な奴」というレッテルを貼られていた。中には面前でビョーキ呼ばわりする奴もいた。転校してきて間もないころ、何も知らずに。そいつは自分の無知ゆえに、土下座してぼくに謝るはめになった。裏には兄がいた。兄は静かに、目立たないように、プロの手際で奴をこらしめた。ハン・ユミンはハン・ユジンの丘であり、越えられない壁だった。

「はあ、つまんねえ奴……。突き落としてやろうか」

兄ががばっと襲いかかってきそうな勢いで、床を蹴って立ち上がった。この脅迫についてのぼくの意見はこうだ。ぼくならあんなふうに騒いだりしない。気配を消して近寄り、いきなり押す。当然の話だが、意見をさらすことはしなかった。ただ計算してみただけだ。のちに母や父にばれたときにもたらされる不利益と、今ここで兄の提案を断ることでこうむる損害のうち、どちらがより大きいか。

訊かずとも、兄はサバイバルゲームをしようと言い出すだろう。ぼくとしてはあまり気が進まなかった。ぼくにとって唯一兄に勝るものが水泳なら、唯一雌雄を争うものはサバイバルだった。もとより兄はぼくを敵などと認めていなかったが、勝敗の戦績がすべてを物語っている。数十回の勝負で、勝率は見事に五分五分。互いに本気になってかかれば、それはライバルの関係であって、上も下も関係ないのだ。

問題はまさにそこにあった。ぼくに向けられる兄の寛容は、自分の立場が脅かされない限度内でのみ作用するのだった。寛容の消えた兄は、何をするかわからない十歳の子どもに過ぎなかった。かといって、わざと負けるつもりはない。勝負が始まれば必ず勝たねばならないというのがぼくの原則だから。

「出てって何するの」

欄干の内側に下りながら、兄に訊いた。やめておけばよかった。その短い質問が、兄とぼくの人生をすっかり変えてしまうとは夢にも思わなかった。もっとも、そんなことがわかるはずもない。人生の重大な分かれ目にいることと、どんな選択をすればいいかがわかるなら、ぼくは人間でなく神の息子だ。

「サバイバルやろうぜ。あそこまで」

予想どおりの答え。兄の指が差し示すのは向かいの崖だった。予想どおりの場所。赤く錆びた鐘楼でカランカラン、と鐘が鳴る場所。前日父と一緒に訪れた場所だ。管理人は、島の展望台としてそこを挙げた。島を取り囲む切り立った断崖と、奇岩怪石が集まる近場の岩島をひと目で見晴らせるという。日暮れ前に出れば、海が織りなす「見もの」を見られるだろうと。もっともらしい彼のことばをうのみにした父は、ぼくと兄を連れてその足で出かけた。

正確な距離はわからないが、大して遠い道のりではなかった。ペンションと鐘楼を結ぶU字形の断崖は、海松の防風林とヤマナシの群落地、牧草地などからなっていた。合間合間にミツバチの巣箱を集めた養蜂場、地面の下まで黒く焼け焦げた焼き畑と、今は人の住まないあばら屋がぽつぽつと見えた。

崖の突端に着いたとき、赤い夕日が水平線の向こうへ半分ほど隠れていた。空は深紅に染まり、荒波が立つ海に赤い道ができている。夕日を受けた鐘楼も、崩れ落ちた教会を覆うつる草も、すべてが燃えるように赤い。宇宙へとつながる通路の前に立っている気分だった。あの赤い道にそっと降り立ちさえすれば、海が別世界へと運んでくれそうな気がした。まだ長く生きたとは言えないが、この世に生まれて目にしたものの中で一番美しいと思った。

父は崖の先でゆっくりと足を止めた。青々としたひげに覆われた頬に、細かな鳥肌が立っている。うつろな視線は、海と岩島と空をあてどもなくたどった。ひょっとするとぼくと同じように、「海の織りなす手並み」に目を奪われていたのかもしれない。一方、兄は鐘楼に魅せられたようだった。エシウルで母の目を盗んで丸石を拾ったように、父がよそ見をしている隙に、十数メートル前方にある鐘楼目がけて走り出した。ぎょっとしてあとを追った父は、兄が鐘楼に飛び乗る直前で首根っこをつかんだ。

「そこに上がっちゃだめだ」

「どうして?」

兄はわけがわからないという顔で訊いた。

「一度だけ、鐘を打ってみちゃだめ?」

答えを知りながら訊いているのがぼくの目にも明らかなのに、大人はその純真な表情にまんまと騙されるのだった。父は三歳の子にもわかりそうな「だめな理由」を順を追って説明した。一つ目、崖の端っこにあるから、一歩間違えば海に落ちるかもしれない。二つ目、鐘楼自体が古く錆びている上、柱の一つがゆがんで海側へ傾いているから、欄干が壊れて怪我するかもしれない。

「二人だけでここに来ちゃだめだぞ。森でサバイバルも禁止だ。いいな?」

兄はわかったと指切りまでしたくせに、指が離れるが早いか、約束を破ろうというのだ。それも、自分にとっていいカモを相手に。

「先に鐘をついたほうの勝ち。負けたほうは勝ったほうの宿題をやる」

ぼくは兄の目を見返した。

「いつまで?」

「一カ月間」

ぼくは部屋から紙を二枚と鉛筆を持ってきた。ぼくたちは各々が書いた奴隷契約書を交わした。

「弾はいくつにする? 三百? 五百?」

ぼくが訊き、兄が答えた。

「二百」

ぼくたちは相手の見ている前でBB弾四十発を数えて装塡し、百六十発はボトルにしまった。ゴーグルと銃を装備し、足音を忍ばせてペンションの裏から出る。海松の防風林とヤマナシが立ち並ぶ丘陵の合間に、細く曲がりくねった小道があった。鐘楼に続く道であり、ゲームのスタート地点だった。

兄はじゃんけんで作戦エリアの指名権を得た。選んだのは海松の防風林。当然の選択だ。のっぽの海松が茂る防風林は相手に隠れて攻撃するのに都合がいい。ヤマナシの木が笑いかけるように立ち並ぶ丘陵地は、自動的にぼくの作戦エリアとなった。動線が読まれやすく、兄より遠回りになるという不利なエリアだ。U字形のトラックの外側、それも地表面が一定しない丘陵地を終始全速力で走ることになる。兄は弾をもう百個持っているに等しかった。

小道に並んで立った。兄は防風林のある右側、ヤマナシの群落地がある左側にぼく。ぼくは前日通った道を頭の中でたどった。どこに何があったか、ひと息に走っていける距離に身を隠せそうな掩蔽物《えんぺい》はあるか、海松の防風林は正確にどの辺りで途切れるのか、そのポイントの地形はどうだったか。うまくやれば、そのポイントを勝負の場として使えるかもしれない。

「用意」

兄が叫んだ。ぼくは頭に押し上げていたゴーグルを下ろした。青い画面が視界を覆うと、呼吸があばらの奥へ沈んでいく。世界が意識の向こうへ一つひとつ消えていく。曇り空と風が彷徨う森、閉曲線を描きながら飛ぶ鳥の群れ、波の音……。やがて思考が、最後にぼく自身への自覚までもが消えていった。残ったのは、荒々しく響く兄の息遣いと、低く規則的に鼓動する心臓の音だけ。目の前には鐘楼までの地図が広がっていた。そこに、中間経由地と掩蔽物を順に並べた。今度はぼくが叫んだ。

「スタート」

兄は足を踏み出す代わりに、ぼくに向かって銃を連射した。奇襲をかけただけに有効な成果を収めた。ぼくがよく使う手だった。その日は作戦上、使わないことにした手。四つ目の経由地に到着するまでは銃を撃たないつもりだったのだ。ぼくはあわてて左へ身を躍らせた。丘陵のすそに沿って生えるヤマナシの群落地を一気に駆け抜けてから、メンヒルのような縦長の岩の陰で足を止めた。

被害は少なくなかった。ゴーグルの片方のレンズにひびが入り、唇は裂け、鼻がじんじんし、歯痛のときのように顎がずきずきする。血の匂いが瞬時に体内に満ちた。何より腹が立った。あらゆる場合を予測しながら、「ぼくの真似をする兄」だけを予想できなかったとは。ゴーグルを外し、岩に投げつけた。じんじんする小鼻を親指でさする。春風がひやりと首筋を撫でていった。腹を立てるなとなだめるかのように。

ぼくは、すべての勝負が必ずしも正々堂々たるべきだとは考えない。手段と方法にこだわるたちでもない。大切なのは勝つことだから。ただ、相手にそうされるのは許せない。その代償を払ってもらわねばならない。仮にそれが兄であっても例外ではない。

シャツを脱いで腰に結びつけると、体にギアが入った。最初の経由地を思い浮かべながら、乾いたとうもろこしの茎が積まれた畦道に飛び込む。向かいの森から射撃が再開された。ぼくは応射しなかった。黄色い水タンクと肥料小屋を過ぎ、背の低い雑木が茂る場所に出るまで、走ることだけに集中した。到着すると、すぐに頭を下げて木陰に伏せた。向かいの銃声もぴたりとやんだ。続いてカチャ、というかすかな音。四十発を撃ち終えて弾倉に弾を詰めている音だ。マイナス四十。

次なる経由地は養蜂場だ。かなり離れている上、身を隠す場所もない草地だった。信じるは、チーター並みの自分の脚と集中力のみ。ぼくは体を低くし、前方から無差別に浴びせられる銃弾の雨をくぐって走った。いくつかはふくらはぎのわきをすり抜け、いくつかは頬をかすめ、いくつかは体に浴びたが、決定打にはならなかった。そのあいだに、兄は弾倉を二度も入れ替えた。マイナス百二十。

　四つ目の目標地点は「チャンソル里」という標石の立つ村だ。そこまで延々と続くハチの巣箱を盾代わりにして、いくらか兄に追いついた。弾はいつの間にか耳の真横から飛んでくるようになり、村外れのブリキ屋根の家まで来たときには、とうとう兄を追い越していた。わずか数秒後には、兄もぼくに並んだが。ぼくは錆びてぐらぐらする壁に身を寄せて、兄が五つ目の弾倉に入れ替える音を聞いた。マイナス百六十。

　壁に寄り添ったまま、道のほうへ首を伸ばした。残る弾をすべて使わせようとして。兄はぼくの期待を裏切らなかった。銃弾四十発がブリキ屋根の家の角に嵐のように降ってきた。やがてカチャ、と音が聞こえ、静けさが訪れた。マイナス二百。

　思わずほくそ笑んだ。顔をしかめて弾倉をのぞく兄の姿が浮かぶ。額から耳たぶまでを真っ赤に上気させて。どうやら兄は、ブリキ屋根の家の手前で防風林が途絶えているのを知らなかったようだ。道が崖のほうへ折れていることも、鐘楼に行くには防風林から出なければならないことも。知っていたなら、弾をあんなふうには使っていないはず。

　鐘楼まではまだかなりある。おまけに、ぼくの銃はまだ眠ったままだ。壁板から身を離した。銃を前方にかざし、道の真ん中にゆっくり歩み出る。今度はぼくの番だ。

　水がちょろちょろと下っていく防風林の前の堀端に着いたとき、正面からヒュッという音が響いてきた。なんの音か確かめる間もなく、額の真ん中で爆弾がはじけた。頭がのけ反り、膝ががくりと折れた。ぼくは額を手で押さえて、堀端に倒れた。指のあいだから温かいものがしたたり落ちる。後方で、地面を蹴って走る軽やかな足音が聞こえる。くすくすという笑い声。

しばらくして、ぼくをのぞき込む一対の目とぶつかった。無邪気に楽しんでいる目。その目はこう尋ねていた。まだ死んでないの？

「お先に」

兄は手を振って去っていった。揺れる兄の手の中で「何か」も一緒に揺れていた。スリングショットだ、そう思った瞬間、目の前がぼやけた。額から流れた血がまぶたを覆っていた。ぼくはなんとか身を起こして座った。腰に結んだシャツをほどいて、まぶたと顔を拭いた。

目が使えず、手探りしながら堀へ這っていった。氷のように冷たい水に膝までつかって、目と額の傷を洗う。そうしながら、状況を振り返ってみた。出かけようと誘われた瞬間から丸石が飛んできた瞬間まで。兄はブリキ屋根の家の手前で防風林が終わっていることを知らなかったわけではない。ぼくと同じぐらい、ともすればそれ以上にここの地形をはっきりと記憶していたはずだ。近所では名の知れたサバイバルの第一人者ではないか。弾を早々に使い切ったのも、ぼくを油断させおびき出すためだったという結論に至った。自分には、ズボンのポケットに忍ばせたスリングショットと丸石があったのだから。あとは木陰からスリングショットで狙いを定め、ぼくが出てくるのを待てばよかった。

カアン、カン、カン、カンカンカンカン……。崖のほうから鐘の音が聞こえてきた。風ではなく人が打つ鐘の音。ゲームの終了を宣布する音。「自分の勝ちだ」という兄の宣言だった。

ぼくは堀から這い出た。シャツを腰に結び直し、堀端に投げ置かれた銃を拾って、崖に向かって一目散に走り始めた。炎の上を走っているかのように足の裏が熱い。汗が引き、舌の裏に酸っぱい唾液があふれる。痛みなど感じなかった。まもなく、負傷しているという事実さえ忘れてしまった。胸の奥に、ある決意が固まりつつあった。間違った結果を正さねばならない。

いや、間違いを正さねばならない。

鐘の音は、ぼくが鐘楼の前に到着するとやっと鳴りやんだ。兄の声がぼくを迎えた。

「止まれ」

ぼくは立ち止まらなかった。走ることもやめなかった。荒い息を呑み込みながら、まっすぐ鐘楼目がけて駆けていった。

「止まれよ」

まぶたが血で覆われ、視界は徐々に悪くなった。空と海と崖の境目がなくなっていく。鐘楼は赤く長いはしごのように見えた。その真ん中に、影法師のように見える兄がいた。

「止まれってば」

何かが耳もとをシュッと通り過ぎた。見えなかったが、丸石に違いない。そう確信した瞬間、二つ目の丸石が喉もとをかすめて飛んでいった。続けて三つ目が頭の上を。

ぼくは助走するように大股で走った。一歩、二歩。二歩目で欄干をつかみ鐘楼に乗り上がった。兄のほうへ身を乗り出しながらぴんと腕を伸ばし、スリングショットと思われるものを奪い取った。ハッ、という声が耳もとで聞こえた。兄の体が海のほうへがくんとよろめいた。何が起こるのかに気づいたときには、すでにすべてが終わっていた。兄はぼくの前にいなかった。墜落直前に兄が放った悲鳴が耳にこだまするばかりで。

「ユジン……」

悲鳴が消えた。悲鳴が残した余韻までも消え去った。ぞっとするほどすさまじい静寂が訪れた。息が詰まった。耳の中でぶんぶん血が躍っている。頭が熱い。野火が広がる荒野に閉じ込められた気分だった。火の手の向こう側で母が呼んでいる。

「ユジン」

ぼくはスリングショットを握りしめたまま、灰色の海をにらんだ。ぼくじゃない。ぼくは何もしていない。兄さんに指一本触れていないと。もう一度母が呼んだ。今度は背後で。
「ユジン……」

#

海で息子を助けようと……父親も死亡

海に落ちた息子を助けようと父親までもが命を失う事故が発生した。休日だった十六日午前十時ごろ、全《チョ》羅南道新安郡炭島《ルラナムドシナングンタンド》でハン某さん（四〇、ソウル）と息子（一〇）が海に落ちて死亡した。二人は前日午後、海岸絶壁近くのEペンションに宿泊していた。ハンさんは、閉鎖中の教会の鐘楼に上って遊んでいる最中、高さ十五メートルの崖から転落した息子を助けようと海に飛び込んだが、二人とも荒波から抜け出せなかったものと伝えられた。警察は、鐘楼で一緒に遊んでいた次男（九）と妻のキムさん（三七）、ペンションの管理人などから正確な事故の経緯を聞いているという。

ぼくはパーゴラのテーブルの前に立って、十六年前の新聞記事を何度も読み返した。日記メモの最後のページにはさまれていたもので、新聞の切り抜きというよりは乾き切った落ち葉に近い。事故当時、母がスクラップしておいたものだろう。どんな気持ちでこの記事を取っておいたのか、その胸の内が改めて気になるところだ。心に刻むための記念品だろうか。これは嘘だ、本当はユジンが殺したんだ、と。

今さらで、かつなんの役にも立たない問いが胸を締めつける。母がぼくのことばを信じていてくれたなら、この記事を書いた記者のようにあの出来事を事故だと信じていたら、ぼくたちの運命は少しでも変わっていただろうか。母の望みどおり、ぼくは無害で平凡な人間になっていただろうか。そうしていつまでも仲むつまじく暮らせていただろうか。

ライターで記事に火を点け、バーベキューグリルに投げ入れた。日記メモの用紙をその上に突っ込む。一枚が焼ければ次の一枚というふうに、時間をかけてすべての記録を燃やした。母の記録ではなく、ぼく自身を生きたまま火葬している気分だった。埋《うず》み火の中で、もう戻ることのできない生活がゆらめいている。頭の中では怒りと絶望と自己憐憫が激流となって渦巻いている。体の奥底に押さえ込んでいた悲しみが胃液のように逆流してこみ上げてくる。体はぐったりと伸びきっていた。最悪だ。気分も、状況も。

埋み火まで消えてしまうと、現実が戻ってきた。顔を背けることも、後回しにすることもできない瞬間が目の前に迫っていた。すべてを知り、すべての答えを得たのだから、決断しなければならない。どうすべきか。ぞわぞわと寒気がした。ぼくはバーベキューグリルのふたを閉め、パーゴラを出た。うなだれて床に目を落としたまま、飛び石を渡る。数秒でも決断の瞬間を遅らせようと、のろのろと足を運んだ。ヘジンなら何をしながら、このむごたらしい瞬間をやり過ごすのだろう。

テラスの前で立ち止まる。頭をのけ反らせ、目を細めて空を見上げる。灰色の空の下、雪がちらついている。蒼白い冬の太陽は黒雲の下へと沈みつつある。息を吸い、口をすぼめて深く吐き出す。喉の奥で温められた息が空気中に白く立ち昇る。また寒気がする。寒さが歯の奥まで沁みとおる。ダーウィンの教えを思い出した瞬間だった。死ぬか、適応するか。

死ぬ道を考えてみた。一番簡単だ。首を吊るか、屋上から飛び降りるか、父の剃刀で首を斬るか。もっとも完璧な解決法でもある。手錠をかけられて恥をさらすこともないし、世間の非難にぶちあたる必要もない。何より嫌なこと、そう、ぼくに失望した、あるいはぼくを恐れるヘジンを見なくていい。一つ小さな問題があるとすれば、まだ死にたくないということだ。少なくとも母のそばでは死にたくない。なりゆきでやむをえず死を選ぶのも嫌だ。時期も、場所も、方法も、すべてぼくの決断でなければならない。

自首はそれ以上に気が進まなかった。警察と顔を突き合わせて、したくもない話を無理やりする状況は、考えるだけで嫌気が差した。警察と取材陣に囲まれて現場検証に向かう自分を想像したとたん、いっそ今すぐ死んだほうがましだと思った。端《はな》から頭になかったかのように、ぼくは迷わず二つ目の道を消去した。残る道は一つ、できるだけ早くここから消えること。チャンスは今か、永遠にないか、二つに一つだった。あとのことはそれから考えても遅くない。

部屋に入って机の前に座った。毎夏、母と一緒にセブの祖父母を訪れたことを思い出した。会うたびにぼくを抱きしめて涙をぬぐっていた祖母。思う存分顔を埋めさせてくれた、ふかふかと柔らかい、干し草の匂いがする胸も。頭を撫でてくれながらため息のように吐いていたひとり言も。

「あれまあ、かわいそうに。どんどん父親に似てくるねえ」

引き出しからパスポートを取り出す。期限はまだ一年以上残っている。ぼくは入国スタンプが押された査証欄にじっと見入った。今回も同じように抱きしめてくれるだろうか。ぼくのやったことを知っても、干し草の山のような胸にぼくをかくまってくれるだろうか。ひょっとしたら……。希望がかすかな羽ばたきを見せた気がした。いや、希望という偶像の下にひれ伏したかった。クモの糸の上を渡ってでもそこへ行きたかった。

ぼくは引き出しから母の携帯電話を取り出した。ケースに入っているクレジットカードを抜き取り、パソコンをつける。ウィンドウの稼動音が響き始めた瞬間、頭の中で白組が慌てて待ったをかけた。本当にそうだろうか。おまえを産んだ母がおまえに何をしたか、もう忘れたのか？　そこへきて祖母だと？　ばかを言え、おまえのやったことが明るみに出たとたん、電話機を取って警察を呼ぶだろうよ。万に一つ、かくまってくれたとしても、いつまでもつことやら。むしろ誰も知らないところへ行くんだな。身元を隠して住めるところ。地球上のどこかにはあるだろう。

航空会社のホームページに入る。航空便のある国と都市をランダムにクリックしていく。カトマンズ、ジャカルタ、マニラ、LA、ドバイ、リオデジャネイロ。クリックする手を止めた。ふと、八年前、ヘジンと二人きりで過ごした一日が思い出された。それは日曜日、ぼくの誕生日のこと。そんなことはそっちのけで、朝九時までに登校して夜十一時に帰宅する生活をしていた高校三年の春のある日。

明け方、目を覚ますとヘジンからメールが届いていた。

十時に龍山駅で

なんの話かはすぐにわかった。数日前、誕生日に何をしたいかとヘジンに訊かれた。そのためにずいぶん長いあいだ小遣いを貯めていたらしい。なんでもいいぞ、と大きく出たところを見ると。ぼくの答えは、「母さんに内緒で、日帰りで行って来られる場所のうち一番遠いところに行きたい」だった。なんの気なしに言った、愚痴に近い望みだった。それを叶えてくれるつもりらしい。

思わず笑みがこぼれた。龍山駅か。普段とは違い、元気よく荷造りを始めた。もしや母に疑われはしないかと、普段と同じ内容物を詰め込んだ。本、ノート、参考書……。部屋を出ると、ヘジンもカメラを手に部屋から飛び出したところだった。母はキッチンで朝食の支度をしていた。テーブルにはワカメスープと、ぼくの好きな鯖の塩焼き、ヘジンの好きなチャプチェが並んでいる。ぼくとヘジンは向かい合わせで座った。ヘジンの目が訊く。メール見たよな？　ぼくも目で答える。うん。

「二人とも、今日は早く帰れるわよね？　夜はとびきりのパーティーをしましょ」

母がぼくの前にご飯を置きながら言った。ぼくは箸を取りながら首を振った。

「自律学習はさぼれないよ」

ヘジンもスープに匙を入れながら首を振った。

「今日は部のみんなと大阜島《テブド》に行くんだ。卒業作品のロケハンで。ごめんなさい」

うつむいたヘジンの首が赤い。母にばれないかとひやひやした。

「私に謝ることないわ。私の誕生日でもないんだし」

母は口を小さくすぼめてぼくたち二人を交互に見つめた。目にがっかりした色がありありと浮かんでいる。「断りの意向」を翻すチャンスはまだあると知らせる目でもあった。ぼくは箸の先にチャプチェの麺をくるくる巻きつけた。ヘジンは熱いスープをいそいそ口に運んでいる。二十分後、母はヘジンを七九〇番バスの停留所で降ろした。三十分後にはぼくの通う学校の校門に車をつけた。車のドアを開けると、一万ウォン札を一枚渡された。今日の小遣いだ。

「十一時に迎えに来ればいい？」

「うん」

ドアを閉めると、母はすぐに車を回した。遠ざかっていく車の後尾が、母の代わりにすねているようだった。ぼくは手を上げ、通りすがりのタクシーを止めた。最速で駅に向かってくれと頼んだ。龍山駅行きの電車に乗ると、心臓がどきどきし始めた。ヘジンの計画がどんなものか、どこへ行くのかなどどうでもいい。どこだろうと構わない。どこかへ行くことが大事なのだ。

ヘジンは湖南《ホナム》線のチケット売り場で待っていた。ぼくの手に汽車のチケットが二枚手渡された。十時三十七分発、木浦行きのKTX。六時五十七分、木浦発龍山行きのKTX。希望どおり、今日中に行って帰れる中で一番遠い場所だった。

「嬉しい?」

ヘジンが訊いた。ぼくは頷いた。嬉しくもあり、バカみたいだとも思った。こんなに簡単なことをなぜ試そうとも思わなかったのだろう。母のルールに臆していたせいもあるだろうし、小遣いのもらい方に違いがあるためでもあった。比較的自由に動けるヘジンは、小遣いも週休制だった。ぼくはと言えば、毎朝学校の前で一万ウォン札を一枚もらった。金額の大小にかかわらず金遣いが荒いという理由で決められたルールだ。一万ウォンでできることなどほとんどない。売店でおやつを二、三個選べばそれで終わりだ。その日もらった小遣いはその日のうちになくなるものと決まっていた。そのため何かを試そうなどと思ったこともない。もしかすると母の狙いはそこだったのかもしれない。金がなければ余計なことはできないから。

「何か食べよう」

ヘジンが言った。ぼくたちはロッテリアで腹ごしらえできそうなものを買った。ぼくはエビバーガーとフライドポテトとコーヒー、ヘジンはプルコギバーガーと氷入りのコーラ。汽車に乗ってからは、ほとんど口を利かなかった。無理に話さずともよかった。向き合って座り、窓の外を眺めるだけでも心地よく自由だった。汽車は桜が咲き乱れる山すそと、風を受けて青々と横たわる麦畑と、大小の町や村を過ぎて木浦に到着した。

帰りの汽車まで、ぼくたちに許された時間は四時間あまり。所持金は二万ウォンほど。その金と時間ででできることは三つぐらいだった。店に入って遅い昼食を摂り、公園で昼寝する。タクシーで海辺に向かい、二、三時間ぶらついて駅に戻る。映画館で映画を観る。

長い議論は必要なかった。三番で意見が一致した。

近くのメガボックスで『最高の人生の見つけ方』という映画をやっていた。未成年者も観覧でき、ヘジンが好きな二人の俳優、モーガン・フリーマンとジャック・ニコルソンが主人公で、十五分待てばすぐに観られた。余った金でポップコーンもひと袋食べられた。

　ストーリーは、自動車整備工のカーターと億万長者のエドワードが肺がん患者として同じ病室で出会い、「自分は誰なのかを整理する必要がある」という共通点を発見して、それぞれの「やりたいことリスト」を実現するために旅に出るというもの。彼らのバケットリスト、死ぬまでにやりたいことはさまざまだ。セレンゲティで狩りをする、タトゥーを入れる、カーレース、スカイダイビング、涙が出るまで笑う、遺灰を缶に入れて眺めのよい場所に埋める……。

　面白い映画だった。死がテーマなのに終始楽しく愉快な。後ろで背もたれを蹴っていたこじきみたいな野郎さえいなければ完璧だったろう。それにくらべ、ヘジンは映画を観ているあいだずっとむくれていた。『シティ・オブ・ゴッド』を観たときのように、ぼくだけがひとり笑っていたのだった。

「俺は死を、あんなふうにロマンで飾り立てたくないな」

　帰りの汽車の中で、ヘジンがぽつりとこぼした。光明駅を通過したばかりのころだったと思う。ぼくは真っ黒い車窓に視線を投げたままぼんやりと訊いた。

「どうして？」

「手榴弾にチョコレートを塗るのと同じだから」

「手榴弾を手に握ってるからって、絶対に真剣じゃなきゃならないってわけでもないだろ」

　窓の外を見るヘジンの目がほんの刹那、ぽっかりと無になった。祖父を思い出すときによくする目。

「何かの本で読んだんだけど、死への恐怖から自分を守るには三つの方法があるらしい。一つは抑圧。死が近づいていることを忘れて、死が存在しないかのようにふるまうんだ。ほとんどの人がこれにあてはまる。二つ目は、常に死を胸に刻んで生きること。今日が最後の日だと思えば、人生はかけがえのないありがたいものになる。三つ目は受け入れること。死を心から受け入れる人は恐れるものがない。すべてを失うことになってもこの上なく平静でいられる。この三つの戦略の共通点はなんだと思う？」

ぼくは首を振った。答えはおろか、考えるそぶりさえしたくなかった。そんなとんちんかんな問題で悩むより、黙って死ぬほうがずっと簡単で楽な気がした。

ヘジンは自分で答えた。

「ぜんぶ嘘だってことさ。三つとも飾られた恐怖にすぎない」

「じゃあ真実はどこに？」

「恐怖だろうな。それがもっとも正直な感情だから」

正直を重視しないぼくは、この問題をそれ以上考えなかった。だからなんだとつっかかりもしなかった。

ヘジンのことばに同意したわけでもない。空腹だったが、ヘジンからのプレゼントであるこの短い旅が泣きたいほど嬉しかった。映画はそれ以上によかった。何よりエドワードの独白がよかった。

（ひと言で言えば……彼を愛していました。そして彼が恋しい）

ある日運命の神がヘジンを先に招くとしたら、ぼくも同じことを思うだろう。確かめるまでもなく、ヘジンもまた同じはずだと確信していた。ぼくはヘジンに提案した。

「ぼくたちもやってみよう」

「何を」

窓外に向けられていたヘジンの視線がこちらへ戻る。

「死ぬまでにやりたいことを一つずつ書いて交換するんだ」

ヘジンは乗り気じゃないようだった。なんだよ、子どもでもあるまいし。こっぱずかしいな……などとほざいていたが、ぼくがかばんから付箋紙とボールペンを取り出すと、ころっと態度を変えた。ぼくに盗み見されると思ってか、片手で隠しながら熱心に何か書いていた。

「よし、交換しよう」

四つ折りにした付箋紙をヘジンに渡した。ヘジンも四つ折りにして渡してきた。

「いち、に、さん」

同時にメモを開いて並べた。

ヨットで一年間海を駆けめぐる

リオデジャネイロのファヴェーラでクリスマスを迎える

ヨットはぼくの望み、リオはヘジンの望みだった。ぼくたちは目を合わせ、目尻で笑った。それぞれの望みについて長々と説明する必要もなかった。ヘジンはヨットが何を指すのか、充分すぎるほど知っていた。ぼくもまたヘジンの気持ちがわかる気がした。『シティ・オブ・ゴッド』の舞台である無法地帯のスラム街に行ってみたいようだった。

(幸せな話のほとんどは真実じゃない)

あの日、映画館を出ながらヘジンが言ったことばを思い出した。そこに行ってどんな真実と対面したいのか訊きたい気持ちを、ぐっと呑み込んだ。汽車はすでに漢江《ハンガン》を渡っていた。降りる準備をしなければならない。

ぼくたちは東仁川で別れた。ヘジンはバスで家に帰り、ぼくは学校前から母と一緒に帰った。母はぼくたちの「秘密の一日」を最後まで知らなかったはずだ。自分の望みにかまけて、ぼくの望みなど知る由もなかっただろう。ヘジンの望みが自分のクレジットカードで叶えられるなんてことも。

引き出しからUSBを取り出して接続する。毎年セブ行きの航空券を取る仕事はぼくに任されていた。おかげで、必要なものはすべてここに入っている。電子認証書、ヘジンと母とぼくのパスポートのコピー……。ドバイ経由リオ行きの往復航空券を六カ月のオープンチケットで予約した。ヘジンへのクリスマスプレゼントだ。

リオに行くころには、ヘジンはいくらかショックから抜け出しているだろう。もともと強い性格だ。この家で起こったことの真相とぼくの行方は永遠の謎として残る。そんなところでいいだろう。メールで届いたeチケットに驚くヘジンを想像すると、束の間、自分の立場を忘れて胸が弾んだ。真っ黒に日焼けした顔でカメラを提げ、ファヴェーラの路地を縫って歩くヘジンを思い描くと、思わず微笑がこぼれた。

部屋のドアを叩く音がしたのはそのときだった。早くもメールを見たのかと戸惑った。計画では、ぼくが立ち去ったあとに見てもらうはずだった。急いで母のカードを引き出しにしまい、インターネットの画面を閉じながら言った。

「ちょっと待ってくれ」

ヘジンはドアから二、三歩離れて立っていた。表情は驚きや喜びとはかけ離れている。血の気の引いた顔、落ち着きなく乱れる視線、食いしばった口もと、名づけるなら「当惑」に近い表情。

「話がある」

鉄の棒でも呑み込んだかのように、ヘジンの声は冷たくこわばっていた。ぼくの口もとから微笑が消えるのを感じた。

「すぐ行くよ」

「いや、今すぐに」

「ここで話そう」というように、ヘジンはドアにぴたりと身を寄せた。有無を言わせないしぐさだった。気が進まなかったが、ぼくはわきへよけた。

「入れよ」

ヘジンは中へ入ると、机の前に立って部屋を見回した。目的を持った視線ではない。とりとめもなく宙を彷徨っている目だった。

「座ったら？」

「いや。ここでいい」

ヘジンはベッドの隅に行って座った。座ったものの、途方に暮れてそわそわしている。太ももに手を置いて肩で大きく息をすると、今度は膝に肘をついて前屈みになった。そのまま両手を組んだり開いたり、肩を前後に揺らしたり、じっと目を伏せて自分のつま先を見下ろしていたかと思うと、がばっと顔を上げてぼくを見た。ついに話の糸口を見つけたらしい。ぼくも机の端に半分腰かけるようにして立った。

「その……訊きたいことがあるんだ」

声はバイクにまたがっているかのように不安げに響いた。ブルル、という振動まで伝わってきた。喉の奥でことばと感情が絡まってしまっているようだ。心から願った。ぼくの予感があたりませんように。どうか航空券に関する質問でありますように。それなら、ヘジンが快く受け取れるよう最善の返事を準備してある。汽車の旅で書いた望みを憶えているかと。おまえへの最後のプレゼントだと。ぼくはどうやら長い旅に出ることになりそうだと。人知れぬ場所で一年だけ暮らすつもりだと。

「どうしてかわからないけど、さっきのおまえのことばがどうにも気になってさ。お母さんが車を置いて出かけたって言っただろ。俺の知ってるお母さんは、よほどのことがない限り車なしじゃ出かけない。長距離ならなおさら」

ぼくはズボンのポケットに手を突っ込んでつま先を見下ろした。だからどうしたって言うんだ。

「それで駐車場に行ってみたんだ。ひょっとして、車の中に何かないかと思って」

あばらの辺りがひやりとした。冬の夜、北向きの窓辺に訪れる夕闇のように、冷たく暗く寂しい感触。失うべきものを失うときが来たという予感。

「ところが、お母さんの車のとなりにおばさんの車があった」

ヘジンの視線がぼくの額の上で止まるのを感じた。ヘジンが深く息を吸い込み、吐く音が聞こえる。いつの間に行って来たのだ。玄関の開く音は聞こえなかった。パーゴラで日記メモを燃やしていたとき？　頬の内側をぎりぎり嚙みながら次のことばを待った。

「変だと思ったよ。二人とも地下に車を置いたままどこかへ出かけたなんて、偶然にしちゃおかしいだろ。それでも、ずいぶん長いあいだためらった。なぜか、確かめたくなかったんだ。動画を編集したり、映画を観たり、部屋の掃除をしてみたり、ひとりであれこれ時間をつぶしてみたけど、二時間ももたなかった。それで、お母さんの部屋に入ってみたんだ」

頭を忙しなくめぐらす。そこまでならどうにか言い訳できそうだった。おばは誰かに会いに行き、そこで酒を飲むかもしれないから車を置いていった、昨夜誰と何をしようとぼくには関係ないじゃないかと。

「ドレスルームにお母さんのスーツケースがあった。大きいのと、小さいの。小さいほうにはおばさんの服とバッグと靴が入ってた。初めは理解できなかった。昨日の午後に帰ったはずのおばさんの持ち物がどうしてここにあるんだろうって」

ヘジンは組んでいた手をほどいて太ももにこすりつけた。

「それでもなんとか自分の考えをつなぎ合わせようとしてみた。お母さんが財布やバッグや、車を置いて旅行に行くことだってありえる、おばさんが自分の服や持ち物を置いて裸足で出ていくことだってありえる、おまえがいつになくお母さんの部屋に鍵をかけることだってありえるって。部屋の主がいないんだから」

ヘジンはベッドから立ち上がると、ぼくの正面にやってきて立った。汗をぬぐい、閉じたり開いたりしていた両手はズボンのポケットに突っ込んで。普段は穏やかに開いている茶褐色の瞳孔が、あずきのようにぎゅっと収縮してぼくをにらんでいる。複雑な感情が入り混じった目。焦っているようでも、疑っているようでもあり、怒っているようでも、否定しているようでも、何かを切に願っているようでもあった。

「でも、どんなに頑張っても、悪い想像を止められなかった」

ぼくは次にどんなことばが続くか直感したが、何も言い返せなかった。頭の中には絶望的で無用な悲鳴が響いていた。やめろ。そこまでだ。黙ってくれ。

「お母さんのベッドで何かが起こったという想像。昨日おばさんは電話で、疲れたからお母さんのベッドに横になってるって言ってたんだ」

ぎゅっと目を閉じたい心境だった。綱渡りの綱から落ちた気分。少しだけ待っていてくれたら。ぼくが消えるまでのあいだだけ我慢していてくれたら。荷造りをして屋上の鉄扉を出るのに十分もあれば充分だったのに。そうしていれば、おまえもぼくもどれだけよかったことか。おまえはこんなつらい話をしなくて済んだろうし、ぼくはおまえを失わずに済んだと信じて発てただろうに。

「だから俺は……シーツをめくってみた。あとは……」

ついにヘジンが本論を引っ張り出した。

「おまえが説明してくれ」

ぼくたちは視線をぶつけたまま、しばらく口を開かなかった。両者とも一度も瞬きすることなく、互いを読んでいた。相撲でも取っているような気分だった。ヘジンは引き下がるまいと、あらん限りの力でぼくを追い込んできた。部屋の空気は、指先で弾こうものなら一瞬にして粉々に砕け散りそうなほど危うげに張り詰めていた。

頭がくらくらしてきた。どこから話せばいいか、何を話せばいいか考えようとしたが、うまくいかない。ヘジンを前に、ニュースの解説をするように理性的かつ論理的に申し開くことができなかった。いや、正直なところ、自分の態度を決めることができなかった。誰かを失うことは誰かを殺すことより難しいということを、生まれて初めて経験した瞬間だった。

ヘジンがごくりと喉を鳴らした。ぐっと突き出た喉仏が震えるように上下に動いた。瞳孔は恐ろしげに揺れていた。「俺の勘違いだよな？」と訊いているふうでもあった。「そう、おまえの見間違いだよ」という答えを待っている目。もう少しでそう答えそうになって、ぼくは奥歯を噛みしめた。ヘジンを失うことになっても、軽蔑されたくはない。

「いいから座れよ。長い話になる」

ぼくの声は思ったより動揺しておらず、冷静に聞こえた。ヘジンは首を振った。立ったままでいいというように、腕を組んでまっすぐに立った。

「昨日の明け方……」

ヘジンの目が、連続撮影でもするかのようにぼくの目をゆっくりと横切る。視線の動きがあまりにのろく、自分の瞳が太陽系ほどもあるかのような錯覚に陥った。

「血の匂いで目覚めたんだ」

#

ヘジンはパーゴラのテーブルの前に立っていた。走るトラックの屋根に立っているかのように、体が危うげに揺れている。おそらくは、さっそく母の顔と対面したのだろう。ヘジンの足もとに並ぶものがそう物語っていた。透明ビニール、肥料袋、ゴムホース、のこぎり。ぼくとの距離は遠く、こちらに背を向けているにもかかわらず、あっけに取られている心情がそっくり伝わってきた。

　ぼくもまた、机に腰かけるように立ったまま動かなかった。待つ以外に何もできなかった。待つことが死ぬほどもどかしかった。わらをもつかむ思いでもがき続けた果てに、とうとう地獄に堕ちてしまった気分。地獄の底では、無条件の理解を求める幼子が空しくぐずっている。それでもおまえはぼくの味方だろ？　そうだよな？

　ヘジンはぼくの話を聞く二時間のあいだ、ひと言も口を開かなかった。息さえもしていないようだった。石像のようにそびえ立ってぼくの目を凝視していた。嘘や合理化の陰に逃げられないよう手錠をはめる視線。誓って言うが、ぼくにそんなつもりはなかった。事を小さくするつもりも、騙そうという意図も、憐憫を誘う気も、それ以外のいかなる計算もなかった。ひたすらこの二日半の出来事を理路整然と説明しようと全力を尽くした。言いたいことより言うべきことを言おうと努めた。言い張ったり、言い逃れたり、否定したい誘惑を押し殺そうと苦心した。すべてにおいて正直だったとは言えないが、充分に正直と言える範囲だと思った。ぼくは長い話を終えた。

「悪い夢を見た気分だよ、今も」

　ヘジンの目は刻々と表情を変えていた。めらめら燃えていたかと思うと、体中がぴんと張りつめたようになり、次には鉄のように無情に見えたと思ったら、しまいには扉を閉めた地下室のように真っ黒に暗転してしまった。ぼくも口をつぐんだ。さらに釈明したり、友情を盾にして理解を求めるには不釣合いなタイミングだった。

　長い沈黙が続いた。巨大な水壁のような沈黙。その勢いに体が押しつぶされそうな沈黙。冷厳で、容赦なく、とてつもない沈黙。過ぎ去るのを待つしかない沈黙。じわじわと挫折感が忍び寄る。誰が何と言おうと、ぼくが何をしようと、こいつだけはぼくの味方でいてくれるだろうという期待が少しずつしぼみ始める。それでも待ってみた。ともかくひと言はあるだろう。わかったとか、人でなしだとか、死んじまえだとか。そうすれば、ただちにこの部屋を出て先を急げる。

ヘジンはついに口を閉じたままだった。ぼくから視線を外し、硬い足取りでぼくの前を通り過ぎると、テラスのガラス戸の前で立ち止まった。沈黙と同じぐらい重く強固な後ろ姿。頼んでも仕方ないと感じながらも、ぼくは手を伸ばしてヘジンの肘をつかんだ。

「あとじゃだめか。ぼくがいなくなってから……」

ヘジンはぼくの手を振り払った。いや、身震いしたと言ったほうが正しい。ちらとこちらを振り返る目には嫌悪が浮かんでいた。あまりに烈しく明らかで、ほかのなんとも見紛うことのできない表情だった。冷気が心臓の辺りを包む。体中のうぶ毛が凍りつくようにぴんと立つ。ヘジンがガラス戸を開けると、ふくらはぎがピクついた。外へ一歩踏み出すと、部屋から飛び出したい衝動がこみ上げた。何を待ってる。出て行っちまえ。

「そこにじっとしてろ」

ヘジンが外へ出ながら言った。感情を必死で押し殺している口調だった。ぼくは腰を上げたが、それ以上動かなかった。外には夕闇が降りている。ヘジンはうす暗い屋上の床をずかずかと歩いてゆき、ゴムだらいの前へ行き着いた。妻の浮気現場に踏み込んだ夫のように、荒々しい動作でがばっとふたを開けた。次の瞬間、はっ、という声がぼくの耳にまで届いた。ふたはヘジンの手を離れ、屋上の床に転がった。

ぼくはたらいの中に座っているおばを思い浮かべた。膝に片頬をあて、眠るように目を閉じているはずだ。評価をなりわいとするその目で二度と、誰も見ることができないようにまぶたをぎゅっと閉じてやったから。

ヘジンはおばから体を背けた。いかにも見てはならないものを見た人らしく、顔はすっかり青ざめている。たじろいで足を踏み出せないでいる様子から、次を確認するのが怖いのではないかと思われた。もうやめろ、と叫びたい瞬間でもあった。ヘジンが身を躍らせてパーゴラに飛び上がらなかったら、本当に飛び出していって行く手をふさいでいたかもしれない。どうしても見るのか？

ヘジンはこちらに背を向けて立ち、テーブルの天板を押しのけた。ぼくはヘジンの後頭部に視線を置いたまま、一昨日の朝を思い出した。もしやと思い、下りていったリビングで母の死体と対面した瞬間、足もとが滑りそうになった衝撃の瞬間、視界が曇り金縛りに遭ったように体を動かせなかった瞬間、母のそばにしゃがんで真っ暗い頭の中に明かりが点るのを、そして何かできることはないかと待ち続けた瞬間を順に思い浮かべた。ヘジンもまた、同じ瞬間を似たような順序で迎えているようだ。もしかしたらぼくと同じように、頭の中ではじける自分の悲鳴を聞いているのかもしれない。これは夢だ。

ぼくは長いあいだ待った。やっとヘジンがこちらを振り返ったときには、舌がからからに乾いて口の裏に張りついていた。自分でもわからなかった。何をこんなに焦っているのだろう。しがみつくようにして一心不乱に見守る理由はなんだ。具体的に何を待っているのか。

ヘジンが部屋に戻ってきた。目が見えない人のように後ろ手に手探りで戸を閉めて、ぼくを通り過ぎた。視線は宙を彷徨っている。ぼんやりとした目でも、憤った目でもない。悲しい目ではなおさらない。水に溺れてもがいている目だった。そうとも、パニックだろう。開いた口がふさがらないだろう。信じられないだろう。だがそれにしても、じっとしてろと命じたのだから、じっとしていた人にひと言くらい何かあってもいいじゃないか。結局、ぼくのほうから声をかけないわけにはいかなかった。

「もう行くよ」

ヘジンはぼくを一歩通り過ぎたところで動きを止めた。ぼくを振り返って訊き返した。

「行くだと?」

かつてこんなにも奇怪なことばは聞いたことがないという表情だった。斜めに傾いた顎がこうつけ加えているようでもあった。どこへ? 誰の勝手で?

「元気でな」

ぼくは片手を差し出した。ヘジンの視線は一度ぼくの手へ下がり、再びぼくの目へ戻った。ヘジンの眉間に血管が浮き出ていた。食いしばった唇の隙間から荒い息が漏れている。固く閉じられていた瞳孔は、収縮と弛緩をくり返しながらかっと開きつつあった。青白い白目にはクモの巣のような血管がぷくぷく浮かび、まぶたは真っ赤に染まり、周囲にうずくまっていたまつげが棘のように一斉に起き上がった。一度見たことのある目だった。ヘジンではなく一昨日の夜、母の顔に。頭の中で母の声が響いているようだった。

おまえは……ユジン、おまえは……この世に生きていてはならない人間よ。

ぼくは差し出していた手を引っ込めた。おまえの気持ちはわかるという意味で頷いた。ヘジンにとって母は恩人に違いなかった。孤児となった自分を引き取り十年間育ててくれた人、心の内では実の母親のように思っていた存在に二日ぶりに会えたと思ったら、変わり果てた姿になっていたのだ。当然ショックは大きいはず。ぼくのことまで理解する余裕はないだろう。

「わかったよ。ぼくはただ……」

頬に拳が飛んできた。全体重がかけられた拳だった。耳の中で爆音が響き、顎がぐるんと回った。同じ方向へ体がよろけた。

「元気でな?」

問い返すことばとともに、二つ目の拳がみぞおちに入った。あばらがぼこっとへこむ感触。喉の奥でうめき声が跳ね、瞬時に息が止まった。思わず胸を守るように肩をすぼめていた。鋭くずしりとした痛みが両の胸郭をつたって背中に広がった。

「元気でな？」

もう一度訊くヘジンの声は怒りに燃えていた。ぼくは力をふりしぼって顔を上げた。ああ、と言おうとしたが声が出ない。正面から伸びてきた三つ目の拳が喉仏を殴りつけた。喉へ胃液がこみ上げた。世界が足もとでぐるんと回転する。ぼくは耐え切れずに床に倒れた。ヘジンは前に進み出て、ぼくの上にまたがった。

「よくもそんなことが言えたな」

絨毯爆撃が始まった。左頬、右頬、まぶた、鼻、唇、顎と場所を選ばず拳が飛んできた。誰かを殴りたいと思っていたら折よくぼくが通りがかったとでもいうように、どぎつくよどみない攻撃だった。たちまちまぶたが腫れ上がった。視界は狭まり、生温かい血が顔を覆った。つぶれた口の中でがらがらと歯が崩れ落ちるような感触。

ぼくは力を抜いて、まっすぐに伸びた。抵抗などしなかった。防御もしなかった。無防備状態で身を投げだした。殴られるままに身を任せた。殴られれば殴られるほど頭は冷静になった。落ち着かなかった心が嘘のように鎮まっていく。状況は最悪だったが、気分は晴れ晴れしていた。激しく波打っていた脈はもとのペースを取り戻した。やっと設けられた告解の場で、ついに罪を償えたかのような気分だった。

「よくもそんなことが言えるな」

ヘジンはぼくの胸ぐらをつかんで狂ったように揺さぶった。耳鳴りがし、視界がめまぐるしく揺れ、ヘジンの顔がぼやけて輪郭を失った。それでもぼくにはわかった。ヘジンは泣いていた。子どものように口をゆがめて、真っ赤な目をしばたたかせながら、腹の底からこみ上げる低い泣き声を吐き出していた。

「どうして、どうして。どうしてそんなことを……」

ぼくは歯を食いしばった。突然わき上がり、一瞬で喉もとをふさいだ嗚咽が外へこぼれないように。ヘジンの声はもはや咆哮に近かった。

「おまえの人生を……。バカ野郎、おまえを……」

ヘジンはぼくの胸ぐらを投げ打つようにして離し、となりに倒れた。やられたのはぼくなのに、自分のほうがばてて大の字に伸びてしまった。ぼくは目を閉じた。轟々と響き渡るヘジンの泣き声を聞きながら、最後のことばを何度も思い返した。「おまえの人生を」と「おまえを」のあとに省略されたことばは「どうしてやったらいい?」という問いだと推測した。自分の祖父を失くしたときよりなお強烈なその涙は、すべてぼくのためのものなのだと信じたかった。

口の中いっぱいに溜まった血を喉の奥へ押し込んだ。生ぬるい塊がカタツムリのように喉を這い下りていく。生臭い匂いがはらわたにまで届いた。暗鬱な胸の中で、チクタクと時計の針が回る。外は宵闇に包まれ、テラスのガラス戸には指のつめほどの雪が一つ、二つと張りついている。辺りはしんと静まり返り、雪の降る音までも聞こえてきそうだった。ヘジンの泣き声は上下する胸の奥へと鎮まっていった。やがて息遣いさえも収まった。自分自身を床の上に放り出したままぴくりとも動かない。ヘジンもぼく同様、雪の降る音を聞いているようだった。

長い沈黙を破ったのはリビングの柱時計だった。一度、二度……六度。音が途絶えると、ヘジンが起き上がって座る気配がした。

「起きろ。言うことがある」

ヘジンが言った。ぼくは体を起こして座った。血がぽたぽたと床に垂れた。ヘジンは体を伸ばしてティッシュペーパーを数枚取り、ぼくに差し出した。ヘジンの髪がプールから上がったばかりの人のようにびっしょり濡れている。一方は殴るために汗だく、他方は殴られて血まみれというわけだ。公平ではなかったが、悪くもない。これくらいならまずまずだろう。ぼくは従順にティッシュペーパーを受け取ると、血がしたたる鼻の穴をふさいだ。

「二時間やる」

ヘジンが言った。ぼくは腫れたまぶたを強引に押し上げてヘジンを見た。

「シャワーを浴びて、心の準備をしてから、八時までに下りてこい」

ぼくは背筋を伸ばし、ヘジンと正面から向き合った。シャワーは理解できたが、準備云々とはなんのことだろう。ヘジンの表情からもその意中を推し量ることはできなかった。

「自首しろ」

一瞬、めまいがした。不意に飛んできた石ころに額の真ん中を撃たれたような気分だった。十六年前、スリングショットで撃たれたときのように、頭の上半分が粉々になった気がした。

「それが一番だ」

ヘジンは膝を立てて立ち上がった。ぼくも立ち上がった。まだ涙の跡がくっきり残るその目を見た。ぼくのための涙ではなかったのか。ぼくのために泣き叫んだのではなかったのか。殺人犯に成り果てたぼくに怒りを覚え、殴り倒したのではなかったのか。すべてぼくの錯覚だったというのか。

「それなら俺にもやりようがある」

何をやろうというのか訊きたかった。すでに起きてしまったことに何ができるのか。弁護士の選任？　自首と引き換えに減刑を訴える？　死ぬまで刑務所に差し入れをする？　あとは自分が引き受けるから、おまえはなんの心配もせず刑務所に入れと励ます？

「逃げたところですぐに捕まる」

わかっている。十二分に。だがどうであれ自分の未来は自分で決めるつもりだった。心からこう言いたかった。頼む、やめてくれ。

「おまえさえ黙っていてくれればいい。一日だけ知らないふりをしてくれれば……」

「俺が警察を呼ぶ。おまえが出て行ったらすぐに」

ヘジンは冷たい光を帯びた目を細めた。言おうとしていたことばが急速にすぼんでいくのを感じた。呼吸が急発進するかのように速まる。体温が一気に二倍に上昇する。

「こっそり抜け出すのも無理だ。玄関は俺が守ってるし、屋上はハローが番をしてるからな」

ヘジンが手を差し出した。

「剃刀をよこせ」

ヒステリックな笑いが腹の底でわいた。なんでまたそんなことを。ぼくが自分の首を斬るとでも？　剃刀でなくても、首を斬る道具なら家中に転がってる。屋上にはのこぎりが、鉛筆立てにはカッターが、キッチンには母さん愛用のドイツ製ナイフがある。その気になれば素手でも自分の首ぐらいへし折れるさ。ちょっと殴られてやったからって、ぼくを見くびってやしないか。

ぼくは鼻の穴のティッシュペーパーを抜いた。つうっと流れる血を手の甲でぬぐい、引き出しを開ける。剃刀を差し出した瞬間、ヘジンの目が束の間、揺れたような気がした。

「二時間だ。それ以上は待たない」

ヘジンの目は落ち着き払っていた。低く響く声には鋼のような冷たさが宿っている。そんな姿は初めてなのに、よく知っている気がする。ヘジンではなく、ヘジンに憑依した母と向き合っているかのようだ。ぼくはいたずらに確かめた。

「本気か？」

「本気だ」

疑う余地のない「本気」が骨の髄まで染み渡る。ヘジンは剃刀をズボンのポケットにしまい、部屋を出て行った。気が変わるなどとは夢にも思うなと言わんばかりの、決然とした足取りだった。足音が階下へ消えると、脚から力が抜けていった。ぼくはくずおれるようにその場にしゃがみ込んだ。机の脚に背をもたせかけ、自首についてもう一度考えた。やはり考えるのも嫌だった。海外への高飛びもあきらめた。空港はおろかこの町を出ることすら難しいだろう。ヘジンが言行一致の美徳を実践するとすれば、ぼくが消えたそばから通報するだろうから。

ヘジンがこう出ることをまったく予想できなかったわけではない。にもかかわらず、現にこう出られた今は戸惑いしかない。自首していくらかましになるなら一考の価値はある。自首しようと捕まろうと変わらないなら、一考の価値もない。考慮すべきものがあるとすれば、それは罪悪感の重みだろう。ぼくでなくヘジン自身の罪悪感、事がここに至るまでまったく気づかなかったことへの罪悪感、母の死についての罪悪感。その重みを、ぼくを自首させることで相殺しようとしているのではという疑念をふり払うことができなかった。それとも、自分が知る事実について道徳的責任を果たさねばならないというあらぬ義務感に捕らわれているのか。ともすると母の死、あるいはぼくの犯したことに対する怒りが大きすぎて、ぼくを放っておくことができないのかもしれない。ぼくへの憐れみは泣くことでさっさと消尽してしまったのだろう。

結局、決めるのはぼくだ。ヘジンか、ぼくか。答えはわかりきっていたが、選ぶのはたやすくない。ぼくに「感情」がある限り、当然のことだ。感情を捨てれば、選択の重みは靴を買うのと同じぐらい軽くなる。目的と費用の相関関係さえ考えれば済むのだから。問題は相手が靴ではないということ。ヘジンはぼくにとって百パーセント、ずばり言って感情的な存在だ。どちらを取っても、死ぬまで後悔するだろう。ランダウンプレーをしている気分だった。

時間が徐々に減っていく。時計の針は六時半を回り、七時に向かっていた。頭の中では腕利きの釣り師が糸部屋に戻ったとき、時計は七時四十七分を指していた。ぼくは急いだ。カッターナイフから刃の部分だけを取り出し、指の関節一つ分ぐらいの長さに折る。机からへそくりの五万ウォン二枚を取り出す。それらをビニール袋に入れて密封し、工業用のガムテープで太ももに巻きつけた。その上から幅広のジャージを穿き、チェック柄のシャツを羽織る。袖口のボタンは留めないでおいた。下階で玄関ベルの音が響いたのはそのときだ。

ぼくは動きを止めて耳を澄ませた。玄関へ向かう足音がかすかに聞こえる。まもなく、ピッ、と玄関ドアが開く音がした。それから一分ほど経ったころ、机の上の携帯電話が鳴り始めた。通話ボタンを押すと、ヘジンが低い声でささやいた。

「下りてこい」

#

を垂れている。昨日からぼくの意識の水面下に潜んでいるもの、あえてすくい上げることをしなかった考えを釣り上げた。さて、出て行って靴を買うがいいと。

ぼくは体を起こした。起き上がった瞬間から、もう迷わなかった。ずっと前から無意識がそれを計画していたかのように、頭の中には完成された絵が浮かんでいた。備えるべきアクシデントは、ひっきりなしにこの町を巡回しているパトカーのみ。

まずは、引き出しから捨てるべきものを選り出した。母の携帯電話、キャッシュカード、真珠のピアス、屋上の鍵。ラテックスの手袋を出して手にはめ、それらについた指紋をティッシュペーパーで拭き取る。次にたんすから「課外」のパーカーを出し、ポケットにそれらを押し込んで屋上に出ると、パーゴラの食卓の中に放り込んだ。手洗い場にあった乾いたぞうきんで、ゴムだらいと蛇口に残っている指紋を拭き取ったあと、ラテックスの手袋はバーベキューグリルで燃やした。

ヘジンは母の部屋の前に立っていた。ドアに背をもたせかけて腕組みをし、階段を下りてくるぼくを見守っている。最後の段を踏んで初めて、家の中にもう二人いることに気づいた。ヤギ目の男と、黒コートの中年男。彼らはリビングのソファに並んで座っていた。さっきヘジンが玄関を開けて迎え入れた客らしい。

見た顔だった。その顔を思い出すのに一秒とかからなかった。ヨンイのホットク屋で会った、真珠のピアスの事件を担当している刑事たち。ぼくは、片足はリビングの床、もう片方の足は最後の段に残した中途半端な姿勢で凍りついた。後頭部のレーダーは、もっとも動線の短い退路を探していた。階段を戻って屋上の出入り口を抜け、鉄扉から非常階段に出れば……。私服刑事二人が家の中で待機中とあれば、外では倍の人間が道をふさいでいるはずだ。ひょっとすれば、マンション一帯を丸ごと包囲しているかもしれない、事件が事件だけに。

動揺が腹痛のように体の奥へと広がる。脱力のあまりめまいがした。想像もしなかったシチュエーションだ。ヘジンがこんな不意打ちをしてくるとは夢にも思わなかった。何も試せないまま、隣人たちが見守る中、手錠をはめて連行される自分の姿が目に見えるようだった。ぼくはぱんぱんに腫れ上がった目を上げて、ヘジンを見た。ひどいじゃないか。待っていると約束したのに。逃げもしなかったし、まだ八時にもなっていないのに。

ヘジンはカウンターテーブルのほうへ視線を投げた。そこへ行けという意味のようだ。二人の刑事の目は、ぼくとヘジンのあいだをきょろきょろ往復している。しごく当然の反応だ。ぼくはと言えば、死ぬ寸前まで殴られたような有り様だろうから。洗い落とさなかった血の跡がいっそう凄絶さを増していることだろう。「加害者」が誰かは野良犬でもわかるはずだ。頭がおかしいのでなければ、自分で自分をここまで叩きのめすわけがないのだから。動揺と、背信感に加え、恥ずかしくもあった。踵を返して逃げれば、「ひよわ」な上に「ふぬけ」な奴と思われそうだった。逃げて捕まれば、「ひよわ」で「ふぬけ」な上に、まともに逃げることもできない「まぬけ」野郎になるだろうし。

もう片方の足もリビングに下ろした。向きを変え、背筋を伸ばして、カウンターテーブルのほうへ進む。四歩歩くあいだ、落ち着いて呼吸しようと努めた。表情に出ないよう骨を折った。そのかいもあり、カウンターテーブルの前に立ったときには頭がすっかり冴えていた。そのあいだにヘジンも、母の部屋の前からキッチンと階段を隔てる壁の前へと位置を変えた。ぼくのほうを見向きもせず、二人の男を紹介した。

「警察署からいらしたそうだ」

いらしたそうだ？　この間接話法は何を意味するのだろう。ぼくはテーブルに尻を引っかけるようにして立った。腕を組み、目の前の男たちに表情を読まれないよう目にシャッターを下ろした。つきあたりの飾り棚の上で柱時計が鳴り始める。一度、二度……八度。音がやむと、ヘジンが男たちを見下ろしながら言った。

「さ、いらしたご用件を伺いましょう」

黒コートがソファから立ち上がった。図体に比べて動作の速い男だった。立ち上がった、と思った瞬間、すでにぼくたちの前に立っていた。彼はポケットから警察手帳を取り出して見せた。ジャブをくり出すかのような一瞬の出来事で、細部までは見えなかった。名前はチェ・イハン、職位は警部補という以外には。彼は手帳をポケットに戻しながらヘジンに訊いた。

「お母様はキム・ジウォンさんで合ってますか？」

「はい」

ヘジンが答えた。やや違和感を覚えた。刑事はなぜぼくではなく、母の名を持ち出したのか。そういえば、さきほどのヘジンのことばも変だ。ぼくの知っている限り、家に招待した人に「用件を言え」とは言わない。

それは予告なしに押しかけてきた者へのことば遣いだった。とすれば、この人たちはぼくを捕まえにきたのではないのか。

「そちらの名前は」

チェ警部補がヘジンに訊いた。名を告げると、今度はぼくを見た。チェ警部補もヤギ目もぼくに気づいていないらしい。それもそのはず、ホットク屋で見かけた近所の青年と、ホットクのようにひしゃげた殺人犯を同一人物と見定めるのは容易ではないだろう。ぼくはぱんぱんに腫れてうまく開けない口で、とつとつと答えた。

「ハン・ユジンです」

「じゃあ一昨日、キム・ジウォンさんから泥棒の通報を受けて出動したとき、家にいたのは君だね」

ヘジンが訝しげな目でぼくを見た。ぼくは目を半分だけ開けて「はい」と答えた。やっと確信できた。彼らはヘジンの通報を受けて来たのではない。そうだろうとも、いくらショックが大きかったとはいえ、ヘジンがそこまでするはずがない。胸の奥を安堵がかすめたが、たちまち冷ややかな気配となって戻ってきた。わかったところで、立場は変わらない。結末が留保されただけで、ぼくはあいかわらずヘジンの手に生死を握られたセミだった。

「キム・ヘウォンさんはどちらに？」

背筋がびくりとした。まったく予想外の質問だった。もう少しで驚きの声を上げるところだった。おばさんだと？　実際に訊いたのはヘジンだった。

「おばさんですか？」

「昨日ここに来られましたよね？　もう帰られたんですか？」

ヘジンがぼくを振り向いた。自分の口からは言えない、自分で答えろという目。

「昨日の二時ごろに来て、五時ごろに帰りました」

「五時か。そのとき家には誰が？　お二人とも？」

「ぼくひとりでした」

「おばさんはよく来るんですか？」

ぼくは「いいえ」と答えた。

「じゃあ、何か用があって来たんでしょうね。そこのところを伺っても？」

そっとヘジンを見た。ヘジンは壁にもたれて腕を組むと、自分のつま先を見下ろした。これもまた自分で答えろというしぐさに思えた。ぼくは痛む喉に一度唾を押し込み、できるだけ短いことばで答えようと努めた。これこれしかじかでやってきて、お祝いをして帰っていった。

「帰るとき何か言ってませんでしたか？」

「はい」

「服装は憶えてるかな」

じっと考えてみた。何を着てたっけ。グレーのダウンコート、ジーパン、黒いセーター、ジャラジャラしたネックレス。

「ジーパンにセーターだった気もするけど……注意して見なかったもので」

チェ警部補はヘジンに視線を移した。

「あなたは昨日どちらに？」

「仕事で木浦にいました。それで、ご用件はなんでしょう？」

つま先から視線を上げたヘジンに、チェ警部補が重ねて訊いた。

「出張ですか？」

「そんなところです」

「家には何時に戻られました？」

「十時過ぎです。で、ご用件は？」

ヘジンの声がやや大きくなった。チェ警部補はかまわず質問を続ける。

「お仕事は？　会社員ですか？」

ヘジンはきゅっと口を閉ざした。用件を聞くまでは何一つ答えないというように。ぼくたちの注意をチェ警部補がひきつけているあいだ、ヤギ目はソファから腰を上げ、つきあたりの飾り棚のほうへ忍び寄っていた。

「それにしてもひどい匂いだなあ。漂白剤の匂いに、生臭い匂いに……」

　彼は飾り棚の前で足を止め、つぶやいた。ひとり言にしては大きな声。こちらに背を向けて見上げているのは、壁に飾られた家族写真だ。左大臣ヘジンと右大臣ユジンが兄弟になった日の写真。ぼくはそっと男のほうを盗み見ると、再びチェ警部補に視線を戻した。血痕はないはずだ。見つけたところはすべて拭いたのだから。ぼくの目に見えない跡なら、ヤギ目にも見えないはずだと信じたかった。

「われわれがお邪魔したのは、ヘウォンさんと連絡が取れないからです」

　ここに来て、チェ警部補が一歩譲った。

「ジウォンさんの捜索願いの件で訊きたいことがあって連絡したんですが、携帯電話が切れていましてね。家のほうにかけたら、お手伝いさんが出てお姉さんの家に行ったと。それでじかに会ってみるつもりでこちらへ伺ったんです。同じ家から泥棒の通報と捜索願いが立て続けに出されるなんて珍しいですからね」

「捜索願い、ですって？」

　ヘジンが姿勢を正して訊いた。顔には驚きの色がありありと浮かんでいた。

「昨日の正午ごろに出されています。ヘウォンさんからね。あなた方の言うとおりなら、捜索願いを出したあとここに来たということになりますが。おばさんから何か聞いていませんか？」

　ヘジンはまたもぼくを見た。ぼくは無表情でヘジンを見返した。事のいきさつが、やっとはっきりしたような気がした。おばが母の行方を捜すために取れる措置は、捜索願いぐらいだ。問題は、いい大人が一日二日行方をくらませたからといって、警察は出動しないところにあった。いち早く動いてもらうには布石が必要だ。言うなればニセ通報は、本題に入る前の地ならしだったというわけだ。「殺人事件が起きた町の女がニセ通報をし、翌日その女が消えたという通報があった」となれば、警察のレーダーに引っかかると思ったのだろう。もしかすると、すぐに出動するものと信じていたのかもしれない。ぼくひとりの家に勇敢にも押しかけてきたのは、頼りにするあてがあってのことだった。結果、警察はおばが思うより一日遅く出動したのだが。

「仕事で木浦にいたとおっしゃいましたね？　お仕事は何を？」

　チェ警部補が明確な記憶力でヘジンに尋ねた。映画の仕事だと聞くと、雑談に近い質問が続いた。具体的にどんな仕事をしているのか。これまで参加した映画はどんなものか。公開はされたのか。木浦へも映画のために出かけたのか。ヘジンは順々に答えた。いつ、なぜ、どんな用で木浦に行ったのか、何時の汽車で戻ったのか、家には何時に着いたのか。

「つまり仕事は二時に終わって、その後は榮山江《ヨンサンガン》（全羅南道に流れる川。河口に木浦がある）の河口縁にいたということですね」

　チェ警部補が言った。

「誰と一緒にいましたか？」

「ぼくひとりです」

「帰りの汽車もおひとりで」

　ヘジンが「はい」と答えると、チェ警部補は頷いて言った。

「では、ここからはキム・ジウォンさんの話に移りましょうか」

　ここから始まるということか。一体いつ終えるつもりだろう。ぼくが老いぼれて死ぬころ？　ぼくはたまらなくなって柱時計を見た。その前に立っていたヤギ目がいない。まさか母の部屋に入ったのか。常識で考えてそんなことはないと知りつつも、焦りのあまり叫んでいた。

「勝手に歩き回らないでください」

ああ、という声とともに、ヤギ目が階段から長細い顎をのぞかせた。

「メゾネットマンションは初めてなんで珍しくてね。ちょっと見学してました」

彼はぼくと目が合うと、小ずるい表情で階段から下りてきた。

「田舎者でしてね。それにしても、すごい匂いだ。目も開けてられませんよ」

ヤギ目はヘジンの前を通り過ぎ、キッチンの入り口で足を止めた。きょろきょろとキッチンの中をのぞきながら、みなに聞こえるほど大きな声でひとり言をつぶやいた。

「家の中で死体でも腐ってるのかなあ」

ぼくはチェ警部補を見た。おまえの部下をそばに呼び寄せろと。チェ警部補にその意思はないようだ。始めようと言っていたキム・ジウォンの話に入った。

「お母様が家を出たのは、正確に何月何日何時ごろですか？」

「十二月九日の朝ですが、正確な時間はわかりません。起きたときにはいなかったんです」

ヘジンの視線がぼくのこめかみに刺さる。ぼくはヘジンに言ったレパートリーをそっくりくり返した。どうせ真実を語れないのなら、恥じる必要もない。そうしたところで嘘に道徳性がもたらされるわけではないのだから。チェ警部補は頷いたり視線を合わせながらぼくの話を聞いていた。時折りありきたりな質問を挟みながら。言動におかしな点はなかったか。黙想会にはよく行くのか。いつもひとりで出かけるのか。連絡は取ってみたのか。最後に、電話が通じないのに変だと思わなかったのかと訊いた。

「いえ。黙想会に出かけるときは大抵電源を切ってましたから」

「妙だな。一緒に暮らしてる息子は心配してないのに、別に暮らしてる妹が捜索願いを出すなんて。それも息子に相談もなく」

特に言うべきことはない、という意味でぼくは黙っていた。

「ご自分では、お母様はどちらへ行かれたとお思いですか？　普段行きたがっていたところなどは？」

「よくわかりません」

「親しい友人はいましたか？」

「聖堂仲間とは時々会っていましたが、今回も一緒なのかはよくわかりません」

「その人たちの連絡先はありませんか。お母さんが使ってる電話帳だとか」

「いえ。あるとすれば母の携帯の中でしょうね」

「あなたが知ってる番号もないと？」

「はい」と答えると、彼はじっとぼくを見つめた。母親の友人の連絡先を一つも知らないのかと問う目だった。ぼくは問い返したかった。あなたは母親の友人の連絡先までいちいち把握しているのかと。

「そちらさんもお母様の出かける姿は見てない？」

チェ警部補は矛先をヘジンに変えた。押し黙っていたヘジンが「はい」と答えた。

「それはどうしてでしょう？」

ヘジンの耳もとに赤い気配が立ち昇り始める。ぼくの視線が気まずい様子だったが、ぼくは目をそらさなかった。下手なことを考えないように、そうして下手なことを言わないように、全力でヘジンの目を捉えて離さなかった。

「仕事で、その前日、上岩洞の先輩の作業室で寝たんです」

「じゃあ先輩と一緒に？」

「いえ。先輩の自宅は別にあって、ぼくはひとりで寝ました」

「つまり、おばさんやお母さんがこの家から消えるたび、あなたはそのつどひとりで外にいたわけですね？」

ヘジンは何か言いかけて、口をつぐんでしまった。顔はもとより、一瞬で耳まで赤くして。しばらく沈黙が流れた。そのあいだチェ警部補は、ヘジンの上気した顔とあてどない視線が何を意味するのか、じっと読み取ろうとしていた。ヤギ目はいつの間にかリビングの飾り棚の前に立ち、中にある陶磁器の人形をのぞき込むふりをしている。

「では、整理してみましょう」

チェ警部補が沈黙を破った。

「ジウォンさんが出て行くのを見た人はいない。兄は外泊中、弟は自室で寝ていたから。その日の午後、自称ジウォンさんから、自宅に泥棒が入ったとニセ通報があった。翌日には妹のヘウォンさんから、ジウォンさんの行方がわからないと捜索願いが出された。そしてこの家を訪れたあと、ヘウォンさんの連絡までもが途絶えた。そのときも兄は外にいて、弟は家にいた。そうですね？」

ぼくが「はい」と答えると、ヘジンが訊いた。

「つまりお二人がいらしたのは、母とおばの行方がわからないから、ということですか？」

「先日この近くで殺人事件があったのは、お二人もご存知ですよね？」

ヤギ目がチェ警部補のとなりに来て尋ねた。ぼくとヘジンは黙っていた。

「そこへ、同じような時期に同じ町で女性が二人、それも姉妹が順を追って消えたんです。二人とも、家を出てまもなく連絡が途切れた。となると、事件に巻き込まれた可能性を考えてみるべきだと思いませんか？そこで一つお願いがあります」

ヤギ目はまずヘジン、次にぼくを見て続けた。

「お母様の部屋をちょっとばかり拝見したいんです。もちろん、お二人の立会いのもとに」

ぼくはそっと腰を上げて姿勢を正した。ネクタイをきつく締めすぎたかのように、首が苦しくなってくる。一番最近、母の部屋に入ったのはヘジンだ。ヘジンがぼくの部屋に駆け上がってくる前に、自分が目にしたものを片づけておいた可能性はゼロ。おばの私物はスーツケースから引っ張り出されたままだろうし、シーツははぎとられ、血のついたマットレスが顔をのぞかせているはずだ。

「母の部屋へ入りたいという理由はなんです?」

ヘジンが訊いた。チェ警部補が答えた。

「その人の居住空間はその人そのものですから。状況判断に役立つはずです。何かあったのか、あなた方の言うとおり黙想会に出かけたのか」

ヘジンはチェ警部補と目を合わせたまま、ぎゅっと口を結んだ。上気した顔がますます赤く染まっていく。反対に、ぼくは徐々に青ざめていった。首に縄を巻いて木の枝にぶら下がり、ゆらゆら揺れている気分だった。決定権はヘジンにある。ぼくが彼らの要求を拒んでも、ヘジンがどうぞ、と言えば、彼らもどうも、となる。

「のちのち母が知れば、よく思わないでしょうね」

とうとうヘジンが沈黙を破った。期待していたのか、チェ警部補の顔に失望の色が浮かんだ。ヤギ目がわきから口を挟んだ。

「もしお母様の身に何かあったのなら……」

ヘジンは彼のことばを一蹴した。

「正式な捜索令状を持ってきてください」

#

「上着を取ってこい」

ヘジンが言った。ヘジンはカウンターテーブルに座って、水が三分の二ほど入ったカップをぼんやり眺めていた。キッチンを出ようとしていたぼくは振り返った。

「自首しに行こう」

聞き違いかと思った。刑事が去ってまだ五分にもならない。それなのに自首しに行こうだと？　警察とぼくのうち、ぼくを選んだのではなかったのか。あれはぼくの味方になるという意味ではなかったのか。それとも、またも心変わりしたのか。

「本気で言ってるのか？」

そう口にすると、腫れた頬が痙攣するようにひきつった。

「おまえが逮捕されるのが嫌だっただけだ」

ヘジンはありとあらゆる表情が見え隠れする目でぼくを見据えた。やりきれないような、嘆かわしいような、苦痛にもだえるような、緊張しているような目で。ぼくはもう一度訊いた。

「本気なのか？」

「ちゃんと着てこい。外は寒いだろうから」

なるほど。そりゃ寒いだろう。頷きながら、カエルのように節々が丸く出っ張った自分の足を見下ろした。ふと、あの島の崖を思い出す。夢から覚めるたび、あの瞬間に戻れるなら絶対にスリングショットに撃たれるものか、と思ったことも。今になってわかる気がする。似通ったことをくり返し変奏しながら生きていくのが人間の生なのだと。ぼくの変奏テーマは、ぼくもスリングショットをつくらねば、といったところだろうか。

「わかった。言うとおりにするよ」

顔を上げてヘジンを見返しながら言った。ヘジンは何か言いかけたが、そのまま口をつぐんだ。指でぎゅっとつまんだかのように、鼻先が赤らんでいく。どうやら、またぼくを殴り倒したいようだ。もちろん実行には移さないだろう。ヘジンも一事不再理の原則ぐらいは知っているだろうから。

「行くよ、行くけど、その前に何か食べよう。腹が減ったな」

ぼくは再びキッチンへ入った。冷蔵庫からおばが買ってきたケーキを出す。フォークを取ってきて、シンクに尻を引っかけて立ち、手の平サイズのそれをもぐもぐ食べた。おばあさんが干しイカを嚙むように、くちゃくちゃと、時間をかけて。そうするうち、気持ちはすっかり落ち着いた。今ぼくに必要なのは勇気ではない、決断力でもない。炭水化物だ。付録として必要なのは、幸運。ぼくを見るヘジンの目がこう問いかけている。この期に及んでよくそんなものが喉を通るな。

どこかで聞きかじった話を聞かせてやりたかった。人類にかけられた呪いの一つに、どんな状況にも適応するってやつがある。ぼくを見てみろ。おまえの裏切りにも見事に適応してるだろ。ぼくはケーキの底の厚紙をごみ箱に投げ捨て、カウンターテーブルに向かうと、母の車のキーを置いた。

「なんだ?」

ヘジンは視線だけを動かしてキーを見下ろした。母の車のキーだと知らないわけがない。母の代わりに、あるいは母と交代で運転した回数だけでも数十回に及ぶはずだ。敷衍《ふえん》説明を求める質問だった。

「おまえが運転しろ」

ヘジンがキーを取って立ち上がる。無愛想で無表情な顔。顔が心の鏡だったヘジンはもういない。友として、兄弟として生きてきた十数年もなかったことのようだ。地層のように固く積み重なっているものと信じてきたものも。信頼、思いやり、理解、憐れみ……。「愛」という名のもとに集約される数多の感情。ともすると、愛という感情自体、神が意図したものではないのかもしれない。もしもそれが神の意志なら、世界を創造するとき、万物が万物を愛する関係を設計しておくべきだった。互いに食い殺し、生き延びるという鎖でつなぐのでなく。

「外は雪だ。パーカーを着てこい」

ヘジンがジーパンの前ポケットにキーをしまいなが

ら言った。もう一方のポケットには何か細長いものが入っているのか、表面が出っ張っている。ぼくから奪った剃刀ではないかと思った。

「どうせ車だろ」

身を翻して玄関に向かい、内ドアを開ける。ヘジンはぼくのすぐ後ろにぴったりくっついて出てきた。ヘジンも上着は着ていない。セーターにジーパン姿で、裸足のまま靴を履いた。ぼくを逃がしてやることはできないが、ともに寒さに震えることはできるというように。ぼくは靴箱を開け、一昨日の夜履いたランニングシューズを取り出した。まだ湿っていて、靴全体に泥の跡がこびりついている。かかとを踏んで履くと、キュウ、とカエルの鳴くような音がした。

玄関を出ると、ハローの声に出迎えられた。音の反響からすると、家の中ではなく外で吠えているようだ。ご主人様と外出するらしい。ぼくはエレベーターのボタンを押してから、休めの姿勢を取った。ボタンを留めておかなかった袖口から右手を差し入れて両手首をつかみ、そっと後ろを振り返る。ヘジンは前屈みの姿勢で、靴のかかとを引っ張って履いていた。ヘジンが体を起こすと同時に、エレベーターが到着した。

ぼくは後ろ手に腕を組んだまま、先に乗り込んだ。監視カメラに後ろ姿がはっきり映らないよう、向きを変えて左側の壁にもたれる。両手を縛られている人のように、できるだけぎこちなく不自由そうな動きで。ヘジンもすぐあとについて乗り込み、地下一階のボタンを押してそばに立った。エレベーターは二十二階で止まった。ドアが開くと、ひと組の親子が乗ってきた。たえまなく吠え続けているハローと、オウム一匹を平らげたばかりの猫のように唇を真っ赤に塗ったその飼い主。

微笑を浮かべてぼくたちを見ていた彼女の顔が瞬時にこわばった。オキアミのような目がイセエビのように大きくなり、鼻の穴がネズミ穴ほども拡がった。その最中も、ごまつぶほどの目玉を転がしてぼくのいでたちを確かめていた。派手に腫れ上がった血だらけの顔、両手を背後に回したぎこちない姿勢まで。やがてその視線は、きれいな顔でそばに立つヘジンに移った。ヘジンの表情がはっと硬直するのが、見なくてもわかった。困惑した心境もはっきりと伝わってきた。「ぼくがやったんじゃありません」と言おうとして、遅ればせながら自分のしわざだったと気づいたかのような。

ハローの飼い主は目を伏せ、ドアを向いて立った。分厚いダウンジャケットを羽織っているにもかかわらず、全身が硬直しているのがわかる。緊張というより、場違いなシーンに立ち入ってしまった気まずさに近いようだ。ハローもまた似たような心境らしい。ご主人様の肩に前脚をかけ、今にも飛びかかりそうな勢いで頭を突き出し吠え始めた。なだめたり止める人間がおらず、勢いは徐々に増していった。地下一階に着くころには、頭痛がするほど吠え立てていた。ドアが開くと、ハローの飼い主は弾丸のように飛び出していって、非常口の向こうへと消えた。

「行こう」

突っ立ったままでいると、ヘジンが肘を引っ張った。ぼくは渋々といった体で、引きずられるようにしてエレベーターを降りた。非常口の前でヘジンが手を離すと、また立ち止まった。行きたくないのだと知らしめるように、足を踏ん張って動かなかった。

「なんだよ」

ヘジンは非常口のドアを開け、ぼくの肘をつかんだ。ぼくは今度も嫌そうな身振りで引きずられていった。両手はあいかわらず背後にあった。引っ張られれば数歩引きずられ、手を離されれば立ち止まるという即興劇は、母の車に到着するまで続いた。ヘジンはぼくの気が変わったものと確信している様子だ。ぼくの肘をつかんだまま、車のスマートキーを押し、助手席のドアを開けてぼくを中に押し込んだ。しばらく踏ん張ってから乗り込むと、すぐさまドアが閉められた。ヘジンがボンネットを回って運転席に乗るのに十秒かからないだろう。わずかな時間だったが、ブラックボックスの電源コードを引き抜くには充分だった。

「シートベルト」

ヘジンがシートベルトを締めながら言った。ぼくはそれに応じた。座席に深く腰かけ、かかとを踏んでいた靴を振り落とす。グローブボックスに裸足を乗せると、ヘジンが車を発進させた。ブラックボックスを一瞥もしないまま。きっと、意識の端っこにも引っかからなかったはずだ。ぼくの変化が気になり、気が変わる前に警察に連れて行かねばという焦りが先立っているはずだから。ハローの飼い主とはスロープの前で再会した。両端から出てきた二台の車は顔を突き合わせる直前で止まった。ヘジンがライトを点滅させ、先を譲る合図を送った。ハローの飼い主はハイビームを下げて動かない。

「群島署に行く」

スロープを抜けると、ヘジンが言った。群島署は新市1地区にあり、交差点を過ぎて東津第1橋を越えれば五分とかからない場所にある。そこへ行けばおそらく、ついさっき見送った二人の刑事に会うだろう。そこに捜査本部があるだろうから。

「好きにしろ」

ぼくはフロントガラスを見下ろしながら言った。雪が降っていた。今年に入って初めての雪。初雪にしてはずいぶん激しい。降るというよりこぼれるというほうがふさわしい。ひらひら舞い落ちているところを見ると、風はないようだ。不幸中の幸いだ。ヘジンはワイパーを動かした。時計は八時三十六分を示している。ホットク屋のおやじを思い浮かべずにはいられなかった。今日は早くに店を閉めただろうか。初雪は早じまいの理由に入っていただろうか。初雪でなくとも、町はただでさえこの騒ぎだ、早々に帰宅したかもしれない。殺人事件のあった一昨日もそうだったように。

ヘジンは裏門へ車を回した。ぼくはサイドミラーで背後を見た。黒い鏡の中に、スロープを抜けて出てくるハロー宅の車のヘッドライトが光っている。裏門のゲートを抜け、交差点のほうへ左折してからもう一度見たときも、車はぼくらの後ろにいた。防潮堤へ出るつもりらしい。

「頑張れ」

ヘジンが横目でぼくを見やり、ひと言垂れた。

「これが正しい。ベストなんだ」

自分のことばに頷いているかのようなヘジンの表情から、多くが読み取れた。ぼくへの罪悪感、ひるみ、怯えているぼくが何をするかわからないという不安、どうにか無事に署まで連れて行かねばという責任感。自分なりには、勇気を奮い立たせようと投げたことばなのだろう。ぼくにではなく自分自身に。ぼくに言わせれば、正しいことがすべてベストではない。正しい、と、当然、も同じ意味ではない。この状況で当然なのは、ぼくの人生をぼく自身にゆだねること。それがみなにとっても、ぼくにとってもベストだ。

「ぼくは平気だ」

答えながら、フロントガラスをにらんだ。交差点の信号は赤。

「昨日エレベーターから降りるまでは、こんなことが起こるなんて思いも寄らなかった」

ヘジンが言った。車が信号の停止線で止まる。ハローの飼い主はとなりに並ばず、ぼくたちの後ろについた。

「いや、今朝までは思いもしなかった。おまえと俺が、こんな形でお母さんの車に乗ることになるなんて。何かがおかしいとは感じてたけど」

ヘジンの声は告解でもするように次第に低くなっていった。

「一階でおまえを待ってるあいだじゅう、ずっと思ってた。これは夢じゃないのかって。自分の目で死体を見ておきながら、実感がわかなかった」

　ぼくは犬歯の先で頬の内側をぎりぎり嚙んだ。母の日記メモと少しも変わらない告白だ。おまえを愛しているがこうするしかなく、こうするしかない自分はおまえ本人よりつらく苦しい。それをわかってほしい。

「おまえを自首させようとしてる今もそうだ。悪夢を見てる気分だよ。目を開けさえすれば、それ以前に戻れるんじゃないかって」

　信号が青に変わった。ヘジンは車を出した。今度はぼくが口を開く。

「頼みがある」

「なんだ?」

　ヘジンはルームミラーで後方を見ながら訊いた。ハローの飼い主は依然あとに続いている。

「二十分だけくれないか」

　ヘジンの視線がルームミラーからぼくに移る。なんのことだ、という目。

「展望台に少しだけ寄っていきたいんだ」

「天の川展望台?」

　ぼくは頷いた。この近所にほかに展望台があるか?

「心配いらないよ。逃げたりしないから。運転だっておまえに任せてるだろ」

「心配ってわけじゃ……」

「ちょっと寄りたいだけだよ」

　夜ごと頭痛と耳鳴りに苛まれた日々が蘇る。夜が明けるなり一目散に展望台に走っていった朝。向こう岸にホットク屋の明かりが見えた崖っぷちの欄干。そこに、何も知らなかったころのぼくがいた。母に独立宣言をする瞬間を夢見るぼくがいた。二十メートルほど前方に、雪に包まれた東津第1橋がぼんやりと姿を現した。

「最後に一度だけ。二度とここには戻ってこられないから」

ヘジンを安心させるためにつけ加える。

「車を降りるつもりはないよ。ちょっと一周するだけでいいんだ」

ヘジンはそのまま東津第1橋を通過した。ぼくの頼みを聞くことにしたようだ。ハローの飼い主とは、防潮堤に向かう信号の前で別れた。彼女の車は右折して仁川方面へ遠ざかり、ぼくたちは海上公園に向かって左折した。吹雪のせいか、防潮堤の道路は一昨日よりなお暗く閑散としている。まだ早い時刻なのに、通行車両すらほとんどない。バス停もがらんとしている。

視線を動かしてヘジンを見る。今ここでぼくを解放してくれたら、バスに乗って消えてやるのに。ぼくの視線を感じているだろうに、ヘジンは前方に目を据えて動かない。ぼくは横へと視線を戻した。ホットク屋にはまだ明かりが点いていたが、入り口のシートは閉まっている。中ではおやじが、出張から戻った紳士に変身しているところだろう。渡し場の入り口に停まっていたパトカーの姿はない。

十分後、ぼくたちは島に続く橋に入った。帰還不能地点に足を踏み入れたわけだ。パトカーに出くわしたのは、橋の中ほどまで来たときだった。海上公園を回ってきたところらしい。どうかぼくたちに目を留めることなく通り過ぎてくれ。回転灯の明かりが視界から遠ざかると、ほっとした。ぬか喜びだった。公園に入ると、一度は遠ざかっていった回転灯の明かりが再び現れた。そればかりか、ぼくたちに向かってハイビームを点滅させ始めた。わかりやすい合図だった。

「止まれってことか」

ヘジンがちらりと後ろを見ながら言った。動揺が苦味となって口の中に広がる。唯一心配していたアクシデントが、決定的なものとなってしまったようだ。面倒なことになりそうだ、と思ったが、あきらめる気にはならなかった。今しがた通り過ぎた公園の道路標示によると、展望台のある崖まであと五百メートルもない。その上そこは、滑走路のようにまっすぐ伸びた直進区間だった。靴を買うのは今だ。

「そのまま走れ」

「え？」

ヘジンが横目で見ながら訊き返した。ぼくはボタンを押して窓を開けながらもう一度言った。

「走れよ、ブタ野郎」

窓から吹きすさぶ風がぼくの声をかき消した。吹き込んでくる雪が視界を遮る。パトカーのウーというサイレンが鳴り始める。ぼくはグローブボックスから足を下ろし、ヘジンは窓の開閉ボタンに手をやりながら叫んだ。

「止まれって……」

左肘でヘジンの目を突き上げた。ハッ、と声が漏れ、ヘジンの手がハンドルを逃す。頭と体が後ろに反れ、足が持ち上がってアクセルから離れる。ぼくはその隙をついて、片足を運転席に突っ込み、ありったけの力でアクセルを踏んだ。左肩でヘジンの顔と上半身を押さえつけ、右手でハンドルをつかむ。そして全力で耐え始めた。いち、に、さん……。

排気量が多く高性能な母の車は、重々しい音を吐きながら加速し始めた。肩の下でヘジンがもがいていたが、ぼくはびくともしなかった。車もまた揺るぎなく崖目がけて突進した。次の瞬間、鮮やかな黄色い鉄の欄干が目の前に迫ってきた。ぼくは運転席から足を抜き、ヘジンから離れた。車は滑走路から離陸する飛行機のように、欄干をぶち抜きながら雪の舞う白い虚空へと飛んだ。

体がふわりと浮いた。昨夜おばを殺した瞬間のように、またも時が百分の一秒単位で流れ始める。全身の神経がそれぞれに目となり、この刹那をつぶさに見届ける。前に飛び出ようとする体をシートベルトに引きとめられた瞬間、頭ががくんと後ろに反れ、首が折れるような感触があった。ものすごい衝突音と振動が車体を揺らす。前と横でエアバッグが同時に開く。生き埋めにされるみたいに、ぼくは衝撃のど真ん中に閉じ込められた。エアバッグがしぼみ、開いた窓から急流が流れ込んでくるまで、指先一つ動かせなかった。

車体の揺れが止まった。暗闇と静寂が一度に訪れた。車体は今にもひっくり返らんばかりに前に傾いている。開いた窓から絶え間なく波が押し寄せ、海水が首の辺りまで満ち、冷気が骨の髄まで染み込んでくる。頭上でパトカーのサイレン音がやかましく響いている。数分後には、呼び出しを受けたパトカーが順に駆けつけるはずだ。彼らが崖下の海に下りたり、海洋警察が出動するには、しばし時間がかかるだろう。そして車はその前に沈むはずだ。

ぼくは手探りでシートベルトを外し、開いた窓から外へ抜け出た。傾いた車の屋根にしがみつき、車体にもたれてシャツとズボンを脱ぎ捨てた。そのとき、展望台のサーチライトが水面を斬るように通り過ぎた。そのおかげで、目指すべき方向がつかめた。警察が現れていなければ、事はずっと楽に運んでいただろう。もう一度崖を上りさえすればいいのだから。少なくとも、吹雪の海を泳いで渡ることはなかったはずだ。不幸中の幸いは、今が満ち潮の時間帯だということ。

二、三度深呼吸をするあいだ、目を閉じて想像した。ここは海ではなくプールで、これからぼくの主種目である千五百メートルを泳がねばならないのだと。これが生涯最後の試合になるのだと。十五歳以降、水中訓練をしたことはないという事実は頭の隅に追いやった。去年の夏にセブから戻って以来、水に入るのも初めてだという事実も無視した。代わりに、頭の中のオプティミストがささやく甘いことばを信じた。できるとも。多く見積もっても二キロちょいだ。急ぐことさえなけりゃ、そのくらいガムを噛みながらでも余裕さ。

胸が落ち着きを取り戻す。心臓は普段どおり規則的に鼓動している。ぼくは、暗闇の中からゆっくりとせり上がってくる海を見つめた。満ち潮の速度は遅ければ七キロ、速ければ十五キロほどだろう。ぼくの歩速の二、三倍だ。海を漂う浮遊物のように満ち潮に乗ることさえできれば、遅くても三十分以内に到着できるはず。

出発前に、後ろを振り返った。ヘジンの姿はどこにもない。車は水面下に沈みつつあり、ヘッドライトは消え、車内は暗く、辺りは深い霧と綿雪に覆われている。防潮堤のほうへ戻ったサーチライトの明かりをもう一度待つ余裕はない。冷たい大気が斧のように背中に突き刺さり、わきの下に薄氷を挟んでいる気分だ。風が穏やかなことだけが幸運と言えば幸運だった。

車体を蹴飛ばして波の中へ身を投げる。ぼくの体はせり上がる波を抱いて突き上がったかと思うと、深い波間へと沈んでいった。やがて、体が波の上にゆっくり浮かぶと、水を搔いて前へ進み始めた。遠い道のりだったが、余裕を失うまいと歯を食いしばった。全身が氷塊になった気分だったが、必死で焦りをふり払った。腹とわき腹にしゃっくりに似た痙攣を感じたが、正常な呼吸をしようと努めた。この状況下での緊張は死ととなり合わせだ。計算よりほんの少し無理をすれば、半分も行かないうちに沈没する難破船となるだろう。恐れず、急がず、波に乗って前進するのが一番だ。

いつの間にか、サーチライトの明かりがゆっくりと近づいてきて、ぼくを通過していった。明かりが通り過ぎると、視界はいっそう暗くなった。闇があまりに濃くて、手を差し伸べれば黒い塊がすくえそうな気がする。霧はますます深まり、綿雪は吹雪の様相を呈し、可視距離は猛スピードで狭まった。ずっしりとたゆたう海が体を押さえつける。次第に力が抜けていくのを感じた。たびたび水中に沈み、息が上がった。口を開ければ塩辛く冷たい水が容赦なく入り込んでくる。四肢は凍りつき、泳ぐというより棒杭四本で水かきをしている気分だ。意識は砕氷船のように時間と空間を穿《うが》って過去へと突き進んだ。

ぼくはユミン兄さんとサバイバルゲームをしていた、あの島の崖へ戻っていた。スリングショットに撃たれて倒れたぼくの中へ。額を押さえながら、背後で響く兄の笑い声を聞いた。まだ死んでないの？

ぼくの中の声が答えた。待てよ、今に死にそうだから。はるか遠くから鐘の音が聞こえてきた。カン、カアン、カン……。

「止まれ」

兄が叫んだ。

「止まれよ」

丸石が首もとをかすめていく。視界がぼやけてくる。耳の奥で鐘の音が爆発している。

「止まれってば」

ぼくの体は、せり上がる黒い波を抱きしめるように乗り越える。頭が水面下に沈み、かろうじてまた浮かんだ。そのあいだに、兄の声が消えていた。崖も、海松の林も、鐘の音も。霧の中でいくつもの明かりが忙しげに動いている。そういえば、モーター音がかすかに響いているようだ。ひょっとすると、通報を受けて救助に駆けつけた海洋警察のボートかもしれない。

頭の中に闇が迫ってくる。体の中に海が押し入ってくる。肺の奥の奥に残っていた最後の空気が抜け出ていく。どうにかこうにかつないできた生が突然、ぷつりと途切れたような感覚。意志がくじけるのを感じた。あの日、あの海で兄と父もこんなふうに感じたのだろうか。こんなふうに空しく生を手放したのだろうか。

波が体をひっくり返す。ぼくは四肢を投げ出して、揺れる波間に横たわった。吹雪がやみ、空が開けた。星が近くに降りてくる。光が額に届いた瞬間、そっとささやく声が聞こえた。

母さんが正しかった。

エピローグ

あの日の夜が昨日のことのように思い出される。記憶は記録映画さながらに詳細でリアルだ。ぼやけているのは、死の時計が秒を刻んでいたあの瞬間だけ。そのときぼくが意識が失っていたのかどうかもはっきりしない。憶えているのは、何かに頭を強くぶつけて意識を取り戻したということぐらい。気がつくと、ぼくは渡し場のアンカーロープにうつぶせに引っかかっていた。そこで見つかったひとりの女の死体のように。

海は白い闇に包まれていた。天地の見分けがつかないほど深い霧。吹雪は豪雪に近くなっていた。海上公園のほうではパトカーのサイレンがけたたましく響き、海の彼方では海洋警察のボートが行き交っている。頭上の防潮堤でも、回転灯の明かりが絶え間なく交差している。渡し場だけががらんとしていた。ぼくは死を背負ったまま、寂しく寒く暗い生のふもとへ戻ってきたのだった。

生還を祝っている余裕などなかった。体は鉄かぶとのように重く、それを水から引き上げるのは決して容易ではなかった。視界は白く濁っておぼつかず、手足は感覚がない。口内で歯がぶつかり合い、体内ではかちかちに凍った関節がぐらついている。息をするたびにナイフのような空気が喉を斬りつける。耳の中で同じことばがくり返し響いている。母さんが正しかった。

ぼやけた視界の中を、数十に分かれた時間のかけらがゆっくりと流れていく。唇を嚙みしめ、鐘楼目がけて駆けていくぼく、止まれと叫びながら鐘を鳴らす兄、鐘楼に乗り上がりながら兄に殴りかかるぼく、鐘の縄を握ったままよろめく兄、よろめく兄に足蹴りをするぼく。ぼくは、放物線を描きながら崖下へ落ちていく兄と、兄の手の中で揺れる縄と、口をぱっくり開けて兄を呑み込む海と、波間に浮かんだかと思うと一瞬にして視界から遠ざかっていった兄の最期を微動だにせず見守っていた。そのとき何を考えていたのかもはっきりと思い出せる。

笑わせるな。生き残ったほうの勝ちだ。

渡し場の外灯の明かりが、休憩所へ続く階段の手すりを黄色く照らしている。ぼくは感覚のない手で鉄の手すりをつかみ、縮んだ肺で荒い息をしながら、凍りついた足を動かして階段を上った。高山病にかかったままヒマラヤに登るように苦しい。頭上にあるホットク屋は冥王星ほども遠い。それでも休まず上った。ぼくを動かしたのは奇跡の力でも、意志の力でもない。それはひとえに、次の一歩にのみ集中する単純な力だった。

最後の階段を踏みしめ、防潮堤の上にたどり着くと、明かりの消えたホットク屋がぼくを迎えた。すでに退勤してくれていたおやじがありがたかった。道路に車や人影がなかったというささやかな幸運が身に沁みた。ぼくは太もものテープをはがしてカッターを取り出し、店の裏のビニールを割いた。中に入ると、一気に呼吸が楽になった。安堵が押し寄せる。神の意によって、最後まで生き残れるようだと。

屋根を形づくる木枠を手探りして、ピストル型のガスライターを見つけた。引き金を引くと、カチッという音とともに火が点る。かすかながら視界が開け、体を拭けそうなものが目に留まった。おやじが普段手を拭いているぞうきんか布巾かが木枠の片隅に掛かっていた。商売道具のユニフォームも、いつもの柱に掛かっている。

急いで頭と体の水気を拭き、ユニフォームを着込んだ。キルトのズボンとジャンパー、耳まで覆える毛糸の帽子、マスク、丈の短いゴム長靴、長靴の中に入っていた登山用の分厚い靴下まで。服は全体的に丈が足りなかったが、スタイルにこだわっている場合ではない。体が入っただけでこの上なくありがたかった。

震えの止まらない体を引きずるようにして、安山行きの広域バスに乗った。その夜は安山のサウナで過ごした。温かい湯で塩気を洗い、サウナで汗を流し、ぽかぽかの床暖房の部屋で束の間の深い眠りに落ちた。あくる日の明け方には光明駅から木浦行きの汽車に乗った。十二時間後には、エビ漁船の見習い船員となって海へ出ていた。その後一年、海を漂った。船の底で眠り、食事の用意や掃除をしたり、エビ漁を手伝ったりしながら、いわゆる「奴隷生活」を続けた。半ばは自意、半ばは他意で。

ヘジンの消息は汽車に乗っていたとき、YTNニュースで見たのがすべてだ。遺体と車が海洋警察によって引き揚げられたという。シートベルトに締めつけられたまま、最後まで脱出を試みた形跡が見られると。ぼくが振り返った最後の瞬間まで、ヘジンは暗闇の中でひとりあがき続けていたのだ。

ぼくは思ったより落ち着いた気持ちでニュースを聞いた。冷静な頭でその姿を想像した。ただ、喉の奥に引っかかっていた熱い塊までは消えなかった。執拗にぼくを苛んだ頭痛のように、長いあいだそこでつかえていた。ぼくたちはどんな関係だったのだろう。ぼくたちのあいだに何があったのだろう。ぼくにはまだわからない。確かなのは一つだけ。ぼくとヘジン、ぼくたちの関係は検証されてはならなかったということ。ぼくがもう少し早く発つか、ヘジンがもう少し遅く気づいていればよかったのに。

その後はヘジンの消息も、捜査状況についても聞けなかった。船にももちろんラジオはあったが、いちいちニュースを聞ける立場ではなかった。生まれて初めて、生きるためにあくせくした。ぼくは仕事に全エネルギーを注いだ。おかげで、生きて再び陸に降り立った。今朝七時ごろのことだ。ポケットにはこれまでの奴隷生活で得たわずかな金が入っていた。

まずは銭湯を訪れた。ちょうど一年ぶりだ。体を洗ったのも、ひげを剃ったのも、鏡を見たのも、顔に何か塗ったのも、新しい服、新しい帽子、新しいスニーカーを買ったのも、陸の上でご飯を食べたのも、ヘジンが好きだったドリップコーヒーを飲んだのも。次に訪れたのは近所のインターネットカフェだ。ゲームに熱中する暇な人たちのあいだに座り、一年前のニュースを片っ端から読んでいった。

ちまたでそれは「剃刀殺人事件」として知れ渡っていた。犯人と目されたヘジンは、名前でなく「剃刀魔」と呼ばれていた。警察は「自分を養子に迎え入れた母親とその妹、通りすがりの女性を殺したのち、弟までも殺して海外に逃亡しようとしたが失敗し、自ら命を絶った」と結論づけた。この結論に至るには、いくつかの根拠があった。ヘジンのズボンのポケットに入っていた剃刀、屋上のパーゴラのテーブルから見つかった「課外」のパーカー、母のカードで予約したリオデジャネイロ行きの航空券。それに加え、ぼくをぼこぼこに叩きのめして手を縛り、車に乗せて海上公園に連れていくのを見たという隣人がいた。死者に口なし、証拠はことごとくヘジンを示していたわけだ。

車に同乗していた弟、「Hさん」は失踪者とされた。三日間にわたって捜索が行われたが、衣服以外は見つからなかった。水泳選手だったという点で生存の可能性も持ち上がったが、これを証明する手がかりや目撃者はついに現れなかった。

当時の衝撃を反映するかのように、わずか数日のあいだに掲載されたニュースは数百にも及んだ。各記事に数百から数千の書き込みがあった。表現は違っていても、その要旨はおしなべて「人間は信じるに値しない」というものだった。ぼくはニュースのウィンドウを閉じた。とにもかくにも、ぼくが海を漂っているあいだに、事件の衝撃は人々の頭から消えてしまったはずだ。Hの生死についてもおのずと忘れ去られたことだろう。

パソコンを切ろうとして、もう一度ポータルサイトに入った。ヘジンのメールのIDと暗証番号を思い出すのは朝飯前だった。メールボックスに入ると、未読のメールが数百通あった。ほとんどが保険会社やショッピングモール、映画制作会社からの広告メールだ。二十ページ進んでやっと、一年前の今ごろ、A航空会社から送られたメールを見つけた。リオデジャネイロ行きの電子航空券が添付されたメール。

Passenger name : KIM HAE-JIN
Booking reference : 1967-3589
Ticket number : 1809703202793

ヘジンはメールを開いていなかった。それもそのはず、家を出るまでに開いて見る余裕はなかったはずだ。そして家を出てからは開けなくなった。あのとき、ヘジンの最期を見届けることができていたら、そして別れを告げることができていたら、ぼくもまたこのメールを開いて見ることはなかっただろう。ヘジンのもとに永遠に届くことのなかったこのクリスマスプレゼントは、この一年、意識の奥に釘のように刺さっていた。海を漂った数多の夜、ぼくはぼくとヘジンの望みについて考えた。もしもあの日、ヘジンがぼくを送り出してくれていたら。ヘジンはリオでクリスマスを迎えられていただろうか。

送り出してくれなかったおかげで、ぼくの望みだけが叶った。ヨットでなくエビ漁船であり、一日一日が死ぬほどつらかったが、心だけは穏やかだった。今朝港に降り立つまでは、頭がないも同然の獣のように生きていたから。この世界に戻ってはきたものの、再び人として生きられるかはよくわからない。人々の中で生きていけるかどうかも。

メールを閉じてインターネットカフェを出る。寝る場所を探してやみくもに歩き出す。道路は静まり返り、十二月の夜はうら寂しく、海は白く濡れている。その先のぼやけた霧の中を誰かが歩いている。ぺたぺたと足音が聞こえてくる。塩辛い風に、ふっと血の匂いが運ばれてくる。

著者あとがき

「人は殺人によって進化した」

進化心理学者のデヴィッド・バスは著書『殺してやる―止められない本能』の中で次のような要旨の主張をしている。人間は悪に生まれついたわけでも善に生まれついたわけでもない。人間は生存するよう生まれた。生存と繁殖のためには進化の過程に適応せねばならず、善や悪としてのみ生き残ることはできなかったため、善と悪は共進化してきた。彼らにとって殺人は進化的成功(遺伝子繁殖の成功)、すなわち競争相手を排除し問題を解決するもっとも効率的な方法だった。この無慈悲な「適応構造」の中で生き残ったのがわれわれの祖先だ。

彼によれば、悪は私たちの遺伝子に組み込まれた暗い本性である。そして悪人は特別な「誰か」ではなく、自分を含む「誰でも」ある。

時折り読者から質問を受ける。なぜそんなにも「悪」に執着するのかと。これに答えるにはずっと昔、ある「悪人」の「悪行」に関心を持ち始めたころに遡らねばならない。その年の春、一見平凡な二十三歳の青年が両親を殺害するという驚愕の事件があった。アメリカに留学し、ギャンブルによる多額の借金を抱えて韓国に帰国した彼は、「このできそこないめ」という父親の叱責に激昂して犯行を決心し、それを実行に移した。それも父親を五十回以上、母親を四十回以上ナイフで刺して。さらに当時、家には眠っていた親戚の子がいたが、家ごと火を放ち証拠隠滅を図った。

私はこの青年に興味がわいた。一体どんな人間がこのような事件を起こしたのか。

まだ「サイコパス」という言葉が知られる前の時代だった。世の中には今のようにインターネットが普及していなかった。彼について得られる情報は、毎日のようにマスコミやテレビが流すニュースがすべてだった。百億を超える親の財産狙いの犯行だった、事件後にけろりとした顔で金庫を運び出し庭を掃除した、葬式の場でガールフレンドと笑い合って遊んでいた、逮捕後も一貫して嘘を並べ立てた、幼少時から精神病理的兆候が見られた……。

当時の私は若かった。人間を見る目も、頭も、まだ成熟していなかった。だから、この類まれな悪人の類まれな悪行を理解できなかった。彼の内面や真の動機を推し量るなどなおさら無理だった。当時心酔していたフロイトから、わずかな手がかりを一つ得たのみ。

「道徳的で高潔な人であっても、その無意識の奥深くには禁じられた行為についての幻想、残忍な欲望と原初的暴力性についての幻想が潜んでいる。邪悪な人間と普通の人間の違いは、陰鬱な欲望を行動に移すか移さないかにかかっている」

手がかりは得られたが、興味は尽きなかった。むしろ人間の本性について、根本的な疑問が残るばかりだった。私の関心は長い期間にわたり、フロイトから精神病理学へ、脳科学から犯罪心理学へ、進化生物学から進化心理学へと範囲を拡げていった。この過程で、かつて私が理解できなかった「類まれな悪人」にしばしば思いをはせた。この小説の主人公「ユジン」が受精卵となって私の中に着床したのだ。

とはいえ、私は未だ人間としても、作家としても未成熟だった。彼をそっくり理解し、育て、一つの存在として誕生させる力を持ち合わせていなかった。このとてつもない存在に責任を持つ勇気もなかった。あったのは書きたいという「欲望」のみだった。それが、「ユジン」をさまざまな形で描いてきた理由だ。デビュー作である『私の人生のスプリングキャンプ』ではジョンアの父親として、『俺の心臓を撃て』ではジョムバギとして、『七年の夜』ではオ・ヨンジェとして、『28』ではパク・ドンへとして。そのたびに違った悪人を登場させ形象化してみたが、満足できなかった。かえっていっそう渇きを覚え、もどかしい気持ちになった。そのどれもが「彼」だったためだ。外部者の視点で描くことには限界があった。詰まるところ、「ぼく」でなければならない。客体でなく主体でなくては。われわれの本性のどこかに根を張る「暗い森」を内側からひっくり返して見せるには。内なる悪がどんな形で根を張っているのか、どんなきっかけで火が点き、どんなふうに進化していくのか描き出すには。

ヒマラヤから戻った後、これに挑もうという気になった。安全距離を保たなくとも「ぼく」になれそうだと。小説の中の「ぼく」は、著者である「私」と一緒に進化していくだろうと見通した。被食者から捕食者に変化していく過程を意味深く、リアルに形象化できそうだと確信した。私は新しいノートを用意し、誰のものかは忘れた言葉を引用してこう書いた。

「私はついに人生で最高の敵に出会った。ところがそれは、他でもない私なのだ」

私は本当に、人生で最高の敵に出会った。これで思いどおりに書ける、と思ったのは私の過信だった。三度書き直した。当時、海外で学んでいた息子のもとに滞在しながら一度、南海《ナムヘ》の海辺で一度、家に戻ってもう一度。プロットや文章、描写の修正は何度となく行うものだが、ストーリー自体を三度も書き換えたのは『俺の心臓を撃て』以来初めてだ。理由は一つ、「ユジン」が存在として実感できなかったから。この狡猾な子は私を暗い迷路に閉じ込め、髪の毛の先だけをちらちら見せながらかくれんぼを続けた。

私はたじろいだ。習作を始めたばかりのころのように途方に暮れた。いや、自分自身にがっかりした。この小説を書き始めたとき、私は自分が作家として充分自由な思考を持っているものと信じていた。二度目の書き直しの際もそう信じて譲らなかった。三度目の書き直しに入ってやっと、認めないわけにはいかなかった。作家である「私」が、幼いころから学習してきた道徳と教育、倫理的世界観を打ち破ることができていないことを。主人公の「ぼく」はそんなことにちっとも捉われない「猛獣」なのに。さらに悪いことに、私はその枠からはみ出すことを恐れていた。先代の作家たち、先生と崇めてきた作家たちを通して、作家は自らの名にかけて書く限り、恐れと妥協しなければならないと学んだはずなのに。

一般的に、人類の約二〜三パーセントはサイコパスだという。小説の主人公ユジンは、その中でも上位一パーセントに属する、精神医学者のあいだでも「プレデター」と呼ばれる「純粋な悪人」だ。ハトの世界に生まれたタカであり、被食者として生きるよう教え込まれ、抑圧されながら成長した捕食者でもある。つまり『種の起源』は、一人の平凡な青年が殺人者に生まれ変わる過程を描いた「悪人の誕生記」だと言えるだろう。

さて、私がなぜ人間の「悪」に興味を持つかについて答える番だ。平凡なハトだと信じるわれわれの中にも、タカの「暗い森」が存在するからだ。これをしっかり見つめ、理解しなければならないと思うからだ。でなければ、私たちの内なる悪、他人の悪、ひいては生を脅かす捕食者の悪に立ち向かえない。そういった意味で、「私」の分身であるユジンがわずかながら何かの役に立ってくれるものと信じている。

いつものことだが、小説に登場する群島新市は仮想の空間である。ユジンの人生を揺さぶった薬物〝リモート〟もまた実在しない。実在するものと言えば、小説を書くのを助けてくれた方たちだろう。医学監修と推薦の言葉を引き受けてくださった精神医学者のイ・ナミ博士、作家のアン・スンファン氏に心から感謝申し上げたい。取材過程からお世話になった仁荷大学医学部のファン・ゴン教授、イ・ジョンソプ教授、プロファイラーのクォン・イリョン警監、東亜日報のシン・グァンヨン記者にも深く感謝申し上げたい。小説を書くあいだ、フィードバックと「必ずできる」という応援をくれた後輩のジョンに特別な感謝を捧げたい。

太陽は万人のもの、海は楽しむ者のもの。

これまたタイトルを忘れた映画か本からの一文だ。本を開いてくれた読者にとって、ただ楽しいだけの道のりにはならないかもしれない。たとえそうだとしても、一つの物語として、あるいは予防注射を打つ気持ちで、どうか楽しんでいただけたら幸いに思う。

光州にて　チョン・ユジョン

訳者あとがき

作家チョン・ユジョンが小説家になると決心したのは十五歳のとき。一九八〇年、韓国の民主化運動が軍事政権によって弾圧された光州事件を間近で経験したそのときだ。もしかすると、彼女が「悪」を追究し続けるのも、人の中に潜む暴力性を目の当たりにしたこの経験に因るところが大きいのかもしれない。

その後、彼女は看護師や公務員として働いたのち、青少年文学作品で賞を取り、念願の作家デビューを果たした。だがその後は、出版社や文壇からの期待に背くかのように、自分の書きたい物語を書くことに集中した。お堅い韓国の文学界にエンタメ小説で真っ向から勝負に出たのだ。中でも二〇一一年に刊行された『七年の夜』は韓国で爆発的な人気を得て、二〇一八年十一月時点で五十七万部のベストセラーとなっている。映画界からのラブコールもとどまることを知らず、彼女の長篇小説は現在、すべての映画化権が売れている。やっと韓国の文学界にも転機がやってきたといわんばかりに、最近は彼女のあとを追うようにして、エンタメの要素を含む小説が多く登場するようになった。

『種の起源』は二〇一六年、チョン・ユジョンの五作目の長篇として世に送り出された。刊行と同時に書店で売上げ第一位を獲得し、初版の予約販売は一週間で二万部を記録した。韓国ではデジタルコミック化され、書籍でも出版されている。現在、世界十六カ国に版権が売れており、英語、中国語、フランス語などにいち早く翻訳された。

先に述べたとおり、チョン・ユジョンは「悪」を追究する作家だ。彼女の言葉を借りれば、悪とは人間の「深淵」に眠る「野獣」。それは主に怒りや憎悪、欲望、快楽、絶望などの名で呼ばれている。この「野獣」がなんらかのきっかけで目覚め、運命の暴力性と結びついたとき、何が起こるのか。人はどうするのか。彼女の小説はそんな疑問からスタートするのだという。

一つ、これまでの作品と違う点は、『種の起源』が「悪」を取り巻く外側の物語ではなく、「悪」を内側から体験する物語であるということ。読者は「悪」の視点から読み、考え、感じることになる。「著者あとがき」にもあるように、既存の道徳や倫理感を打ち捨てなければ主人公との共体験は難しいかもしれないが、主人公ユジンはいとも簡単に私たち読者を「あちら」の世界へと誘《いざな》ってくれる。

もう少し、ユジンの内へ忍び入ってみよう。作中、ユジンは「正直であること」が得意でないと言うが、それは他者に対してのことであって、彼はもっぱら自分の心には正直である。これが「悪」の強さだ。体が望むままに薬を服まないこと、頭が望むままに「青組」や「白組」の存在を受け入れること、心が望むままに「生存」しようとすること。それは本能をむき出しにして生きることであり、邪魔者を排除することでもある。

彼の中の「悪」を呼び覚ます（というより彼は「悪」の状態が平常なのだが）のが、「血の匂い」だ。あなたはそれを知っているだろうか。かつて私たちの祖先が身近に嗅ぎ取っていたであろう「生命の匂い」。生きていることの証であり、死にゆく者の証でもあるその匂い。命の危機を知らせる匂いであり、獲物をしとめた喜びの匂い。その意味で、ユジンはもしかすると、人類が一度失ってしまった能力を備える人間であり、一度途絶えた能力を改めて開花させたという点では突然変異、あるいは新人類なのかもしれない。彼は現代社会においては確かにサイコパスなのだが、純粋にユジンの立場に立てば、彼の行動が身を守るためのもの、あるいは復讐劇であることがわかる。その純粋さに、果ては爽快感さえ感じてしまうのは私だけだろうか。ユジンは語る。

この世の何より水が好きだった。腕を伸ばして水を感じ、撫で、抱き寄せ、押し出すすべての瞬間が好きだった。サメのように突き進む疾走の瞬間が好きだった。（中略）水の中は母が立ち入れない場所。ぼくだけの世界だった。そこではなんでもできた。ぼくの思いどおりに、なんでも。

純粋で、逞《たくま》しく、自由な「悪」。記憶が蘇るにつれ、堂々と、のびのびと、着々と事を運んでいくユジンは強靭で、どこか美しい。彼を追いかける私の頭の中には、ラムシュタインの「Führe mich（俺を感じろ）」が流れ続けていた。

この作品を日本に紹介できることを心から嬉しく思っている。韓国に住んで二十年近くになるが、本作の陰のテーマとも思える家族のひずみ、そのひずみが生む多様な問題はこの国でも深刻だ。外から見る日本はなおさらである。今一度、家族というものを外側から、そして内側からのぞき見、考える機会になっていただければ幸いだ。

また、著者の来日イベントにあたって、このたびもご本人にお会いする機会に恵まれた。好きなものを好きと声高らかに語り、真摯に向き合い、まっしぐらに追い求め続ける姿勢に、今後のさらなる活躍が約束されているように思えた。一読者として、訳者として、新しい物語が誕生するのを、期待に胸ふくらませて待つばかりだ。

翻訳にあたっては、著者同様、ユジンの内に入ってことばを織りなすことを心がけた。拙訳ではあるが、「悪」を内側から体験していただけたらと思う。

この物語は私たちに警告している。私たちを脅かすものは何か、どこにいるのか。それが私たちの内にいたと気づいたときには、あなたも、私も、もう遅いのだ。扉はもう、開いてしまっている。

二〇一九年　冬のソウルにて

カン・バンファ

HAYAKAWA POCKET MYSTERY BOOKS No. 1940

姜《カン》 芳《バン》華《ファ》

岡山県倉敷市生，岡山商科大学法経学部法律学科，韓国梨花女子大学通訳翻訳大学院卒，高麗大学文芸創作科博士課程修了
訳書
『七年の夜』チョン・ユジョン
『ホール』ピョン・ヘヨン

この本の型は，縦18.4センチ，横10.6センチのポケット・ブック判です．

〔種《しゅ》の起《き》源《げん》〕

2019年2月10日印刷　　2019年2月15日発行

著者	チョン・ユジョン
訳者	カン・バンファ
発行者	早川　浩
印刷所	星野精版印刷株式会社
表紙印刷	株式会社文化カラー印刷
製本所	株式会社川島製本所

発行所 株式会社 早川書房
東京都千代田区神田多町2－2
電話 03-3252-3111（大代表）
振替 00160-3-47799
http://www.hayakawa-online.co.jp

（乱丁・落丁本は小社制作部宛お送り下さい
送料小社負担にてお取りかえいたします）

ISBN978-4-15-001940-2 C0297
Printed and bound in Japan

1913
虎狼
モー・ヘイダー
北野寿美枝訳

突如侵入してきた男たちによって拘禁された一家。キャフェリー警部は彼らを絶望の淵から救うことが出来るのか？　シリーズ最新作

1914
バサジャウンの影
ドロレス・レドンド
白川貴子訳

バスク地方で連続少女殺人が発生。捜査に派遣された女性警察官が見たものは？　スペインでベストセラーとなった大型警察小説登場

1915
楽園の世捨て人
トーマス・リュダール
木村由利子訳

〈「ガラスの鍵」賞受賞作〉大西洋の島で怠惰に暮らすエアハートは、赤児の死体の話を聞き……。老境の素人探偵の活躍を描く巨篇！

1916
凍てつく街角
ミケール・カッツ・クレフェルト
長谷川圭訳

酒浸りの捜査官が引き受けた失踪人探し。若い女性が狙われる猟奇殺人。二つの事件を繋ぐものとは？　デンマークの人気サスペンス

1917
地中の記憶
ローリー・ロイ
佐々田雅子訳

〈アメリカ探偵作家クラブ賞最優秀長篇賞受賞〉少女が発見した死体は、町の忌まわしい過去を呼び覚ます……巧緻なる傑作ミステリ

ハヤカワ・ミステリ〈話題作〉

1918 渇きと偽り
ジェイン・ハーパー
青木 創訳
一家惨殺の真犯人は旧友なのか？ 未曾有の干魃にあえぐ故郷の町で、連邦警察官が捜査に挑む。オーストラリア発のフーダニット！

1919 寝た犬を起こすな
イアン・ランキン
延原泰子訳
〈リーバス警部シリーズ〉不自然な衝突事故を追及するリーバスと隠蔽された過去の事件を追うフォックス。二人の一匹狼が激突する

1920 われらの独立を記念し
スミス・ヘンダースン
鈴木 恵訳
〈英国推理作家協会賞最優秀新人賞〉福祉局のソーシャル・ワーカーが直面する様々な家庭の悲劇。激動の時代のアメリカを描く大作

1921 晩夏の墜落
ノア・ホーリー
川副智子訳
〈アメリカ探偵作家クラブ賞最優秀長篇賞受賞〉ジェット機墜落を巡って交錯する人間ドラマ。著名映像作家による傑作サスペンス！

1922 呼び出された男
ヨン＝ヘンリ・ホルムベリ・編
ヘレンハルメ美穂・他訳
スティーグ・ラーソンの幻の短篇をはじめ、現代ミステリをリードする北欧人気作家たちの傑作17篇を結集した画期的なアンソロジー

ハヤカワ・ミステリ〈話題作〉

1928
ジェーン・スティールの告白
リンジー・フェイ
川副智子訳

アメリカ探偵作家クラブ賞最優秀長篇賞ノミネート。19世紀英国を舞台に、大胆不敵で気丈なヒロインの活躍を描く傑作歴史ミステリ

1929
エヴァンズ家の娘
ヘザー・ヤング
宇佐川晶子訳

〈ストランド・マガジン批評家賞最優秀新人賞受賞作〉その家には一族の悲劇が隠されていた。過去と現在から描かれる物語の結末とは

1930
そして夜は甦る
原 尞

〈デビュー30周年記念出版〉伝説のデビュー作がポケミスで登場。書下ろし「著者あとがき」を付記し、装画を山野辺進が手がける特別版

1931
影の子
デイヴィッド・ヤング
北野寿美枝訳

〈英国推理作家協会賞ヒストリカル・ダガー賞受賞作〉東西ベルリンを隔てる〈壁〉で少女の死体が発見された。歴史ミステリの傑作

1932
虎の宴
リリー・ライト
真崎義博訳

アステカ皇帝の遺体を覆った美しい宝石のマスクをめぐり、混沌の地で繰り広げられる、大胆かつパワフルに展開する争奪サスペンス